[illegible]の使命

登場人物

カイル・スワンソン……………………〈タスクフォース・トライデント〉の中心人物
ブラッドリー・ミドルトン……………同指揮官。アメリカ海兵隊少将
シベール・サマーズ……………………同作戦将校。アメリカ海兵隊少佐
ダブル・オー・ドーキンズ……………同メンバー。アメリカ海兵隊上級曹長
ベントン・フリードマン
（リザード）…………………同メンバー。アメリカ海軍少佐
リック・ニューマン
ジョー・ティップ
ダレン・ロールズ
トラヴィス・ヒューズ
……………………同メンバー
サー・ジェフリー（ジェフ）・
コーンウェル…………ハイテク兵器開発会社社長
レディ・パトリシア（パット）…………ジェフリーの妻
デラーラ・タブリジ……………………ジェフリーの秘書
マーク・トレイシー……………………アメリカ合衆国大統領
スティーヴ・ハンソン…………………大統領首席補佐官
ホーマー・ボイキン
ジャマール・ムヘイセン
……………ＣＩＡ局員
江聚龍《ジアン・ジュロン》………………………………中国共産党中央軍事委員会主席
朱翅《ズー・チ》……………………………………同人民解放軍上将
ヘンリー・ツァン………………………会計士
アブドラ…………………………………サウジアラビアの王子。駐米サウジアラビア大使
ミシャール・ビンハリド………………同。国王の甥
オマール・アルムアラミ………………ミシャールの副官
ムハンマド・アブー・エバラ…………サウジアラビア勧善懲悪委員会（宗教警察）の長
アンドレイ・イワノフ…………………ロシア大統領
ディーター・ネッシュ…………………ドイツ人投資顧問
ジューバ…………………………………テロリスト

1

パキスタン

ひと呼吸にも満たない短い時間、カイル・スワンソン一等軍曹は、下方をうねりのびる暗い小道から目をあげて、頭上にそびえる雪をかぶった峰々を見やった。冷たい夜空に三日月が昇っており、海兵隊スナイパーである彼には、裸眼であっても、そこにくっきりと浮かびあがるひとつひとつのクレイターの輪郭《りんかく》を明瞭に見分けることができた。草創期の宇宙飛行士のだれかが、その月面の光景を壮大な荒廃と呼んだことがあるが、カイルには、パキスタン西部にひろがるこの荒れ果てた山地にもその形容がぴったりと当てはまるように思えた。上下左右、どこに目をやっても、荒れ地があるだけだ。彼は眼下の細い道に目を戻し、岩と藪《やぶ》と雑草から成る山腹の表面を左手でまさぐって、手がかりになるものを探し求め、その間も、ブーツを履《は》いた両足を道の崖側から少なくとも六インチ離して置くようにつとめていた。

その崖の先は、下方の暗い淵まで垂直に一千フィートほどつづく絶壁だった。

「次回の作戦は、ここに巡航ミサイルをたっぷり撃ちこむだけですませるほうに賛成したいね」カイルの右側の斜面をのぼっている、ジョー・ティップ二等軍曹が言った。「脚が焼けるように痛い。巡航ミサイルを二、三発ぶちこんでやれば、おれたちがこのいまいましい山をよじのぼる必要はなかっただろうに」

〈タスクフォース・トライデント〉に所属する六名の海兵隊員たちは、無愛想なアフガン人ガイドに従って、夜の闇に身をひそめながら、ありえないほど険しい山道をのぼっては、岩だらけの谷間へとくだり、またのぼりという行軍を三日にわたってつづけていた。夜が明ける前に隠れ場所を見つけ、交替で監視をしつつ、全身の筋肉に痛みを覚え、疲労困憊《こんぱい》に陥った状態で、銃を手に持ったまま眠りに落ちるのがつねだった。このスピン・ガール山地を通りぬけるには、ブーツを履いた足を一歩一歩、前に出していく以外、方法はないのだ。

「巡航ミサイルでは、しかるべきメッセージを伝達することはできないだろう、ジョー。こちらの狙いは、たんにやつらのケツをひっぱたくことじゃない。完全に打ちのめされたんだと、やつらに思い知らせなくてはならない」

カイルは、いやがる足を一歩また一歩と前に進めながら、肩ごしに言った。重い背嚢《はいのう》の上に二挺の短い擲弾発射器《グレネード・ランチャー》を載せ、胸のハーネスにAK-47突撃《アサルト》ライフルを装備し、ロシア製のSV-98スナイパー・ライフルを特製のバッグに収納して、肩にかついでいる。つごう七十ポンドにもおよぶ荷物のバランスをとるのも、足を運ぶのと同様、重要なことだった。

「あんたも、この種のメッセージを送る仕事なんかやりたくないってのが本音なんじゃないのか?」

カイルは鼻であしらった。

「決まってるだろう。いいから、黙って、のぼれ」

国境沿いに点在する秘密訓練キャンプに対する極秘襲撃任務は、彼らにとってこの三カ月で四度めの任務にあたっていた。公式声明では、この任務は、MARSOCすなわち合衆国海兵隊特殊作戦コマンドによる秘密偵察《スヌープ・アンド・プープ》業務にすぎず、その要員たちはパキスタンに侵入する危険は冒さず、アフガニスタンの側にとどまっているというものだった。アメリカ軍もNATOに属する他国の軍も、そのような偵察を連日おこなって、とらえにくいタリバンやアルカイダのテロリストの存在を探し求めているのだ。

彼らはまず、泥煉瓦《れんが》造りの小屋が並ぶ二、三の小村を通過する際に好奇の目で見られて、テロリストに情報が伝えられることのないよう、三台の密閉型ハムヴィーに乗りこんで、前進作戦基地をあとにした。原野に出て、闇が落ちると、状況は一変した。三台のハムヴィーは、〝キャメル・クロスロード〟と呼ばれる十字路で東に方向を転じ、ライトを点灯することなく、傷みきった道路を、深い轍《わだち》をたどって一時間ほどのぼっていった。そして、山道にたどり着いたところで、停止した。八名の海兵隊員とアフガン人ガイドが降り、ハムヴィーは来た道をくだんの十字路まで戻って、こんどは北へ、別の前進作戦基地へと走行をつづけた。故意に敵のスパイの注意を引き、これは通常の補給業務であって、案じるようなものではないと思いこませるための行動だった。

最初の夜が明ける前に、コマンド隊員たちは山地の奥深くに入りこみ、この惑星でもっとも剣呑《けんのん》な地域のひとつにあたる場所にぽつんと設営されて、いまは遺棄されている監視所にたどり着いていた。昼間はずっと休養につとめた。そして夜になると、ふたたび状況は一変した。海兵隊員の二名は、偽装の任務報告を定期的に司令部へ送るために、そこに通信基地を設けた。ほかの隊員たちは、アフガンのバザールで買いこんでおいた古びた衣類に着替え、アメリカで製造されたのではなく、出どころをたどることのできない、さまざまな武器を携えて、そこを離れた。そして、地図にない土地に足を踏み入れた。

まもなく、仲間の通信チームにも、彼らの居場所はつかめなくなった。どの基地の地図を見ても、彼らの現在位置や敵の居場所を示すカラー・ピンはないという状態になったのだ。上空を周回して監視する無人機プレデターはなく、もしまずい事態になったとしても、急降下して航空支援をおこなう戦闘爆撃機もなければ、救出ヘリコプターがやってくることもない。アメリカ人がパキスタンの〝裏庭〟に入りこんだことを示す形跡は皆無であり、これはつまり、忠誠に疑問のあるあちこちの部族長から情報が漏れるおそれはないということだ。

カイルは、自分がよく知り、信頼のおける戦闘員仲間とともに、山をのぼりつづけた。その全員が、完全に理解していた。事後報告はいっさいおこなわれず、勇敢さをたたえる勲章が授与されることはなく、メディアによって報じられることもなければ、いずれ孫を持つ身となって除隊したあとの人生において回想を語ることもない。この地でなにが起ころうが、それは永遠にそこに封じられるのだと。

未知の人物はアフガン人ガイドのみであり、その男の信頼度はこの国のほかの住民たちと似たり寄ったりだった。過去五年間、CIA《エージェンシー》のために働いてきた男で、隊員たちを剣呑なゾーンへ案内することに対する報酬として、ビニール袋に入れた百ドルぶんの紙幣を受けとっていた。この男が問題になることはないだろう。指示されたとおりに行動しなければ、殺害されて、山中に放置されることになる。それが、カイル・スワンソンの住む情け容赦のない世界における掟なのだ。

いま彼とともに、岩だらけの山をのぼっている五名のコマンド隊員はみな熟練した連中であり、階級が軍曹より下であったり、海兵隊に入隊して七年未満であったりという者はひとりもいない。すぐ右側にいるジョー・ティップはときおり、人生全般に関して悪態をついていた。その隣にいる、背の高いアフリカ系アメリカ人のダレン・ロールズ二等軍曹は、天性のアスリートで、この山中にあっても、ほかのみなが覚えている筋肉の痛みにはほぼ無縁だった。列のまんなかに位置するリック・ニューマン大尉は、形式的にはこの作戦の指揮官だが、実際には、必要が生じた場合に、カイルがその職務を果たせるように、ほかの将校たちと話をするという、将校としての主要業務をつとめるにすぎない。五番めに位置するのは、にやっと笑って殺しをやってのけられる、赤髪のトラヴィス・ヒューズ二等軍曹。そして、最後尾について背後を守っているのは、つねに寡黙な筋肉質の男、エリオット・ブレナー軍曹だった。

任務四日めの朝が明ける直前、曲がりくねった山道が下方の広大な高原へとくだりはじめる地点に達したとき、ガイドがふいに足をとめて、カイルのほうへ駆けもどってきた。のぼり道にうんざりしていた隊員たちが、戦闘行動の可能性を察知して、即座に警戒し、動きをとめる。

「どうした？」カイルは問いかけた。

アフガン人が長い岩の尾根を指さし、へたくそな英語で言う。

「アルカイダ、旦那。タリバン。すぐあそこ」

カイルは背嚢をおろして、大岩の連なる尾根まで肘と膝で這《は》いずっていき、稜線から頭が突きださないようにしながら下方をのぞき見た。急峻な山腹のふもと、八キロメートルほどの距離にあたるその谷底に、テント群と小さな建築物から成る粗末な造りのキャンプがあった。

ニューマン大尉が這ってきて、カイルのかたわらにしゃがみこみ、双眼鏡で谷底のようすを探る。

「ビンゴ。あれがそうだ」

「ああ」カイルは同意した。「よし、取りかかろう」

〈トライデント〉が散開し、各自が日中の潜伏場所を見つけだして、少し睡眠をとり、起きているときは、敵の頭数を数えたり、さまざまな小屋やランドマークなどに関する射程《レンジ》カードを作成したりした。だれもことばを交わさず、テロリストどもが難攻不落だと信じこんでいるベースキャンプの観察に専念する。そこは剣呑な山岳地帯の奥深い地点であり、敵の連中は、現地の軍閥司令官とパキスタン軍が結んだ休戦協定によって自分たちは守られており、長年にわたって放置されてきたために、好き勝手にしていられると考えているのだ。

やがて午後も遅くなったころ、小屋のひとつから三名の民間人が連れだされてきた。全員が両手を縛られ、黒い布きれで両目をふさがれ、番兵に押しやられて、つまずきながら歩いている。訓練所幹部のひとりと思われる戦闘員が、訓練生たちに声をかけ、ベルトからナイフを引きぬいた。実地にやりかたを示すためだろう、そいつは地面に両膝をつき、こうするんだといった感じでナイフをすばやく前後に動かした。一ダースほどの熱心な訓練生たちが、捕虜のひとりを取り囲み、その輪を狭めていく。

そのとき、指導員が大声で訓練生を順に名指しし、ひとりめの訓練生が輪の中央部へ足を踏みだして、ナイフを何度もひらめかせた。だが、その攻撃は、怯《おび》えあがった捕虜にかすり傷を負わせるだけですむように配慮されたものだった。訓練生の全員が交替でそれをやれるところまで、捕虜を生きのびさせておかなくてはならないからだ。ひとりめの訓練生がそれを終えると、つぎの、そしてまたつぎの訓練生が名指しされて、悲鳴をあげる捕虜の着衣が血で赤く染まっていき、ついにその捕虜は倒れ伏した。最後に、指導員を務める上級戦闘員が短い指示を下し、その助手たちのひとりが捕虜のそばにしゃがみこんで、喉を切り裂いた。

ほかの捕虜たちの周囲に輪が形成され、ナイフの訓練をすませた訓練生たちが見物人となってその外側を取り囲むなか、ふたりめの民間人捕虜が切り刻まれていく。三人めの捕虜が惨殺されたところで、処刑の訓練は終了した。指導員が訓練生たちを集め、彼らの仕事ぶりを口頭で論評してから、解散させた。三つの死体がひきずられていって、埋められる。

カイルは怒りをのみこんだ。思考に感情を持ちこむことは許されず、三名の捕虜の処刑は彼の決意をさらに固めさせていた。それでもなお、ナッツやナツメヤシ《デーツ》の実をかじり、思考をめぐらしつつ待機をつづけていると、ようやく空が暗くなってきた。決行の時が迫った。月は三日前に弦月《げんげつ》になり、いまはもう、イスラムの太陰暦による九ヵ月め、すなわち聖なる断食月《ラマダン》の開始を示すかのように明るく輝いている。三十日間つづく、断食の月だ。谷底では、四十名ほどのテロリストと半ダースほどの指導員たちが、日中の断食を解いて、この日初めての食物と水、そして甘いチャイを口に運び、飲食が許されている夜明けまでの楽しみにふけっていた。そいつらがささやかな祝宴に興じる声が、山腹をのぼってくる。このあと、やつらは日々五度おこなう礼拝の最後のもの、夜の礼拝《イシャー》に取りかかるだろう。

カイルは水を飲み、両手をぬぐってから、行動開始に備えろという指示を伝達した。ガイドを呼び寄せ、男が近づいてくると、その両脚を蹴りつけて、地面に転がした。ジョー・ティップがやってきて、男の両足首をダクトテープで縛りつけ、両手首にプラスティックの手錠をかける。口にもテープが貼りつけられた。

「おまえはここまで首尾よく、われわれを案内してくれた。これは、傷つけるためではなく、静かにさせておくための処置にすぎない」ガイドに向かって、カイルは言った。「おまえを信頼するわけにはいかないんでね。じっと、静かにしていれば、なにも問題はない。帰りに拾いあげてやることを約束しよう。あの下にいるくそったれどもに警告を送ろうとしたら、どうせならさっさと殺してほしいと願うような目にあわせてやるぞ」

ガイドが、くすんだ緑色の目と冷ややかな顔を見つめて、うなずく。意味を理解したのだ。

〈トライデント〉に所属する六名の海兵隊員たちは、岩につまずいたり足を滑らせたりすることのないよう、慎重にブーツで大地を踏みしめながら、山腹をくだっていった。急ぎはしない。あたりは暗く、テロリストどもはあいかわらずキャンプに群れて、食べものと飲みものをたいらげている最中だった。

いまがまさに、カイルが襲撃の決行を狙っていた時だ。あのキャンプにいるのは純然たる人殺しどもというわけで、宗教上の慣習を侵害するという不安はまったく感じていなかった。これは宗教とはなんの関係もない。すべては戦術的優位性に関わる問題であり、カイルの念頭にあるのは、断食後の飲食や礼拝は、監視がおそろかになり、警戒心が薄れ、無防備の度がきわまって、敵の守備網に小さな穴が開き、絶好の機会が訪れるということだけだった。あのテロリストどもも、もしチャンスがあれば同じことをするにちがいないし、罪のないアメリカ人たちを満載した旅客機をツイン・タワーにつっこませた連中と同じくらい残忍なやつらであるはずなのだ。

キャンプまであと五百メートルほどの地点に近づいて、あたり一面に突きだしている大岩の下に達したとき、カイルとニューマン大尉が最後にもう一度、そのエリアを検分できるようにと、〈トライデント〉は前進を停止した。状況に変化はなく、警備はおろそかなままだ。

「歩哨がひとり、まっすぐ前方にいて、別の歩哨が、四百五十メートルほど向こうの尾根にいる」ニューマンが言った。

カイルはスナイパー・ライフルを構え、それにマウントされているPKS-07の倍率七倍のスコープをのぞきこみ、月明かりのおかげでものが明瞭に見えることを確認して、気をよくした。

「近いほうの歩哨の始末を頼む。それと同時に、おれがもうひとりのやつをかたづける。ジョー・ティップ、おれのスポッティングをやってくれ」

ニューマンがその指示をダレン・ロールズに伝えると、ロールズが闇のなかへ這いずって、長い腕と脚を駆使し、手の指先とブーツの爪先を地面につけただけの格好で、驚異的な速さで進んでいった。

歩哨は持ち場をぶらぶらと歩いており、その五感は、冷えこんできた夜の空気と、ついさっき大量に食らった山羊《やぎ》肉や米のせいで、鈍っていた。そいつがマッチを擦《す》って、アヘンまじりの煙草《たばこ》に火をつけ、煙草の先端が金色に輝く。断食の期間は、煙草も昼間は禁じられているとあって、そいつはむさぼるように煙を吸いこんで、肺にとどめ、麻薬のもたらす快感が全身にひろがっていくなか、月を見あげた。

その瞬間、ひとつの影が男の背後に浮かびあがり、大きな手がその口をふさいで顔をあおむかせ、さらされた首に、古風な重いコンバットナイフ、Ka-Bar《ケイバー》の鋭い刃をあてがって、頸動脈《けいどうみゃく》を切り裂き、脳をえぐった。失血死していく男を、ダレン・ロールズがそっと地面に寝かせ、倒れた体に膝をのせる。そうしてから、仕事をすませたことを伝える合図として、無線機のスイッチを入れ、すぐにまた切った。

それまでに、カイル・スワンソンとジョー・ティップはターゲットの射程と射角、そして風向の測定を終えていた。そして、イヤフォンを通して発信音が聞こえたとき、ジョー・ティップがささやいた。

「撃て」

カイルが引き金にかけていた指に四ポンドの力をなめらかに加え、SV-98が咳きこむような音をひとつ発する。消炎器《フラッシュ・サプレッサー》が銃声を低く抑えこんでいた。直後、七・六二ミリ弾が遠方にいる歩哨の広い背中に命中して、心臓と胸部を破壊し、そいつは音もなく倒れ伏した。

カイルはスナイパー・ライフルをわきに置いて、ニューマンのほうに向きなおった。

「やつらの通信小屋は見つけたか？」

「ああ、うん。あの中央にある建物、あそこが全体を統括する司令部になっているようだ。あの周囲にすべてのテントと建物が密集している。まったくもって、雑な仕事をする連中だ」

「それで当然じゃないか？　やつらは、パキスタンの領土に空爆がおこなわれる心配などしていないし、パキスタン政府がやつらを襲うことはぜったいにありえない。われわれがここにやってきたのは、安眠できる場所はどこにもないことをやつらに思い知らせるためなんだ」

ティップが、ロ《R》ケット推進式《P》グレネード《G》・ランチャーを背嚢からおろす。

「おれはいまでも、巡航ミサイルをぶちこむのがいい考えだと思ってるがね」

「さあ、行くぞ」

カイルはうなるようにそう言うと、自分もRPG－7を背嚢からおろし、先に立って山道をくだりはじめた。このランチャーは不正確なことで悪名が高く、そのうえ射程が短いときているが、それなりに近代化と改良が加えられているので、熟練したコマンド隊員が斜面の上方から撃ちおろせば、致命的な結果を生みだすことができる。歩哨は二名とも始末したとあって、襲撃グループは、フットボール場の広さにもおよばない距離にまで敵のキャンプに迫り寄り、カイルが合図を送ると、たがいに十ヤードほどの間隔を取った一列横隊を形成しにかかった。

数秒とたたず、全員が暗い山腹のなかで各自の持ち場に就き、それぞれがRPGを発射する準備をすませた。テロリストどもはキャンプのなかの開けた野外に群れつどい、礼拝絨毯《じゅうたん》の上に五列に並んでひざまずき、メッカのほうへ顔を向けている。

カイルは目に見えないレーダー波を短く照射して、最後にもう一度、距離の測定をおこなってから、ヘッドセットのマイクロフォンを通して指示を送った。

「発射器の射程を百メートルに合わせろ。おれが三つ数えたら、一発めの擲弾《グレネード》をあの群れに撃ちこめ。そのあと、また三つ数えたところで、二発めを各自に割り当てられた建物にたたきこむんだ。二発とも、いっせいに発射するようにしてくれ。それがすんだら、キャンプに突入し、随意に撃ちまくる。生き残りを出してはならない」

グレネードの着弾が一カ所に集中せず、敵に最大限の損害を与えられるようにするために、あらかじめニューマン大尉がコマンド隊員のそれぞれに、礼拝者集団のなかのどこを狙うかを割り当てていた。テロリストどもはすでに、この海兵隊員たちにとっては人間という意味を失っている。たんなるターゲットなのだ。カイルは群れのどまんなかに狙いをつけて、数を数えた。

「スリー……ツー……ワン!」

彼らのそれぞれが肩の上に構えた六基のランチャーがいっせいに轟音を発して、ロケット弾がうなりをあげて飛びだし、下方に群れつどっている男たちのところへまたたく間に到達する。夜空を背景に六発のロケット弾が六条の煙の筋を引いて飛翔したが、顔をあげてそれを目にした者はろくになく、つぎの瞬間、ロケット弾がすさまじい爆音を伴って炸裂《さくれつ》した。三発のロケット弾がその弾頭に搭載された高性能爆薬を炸裂させて、無防備な人体の皮膚や内臓を引き裂き、あとの三発の弾頭に搭載された燃料気化爆弾《サーモバリック》が群衆の真上で起爆して、加圧沸騰《ふっとう》した燃料が噴出し、蒸気爆発が生じて、周辺の酸素を一挙にむさぼり、巨大な火球を生みだして、人体を焼きつくす。

山中に爆発音が鳴り響いたときには、〈トライデント〉の隊員たちはすでに二発めを発射する準備をすませており、すぐさま下方の建物のいくつかにRPGを撃ちこんで、脆弱《ぜいじゃく》な建築物を粉砕した。燃料気化爆弾の爆風が建物をまわりこみ、ドアや窓、あるいは敵が潜伏していそうな場所に侵入して、それに触れたすべての人間から生命を奪いとっていく。

カイルは轟音が静まる前に動きだし、ほかの〈トライデント〉隊員たちを決然と引き連れて、破壊されたキャンプサイトへ突進した。総計五十二名にのぼるテロリストどもの九十パーセントはすでに死んだようだと彼は推測し、こちらに応射が浴びせられることにならなくてよかったと思った。

「散開！」

キャンプの境界に達したところで、彼は命令を発した。チームが二人ひと組のユニットを形成して、分離し、第一撃を生きのびた者がいるかもしれないと想定して、三点斉射をくりかえしつつ、炎上する廃墟のなかをすばやく移動していく。生存者は多くなく、負傷した連中もすぐに襲撃者たちの注意を引きつけて、絶命した。心が軟弱な人間にはできない仕事だが、この夜のようなパキスタンの山中において慈悲に出番がまわってくることはない。

キャンプの奥のはずれに達したところで、カイルは叫んだ。

「戻れ！」

全員が身を転じ、残骸《ざんがい》と化した建物のあいだを通りぬけて、最初の地点へひきかえしていく。こんどは、発砲する必要はほとんどなかった。

炎がキャンプのありとあらゆるものをむさぼり、ところどころで、保管されていた弾薬が小さな火山のように爆発していたが、周囲の高い山並みが炎と爆発を外の世界から覆《おお》い隠していた。〈トライデント〉は万一の追跡に備え、数カ所に仕掛け爆弾《ブービートラップ》を設置して、撤収した。山道をのぼって戻り、ガイドを拾ってから、岩だらけの山地の奥深くに位置する国境へと幽霊のように姿を消していく。

2

スコットランド

その城は、多数のドラゴンやナイト、長弓の射手たち以外のあらゆるものによって、各所を守られていた。五つの国から来たプロフェッショナルの警備要員たちとテロ対策チームが敷地内を巡回し、暗い水をたたえた湖を警察が立入禁止にして、小型のパトロール船を浮かべている。周囲にひろがる森林には電子的検知システムと熱源探知カメラ網が張りめぐらされ、監視カメラと動作感知器がありとあらゆる地点に向けられていた。夕陽が最後に空をブロンズ色に染め、紫色を帯びた雲層の隙間から光を射しこませて没しゆくなか、サー・ジェフリー・コーンウェルはウィスキーをひとくちやって、警備網の穴を点検した。そよ風がかすかな霧を運んできてはいたが、視界は湖の向こう側まで良好で、今夜の天候は晴れになりそうなことを示していた。

そこは、エディンバラから十マイルあまりの地点にあたり、城がそびえたつ丘は、東側斜面のふもとが湖水になっている。湖の向こう岸につながる道路にもヘッドライトを点灯したパトカーが何台か配備され、この城壁からでも、蛍がゆっくりと飛んでいるような光が見えていた。コーンウェルの所有するこの地所は一千エーカーを超えるほど広大で、作物が栽培されている農地や、獲物が豊富な森もあり、通常は、その全体がさまざまな企業に週単位でリースされて、経営陣の会議《カンファレンス》が開かれている。だが、今夜はそうではなかった。

十五世紀に建てられ、零落した廃墟にすぎなくなっていたこの城を、彼が十年前に購入し、いったん解体して、再建したのだった。いま彼が立っている場所は、数少ない本来の構造物の一部である、荒れ果てた一層だけの外壁の上で、その壁にはかつてイングランド軍が放った砲弾の傷痕が残っている。ライトブルーのフラッドライトを浴びたその広大な胸壁があるために、城はいまも中世のおもむきと、険悪さや力強さを漂わせていた。

青く光るその壁の内側に建ちならぶ建築物には、往時の石工は夢想だにしなかった、電子機器、水洗便所、セントラルヒーティングといった各種の改良が施されている。企業の重役たちが日常業務からの避難所として使うための施設には、究極の快適さが要求されるのだ。コーンウェルは、大佐でSASを除隊したのち、実業家に身を転じ、軍用ハードウェアの独創的な開発者として成功した。妻のレディ・パトリシアとともに、スコットランドの地所の一隅に設けた私邸で暮らし、地所のほかの部分は、カネになるのを放置するのはもったいないというわけで、収益を生む事業にふりむけているのだった。

表の門衛詰所から、やがてリムジンがぞくぞくと乗りつけるであろうエリアへとつづく広大な私道に沿って、点々とトーチの光がゆらめき、そのエリアの左手にあるヘリパッドの中央部から上方へ、点滅するストロボのライトが照射されていた。警備は、これ以上はないほどに厳重だ。それでもなお、彼は壊れやすい歴史の一片を手に握ったような気分になって、案じていた。ほんのささいなものであれ、不慮のできごとが生じたら、すべてが台なしになりかねない。ぬるいスコッチ・ウィスキーをまたひとくちやると、喉《のど》が焼けるような感触があった。彼は、ぎざぎざした胸壁の上端をなす、ぶあつい平らな石の上にグラスを置いて、タキシードのしわをのばした。

「もう案じるのはやめたら？　その仕事はプロフェッショナルのひとたちに任せておけばいいわ、ジェフ。今夜のあなたのお役目は、完璧なホストとしてふるまうことだけ」

レディ・パトリシアが彼のウエストに腕をまわして、頬にキスをした。カール・ラガーフエルドのデザインになる、透けるような薄い平織り《オーガンザ》のガウンを着て、ネックレスにマッチするダイヤモンドのイヤリングをし、まばゆい光を浴びた宝石たちが日焼けした肌に映えて輝きを放っていた。

サー・ジェフリーは一瞬、ぎょっとしたが、すぐに太い腕をパットの体にまわして、抱き寄せた。ほほえみを返す。

「今夜のきみは美しい」彼は言った。

「ええ、そうでしょ」うれしそうに彼女が応じる。「わたしたち、よくパーティを開くけど、今夜のこれは最上級にあたるものよ」

レディ・パットは周囲を見まわした。有能なひとびとがこの宵《よい》を完璧なものとするために、忙しく立ち働いていた。

「で、あなたはなにを案じてるの？」

「二週間ほど前に、カイルが言ったこと」彼女の夫が答えた。

「あらあら、ジェフ。カイル・スワンソンの意見に耳を貸すのは、だれかを殺す必要が生じた場合であって、社交的な事柄にアドヴァイスを求めることはないでしょう」

ふたりの背後で小さな笑い声があがり、サー・ジェフはそちらをふりかえった。デラーラ・タブリジ。イランから亡命して英国市民となった彼女は、三十歳になったいま、彼の個人秘書を務めている。その彼女がぶあついチェックリストのノートを持ち、私用無線機のイヤフォンをはめ、小型コンピュータを両手で持ち、満面に笑みを浮かべて、立っていた。

ジェフは彼女をにらみつけたが、なんの効果もなかった。このふたりの女性たち、パットとデラーラは、彼をまったく恐れてはいないのだ。

「レディ・パットが正しいです、サー。カイルに、イスラエル外相の美しい奥方の席はどこにするかといった座席表《シーティング・チャート》を考えさせたり、クリスチャンにもユダヤ人にもイスラム教徒《ムスリム》にもひとしなみに忘れがたい印象を残すようなメニューを立案させたりするのは、まったくもってとんでもない話です。実際、それは笑い話でしかないでしょうよ」

パットが問いかける。

「ほらね？　で、彼が言ったことのなにが、あなたをこんなにびくつかせることになったの？」

デラーラ・タブリジが首をかしげ、無線の声がよく聞こえるように、イヤフォンに指をあてて、深く耳のなかへ押しこむ。コンピュータのキーボードをたたいてから、顔をあげた。

「よろしければ、サー・ジェフ、現状報告をお聞きになります？」

彼はうなずいた。イギリス外相を務める上院議員《ロード》コヴィントンとイスラエル外相は昨夜から宿泊しており、ほかのひとびとはまもなく到着する手はずになっていた。明日、イスラエルとサウジアラビアの和平合意、中東に平和をもたらすための大きな一歩となる条約の調印が予定されており、この晩餐会《ばんさんかい》はその序幕となるものだった。

デラーラがそれに応じて、説明する。

「アメリカの大使と国務長官はすでに空路、到着しています。アブドラ王子を乗せたヘリコプターがこちらに向かっていて、八分後に到着の予定。エジプト外相の航空機はつい先ほどエディンバラに着陸し、そこでヘリコプターが待機中です。到着は二十分後になるでしょう」

「じょうでき」と彼は言い、漆黒のタキシードの袖《そで》をのばした。「では、レディーズ、下におりて、客のお出迎えといこうか？」

「カイルの話をしてくれるまではだめよ」レディ・パットは腕組みをし、その場を動こうとしなかった。

「わかった。彼にこの地所の全体を見せてまわり、警備策を説明したんだ。警備員を配置する固定した監視場所はどこで、パトロールはどういうルートを使うかといったことを。電子的検知システムについてもだ。そして、栗鼠《りす》がクソをしたことですら探知されるだろうと説明した」

「ジェフ！　ことばづかいに気をつけてください。ここには子どもたちも来てるんですから」

「悪かった、デラーラ」と彼は応じ、デラーラが目をぐるっとまわしてみせる。「それはさておき、わたしは、この警備には関係諸国すべてのチームが協力してあたっていて、警備網はさらに厳重になっていることを説明し、彼の意見を求めた。彼なら、この固い警備網をどのように破って、ターゲットをとらえることができるのだろうかと」

「できると言ったに決まってるわ」せせら笑うような口調で、レディ・パットが言った。「あの子ったら、自分はスーパーマンだと思ってるんだから」

「できるなんてもんじゃない。かんたんだと言ってのけたんだ。そこで、われわれは警戒線を全面的に二マイルひろげた。だが、カイルは、それでもまだ不充分であり、この場所を守るのは戦術的に不可能だと主張した。何世紀も前なら、丘の上に建てた城は周辺地帯を支配することができたが、二十一世紀になったいま、そんなものは時代遅れのしろものだと言ったんだ」

「それで、あなたはすっかり動揺してしまったと。せっかく、歴史的行事の記念となるすばらしいレセプションが開かれるというのに、カイル・スワンソンにあら探しをさせるなんて。

彼はたぶん、あなたを困らせてやろうとして、そんなことを言ったのよ」彼女はにやっと笑った。「デラーラ、あとでわたしが思いだせるように、メモを取っておいてね。こんど、カイルに会ったら、あの耳をぶん殴ってやるんだから」

「イエス、マイ・レディ」

パットがまたサー・ジェフの体に腕をまわし、胸壁の歩廊から城内の庭園へとつづく石造りの階段へ導いた。黒塗りのリムジンの一台めが到着するところだった。

「さあ、笑顔になって、わたしたちの壮大なお城に要人のみなさんをお迎えする準備に取りかかりましょう」

3

スコットランド

ミニヴァンが、城から五キロメートルほどの距離のところで農道をはずれ、藪《やぶ》に覆《おお》われた小道に入りこんで停止すると、イブラヒム・ビラルは真っ先に車を降りた。周辺には、二、三頭のハイランド牛（高地原産の肉牛《スコットランド》）が草を食《は》んでいるだけで、ひとがいることを示す物音はなかった。彼は腕時計のボタンを押して、攻撃のカウントダウンを開始し、ほかの面々に呼びかけた。

「外に出ろ！　さあ、急げ。急ぐんだ！」

ほかの四名が車を降りる。全員が、絶縁素材でできたくすんだ色合いの迷彩オーヴァーオールを着こみ、頑丈な登山ブーツを履《は》き、NATO制式のペイントスティックを使って顔にカモフラージュ塗装を施している。彼らがミニヴァンのリア・ドアを開き、バックパックを取りだして、身に装着した。バックパックのなかには、無線機、水、多少のスナック類、乾いた靴下と靴、そして着替え用の衣類一式が入っているだけだ。個々が携行する武器は、ホルスターにおさめた拳銃と、予備弾倉が一個のみ。このあとすぐ、わずか一オンスでも身軽になっておく必要がある状況が訪れるのだ。

残りの荷物を降ろしたあと、彼らはまだら迷彩が施された10×20フィート大のカモフラージュ・ネットでミニヴァンを覆い隠し、木の枝を用いてタイヤ痕を消した。それがすんだところで、手を貸しあって別の荷物を、その重さに不平を漏らしながら持ちあげ、肩にかかってくる数百ポンドもの重量のいくぶんかをバックパックで受けとめて、バランスをとるようにした。

「人生は楽じゃないってことさ」ビラルは冗談を飛ばした。「さあ、行くぞ」

彼は列の先頭に立ち、牛たちのあいだを通りぬけて、牧草地の西端に位置する小さな丘へと進んでいった。ヘリコプターが一機、はるか頭上に飛来し、着陸灯の白い光の筋で闇を切り裂いて、丘の上空を通過していく。ビラルは歩きながら、腕時計に目をやった。ぴたり、予定の時間だ。

「このような日を迎えることになるとは考えてもいなかったよ」

アメリカ合衆国国務長官、ケネス・ウェアリングが言った。彼を乗せてきた流線型のヘリコプターはほとんど揺れずに着陸し、エンジンが停止して、ブレードの回転がゆるやかになっていた。

「これは、友好を願う多数の男女が、きわめて困難な仕事に長年にわたって献身的に取り組んできたことの必然的な成果ですよ」とサー・ジェフリー・コーンウェルは応じた。不安で両手が汗ばんでいた。

「サー・ジェフ、交渉がまとまって最終段階に至ったのは、きみが陰で働いてくれたからこそだ。きみの助力抜きでは、これは成しえなかっただろう。きみはとても多くの有力者の知己を得ており、彼らはみな、きみを正直な仲介者として信頼している。率直に言って、いまの時代に、そのような評判を勝ち得るのはめったにないことなんだ」

ジェフはその讃辞を聞いて、落ち着かない気分になった。自分は、相反する行動計画《アジェンダ》を持つ頭の固い政治家や外交官たちに内々の会議を継続させるという、おのれの義務を遂行してきたにすぎない。その議論は長年のものであり、自分は彼らが結論に至るのをちょっとあと押ししただけのことなのだ。

「今後数カ月は危機的状況がつづき、その間、あの地域の各政府の長は狂信者たちの抑えこみに努めなくてはならないでしょう」

「ジェフ、それをうまくやれる人物は、アブドラ王子しかない。彼がうまくやってくれなければ、おそらく中東はつぎの世紀も窮状を脱することができないだろう」

先行きを案じているのは、彼らだけではなかった。

駐米サウジアラビア大使であるアブドラ王子は、ヘリコプターの窓から外へ目をやって、ホストたちの熱心な表情と、青い光に照らされた古城の長大な壁をながめた。このヘリコプターを降りたとき、自分は世界に変化をもたらすことになる。つかの間、恐怖にとらわれて、また離陸せよとパイロットに命じたくなった。すぐに空港にとってかえし、ワシントンに戻って、やり慣れたいつもの日常業務を再開したい。この重荷は、ほかのだれかの肩にあずけてしまえばいい。

王子は、年齢は四十代前半、長身でハンサムな運動能力に長《た》けた男で、幼いころからこの役割を担《にな》うための教育を施されてきた。知性が高く、多言語を操り、兵士としても外交官としても経験が豊かであり、王国の長子ではないために王になれる可能性はないが、王族はアブドラを、西欧文明をよく理解する現代的な政治家とすべく育ててあげてきた。もし王国が民主主義への変革を迫られた場合、政治を取り仕切るのはこの王子となるだろう。もっとも、この動乱の時代にあっては、そのような計画はすでに灰燼《かいじん》に帰していた。彼の新たな名声は、歴史に記されることになるとすれば、選挙で多数の票を勝ち得た男とはならず、ユダヤ人との和平を成し遂げた男となるであろう。

アブドラは大西洋の上空を飛行するあいだに、外交路線と最新のニュースを再検討していた。母国は不穏な情勢にあったが、これは予想していたことだ。なんといっても、サウジアラビアがイスラエルとの和平条約に署名するのは、巨大なリスクを伴う。メッカやメディナなど、イスラムのもっとも聖なる都市を擁する国家がその立ち位置を変えるというのは、厳格な神政独裁を奉じるイスラム原理主義者にすれば不埒《ふらち》きわまる暴挙なのだ。イスラエルに対するやみくもな憎悪は、何百万ものムスリムにとって基本的な信念になっている。多数の地域で暴力が吹き荒れることになるだろう。

リヤドの王族は、イスラムの導師《イマム》や法学者《ムッラー》とは異なる視点でものごとを見ている。エジプトは四十年前、ユダヤ国家と同様の条約を結び、以後の政治的騒乱に耐えながら繁栄を築いてきた。動乱の二十一世紀を生きのびるには、サウジもまた政策の調整をおこなう必要がある。この世界における既知の石油資源の五分の一を押さえているとはいっても、国の産品、外国に売れる産品がそれだけとなれば、長期間、安定した国家として存続するための保証とはならない。それは有限の資源であって、いずれは枯渇《こかつ》するであろうし、それ以上にありそうなのは、ほかのさまざまなエネルギー源に取って代わられることであり、そうなればわが国は、ほんの数世代のあいだ豊かで強力だっただけのことで、すぐにまた崩壊して砂漠の砂に還り、元の木阿弥《もくあみ》となってしまうだろう。ユダヤ人への憎悪は、もはやなんの役にも立たない。国家の存亡が懸かっているのだ。

ボディガードがサイド・ドアを開いても、アブドラはブレードの回転が完全に停止するまで待っていた。ローターの強風で王族のローブが洗濯物のようにはためくという事態は、受けいれがたい。やがて、イギリスの外相とアメリカの国務長官、そしてサー・ジェフリー・コーンウェルが出迎えに来たところで、アブドラは彼らとともに光り輝くヘリパッドをあとにし、イスラエルの外相ネイサン・シモーンが待ち受けているレセプション・エリアに向かった。正念場だ、とアブドラは思った。神の思し召し《インシャラー》のままに。

すると、意外にも、シモーンが外交儀礼を無視し、心からの笑みを浮かべながら足を踏みだしてきて、王子と握手を交わし、その歴史的瞬間を私的に雇われたカメラマンが写真におさめた。

「外務大臣閣下、われわれは偉大な友人となるでありましょう!」高らかに王子は言った。「明日、あなたとともに合意文書に署名することを光栄に思っています」

「われわれはみな、そうなることを期待しています」シモーンが応じた。

レディ・パットは、晩餐会《ばんさんかい》のホステスとして王子に紹介されたあと、自分のグループを引き連れて、王子と大臣のあいだを通りぬけ、築城の趣旨をいまもとどめる古風な武器やタペストリーが飾られている石造りの回廊を歩いて、広大な宴会場《バンケット・ホール》に入っていった。部屋の全長に近いほど長大な、オークのテーブルが置かれていた。サー・ジェフは、イスラエル外相の妻であり、かつては女優だったゴージャスな黒髪の女性をエスコートしている。

デラーラ・タブリジはノートとPDAを持って、地下にある自分のオフィスにひきとった。そこは、この行事に必要な追加物資の貯蔵庫であると同時に、通信センターとしても使われていた。壁際にカラー・テレビのモニターがずらりと並んでいて、居ながらにして、コックやウエイターを始め、さまざまな部署のスタッフが働いているようすを観察することができる。デラーラは心からのよろこびを覚えて、われ知らず笑みを浮かべた。命からがらなんとかイランから脱出したのが、ついきのうのことのように感じられた。あの国のムッラーたちは、この歴史的瞬間を愉快には思わないにちがいない。だが、彼女にとっては、おおいによろこばしいことだった。

レセプションはよどみなく進行し、すべてが予定どおりに運んでいたので、彼女はメイクを手直ししてから、サー・ジェフを連れだすために上階にとってかえした。まもなくエジプト外相を乗せたヘリコプターが着陸態勢に入るので、ジェフにはその出迎えをしてもらわなくてはならない。

デラーラがそこに行くと、王子の随行員たちのひとりがサー・ジェフになにかをささやきかけて、ジェフが横手のドアを指さし、随行員がすぐさまその返事を王子に伝えるようすが目にとまった。彼女は笑いを押し殺した。平和条約の締結とそれに先んじての晩餐会という歴史的喧噪のなかで、主賓がトイレに行く必要に迫られることになるとは。

4

スコットランド

岩の丘をのぼる途中、イブラヒム・ビラルは、自分が家族とともにイングランドのハイウィカムで暮らしていたころ、父に連れられてハイキングをしたときのことを思いだしていた。ビラルは長じてエンジニアになったものの、人生になんの情熱も見いだせない退屈した若者でしかなかった。やがて、彼はイスラムに出会った。そして、内なる変容と安らぎを感じるのに伴って、聡明で勇敢な信仰者であれば、戦士として、そして爆発物の製造者として、よき人生を送ることができるだろうと気づくに至った。改宗後、一年とたたないうちに、彼は家族の名を捨てて、新たな身分を獲得し、家族そのものからも、彼らは異教徒で不純であるからとして、みずからを切り離したのだった。

丘をのぼるのはきつかったが、ビラル自身は余分の荷物をかついでいないとあって、過酷とまではいかなかった。十分たらずで頂に達すると、闇が深まっていくなか、巨大な城から発せられる青や白のまばゆい光を見てとることができた。

「さあ！」あとにつづく者たちに、彼は呼びかけた。

「準備に取りかかれ！」

男たちが荷物とバックパックをおろしているあいだに、イブラヒムは周辺道路に目を向けて、一台の車がゆっくりとそこを移動しながら、左右の低木の茂みを小さなスポットライトで照らしているのを観察した。その車が通りすぎたところで、バックパックからレーザー測距器《レンジファインダー》を取りだし、いま自分がしゃがんでいる丘の頂と、湖の向こう側にある城との距離を測定する。デジタル指標を読むと、巨大な壁までの距離は三千八百メートルで、その三キロメートル外側に設定された警戒線との距離は六百メートルとなっていた。

彼がチームの状況をチェックしたときには、すでに三脚《トライポッド》がコンテナから取りだされて、脚が開かれ、各自が散開して、持ち場に就いていた。三本の脚が硬い大地にねじこまれて、しっかりと固定されている。そのあと、彼らは五十二ポンドにおよぶ発射装置を組み立てて、三脚の上に据えつけた。

別の車のエンジン音が聞こえ、ビラルがさっとそちらへ注意を戻すと、ふたたびヘッドライトとスポットライトの光が目に入ってきたが、それらの光は道路の近辺を照射しているだけで、丘の上に向けられてくることはなかった。そのわずか二分後、別のパトカーがやってきた。湖の周囲を走る道路を、パトカーがひっきりなしにめぐっているらしい。

チームがバックパックのひとつから昼夜兼用照準器《デイナイト・サイト》を取りだし、組み立てずみの角張った装置の上に据えつけて、回路を接続し、起動する。また別の細いシリンダー状の容器が開かれて、長い物体が抜きだされ、武器の上部にある太いチューブにするりと挿入された。それは、発射筒で発射され、光学的に追跡され、有線で誘導される（Tube-launched,Optically-tracked,Wire-guided）の頭文字に由来する、ＴＯＷ《トウ》というミサイルで、その名称は全世界に知れ渡っている。その発射準備が完了した。

　これは前年、イラクでアメリカ陸軍のハムヴィーが待ち伏せにあった際に奪われて、ひそかにイングランドに運びこまれ、しかるべきターゲットが見つかるのを待ち受けていたのだ。イブラヒムはストップウォッチに目をやった。すでに十分が過ぎ、長針が絶え間なく数字の上を移動している。いまも予定どおりに進んでいるのを確認すると、彼はＴＯＷのかたわらにしゃがみこんだ。そのそばに、つぎのミサイルを持って装塡手《そうてんしゅ》が立ち、ほかの面々はパトロールの動向を監視する位置に就いた。

　ビラルは赤外線光学サイトを調整して、その十字線《クロスヘア》をまばゆく輝く城壁に合わせた。ひとつ深呼吸をして、発射スイッチを押す。全長四フィート強のミサイルがチューブから射出され、耳をつんざく轟音と閃光がそこにいる全員に衝撃をもたらしたが、それを予期していたイブラヒムはすぐに立ちなおって、ふたたびクロスヘアをターゲットに合わせた。発射の轟音が消え、ＴＯＷの後部から繰りだされていく細いワイヤの甲高《かんだか》い悲鳴がそれに取って代わった。ワイヤは発射機にビルトインされたコンピュータにつながっており、その命令に従って、飛翔するミサイルの小さなフィンが調整される。ビラルは汗を浮かべつつ、赤外線サイトをターゲットにしっかりと固定して、着弾までの二十秒を数えていった。

　装塡手が二発めの準備に取りかかる。チームは、一分たらずのうちに二発のミサイルを撃ちこんで、撤収する手はずになっていた。

巡回パトロールをしていた——車輛や徒歩、あるいは湖上の船で——兵士たちが、TOWミサイルが発射されたバン、ヒューンという音を聞きつけ、脳がそれを脅威のしるしと受けとめはじめて、彼らの動きがしばし停止した。八秒が経過したとき、彼らは赤く輝く光の筋が夜空を引き裂いて飛翔するのを目にとめ、さらにまた三秒が過ぎたとき、そのなかのひとりが、なにが起こっているかを理解した。彼は喉《スロート》マイクの送信ボタンを押して、叫んだ。

「**ミサイル飛来！**」

森のなかに配されていたミサイル迎撃チームには、手の打ちようがなかった。TOWが発射されたことに気づいたときには、すでにそれは森の上空を通過し、アーチ状の弾道の頂点を越えて、容赦なく加速しながら城をめざしていた。

大規模な警備対策がとられていたとはいえ、守るべき範囲が何キロメートル平方にもおよんでいるとあって、その対応はどちらかといえば緩慢《かんまん》だった。しかも、晩餐室《ばんさんしつ》に集まっていたひとびとの国籍が多様で、それぞれの国が用いている無線の周波数が異なっているため、どれほど必死になろうが、脅威に即応することはむずかしかった。

オフィスにいたデラーラ・タブリジは、各国の警備員が設定された手順を無視し、それぞれの言語を用いて、パニックの気配を帯びた警告を伝達する声を聞いていた。だが、頭の回路がその情報を咀嚼《そしゃく》することができず、その場につったっていることしかできなかった。攻撃？　ここに？

各国の要人のそばにいたボディガードたちもまた、イヤフォンから聞こえる叫び声の意味を咀嚼することができず、なかには要人に身を伏せさせてその身を守ろうとする者もいたが、すでに手遅れだった。

細い炎の筋を引いて飛来した強力なＴＯＷミサイルが城壁に着弾し、戦車の装甲をもぶち破る十二・四キログラムの弾頭が炸裂《さくれつ》した。その爆発で、中世の城壁が粉砕されて、石のかけらが宙に舞い、炎と瓦礫《がれき》が城内へ押し寄せていく。

そのとき、湖の向こうにある丘の上では、イブラヒム・ビラルがターゲットの上方に巨大な火球が生じるのを目撃していたが、まだ照準スコープから目を離そうとはしなかった。顔に汗がしたたり落ちるなか、再使用可能なランチャーに装塡手が二発めのミサイルを装塡するのが感じられた。ビラルは、落ち着きを失うなとみずからに命じて、ふたたび発射機構を作動させ、二発めのＴＯＷがうなりをあげて飛翔《ひしょう》した。

最初のミサイル爆発から三十秒後、追撃のミサイルが城に飛来し、そこにはもう古い石の壁はないとあって、その進行を食いとめることはできなかった。晩餐会の場である建物にミサイルが着弾し、またもやすさまじい爆発が生じた。

5

最初のミサイル爆発がもたらした衝撃で、デラーラ・タブリジは自分のデスクを越えて、オフィスの向こう側までふっとばされ、頭からコンクリートの壁に激突していた。床に倒れこんで、呆然としているうちに、つぎのミサイルがその建物に着弾して、破壊をもたらした。壁がたわんで、崩れていく。

激しい潮流に逆らって泳ぐ夢を見ているような気分だったが、やがて現実がよみがえってきて、ふと気がつくと、自分のどっしりとしたデスクの下の隅に身が押しつけられていることがわかった。頭が割れそうな感触があり、肋骨《ろっこつ》に痛みがあって息が苦しく、耳鳴りがしていた。彼女はぶるんと首をふった。いったいなにがあったのか？　監視カメラの映像を観ていて、上階へひきかえそうとしていたら、すさまじい轟音とともに世界が消滅し、そして……？　いや、それだけだった。ものすごい衝撃、赤とオレンジ色のまばゆい閃光。あ、あれはミサイルかなにかの。

城の非常発電機が作動し、壊れずに残っていた照明具が点灯して、闇のなかに淡い光を投げかけ、その光条《こうじょう》のなかで塵埃《じんあい》が渦巻いて、床に落下していた。彼女はデジタル腕時計のボタンを押して、盤面を光らせた。八時十分。広大なホールにひとびとが集ってからたったの六分しかたっていないのに、体を動かせなくなってからひどく長い時間が過ぎたように感じられた。破片やがらくたが身にかぶさっている。オフィスも破壊されていたが、散乱する物品が無言のうちに安心感を与えてくれていた。それらは見慣れたものであり、個々の物品を見分けることもできたからだ。かしいで頭上にのしかかっている小さなデスクが防御壁となって、爆風の大半を防いでくれたらしい。椅子の下半分は、キャスターがついたまま手近にあったが、背もたれは、落下してきた大きなコンクリート片によってもぎとられていた。立ちあがって、逃げだしたかったが、前にカイルが言った、危急の際のモットーが記憶によみがえってきた。ゆっくりはなめらか、なめらかは速い。デラーラは深呼吸をくりかえして、両手と両足の感触をたしかめ、手足の指をのばしてみて、自分は重傷を負ってはいないことを確認した。空気に埃《ほこり》がたっぷりと混じっているために、息をすると咳きこんでしまい、たぶん肋骨にひびが入っているせいで、脇腹に鋭い痛みが走った。片手をあげて頭に触れてみると、血糊《ちのり》がついてきたが、頭皮が裂けるほどの傷ではなかった。脚は両方とも動く。これなら、体を動かすことができるだろう。

デスクを手がかりにして立ちあがり、ジョギング用の装備をしまってある抽斗《ひきだし》を開いて、グレイのスウェットシャツを見つけだし、血がにじんでいる頭部の傷口にそれをあてがう。おしゃれなドレス・シューズは脱げて、どこかに消えていたので、抽斗を探って、ナイキのシューズを見つけだした。なじみのある私物を身につけると、レディ・パットとサー・ジェフを探しに行かなくてはという現実に気持ちが引きもどされた。落下した木材だの、煉瓦《れんが》やガラスの破片だのが散乱しているせいで、部屋をつっきっていくのは迷路を抜けていくようなものだった。なんとかそこを通りぬけて、石の階段をのぼっていく。

一階のフロアに通じる戸口を巨大な木の梁《はり》が斜めにふさいでいたが、そこにはまっていた大きなドアは失われていた。梁の下をくぐりぬけ、想像を絶する破壊の場に入りこんだデラーラは、かつては広大なダイニングルームであった部屋によろよろと足を向けた。立っている人影はひとつもない。彼女は暗い廃墟に駆けこんでいき、声を振りしぼって叫んだ。

「パット！　ジェフ！　どこにいらっしゃるの？」

左側にある残骸《ざんがい》のなかで、小さな炎が点々と光っている。

広大な部屋のあちこちから苦痛のうめきや叫び声があがっており、まもなく外から警備員たちがそこになだれこんできて、彼らの強力なフラッシュライトのビームが光の刃のように闇を切り裂いた。火が燃えひろがらないようにしろと、だれかが叫んでいた。聴覚が回復しつつあるのだ。

デラーラは座席表を思いだそうとした。サー・ジェフはテーブルの上座にすわることになっていたはずだが、まだ晩餐のための席についた人物はいなかっただろうから、彼はレディ・パットとともに、部屋のいちばん奥のあたりに立っていたにちがいない。彼女はそこへ足を向けた。

「パット！　ジェフ！　デラーラです！　そちらへ参ります！」

足が滑り、彼女はタキシードを着た人体の上に倒れこんだ。その人体には頭部がなかった。恐怖の悲鳴を抑えこんだとき、だれかが彼女の腕をつかんで、引き起こした。フラッシュライトを手にした制服の兵士だった。兵士が彼女の頭部の傷を見て、言う。

「出血してるよ、お嬢さん。外に連れていってあげよう。医療処置を受けたほうがいい」

彼女は兵士の手をはらいのけて、左側にある戸口を指さした。

「わたしはだいじょうぶだから、ほかのひとたちを助けてあげて」その声は意外なほど力強く、ふだんこの壮大な城の業務を取り仕切っているときの確信に満ちた響きがよみがえっていた。「あそこのようすを見に行って。アブドラ王子がお手洗いに向かわれたちょうどそのときに、爆弾が炸裂したの。わたしはサー・ジェフリー・コーンウェルのアシスタント。懐中電灯が必要なんだけど」

兵士がフラッシュライトを彼女に手渡し、ほかの兵士たちに協力を求める声をかけて、トイレのほうへ走っていく。

デラーラは積み重なった残骸をフラッシュライトの光で照らしながら、奥の壁のほうへ進んでいった。部屋の右側にあたる壁面が完全に崩壊し、その上の天井が落下していた。反対側の壁に飾られていた、王室の狩猟場面を描写した濃い茶色のタペストリーが目に入った。壁からもぎとられて、毛布のように床に落ちている。それの端をつかんで、その下をフラッシュライトで照らしてみる。女性の両脚と、ネイヴィーブルーのオーガンザ・ガウンの裾《すそ》が見えた。

「パット！」と彼女は叫び、兵士たちのほうをふりかえった。「助けが必要！　ここにひとがいるの！」

何人かが残骸のあいだを駆けぬけてきて、彼女のそばにしゃがみこみ、重いタペストリーを、その上にのっている破片とともに引きあげる。それから、素手をタペストリーの奥のほうへ押しこんで、めくりあげた。パット・コーンウェルが横向きに倒れており、その体の上に、サー・ジェフが斜めに覆《おお》いかぶさる格好で折り重なっていた。最初の爆発の寸前、彼が警告を聞きつけて、妻を抱きあげ、重いテーブルの端と二脚の頑丈な椅子のあいだに飛びこんだのだろう。兵士たちが彼をあおむかせ、その妻の体を押さえこんでいた重い残骸を完全に押しのけた。軍医がふたりの顔からよごれと血をぬぐいとり、触診で生命兆候を探る。

「ここに生存者が二名」彼が叫んだ。「ストレッチャーを持ってきてくれ！」

デラーラはコットンのスウェットシャツを使って、やさしくサー・ジェフの顔を拭き、口や鼻にくっついている細かな破片を指先でそっと押しのけた。彼が咳きこみはじめ、その目がはっと見開かれて、パニックの色がにじむささやき声が漏れてくる。

「パット……」

デラーラ・タブリジは深い安堵《あんど》を覚えた。意識が戻ってきたのだ！　デラーラは彼の手をつかみ、その掌《てのひら》を妻の腕の上に置いた。

「奥さまはすぐかたわらにいらっしゃいます。医師の言うには、ごぶじだそうです。テーブルの下にもぐりこまれたおかげで、おふたりとも命が救われたんです。きっと回復されますよ」

彼のまぶたがひくつき、ふたたび意識が失われそうになる。

「デラーラ?」かぼそい声で彼が問いかけ、デラーラは涙を浮かべつつ、そのそばへ身を寄せた。「デラーラ」

声がいくぶん力強くなっていた。なにかを言おうとしているのにちがいない。

「はい、サー。わたしです。ご心配なく。ずっと、あなたとレディ・パットのそばについていますから」デラーラは彼のもう一方の手を両手で握りしめた。

ジェフリー・コーンウェルがぶるんと頭を揺すり、彼女の目をのぞきこんで、ささやきかける。

「デラーラ、カイルを呼び寄せてくれ。カイルが必要だ」

6

ワシントンDC

時刻は午後三時。シベール・サマーズは勤務時間の途中で職場を離れたいと思っていたが、そのための新たな言いわけをひねりだせずにいた。すでに口実が尽きかけていたし、それらの口実にしても、ボスたちの全員に却下され、この大統領執務室《オーヴァル・オフィス》を本拠とする男にも却下されてきたのだ。アメリカ合衆国大統領マーク・トレイシーは、彼女の不平に耳を貸すのに飽き飽きしていて、先ごろ、ぴしりとこう言ってのけた。きみは当分この軍事補佐官という職務を続行することになっているのだから、その立場に慣れるようにつとめるべきであって、ぐちを並べるのはやめなさい。彼女にとって、これほど退屈な職務はないのだが。

そんなわけで、彼女はいま、オーヴァル・オフィスのすぐ外に置かれている小さなデスクの、すわり心地の悪い椅子に腰かけ、かたわらにある黒いレザーのハリバートン製スーツケースを見つめているのだった。ヒップのところにつっこんである重いグロックの拳銃が食いこんできたので、彼女はその位置をずらした。ホワイトハウスの軍事オフィスは、隠すのが容易で、大統領に付き添って公《おおやけ》の場に出たときに人目につきにくいからということで、ちっぽけなベレッタの携行を要望していた。なんらかの脅威が生じた際は大統領警護隊《シークレット・サーヴィス》が対応するからとも言われている。シベールもシークレット・サーヴィスのエージェントたちのことは気に入っているが、警備はどれほど厳重にしても万全とはなりえないのだから、もしブラックボックスと呼ばれるこのスーツケース――核ミサイル発射装置がおさめられている――を盗もうとするばかなやつが出現して、発砲せねばならない事態になれば、そいつの体に風穴を開けられるようにしておきたかったのだ。

ホワイトハウスには、アメリカ軍を構成する五軍から各一名が代表として派遣されて、交替勤務に就き、当番の者がいつなんどきでも最高司令官である大統領にブラックボックスを用立てられるようになっており、海兵隊に所属するサマーズ少佐はそのひとりだった。彼女に関しては、美人であって、見るからに有能であること以外、だれもよくは知らない。この新たな職務に任じられる前に、その経歴はウルトラ・トップ・レベルの調査を受けて、生粋のアメリカ生まれの白人であることが判明していたが、その専用フォルダーにおさめられている事柄はすべて〝極秘〟か〝最高機密〟か〝部内秘〟のスタンプが押されているように思えた。わかっているのは、合衆国海軍士官学校を最優秀の成績で卒業したこと、海兵隊武装《フォース》・偵察《リーコン》の訓練を修了した唯一の女性隊員であること、その制服には、いつ、どこで、なにを、なんのためかを示す手がかりはまったくないものの、さまざまな戦闘において顕著な武勇を発揮したことを示す勲章がずらっと並んでいることだけだった。

〈タスクフォース・トライデント〉と呼ばれる秘密工作チームの作戦将校として数かずの任務をこなしたことで、シベールは有望株と目され、ホワイトハウス勤務を命じられることになった。ホワイトハウスでの勤務時間中にそのパーソナリティがあらわになるのは、第一級の特殊作戦コミュニティに属する上級将校が大統領のもとを訪れたときにかぎられている。真の猛者《もさ》である彼らは必ず時間をとって、シベールにハローと声をかけ、彼女の右肩に麗々しく飾られている勲章を種にしてジョークを飛ばし、軟弱なホワイトハウス・スタッフに任じられたことをからかい、そのお返しとして、ダークブルーの目にすさまじい剣幕でにらみつけられるのがつねだ。

「もう戦場には戻れないんじゃないか、少佐？」あるとき、ひとりの中将が皮肉った。

「またズボンのファスナーがおりていますよ、将軍。またもや年寄りの物忘れでしょうか？」と彼女は応じた。その口調は穏やかで丁重ではあったが、ことばは明瞭で、ピューマがうまそうなヘラジカを見つけて喉を鳴らしているような響きがあった。

三つ星の将軍は、はっと自分のズボンを見おろした。そして、ふたりして笑いだした。それは、戦士として尊敬しあう間柄であるからこそ許される不作法なやりとりではあった。

ホワイトハウスに初出勤して、制服のシークレット・サーヴィスが警備に就いているゲートを通りぬけ、メイン・エントランスにつづく長い敷地内道路を歩いたときは、その歴史と壮麗さが重く肩にのしかかってくるのを感じたものだ。だが、そのあとは、たんなる別種の仕事に変わってしまった。このスーツケースは、つねに手をのばせば届くところに置いておかねばならない。それには、小型の戦術ミサイルであれ、最終的な全面破壊攻撃用のミサイルであれ、大統領がその発射をおこなうのに必要なものがすべておさめられているからだ。シベールは、大統領が最終戦争《アーマゲドン》を引き起こすミサイルを発射することになって、だれかがその手助けをする役目を務めねばならない事態になれば、異論なくそれに同意する。おそらく、かすかな香水のオーラを漂わせつつ、彼の肩ごしにのぞきこんで、さりげなく発射のための認証コードを教え、しかるべきターゲットのリストが赤でプリントされているフォルダーのページを繰っていくことになるだろう。そういう恐ろしい責任を担《にな》うことに怖じ気づいてはいない。どのみち、だれもがいつかは死ぬに決まっているのだし、そうであれば、自分自身がそのための指示をいくつかおこなって、私恨リストに記載している連中の頭にも核が落ちてくるようにしたほうがいい。

シベールは、オーヴァル・オフィスの近辺で職務に就いているほかのスタッフとはうまくやっていて、シークレット・サーヴィス要員のふたりからデートの誘いを受けたこともあった。彼女がそれを断わると、相手のエージェントたちは、こんな美人が私的生活を無為にすごすのはもったいないだのどうだのと、ぶつぶつ言ったものだ。彼女は、身長は五フィート六インチ、体重はせいぜいが百二十五ポンドほどで、いまはワシントン住まいとあって、高級美容院で、その黒髪を首のあたりでふわっとひろがる程度に短くカットさせている。ホワイトハウスの社交担当秘書に要請されて、夜の行事に出席する単身者のエスコートをさせられることがよくあったが、相手との関係がそれ以上に発展することは一度もなかった。シベールは厳格に私生活を守りとおしてきたのだ。

彼女はまた、ブラックボックスに目をやった。変わりなし。それはいまも、スチールのチェーンでつながった手錠の片方が把手《とって》に取りつけられた状態でそこにあり、手錠のもう一方は、いつでも彼女の手首に取りつけられるように開放されていた。

オーヴァル・オフィスの周囲では日常の業務が進んでいて、訪問者が絶え間なく出入りしていた。やがて、三時を少しまわったころ、大統領首席補佐官がオーヴァル・オフィスに隣接する彼のオフィスのドアを開け放ち、狭い廊下に飛びだしてきて、ドアの左右にいる二名のシークレット・サーヴィスのエージェントたちにわめきたてた。

「コード・レッド！　封鎖しろ」という首席補佐官スティーヴ・ハンソンの叫び声。「大統領をシェルターに避難させるんだ！」

エージェントたちが身をひるがえし、手首に装着したマイクロフォンに向かってなにかを言いながら、補佐官につづいてドアを通りぬけていく。ホワイトハウスの雰囲気が、瞬時に一変した。よどんだ空気が、またたく間にハリケーンと化したかのようだった。シベールはジャケットのボタンをはずして、グロックを抜きだし、ブラックボックスのかたわらにしゃがみこんで、スチールの手錠を手首にカチャッとはめこんだ。ふたたび立ちあがり、右手一本で拳銃を構えて、フロアのほうへ銃口を向け、その一帯を目で捜索する。

またふたり、エージェントが駆けつけてきて、ひとりがオフィスに直行し、もうひとりがメイン・ドアの前が持ち場であるらしく、そこで立ちどまって、小ぶりな機関銃を構えた。

その男はシベールとほんの一瞬、目を見交わし、この非常事態においても彼女がひどく冷静な顔をしているのを見て、驚いたようだった。ホワイトハウスはすみやかに、だれひとりとして出入りを許されない完全封鎖状態に置かれ、未知の脅威に備えて、警備態勢が極限まで引きしめられた。屋上に配されているスナイパーたちがケースからライフルを取りだし、対空ミサイル・システムが起動され、制服のエージェントたちが急いで防御地点に駆けつけていく。各出入口の大きなゲートが封鎖された。

シベールは双眼を磨きあげた宝石のようにぎらつかせ、われ知らず小声でハミングをしながら、その場に立っていた。そのさまは、だれかに攻撃をかけるのを欲しているように見えた。

オーヴァル・オフィスは、ちょうど大統領がそこで、来《きた》るべきイラクの選挙のための会議を開いている最中とあって、あわただしい動きを示していた。大統領が、左右の腕をシークレット・サーヴィスのエージェントたちにつかまれた格好で、いそいそと出てくる。エージェントのひとりが袖口のマイクロフォンを通して、指令ポストにいるエージェントに警報を送っていた。

「バックスキン、移動中」そのコードネームは、大統領の出身地がテネシー州で、選挙期間を通してつねにデイヴィー・クロケットをシンボルにしていたことから、アメリカ陸軍通信隊が名づけたものだ。

その一団が戸口を抜けていくとき、大統領がシベールのほうに目を向け、小さな苦笑いをして、声をかけてきた。

「サマーズ少佐、きみはここに配属されてよかったのかもしれないぞ。あのスーツケースを持ってきてくれ」

「イエス、サー」とシベールは応じた。

拳銃をホルスターに戻し、四十五ポンドもあるスーツケースを持ちあげて、両腕で抱えこみ、シークレット・サーヴィスのエージェントのひとりに身を押されるまま、迅速に移動中の一団に合流して、地下二階にある核シェルターへと進んでいく。この国が核ミサイルを発射するためのブラックボックスを携えて、階段を駆けおりながら、彼女は考えていた——やっと、おもしろいことが始まった。

7

疲れきった〈トライデント〉チームに帰国命令が届いたのは、ぶじアフガニスタン側にひきかえし、広大な高原の上空を越えて飛来した第一六〇特殊作戦航空連隊《SOAR》のMH-47チヌーク・ヘリコプターに回収されてまもなくのことだった。SOARのヘリコプターに乗りこむと、二基のローター・ブレードの音がうるさいために会話はまったく成り立たないとあって、彼らはひとまず装備を解き、前進作戦基地《FOB》への長い空の旅を安楽にすごせるようにした。

やがて安全な高度に達したとき、ヘリコプターのクルー・チーフが小ぶりなホワイトボードを彼らにかざして見せた。そこにはただ一語、〝スワンソン?〟とだけ記されていた。

カイルが自分の胸を指さすと、クルー・チーフがほかの隊員たちの足をよけながら、そばにやってきた。

「おれがスワンソンだ」クルー・チーフが間近に来たところで、彼は叫ぶように言った。

「どうした？」

「ちょっと待ってくれ」クルー・チーフを務める軍曹が大声で応じ、無線が装備されているフライト・ヘルメットを手渡してきた。

カイルはヘルメットをかぶり、ちっぽけなマイクロフォンを口の前に持ってきて、クッションン付きのイヤピースを耳に押しこんだ。クルー・チーフがスイッチを入れて、ノブをまわし、親指を立ててみせる。

「スワンソン一等軍曹《ガニー》？」パイロットの声が、騒音に妨げられることなく明瞭に聞こえてきた。屈託《くったく》のない口調だ。ＳＯＡＲのクルーにとって、この短い任務は手慣れた仕事というわけで、全員が気楽にしているらしい。

「そうだ」とカイルは答えた。

「この機はＦＯＢへは行かない。きみのチームがアフガン領内に戻ったあと、上層部がフライト・プランを変更したんだ。きみらはバグラムに直行することになった」

カイルは失望のため息を漏らした。前進作戦基地なら軍規は緩やかだが、巨大なバグラム空軍基地は規則と規定のかたまりであり、それだけでなく、自分たちの兵舎は特殊作戦部隊エリアの間近ということになるだろう。

「理由は見当がつくか？」

「いいや。ただ、この数日、きみらのことを尋ねる人間がおおぜいいて、彼らがひどくいらだっていたのはたしかだ。きみらが国境の向こうにいるあいだに、やばいことがいろいろと発生してね、相棒。そっちの無線が応答をしないもんだから、ＶＩＰがひとり飛んできて、どえらい剣幕で荒れ狂いはじめたってわけだ」

「バッテリーがあがって、無線が使えなくなったんでね」

姿の見えないパイロットが笑いだす。

「そうだろうさ。この手の偵察任務では、そういうことがよく起こるらしい。非常無線機のほうはどうだったんだ？」

「あの山岳地では、どんな無線機もうまく働いてくれないんでね」

パイロットがまた笑いだす。

「まあいいさ。このあとすぐ、きみはあの将校に直接、一部始終を説明することになるんだし」

「そのVIPってのはだれなんだ？」カイルの名が書きつけられた書類を持って走りまわっている、ペンタゴン勤務将校の姿が目に見えるようだった。

「ほかでもない、きみら〈トライデント〉の一員さ。見目麗しいシベール・サマーズ少佐が、みずからお出ましってわけだ」とSOARパイロット。「なにが起こっているかについて、もっと教えてやりたいところなんだが、彼女に口封じをされてるんで、そうもいかない。おれとしては、サマーズ少佐にお仕えするくらいなら、離婚したふたりめの妻と再婚するほうがましってもんだ。なので、きみらを降ろしたら、こっちはさっさとおさらばさせてもらうよ」

「ラジャー。あんたにとやかく言うつもりはないよ。交信終了《アウト》」

カイルはフライト・ヘルメットを脱いで、クルー・チーフに投げかえした。シベールが？彼女はホワイトハウスにいることになっているはずだが。これはいったいどういうことだ？

ヘリコプターがバグラム周辺の空域に入ると、張りつめた感じが肌に伝わってきた。銃声が聞こえるわけではないが、戦闘前の緊迫感が全体に漂っていて、チームの海兵隊員たちは、なにかが起こっているのだという、奇妙ではあってもなじみのある感触を覚えた。チヌークが機体を傾けて、周回パターンに入る。特殊作戦のヘリコプターは通常、着陸の際にホヴァリングをすることはけっしてない。つねに所定の地点に直行して、着陸し、すぐに離陸するのだ。だが、このMH‐47はいま、多数の友軍航空機が空に出ているせいで、それができずにいた。戦闘機、爆撃機、空中給油機、旅客機、そしてほかのヘリコプターが飛び交っていて、着陸するものもあれば離陸するものもあるという状態だ。〈トライデント〉の男たちが交信を途絶しているあいだに、国境のこちら側で世界に変化をもたらすようなことがあったらしい。

ようやく、この大型ヘリコプターのナンバーが指名され、SOARパイロットがそれに応答して、着陸態勢に入り、発着場に機を降ろした。後部傾斜路《ランプ》がさげられ、〈トライデント〉に所属する海兵隊員たちは砂漠のまばゆい太陽の下に足を踏みだして、顔をしかめた。発着場には航空機がぎっしりとあり、空もやはりごったがえしている。遠方に、歩兵が行進している姿が見えた。

ジョー・ティップが、あたりがよく見えるようにとひたいに手をかざす。

「ありゃりゃ。9・11テロのあとの光景が再現したみたいだ」

フライトのあいだずっと眠っていたトラヴィス・ヒューズが、あくびをして、のびをする。

「この大騒動はなんなんだ。人間が小さくなったような気分にさせられるぜ」

「それは、おまえが小さいからさ」ティップが悪意のないジョークを飛ばした。

近くに停車していたハムヴィーのドアがさっと開き、シベール・サマーズが降りてきて、細いサングラスのぐあいを直した。無地のダークブルーの野球帽をかぶり、タン色の軍服《BDU》を着て、砂漠用のブーツを履《は》いている。そこらの兵士や海兵隊員のひとりにすぎないように見えるが、その軍服には上着にもズボンにも名札がない点がちがっていた。彼女がチームのほうに歩いてきても、だれも敬礼をしなかった。〈タスクフォース・トライデント〉は風変わりな軍事組織だ。階級が認識されるのは、公《おおやけ》の場に出たときにかぎられる。それ以外のときは、全員が平等であり、ファーストネームで呼びあうのだ。

「ヘイ、みんな」と彼女が呼びかけてくる。笑みはなかった。「全員、ぶじに帰還できてよかった」

「毎度おなじみの偵察だったんでね」とジョー・ティップ。「べつに特別なもんじゃなかった」

「おちゃらけはやめて、ジョー。ミドルトン将軍からお達しがあって、わたしは〈トライデント〉の作戦将校に復帰したの。それはそうと、あなたたちがやった――きのうの――急襲はみごとだったけど、そんなのはもうトーテムポールの最下端に位置するものでしかなくなったってわけ」

ヘリコプターがエンジンを再始動させ、ローターの下降気流《ダウンドラフト》が発着場の砂に円を描いて吹きつけてきたので、彼女は全員をハムヴィーのほうへ移動させて、ヘリコプターが飛び去るのを待った。

その中だるみ時間のあいだに、シベールは全員のようすをじっくりと見ていた。疲れてはいるが、いまも行動にかかる準備はできている。選り抜きの男ばかりだが、もし職務に就くのにふさわしくないと思える者がいたら、即座にお払い箱にするつもりだった。〈トライデント〉には軟弱者を入れる余地はないのだ。

テロとの戦いが開始されたころ、ワシントンの有力者たちのなかに、これは、連邦政府の各種治安機関をふるいにかけて、アメリカ合衆国が直面する新たな困難に対処するのに絶好の機会だと認識するひとびとが現われた。そして、キャンプ・デイヴィッドにおいて、トレイシー大統領との内密の会議が重ねられたのち、非正統的な手法を用いて敵との戦いを積極的におこなうための小規模な組織が創設され、その組織は〈タスクフォース・トライデント〉と命名された。それは寄せ集め部隊であり、オフィスはペンタゴンにあるが、厳密には軍事組織ではない。ではあっても、必要な諸資源は、分析官《アナリスト》からハードウェアに至るまで、政府のあらゆる部署から引きぬくことができるので、民間組織でもない。予算の制限を受けることもない。

公式の軍組織編制図では、〈トライデント〉は、海兵隊特殊作戦コマンド《MARSOC》という巨大な黒い傘の下にあまたある各種の小規模な通常組織のなかに紛れこまされた、小さな箱でしかない。キャンプ・デイヴィッドでおこなわれた討議の最終日となった日曜日、トレイシー大統領は大統領の権限によって、ユニットの創設を認可した。そのチームの潜在能力は途方もないとあって、政争の具に濫用《らんよう》されることのないよう、大統領はその運用に厳密な手続きを盛りこんだ。命令を下せるのは大統領のみ。必要上、首席補佐官のスティーヴ・ハンソンには〈トライデント〉のことが知らされ、同様に、統合参謀本部議長およびCIA長官にも知らされた。それ以外にはだれも、その存在は知らされていない。国務長官はその輪のなかに入っていないので、もし〈トライデント〉の任務が法を逸脱《いつだつ》しても、国務省は政府の関与をきっぱりと否定できるというわけだ。議会の指導的議員たちにも、彼らのスタッフの面々は垂れ流し的に情報をリークするからということで、やはり知らされていない。

このような新組織を創設するという大胆なアイデアがトレイシー大統領の頭に浮かんだのは、シリアで拉致《らち》された海兵隊将軍を、カイル・スワンソンという不屈の戦士が途方もなく低い成功の公算に打ち勝って救出した件を、彼が仔細に検討したときだった。貴重でありながら、いつでも使い捨てにできるカイルを中核的な男に据えて、法に強く拘束されることのない身分を持たせれば、表ざたにできない作戦を遂行させて、はるか海外の地でテロリストどもを狩ることができるだろう。

〈タスクフォース・トライデント〉の指揮官には、カイルによってシリアから救出された将軍、ブラッドリー・ミドルトン少将が任じられ、彼が合衆国大統領から直接命令を受けることになった。もしカイルがなにかを必要とすれば、ミドルトンが遠慮なくその要求をしかるべき筋に通し、カイルはそれを手にする。

世間の注目を避けるため、ミドルトンはこのタスクフォースの規模を可能なかぎり小さく抑えておくようにつとめた。作戦将校の任には、タフで美しく、ユニークな才能を持つシベール・サマーズを抜擢《ばってき》した。全般的に管理する役割には、海兵隊フォース・リーコン部隊のレジェンド、O《ダブル》・O《オー》・ドーキンズ上級曹長を起用した。ミドルトンはまた、海兵隊の枠を超えて海軍から、技術部門の天才であるベントン・フリードマン少佐を引きぬいた。フリードマンは、海軍士官学校時代はウィザードと呼ばれていたが、同僚となった海兵隊員たちはさっさとそのニックネームを〝リザード〟に変えてしまった。チームは、特定の任務においてその道のスペシャリストが必要になった場合は、増員をおこなう。

〈トライデント〉のメンバーは全員、自分たちの真の仕事は、カイル・スワンソンを支援し、彼が極限の重圧を伴う任務を遂行して、合衆国の敵に甚大な損害を与えるのを助けることだと理解していた。ユニットが活動を開始したほぼ直後から、カイルを核とする〈トライデント〉は、不可侵だと信じこんでいた連中をターゲットとする任務に追われることになり、ロンドンとサンフランシスコで生物化学兵器を用いて多数の死傷者を出した狂気のテロリスト、ジューバの始末も担当した。

仕事の種が尽きることはけっしてなく、彼らが乗ってきたヘリコプターのローター音がバグラムから消え去ったあとも、その状況にはなんの変わりもないだろう。

「悪いニュースがあるの、みんな」シベールが言った。「イスラエルとサウジの和平交渉が事実上、灰燼《かいじん》に帰した」サングラスをはずして、カイルを見つめる。「二日前の夜、その主要人物たちの私的なレセプションの場にテロリストが攻撃をかけ、TOWミサイルを二基、撃ちこんだ。十七名の死者が出て、そのなかにはウェアリング国務長官とその妻、イスラエルおよび英国の外務大臣が含まれている。負傷者はそれより多く、そのなかにはアブドラ王子も含まれている」

「なんだって！」ダレン・ロールズが叫んだ。「だれがやったかはわかってるのか？」

ロールズがさっと視線を転じると、ちょうどそのとき、カイルが背嚢《はいのう》をおろして、その上にすわりこみ、愕然《がくぜん》とした顔になってシベールを凝視するのが見えた。ロールズにとって、鉄の意志を備える男がそんな表情を浮かべるのを目にしたのは、これが初めてのことだった。

「ええ。四名編成の決死隊。それだけじゃなく、その攻撃は、サウジアラビアにおける反乱の引き金になったらしい。いま、あの国では全土で小規模の戦闘が展開されてるの」

カイルは両手で頭をかかえていた。例のレセプション！ あの丘の安全を確保するのは不可能だとジェフに警告しておいたのに！

「そんなことはどうでもいい。パットとジェフはどうなったんだ？」

シベールがかたわらにしゃがみこみ、声を低めて言う。

「どちらも負傷したけど、命は取りとめたわ。ジェフがパットをかかえあげてテーブルの下にもぐりこみ、その上に覆《おお》いかぶさるようにしていたので、彼女はだいじょうぶでしょう。

彼のほうは重傷を負ってしまったけど」

〈トライデント〉に属するほかの五人がしばし目を見交わしたあと、リーダーであるふたりのほうへ目をやり、そのあとまた、おびただしい数の航空機が飛び交う空を見あげる……状況がのみこめてきた。これはたんなる9・11の再現ではない。第三次世界大戦が勃発するかもしれないのだ。ロールズが問いかける。

「で、おれたちはどうすりゃいいんだ、シベール？　それと、なんであんたはホワイトハウスにとどまっていないんだ？」

「わたしはあの仕事が大嫌いだし、大統領とミドルトンが、わたしを一時的に〈トライデント〉の任務に復帰させることを決定したから。あなたたちのようなダーティ・ファイターから成る完全な小部隊を編成して、ミドルトンに命じられたどんな任務も遂行できるように準備しておかなくてはいけないでしょう」

「じゃあ、おれたちは本国にひきかえすことになる？」

彼女はロールズに、命令書と証明書がぎっしりと詰めこまれたぶあつい茶封筒を手渡した。

「いいえ。新たな攻撃チームが編成されることになって、あなたたちはそのメンバーに選ばれてるの。乗りこむ航空機がクウェートに向けて離陸するまでに数時間の猶予があるから、そのあいだに身ぎれいにし、なにか適当に食べて、睡眠をとっておくこと。あちらに着いたら、だれかが出迎えて、特殊作戦キャンプに案内してくれることになってるから、そこで計画を取りまとめることにしましょう。わたしもすぐにあとを追うわ」

カイルが立ちあがり、彼女も立ちあがった。

「おれは、先にパットとジェフに会ってからでないと、どこにも行く気はない」カイルが言った。要請ではなく、断言だった。

「わかってる」と彼女は応じた。「わたしも同じよ」

8

シベールの運転するハムヴィーが特殊作戦エリアを離れ、バグラム飛行場の一万フィート滑走路に沿って並ぶ巨大格納庫前の道路を走っていく。格納庫のひとつに、人目につかないようにひっそりと、一機のセスナ・サイテーションXが待機しており、二基のロールスロイス・エンジンがすでに始動されて、やわらかなアイドリング音を響かせていた。後退翼と高い尾翼を有するその機には、エクスカリバー・エンタープライズLtdの社名が記され、胴体にダークブルーの細い二本線とゴールドの企業エンブレムが描かれている以外は、純白だった。この贅沢《ぜいたく》な中型の私有ジェット機は、サー・ジェフの〝おもちゃ〟のひとつだが、きょうはイギリス空軍航空軍団に所属する二名のパイロットが操縦にあたっていた。

彼らはハムヴィーを降りて、階段をのぼり、機内の厨房でそれぞれが冷えたビールを一本取りだしてから、通路の左右に並んでいるクリーム色のシートに身を落ち着けた。彼らがシートのバックルを締めたことをクルー・メンバーのひとりが確認したところで、機体が動きだす。格納庫の日除けシェードがあがって、まばゆい陽光が射しこみ、機は外に出て、誘導路のはずれにある所定の位置についた。そこにはすでに、AC-130スペクター・ガンシップと巨大なＣ－１４１Ｂスターリフター輸送機が並んでいて、この機の離陸の順番は三番めだった。しばらくして、エンジン音が高まり、ブレーキが解除されて、サイテーションＸがふわりと大地から浮きあがる。

カイルとシベールが無言でビールを飲んでいるうちに、機は三万七千フィートの上空に達して、西へ方向を転じ、マッハ〇・九二に相当する時速六百マイルの快適な巡航速度で時間《タイムゾ》帯《ーン》の境界をつぎつぎに越えていった。カイルは、キャビン後方にあるカーテンで仕切られた更衣室に入って、アフガン用の着衣を脱ぎ、洗面台の水に浸したタオルで体をぬぐってから、彼のために用意されていた新しい衣類に着替えた。そのあと、交替でシベールが着替えをしているあいだに、カイルはまたビールを取ってきて、栓を開けた。いまは、ふたりともがタン色のスラックスに白のランニングシューズとソックス、右胸にエクスカリバーのゴールドのエンブレムがあしらわれた白のポロシャツという格好になっていた。事情を知らない人間がそのふたりを見たら、サー・ジェフの多国籍企業に所属する従業員たちだと思うだろう。実際には、このふたりは、平凡な外見に身をやつした秘密工作員なのだ。

キャビン前方にある娯楽センターは、安全が確保された通信室を兼ねており、ふたりはそこに入りこんで、シベールがフライト・キャビンとのドアを閉じ、ペンタゴンにある〈トライデント〉の司令オフィスに電話を入れた。通信コンソールの大きなフラット画面のなかに、もじゃもじゃの黒い髪をしたベントン・フリードマンの顔が表示される。彼の画面には、シベールとカイルの顔が見えているはずだ。

「やあ、カイル、お帰り」フリードマンが言った。

「やあ、リザード」とカイルは応じた。

「ミドルトン将軍はそこに？」シベールが問いかけた。

「いや。ホワイトハウスや国務省《フォギー・ボトム》に出向いたりして、ワシントンを走りまわってる最中でね。きみらが機に乗りこんだことは伝えてある。推測するに、きみらはこちらに直帰せず、ロンドンに向かうことにしたんだろう？」

「ご推察どおりだよ」カイルは言った。

リザードが数枚の紙片をつまみあげ、ざっと目を通して、わきに置いてから、タブレットを取りあげて、そのメモを読む。

「さっき、デラーラ・タブリジと連絡をとったところ、彼女が、きみらが病院に直行できるようにするための移動手段を手配するとのことだった。きみらが必要とするものは、FBIの信任状を含めていっさいがっさい、そこに用意されているだろう。カイル、コーンウェル夫妻の容態に変化はないとのことだ。サー・ジェフは、明朝、頭部の負傷箇所の手術がおこなわれ、脊椎《せきつい》下部に埋まっている破片が取りだされる予定になってる。両脚とも、骨折しているそうだ」

「デラーラのぐあいは？」カイルは尋ねた。

その目の覚めるほど美しいイラン人女性と彼が恋人同士であることは、もはや秘密でもなんでもない。

「彼女はかすり傷を負っただけで、テロ攻撃をくぐりぬけたんだが、それ以後、一睡もしていないように思われる。疲れきっているのに、ふたりのそばを離れようとしないんだ」

カイルはうなずいた。

「おれが少しやすませるようにしよう。疲労困憊《こんぱい》で倒れるようなことにさせてはいけない。サウジアラビアに関する状況報告《シットレップ》をしてくれるか？」

「一般に開放されているチャンネルではできない。スカイニュースかBBCの放送を観るだけにしてくれ。例によって、アルジャジーラは他局が入りこめないあちこちの場所にカメラを持ちこんで、取材してるがね。サウジ政府は、すべてが統制下に置かれていると主張してるが、見たところでは、混乱がひろがっているようだ」リザードが、コンピュータ画面の端にあるピンホール・カメラを凝視した。「シベール、きみの本来のボスは、あの地で起こっている事態をとても憂慮しているぞ」

彼はそれがだれとは言わず、あいまいにほのめかしただけだった。

「ええ、きっとそうでしょうね」とシベール。「チームのほかの面々は予定どおり基地に帰還すると、将軍に伝えておいて。わたしたちは、コーンウェル夫妻の見舞いをすませしだい、またそちらに連絡を入れるわ」

「わかった。わたしからもよろしくと伝えておいてくれ」フリードマンがスイッチを切り、海を越えての通信を終了させた。

カイルは唇を嚙《か》んで、考えこんだ。

「リザードが言おうとしたのは、大統領はなんらかの軍事的対応を計画しているってことだろう。彼としては、サウジの政府が倒れるのを座して見ているわけにはいかないからな」

シベールが、彼女のシートの横にあたる壁面に設置されている、磨きあげられた木の棚にビルトインされた小さなコンピュータのキーボードを打って、グーグルを起動し、サウジアラビアの地図を表示させた。が、地図に重ねて表示されるマークの数が多すぎて読みきれず、彼女はコンピュータを落とした。

「あの国を失うのは、イラクを失うより十倍も悪い結果を招くでしょう。全世界の経済に壊滅的な打撃をおよぼすことになるから」

カイルはあくびをして、両脚をのばした。

「われわれがあの国の油田の確保に乗りだしたら、ロシア人はおとなしく傍観してはいないだろうが、中東諸国はすべて、以前からロシアを憎んでいる。中国は事態を注意深く監視し、NATOに属する各国もすべてそうするだろう。それだけじゃなく、インドも首をつっこむかもしれず、そうなればパキスタンもそうするってわけだ」

「で、敵はだれになるの？」シベールが靴を脱ぎ、シートに足をあげてすわりこむ。

「すべてさ」カイルは言った。

そして、目を閉じ、心を無にして、眠りに落ちた。

9

モスクワ

トップをおろした、車体の低い鉄灰色《スティーリーグレイ》のフェラーリF430スパイダーが、敷石を剝《は》ぎとるような勢いで赤の広場をつっきっていき、クレムリンの高い煉瓦塀《れんがべい》にしつらえられたゲートを走りぬける。この国の首都は金持ちが誘拐されるのが日常茶飯事なのだが、そのドライヴァーは行動を制約されることはなかった。

尊敬と恐怖、そして治安諸機関によって身の安全が保証されているために、その男、ロシア大統領アンドレイ・ヴァシーリエヴィチ・イワノフには、だれも手出しをすることはできないのだ。第一級の犯罪組織を統率する家系の例に漏れず、彼のファミリーもまた、国を統《す》べるのが無慈悲なスターリンであろうが、改革主義者のゴルバチョフであろうが関係なく、時勢に合わせて歴史を生きのびてきた。そして、三十年ほど前に共産主義体制が崩壊すると、暴力と流血を旨《むね》とするマフィアの筆頭としての地位を固めて、来《きた》るべき資本主義の大嵐に備え、その嵐をみごとに受容した。彼の父親はマフィアの情け無用なやりかたを援用して、民間の石油企業を創業し、おじのひとりはメディア業界の大立て者となり、別のおじはヴェンチャー・キャピタルを設立して、新規ビジネスのスタートに手を貸し、のちにそれらの会社を乗っ取っていった。これは、じつに強力な組み合わせだ。

若きアンドレイは、ある目的のために、豊富な資金や、大物同盟者たちの支援と不遜《ふそん》なまでに広範なあと押しを受けて、政界に送りこまれた。人民主義者《ポピュリスト》の役割を演じることになっている彼は、寛大であり、一般のロシア国民に敬愛されている。そして、彼に刃向かう者には必ず、まずいことが降りかかってくる。

だが、彼は愚かな男ではないので、ひとりで車を走らせているときにも、ボディガードたちが自動銃を携えて乗りこんだ大型SUVが、そのオープンカーから適度な距離をおいて、悠然とあとにつづいているのがつねだ。アンドレイ自身もホルスターにおさめたマカロフ拳銃を携行し、車のシートの下に短機関銃を装備していた。四十四歳にして独身、筋肉質で健康、無限の活力を有しているように見え、何時間もつづけて仕事をすることができる。前日も夜半過ぎまでそうしていて、いまからこの日のランチタイムというところだった。時計がいつも彼をからかっているように思えた。

運命の書にその名が大文字で記されているかのように、アンドレイ・イワノフはしかるべき時にしかるべき地位に就いた。だれにとっても驚きだったが、ほんの一年前、ウラジーミル・プーチン首相が若きイワノフを、有用な傀儡《かいらい》に使えるとの読みのもとに大統領に指名したのだ。だが、そのあと、プーチンは思いがけず、軽い卒中の発作を起こし、フィールドの外へ出されることになった。そのため、アンドレイはたんなるお飾りではなく、実際にこの国を経営する仕事に乗りだして、精力的かつ決然とその責務を担《にな》うことになった。プーチンはなんとか歩行が可能となるところまでは回復したが、いまなお発話がいくぶん困難な状態にあり、アンドレイはいまのあいだにと、彼を無力な立場にすべく工作してきた。この若きリーダーのパーソナリティは、プーチンが手荒な手法でやってきた、可能性の薄いロシア再生の試みに警戒心を募らせていた多数の国際関係ジャーナリストの心をつかんで、味方に引き入れることに成功していた。私用車で街路をつっぱしるのは、アンドレイにすれば、国民ひとりひとりに手をさしのべることを示すための意表を衝《つ》くジェスチャーであり、大衆の人気を堅固にするための手段だった。

　親しみやすさという特性は、ロシアは新たな君主《ツァーリ》を必要としているという、彼のファミリーの信念に基づいて形成されたものであるにすぎず、アンドレイは専制君主的な傲慢《ごうまん》さを少なからず持ちあわせている。彼は、おのれの名を歴史に刻もうとするだけでなく、みずからが歴史をつくろうとしていたのだ。

　古めかしいクリムゾンレッドの壁の内側に入りこんだあと、ふたりの人物が待ち受けている縁石のそばに達したところで、アンドレイはブレーキを踏んで、車を停めた。出迎え人のひとりはダークスーツをぴしっと着こんだ彼の首席補佐官で、もうひとりは地味なドレスに身を包んだ美女、彼の個人秘書だった。彼はイグニション・スイッチを切って、車を降り、プラダの濃いサングラスをはずして、驚くほど明るいグリーンの目をあらわにし、テレビの視聴者たちにもおおいになじみになっている輝くような笑みを浮かべた。

駆け足になって、数百年前、石工《いしく》たちがピョートル大帝のために建設した広い大理石の階段をのぼっていく。側近たちがあとを追った。彼らの身なりは慎重に選ばれたものだが、彼のほうはそれとは対照的に、ソフトな黒革のパーカにダークブルーのタートルネック・セーター、黒のスラックスにハイキングブーツといういでたちだった。

「きょうは、かの老紳士はおいでかね？」プーチンが姿を見せるとは思えなかったが、かつてはKGBの一員だったあの男の能力を過小評価するのは禁物だ。

「いえ、大統領。きょうはいらっしゃっておりません」ヴェロニカ・ペトロワが答えた。

ニキの通称で知られるこの個人秘書は、もとはプロフェッショナルのファッションモデルであり、宵《よい》の行事によくアンドレイのエスコートとして出席している。私的にも職業的にも、彼女はアンドレイの数少ない信任された人物のひとりとなっていた。

「それなら、ニキ、彼にわたしの衷心よりのことづけを送っておいてくれるかな。できうるならば、遠からずランチかディナーをごいっしょしましょうと」

アンドレイは彼女にウィンクを送った。あの老いぼれがいつ、くたばってくれるかを知りたいんだよ。

「はい、大統領」彼女がメモ帳にその指示を書きつける。

三人そろって広い戸口を抜け、大統領執務室に入ったところで、アンドレイはパーカを脱いで、ソファの上に放りだし、大きなデスクの背後に置かれたソフトな椅子に腰を落ち着けた。補佐官のセルゲイ・ペトロフが、革張りのフォルダーを彼の前にさしだしてくる。

「スコットランドにおける第一弾の工作は、ご承知のごとく成功しました、大統領。現在、サウジアラビア国内において不穏な情勢が形成されつつあります。お渡ししたこの情報は、三十分前に届けられた最新のものです」

「どうしてアブドラ王子は生きのびたのだ？　どうやってぶじに切りぬけたのか、そこのところが合点がいかない」

「幸運です。攻撃がおこなわれたとき、彼はたまたま、とても堅牢な造りの便所のなかにいました。その後、王子はある民間の病院に移されましたが、すでにＳＶＲが暗殺の実行に着手しています。まもなく、彼を仕留められるでしょう」

ＳＶＲの略称で呼ばれるロシア対外情報庁は、旧ＫＧＢの後継機関であり、いまは完全にアンドレイの掌握下にある。

アンドレイは報告書のページを繰りながら、言った。

「それなら、いいだろう。幸先よしだ。では、盗聴防止機能付き電話《セキュア・フォン》でディーター・ネッシュと連絡をとってくれ。どのような状況になっているのか、彼の私的見解を知っておきたい」

「承知しました。ランチになさいますか？」

「いや、まだだ。この午後は、なにか重要な予定が入っているか？」

「急を要するものはなにもないです、大統領。きょうは自由にしておられるのがいちばんでしょう。二時間後、またSVRから報告が入る予定になっています」

ニキとペトロフが退出し、広大な執務室にひとり残ったアンドレイ・ヴァシーリエヴィチ・イワノフは、テレビをつけて、ニュース・チャンネルを順に観ていった。デスクの水差し《カラフ》からウォッカを注いで、たっぷりとひとくちやり、またテレビのニュースを観る。笑みを浮かべ、ブーツの両脚をデスクの上にのせた。計画が首尾よく成就した暁《あかつき》には、アンドレイは、ロシアの航空機や兵士や戦車をまったく用いることのない絶妙なクーデターによって、サウジアラビアをわがものとすることになるだろう。それがうまくいけば、つぎは中東のどこか別の政権を転覆させる計画を進めることができる。究極のゴールは、あの地域の石油資源を――一滴残らず――わが国が搾《しぼ》りとって、母なるロシアに富をもたらすことなのだ。

10

イングランド北部のとある民間飛行場に、機が非の打ちどころのないなめらかな着陸をおこない、カイルとシベールは苦もなく、そこからの輸送手段を手に入れることができた。白のポロシャツにタン色のスラックスという、ふたりと似たような身なりの若い男が着陸した機のそばで出迎え、気が進まないようすで鍵束をカイルに手渡してきたのだ。

「ミズ・タブリジが、自分の車を使ってもらうようにと言い張りまして」

シベールがその鍵束をつかみとる。

「わたしが運転するわ。あなたは疲れきってるから」

「だめだ。彼女はおれに車をあずけたんだ。あんたは助手席にすわれ」カイルは鍵束に手をのばした。

シベールが、カイルの手がぎりぎり届かないところへそれを持っていき、からかうようにぶらぶらさせる。

「不平を漏らすのはやめて、一等軍曹。あなたには、左側通行の道路をどう走ればいいかもわかってはいないんだし」

若い男は、そのふたりが何者であるかは知らなかったが、どちらがサーブ9‐3バイオパワー・コンヴァーティブルを運転するかでもめていることに文句をつけようとはしなかった。サーブ社がリンクス・イエローと名づけた、そのあざやかな黄色に塗装された車は、前から見ると、にやっと笑った顔のように見える。

「ミズ・タブリジは、自動車に関してはいい趣味をお持ちですね」彼が言った。「この車の最高速度は時速百五十マイル。できれば、速度制限のないアウトバーンで、この車を走らせてみたかった。それなのに、受けた指示は、おふたりに引き渡して、さっさと戻ってこいというものだったんですよ」

「ジェフは彼女にたっぷりと給料をはずんでるにちがいない。これはどれくらいの価格なんだ？」カイルは問いかけた。

「これは、全部のオプションをつけたら、四万ポンドぐらいになるでしょうね」

「とんでもないお値段！」シベールが笑った。「米ドル換算だと、約八万ドルにもなるわ」

彼女はすでに、すわり心地のいい革張りの運転席にすわっていた。二・八リッターV6エンジンをコントロールするのは、運転席左側に突きだしている五速のシフトレヴァーだ。彼女が眉をあげて、若い男を見やる。

「さてと、あと知らなくてはいけないのは、どこへ向かうかってことね」

男が、ダッシュボードのコンパクトなディスプレイ・スクリーンを指さす。

「音声ナヴィゲーション・システムにプログラムしてあります。イグニションを入れたら、タッチ式モニターに地図が表示されます。飛行場を出たらすぐ、リンダが、ここからそこまで、すべての進路を教えてくれるようになっています。速度制限を守って走らせても、一時間ちょっとのものでしょう」

「リンダ？」

「ミズ・タブリジが、この車のナヴィゲーション・システムに装備されている女性の声をそう名づけましてね。あなたが困らせないかぎり、リンダがすねたり怒ったりすることはないでしょう」

シベールがキーをひねると、でかいエンジンがうなりだした。

「じゃ、そうしましょ」彼女は言った。じつのところ、リンダ・マシンがすねようが怒ろうが、彼女としては速度制限を守るつもりは毛頭なかったのだが。

カイルが助手席のぐあいを調整して、ベルトを留めたところで、若い男が簡素な段ボール箱を彼に手渡してきた。

「これを渡すようにとの指示も受けておりまして。ほかになにか必要になった場合に備えて、ぼくの名刺も渡しておきます」男が言って、あとずさった。

五分後には、ふたりは飛行場の外に出ていて、リンダがやさしい声で送ってくる指示のもと、シベールが車を左折させた。モニターのカラフルな地図に、現在位置がピンポイントで示されている。カイルが段ボール箱を開くと、連邦捜査局《FBI》の記章とIDカードが添付された黒革の身分証明書ホルダーがふた組、そしてシベール用のグロック17拳銃と、カイル用のずっしりと重いコルト45セミオートマティック拳銃が入っていた。カイルは二挺の拳銃を取りだして、チェックしてから、箱に戻し、自分の足もとに置いた。

「制限速度を超えないようにしてください」リンダが愛想のいい声で念を押してきた。いい日和《ひより》だった。車のトップがおろされていて、風がふたりの頭に吹きつけてくる。シベールが濃いサングラスの位置を直して、アクセル・ペダルを踏みこんだ。


カイルは早々に、田舎《いなか》の景色をながめることに飽きてしまった。まもなくジェフに会うことになるが、なにを言えばいいものか？　その男はカイルにとって、見たことのない実父以上に、父に近い存在になっている。そんなわけで、ジェフが重傷を負ったという事実は、カイルの胸を不安でいっぱいにしていた。そして、パットのぐあいはどうなのか？　彼女は、カイルがやった極端な行動の数かずを目にしても、そのつど、人生には生きる価値があることを彼に信じさせて、現実に引きもどしてくれたのだ。

そして、デラーラ。彼女は、このホットな車のような女性だ。カイルは、イランの生物兵器研究施設をみずからの指揮で襲撃した際に、彼女を救出し、そのあと、彼女の助けを得て、別の襲撃をおこない、別の大規模な研究施設を壊滅させた。元は学校の教師である彼女は、美しく、勇敢で、祖国においては反逆者と見なされていた。その家族を虐殺し、彼女を含めてすべての女性が二級市民として扱われる祖国には、二度と戻りたくないと思っている。この高速の出る黄色いスポーツカーは、ジェフがイランを統《す》べる狂信者たちへのあけすけな挑戦として、彼女にプレゼントしたものと考えるのが当たっていそうだ。

カイルは、おおっぴらに認めるつもりはないが、自分がデラーラに恋心を寄せていることを自覚していた。また彼女を抱きしめる時が来るのを待ちきれず、彼女も同じ思いでいることはわかっていた。自分がこの世でもっとも気にかけている三人のひとびとが危機にさらされているのだと思うと、怒りが煮えたぎってくる。新たな和平計画が成就すればと考えて、旧敵である二国の仲を取りもとうとしていたサー・ジェフが、災難でそれに報いられることになるとは。

やかましいロック・ミュージックが聞こえてきて、彼は物思いから引きもどされた。

「リンダがひっきりなしにつべこべ言ってるから、声が聞こえないようにしようと思って」シベールが説明した。「あなたもなにか役に立つことをやって。プレイヤーに演奏させる別のCDを見つけだすとか」

コンソールのボタンをいろいろと押していくと、地図が消えて、プレイヤーに収納されている音楽アルバムのリストが出てきた。CD選択のボタンを見つけだそうと身をのりだしたとき、シベールが短い悪態をつく声が聞こえ、シートベルトのストラップが痛烈に身に食いこんでくるのが感じとれた。顔をあげると、揺れ動く視野のなかに、イングランド東部地方で使われている濃い緑と薄い黄緑のチェック柄に塗装された救急車の側面が目に入った。それがこの車のすぐ前方に割りこんできて、そのとき、シベールは時速九十マイルで走らせていたのだ。彼女は急ブレーキをかけて、鋭く右にハンドルを切り、横滑りした前輪の向きを修正しようとしていた。タイヤが路面をこすって、悲鳴をあげる。

カイルはダッシュボードをつかんで身を支え、オープンカーから放りだされそうになる体をシートベルトが押さえこんでいた。

シベールがギアとアクセルを操作し、サイドブレーキを引くと、サーブは完全に三百六十度回転したところで停止し、エンストを起こした。

「ちくしょう！」と彼女が吐き捨て、荒い息をつく。ハンドルを握りしめる両手が、手の甲まで真っ白になっていた。「真横からつっこんでくるなんて。あやうくぶつかるところだった」サーブのエンジンを再始動して、ハンドルを大きく切る。「あの野郎を追いかけて、目にもの見せてやるわ！」

「待った！」とカイルは言って、ハンドルに手をのばし、彼女を制止した。なにかが目に映ったのだ。「ちょっとだけ待ってくれ」コンソールのスイッチを操作して、モニター画面とナヴィゲーション・システムの声を復活させる。「リンダ、例の病院までの距離はどれくらいだ？」

「目的地までの距離は、十キロとなっています」温かい声が聞こえてきた。「事故が起きたのですか？　当局に通報を入れましょうか」

「いや、事故は起きてない。なにもしなくていい」

「どうか速度を落としてください」リンダが言った。

「黙ってて」シベールが言いかえした。「どうかしたの、カイル？」

「あそこ。まっすぐ前方、半マイルほどのところ。側道のすぐ外にあるがらくたの山をよく見るんだ。なにかの金属が日射しを浴びて光ってるだろう？　ちょっと調べてみよう。なにか妙なことが起こってるぞ」

車を進めながら、カイルがはるか遠方に目をやると、後部が角張ったダークブルーのミニヴァンが砂埃をあげながら高速で走り去っていく光景が見えた。なぜだ？　カイルはコルト45を抜きだし、シベールが車を停止させたところで、その腿《もも》の下にグロックを押しこんだ。カイルは車を降り、シベールも右側から車を降りて、少し後方へ移動し、ふたりはそろって銃を構えた。カイルは道路際の浅い側溝をまたぎこえ、彼女がそのあとにつづく。

日射しを浴びて光っているのは、救急車に搭載される移動式担架《ストレッチャー》の磨きあげられた金具だった。そのストレッチャーの上で、小柄で弱々しい年老いた女性が、顔に酸素マスクをかぶせられたまま息絶えていた。その左右には、制服姿の救急隊員たち。全員が、頭部に二発の銃弾をくらって倒れている。カイルとシベールは、あわただしく彼らの脈をとった。全員が死んでいた。

ふたりはことばを交わすことなく、サーブに駆けもどった。シベールが細い側道の上で三点ターンをしてから、でかいエンジンをぶんまわす。本線に戻ったときには、あの緑と黄緑の救急車の姿は消えていた。

「あれを追うんだ、シベール。病院まで十キロというのは、ほぼ六マイルで、あの救急車はかなり先行しているから、おそらくはもうそこに到着するころだろう」コンソールの地図を調べだすと、リンダが不平を鳴らしはじめたので、カイルはシステムのオーディオ・ヴォイスを切った。「ずっと直線道路で、病院を示す標識はなにもない。くそ、このことを通報しようにも、だれに通報すればいいかもわからないから、どうにもならない」

スピードメーターの針が、エンジンになんの負担もかけることなく時速百マイルに達し、それを超えたとき、一台の配送トラックと数台の乗用車に追いつき、サーブは急ハンドルでそれらの車を迂回した。カイルはオーディオを復活させた。

「目的地までの距離！」

「三キロです。どうか減速して、安全運転をしてください！」

しつこい。うるさい。カイルはまたオーディオを黙らせた。

「見えた！」とシベールが叫び、カイルもまた、救急車の角張った後部を目におさめた。本物の救急車のドライヴァーなら高速でもなめらかに走らせるはずだが、いまハンドルを握っているドライヴァーの運転は不安定だった。病院への出口ランプに向かうために速度を落としたときになって初めて、そのドライヴァーは点滅灯を点灯し、ウィーン、ウィーンと甲高《かんだか》いサイレンの音を立てはじめた。その車がランプのカーブを曲がり終えるまでに、シベールは急加速し、タイヤにフラットスポットができるほどの急ハンドルを切って、背後に迫っていた。右側に、煉瓦《れんが》造りの病院と、その建物に並んでいる日射しを浴びた窓が見えてくる。

「警備の者はいる？」

「表側に警察官が二名。そのひとりがあの救急車に手をふって、地下の駐車場につづくエントランスへ誘導している。あの横手に車をつけるんだ、シベール！」

黄色いサーブが巨大な豹のように最後の距離を詰め、仰天する警官のかたわらを走りぬける。カイルはシートベルトのバックルをはずし、高さを稼ぐべく、ソフトなシートに片膝をついて、オープンカーのフロントガラスの左端を左手でつかみ、右手に持つコルトを持ちあげた。シベールがハンドルを切って、ずんぐりした緑と黄緑の救急車の側方に車体を寄せたとき、救急車は駐車場へのエントランスの低い天井の下にさしかかって、やむなく速度を落とした。

暗がりのなかへ入りこんでいく。カイルは、愕然《がくぜん》としているドライヴァーの頭部に銃の狙いをつけて、引き金を引いた。でかい拳銃が、穴倉のような地下の空間に轟音をとどろかせる。三発の銃弾がドライヴァーの頭部を粉砕し、救急車がサーブの前方へつっこんできて、ぶつかり、その衝撃で、フロントガラスを握っていた手がもぎ離され、カイルは、急ブレーキを踏んだシベールの体の上に倒れこんだ。二台の車がもつれあって、コンクリート敷きの進入路を滑っていき、救急車がコンクリート柱に激突したところで、ようやく二台が分離した。

カイルは、体のバランスが回復すると、下と背後から押しかえそうとするシベールにも助けられて、すぐに身を起こし、動きだした。破損した車を飛び降り、駆け足で救急車の向こう側にまわりこんで、ドアをぐいと引き開け、念には念を入れて、コルトの弾倉の残弾を一発残らず、死んだドライヴァーにたたきこむ。

警官たちが罵声《ばせい》をあげ、あざやかな黄緑色の警備チョッキを暗がりに輝く発光体のように光らせながら、こちらに駆け寄ってきた。

シベールがバッジをかざす。

「FBIよ！」彼女が叫んだ。「われわれはふたりともFBI！　アメリカ人よ。カイル、銃を捨てて！」

カイルは弾切れになった銃を肩ごしに捨てたが、それだけでは終わらず、救急車のほうへ身を戻して、死んだドライヴァーの手をつかみ、ぶあついチョッキの腰のところに巻きつけられた爆発物を起爆させる赤いボタンに力が加えられることのないよう、その手を離れた場所に移した。それから、ナイフを抜きだし、爆発物につながっているコードを切断していく。シベールが救急車の後部ハッチを開いた。そこには、数本のガス・ボンベと数個のTNT火薬のボックスがあり、いまの衝突で、それらが固定具からはずれたらしく、ばらばらに床に転がっていた。

警官のひとりがベルトから無線機をつかみあげて、通報をおこなおうとしたが、シベールが大声でそれを制止した。無線の電波が爆弾を誘爆させるかもしれないからだ。警官は固定電話で通報をおこなうために傾斜路を駆けあがっていき、彼女は救急車の内部に入って、コードや起爆装置をはずしにかかった。

それから二分ほど、カイルとシベールは必死になって手製自爆装置の解体に取り組んだ。

「車内後部、危険解除！」ようやく彼女の叫び声があがった。

「こっちも解除した」とカイルは応じ、ゆっくりと車を降りた。

ふたりは立って、深呼吸をくりかえし、大きな救急車と激突して破損したサーブを見やった。

「デラーラがかんかんになるだろうな」カイルは言った。

「リンダもね」とシベール。

「病院のなかに入ろう。これはまだ終わっちゃいない」カイルは言って、身をかがめ、さっき放りだした拳銃を拾いあげた。

11

サウジアラビア　ジッダ

　ドイツ人投資顧問ディーター・ネッシュは、モスクワからかかってきた電話の用件をすませるのに手間取って、かすかに首をふっていたが、しばらくしてやっと電話を切ることができた。クライアントのアンドレイ・イワノフが、何度も確認の電話を入れてくるのだ。ふだんは自信に満ちているあの男の声に、不安の響きが混じっていた。それは、このような膨大な資金の投入と危険を伴う策動をあと押しする人間にとっては当たり前のことではある、とネッシュは思った。こういうことは前にもあった。なんらかの夢を持つ男が、おのれの運命を他人に委《ゆだ》ねるという不安定な立場に身を置いてしまったことに、はたと気がつく。そうなると、状況に細かく目配りをしたいという衝動に打ち勝てなくなってしまうのだ。

　その淡い青の目が、紅海に面する別荘の窓の外へ向けられ、そこにひろがる穏やかな光景をながめた。細長い椰子《やし》の木々とよく手入れされた地面が近くのビーチへとのび、小型の遊覧船やヨットのたぐいが水面で揺れている。ネッシュはまったく不安を覚えておらず、イワノフには、冷静にしているようにと助言をしておいた。すべてが順調に進んでいる。スコットランドにおける攻撃によって和平交渉は完全に灰燼《かいじん》に帰し、しかも、それはただの起爆剤でしかなかった。このあと、さらにさまざまな事件が起こって、サウジアラビアは絶望の淵に突き落とされることになるだろう。

ディーター・ネッシュは、もっとも好ましからざるテロリストのひとりだが、本人はおのれをそのように見てはいなかった。これもまた、ビジネスの一形態であるにすぎない。このような状況においては、だれかがその道の専門家としてカネを扱う必要があるからだ。なにか食っておこうと思い立った彼は、雇いのシェフを呼びつけて、ディナーの時間まで腹をもたせてくれる軽食を用意させた。ネッシュは、年齢は四十代、五フィート六インチほどしかない身長のわりには、料理とワインに目がないせいで、いくぶん体重が多すぎる。つねに身ぎれいで、つねに冷静な男だ。

その沈着な特質が、どんな場合も動じることなく仕事に向きあえるという利点を彼にもたらしていた。ロシア大統領のような、この種のゲームの新参者は、パニックに陥りそうになるのが通常だ。そういう連中に冷静さを保たせておくことも、彼の仕事の一部だった。計画を信じろ。この男を信じろ。このクーデターを遂行するために、ネッシュはその道ではとびきり最高の男を雇っていた。これまでもヨーロッパにおいて数かずの策謀をいっしょにやったことのある男だ。当面、ネッシュは背後に控えて、その狂気の天才に仕事を委《ゆだ》ねておくしかない。ここに立って、紅海をながめているかぎりでは、すべてが完璧に運んでいるように見えた。まもなく、嵐が吹き荒れることになるだろうが。

インドネシア

ディーターに雇われたその男はいま、よごれひとつない暗色のチーク材から成る床の上に、腰から足首まで隠れる、ろうけつ染めの腰巻き《サロン》一枚という姿のまま素足で立って、テレビの画面をながめていた。リモコンを使って、テレビのチャンネルをつぎつぎに変えていく。アメリカ、カナダ、イギリス、フランス、そしてアラブ。ことは順調に沸点へと向かっていた。

スコットランドの古城は残骸《ざんがい》に埋もれ、サウジアラビアとイスラエルの歴史的和平交渉は頓挫《とんざ》し、多数の外交官が死んだ。第一段階は完璧だった。彼は腰をおろさず、またリモコンを使ってテレビを操作し、ニュースのチャンネルから、ごく少数の大金持ちのみを顧客にするスイスの民間投資機関のウェブサイトに画面を切り換えた。その機関を通じて彼の個人口座に、百万ユーロが振りこまれる取り決めになっていた。

一度も会ったことのない資金提供者は、サウジを統《す》べる一族に迅速かつ最終的な攻撃を加えて、すべてを一日でかたづけてほしいと依頼してきた。ばかなことを言うものだ。彼は仲介者であるディーター・ネッシュを通して、恒久的な変化はそんな短期間では達成できないので、一時的な動乱や一日かぎりの見出しで終わる事変でやり遂げようなどという考えは捨てもらわねばならないと伝えておいた。

いくつかの地点で、すでに小規模の反乱が発生している。予定どおり、宗教指導者のムハンマド・アブー・エバラがスポークスマンとして登場し、イスラムの神秘に包まれた激烈なことばをまくしたてた。特派員たちが彼にインタビューをおこなって、そのひげ面と熱烈なまなざしを世界各国の視聴者たちのテレビ画面に送りつけていた。彼はテレビを切って、ひと眠りすることにした。

彼の屋敷は山地にあって、寝室の海に面する側は開放されており、午後の暑気は立ちならぶ大木によってやわらげられて、快適なそよ風が大邸宅のなかをやさしく吹きぬけ、夕暮れには雨が降ることを予告していた。彼はサロンを床に落として、素っ裸になり、軽くて涼しいコットンのシーツのあいだに身を滑りこませた。

この島のひとびとはだれひとり、彼の素性を知らない。いろいろと憶測はされていたが、その日焼けした顔から首、左肩へと走る白っぽい傷痕の由来を尋ねる者はいなかった。視力があるのは右目だけで、左目はアイパッチでふさがれていた。口は、筋肉《じ》《だ》によって不器用に封じられたかのように、つねに〝へ〟の字に引き結ばれている。左の耳朶は、しなびた皮膚の一片であるにすぎなかった。彼の自宅には鏡がなく、島の住民たちは、彼のことを魔的な存在のように感じていた。これほどひどい外傷を受けた人間のなかにいまも精神が残っているとすれば、それもまた同じように深刻な打撃をこうむっているのではないだろうか、と。

太平洋の島々は古来、こういう心身に損傷を受けた男たちを引き寄せてきた。はるか以前から、兵士や船乗り、作家や冒険家、逃亡中の犯罪者や実業家、そして人生だの妻だの外見だの運だのにふりまわされるのにうんざりした男たちが、このようなアジアの楽園に流れてきて、住み着くことがよくあった。その多くは、バーにたむろして、酒で夢を忘れ去ることに長い時間を費やしたあげく、ついには心が折れてしまう。しごく快適な人生を送ることもできたはずなのだが、手っ取り早く金持ちになる道にはまりこんだ男たちはいつも、キップリングの詩の一節からつらい教訓を学ぶことになる。〝東へ走ろうとする〟西洋人の身になにが降りかかるかに関する彼の警告は、けっして嘘ではないのだ。

彼らの大半は、太平洋の交易ルートに点在する漂流物か浮遊物のような人間であり、時代の潮流に押しやられ、ふりまわされて、やがては消え失せてしまう。とはいえ、何世代にもわたって、東京のガイジン、バンコクの外国人《ファラング》、北京の欧米人《グワイロ》、マオリやポリネシアの異人《ティプファ》たち、そしてありとあらゆる国の男たちがアジアに来て、祖国を捨て、人生の再出発を試みてきた。そのような男たちを、オーストラリア人は熱帯ぼけ《ゴーン・トロッポ》と呼ぶ。それはともあれ、彼らはどれほどがんばろうが、どこまでいっても、態度が悪く、声が大きく、妙な風習を持つ、鼻のでかい外国人、現地のひとびとより大柄な人間であるにすぎず、歓迎され、寛大に扱われることはあっても、真に受容されることはけっしてなく、たとえ現地の女性と結婚しても、そのことに変わりはない。それでも、まれな例外はあり、この外見が大きく損なわれた男はそのひとりだった。

彼は、アジアに住むことにまつわる否定的側面のすべてを心得ていたが、まったく気にとめてはいなかった。つまるところ、ひとはどこかに住まざるをえず、彼に残された選択肢は多くはなかった。実際、インドネシアを形成する一万三千ほどの島のひとつにある、このだだっぴろい家に住む以上に快適な選択はなかったのだろう。彼もまた、〝熱帯ぼけ〟になってしまったのかもしれない。

この島では、この傷痕だらけの男は、どちらかといえば温厚な人間のように見える、隠遁《いんとん》したオランダの起業家、ヘンドリック・ファン・エスとして知られていた。身長は六フィートにほんの少し足りず、体重は百五十ポンドほどの痩身《そうしん》で、頭髪はふさふさしているが、まだかなり若いというのに、完全に白髪になっている。知的で寛大、そして寡黙だが親切ということで、彼は近隣の村の住民たちに受けいれられていた。ときどき訪ねてきて、夜をともにする若い女たちは、翌日、あの孤独な男は〝すてきな彼氏〟であり、目を閉じ、おぞましい傷痕という現実を見ないようにして、性的エクスタシーを覚えたようなふりをしていればいいのだと、友人たちに告げるのがつねだった。

その暮らしぶりは隠遁者に近く、家事はすべてジャワ人のスタッフが取りしきり、隣接するオフィス・コンプレックスでは専門の技術者たちが各種の事業を彼に代わって運営している。彼はとうに、あらゆる宗教の教義を捨て去っているが、雇っている人間はイスラム教徒《ムスリム》にかぎられていた。

その温厚さは見せかけであり、実体はそうではない。彼にはジューバという別名があり、以前、ロンドンとサンフランシスコにおいて生物化学兵器による攻撃をおこなって、何千もの男女子どもを殺害したテロリストとして、世界中で最重要指名手配を受けた男だった。

ジューバはいま快適なベッドに身を横たえているが、眠りが訪れてこないことはわかっていた。睡眠薬かアルコールの助けがなくては、どんなに眠ろうとしても眠ることはできない。眠っても、夢がそこに入りこんできて、いつも過去のページがよみがえり、自分を怪奇な世捨て人に変えて、インドネシアの山地に隠棲《いんせい》する身にさせた男が現われてくる。求めも招きもしないのに、その男にまつわる思考が洪水のように溢れだしてくるのだ。

若き日のジューバはイギリス陸軍のスナイパーを務め、その勇敢さによって数かずの勲章を授与され、同期の兵士たちに先んじて上級軍曹《カラー・サージャント》の階級に昇進した。勤勉に軍務に励み、だれにも負けないという自信を持つようになったが、その確信は、アメリカ合衆国海兵隊きってのスナイパー、カイル・スワンソンと遭遇したときに苦々しくも崩れ去った。その一度だけではなく、カイルはそれ以後もつねに、行動においても思考においても一歩先行していた。もとは友軍のライヴァルとして始まった仲は、やがて、多数の人命を懸けて熾烈な戦いをくりひろげる仇敵の関係に変じた。

生物化学兵器テロを決行したあと、カイルは彼を追い、イラクにおいて、破壊された民家の地下で死んだものとして放置した。ムスリム戦士のあいだで伝説の男となっていたジューバは、瀕死の状態で村人たちによって掘り起こされたのだった。夢がその時点に至ったとき、ジューバはほくそえまずにはいられなかった。彼は痛みに耐え、あたかも死からよみがえった男のように、自己再生を成し遂げた。必ず、いつか、どこかで、カイル・スワンソンに完全な報復をするのだ。

その時が訪れようとしていた。確実にそうなるようにしなくてはならない。その一方、復讐への焼けるような思いは、立てなおしたキャリアのなかでは二次的なものでもあった。ジューバは健康を回復したあと、全世界におよぶ私的ネットワークと、テロリスト集団や国家の要求に応じて特殊な仕事をこなす野戦チーム群を組織してきた。過去のキャリアにおける最高到達点は、ロンドンとサンフランシスコ。いまから、それをしのぐ仕事をやってのけるのだ。ゲームを背後で操るのも悪くない。

彼は健全なほうの目を閉じて、深呼吸をくりかえし、瞑想《めいそう》に入りこんでいった。急ぐことはない。このあと、つぎのステップに踏みだすのだが、それはまだ少し待たなくてはならないだろう。その前に、まずはうまいディナーを楽しんでから、インドネシアのコンピュータのボタンを押して、リヤドである事件が勃発するように仕組んでおこう。

このEメールはすぐ、〝ミート・ユア・トゥルー・ラヴ〟のウェブサイトを通じて、あの混乱した国のあるアドレスに届くだろう。だれの好奇心も引き起こすことのない、ちゃらちゃらした恋文だ。受けとる相手はメディナにいる女ということになっているが、そんな女は実在しない。実際の受信者はある兵士であり、そのアカウントは、彼が〈フォトバケット〉（アメリカ合衆国の画像、ビデオのホスティングサーヴィス・サイト）から盗みとった顔立ちのいい若い女の写真を添えて、偽名でつくりだされたものだった。

警護人に対する警護は、だれがするのか？　ジューバは思った。もっと具体的に言えば、こうなる。王を警護する警護人に対する警護は、だれがするのか？

12

カイルは駆け足で病院の表玄関へ向かい、シベールがそのあとにつづいた。戸口のところに、両袖に三本線《シェブロン》の記章をつけた大柄な巡査部長がいて、両手をひろげて立ちふさがる。

「おい、こら！」その男がどなった。「そこでとまれ！　なかに入ってはならない！」

カイルはFBIの身分証明書を掲げてみせた。

警官はIDケースをちらっと見ただけで、一歩もひかなかった。

「あなたに指図をされるいわれはないと申しあげるしかないです。おひきとり願えますか？」

カイルはでかいコルト45を持ちあげ、まだ銃口から無煙火薬のにおいを漂わせている拳銃を警官の鼻先に突きつけた。

「さっさとそこをどくんだ」彼は言った。

拳銃で脅されてもなお、警官は屈しない。カイルは銃をさげて、考えた。みっしりと筋肉をつけた力自慢のラグビー選手であるらしい。拳銃の硬い銃口を警官のみぞおち《ソーラー・プレクサス》にパンチのように打ちつけると、相手は二つ折りになって、ずだ袋のように崩れ落ちた。別の護衛警官が助けに駆けつけようとしたので、シベールがグロックを構えて、「ノー」と声をかけた。その警官が立ちどまる。

カイルはコルトの銃口をさげ、息を吸おうとあがいている男の体を横ざまに転がした。

「ぐずぐずしている暇はないんでね、巡査部長。この病院は自爆攻撃を受けるところだった。部下たちに指示して、すべての道路をパトカーで封鎖させ、増援を呼ぶんだ。SWATチームと、スコットランド・ヤードか軍の部隊を、できるだけ早く来させろ。まだ攻撃は終わっていないと思う。別のテロリストが接近中かもしれない」

がっしりした体格の巡査部長が涙目でふたりのアメリカ人を見あげ、しばらくして了解のうめき声を漏らした。

カイルは同情のまなざしでうなずき、巡査部長に手を貸して、その場にすわりこませた。

「殴って悪かったな。われわれはいまから上にあがって、サー・ジェフリー・コーンウェルの病室に行き、室内の警備を固める。よく聞いてくれ。これは深刻な事態なんだ。なんとしてもここに武装警備態勢を敷いてもらわねばならないし、もし銃声が聞こえても、非武装の警官をなかに入らせてはならない。この処理はわれわれがおこなう」

もうひとりの警官が文句をつけてきた。

「この病院は二ダースもの警官が守ってるんだ！」

「これは戦争であって、巡査、環状交差点《ラウンドアバウト》の交通渋滞の処理などとはわけがちがう。あの救急車はきみら警官隊の非常線をつっきって、あやうくこの病院を爆破するところだった。おれとこの僚友が銃を持ってここに立っていても、きみらはそれに対してなんの手も打てないだろう。これでもまだ、ここの警備はだめだってことの証明にはならないというのか？さあ、すぐに増援を呼んでくれ。増援を呼ぶんだ！」

カイルとシベールは警官たちをその場に残し、重いガラスのドアを開いて、なかに突進した。

巡査部長がようやく肺にたっぷりと息を吸いこんで、無線機をつかみあげる。

「あの若いのは、ちょいとせっかちな性分らしい」もうひとりの警官に彼が言った。

そのふたりの耳に、小型機が接近中であることを示すかすかな飛行音が遠くから届いてきた。

「サー・ジェフリーの病室はどこ？」表玄関を入ったところにある受付デスクにたどり着くと、シベールがベルトに拳銃をたくしこんで、ＦＢＩの証明書をひらめかせ、優雅な物腰の係の女性に問いかけた。カイルが無礼な命令のことばを吐いてはいけないということで、彼女が前に出ていた。

その中年の受付係の女性は、糊《のり》の利いた白の制服のボタンを首のところまで留め、白髪を背後できっちりとまとめていた。礼儀正しいが、応対は冷淡だ。いまガラスドアの外で起こったできごとを目撃していて、そわそわと両手をこすりあわせていた。暴力はいかなる場合も不必要という考えの持ち主なのだろう。

「患者さんたちの情報はなにも明かせませんが、すでにここの事務長を呼んでおります。お話は彼となさってください」

シベールは、ニジマスを丸呑みしたような顔になった。自爆攻撃がくわだてられ、おそらくはつぎのテロ攻撃が差し迫っているというのに、それを迎え撃つのは非武装の警官たちと、規則にこだわる強情なイギリス人女性だけだとは。

「待ってはいられないの」と彼女は応じ、デスクの向こうへ手をのばして、多数の書類がはさまれているクリップボードの束をつかみとった。「いいですか、マーム（男性の場合のサーに対応する、女性に対する敬称）、いまは大変な非常事態であって、われわれは迅速に行動しなくてはならない。たぶん、テロリストどもがあなたがたの……患者さんたちを殺すために、迫ってきている。事務長がここにやってきたら、伝えておいて。全職員を患者たちとともに病室に入れて、そこに隠れておくようにと。増援がやってくることになってるから」

受付係の女性が抗議をする。

「あなたがたにはその書類を見る権限はありません。すぐ外に警察官がいるんですよ！　彼らに頼んで、おふたりをこの建物から排除してもらいます」

「ご勝手に」おしゃべりに時間をかけすぎた、とシベールは思った。この女性は本気で異議を唱えているのではなく、たんにショック状態にあるだけで、二、三分後にはまともにものが考えられるようになるにちがいない。

カイルはすでに、エレベーターのところに行って、光り輝く金属扉の前で待っていた。シベールはクリップボードをひらひらさせながら、そのそばに駆けつけた。

「ジェフの病室は、この建物の最上階、東端にあるわ。パットの病室はその隣」

扉が静かに開き、ふたりはエレベーターに乗りこんだ。内部は、患者をストレッチャーに乗せたままで搬送できる広さがあり、消毒薬のにおいが充満していたが、かすかにラヴェンダーの香りが混じっていた。彼女がボタンを押すと、それが点灯した。

「別のテロリストがやってくると考えてるのはなぜ？」

エレベーターが上昇を開始し、カイルがコルトの弾倉を交換する。

「明確にこうとは言えないが、あの襲撃された救急車のそばから走り去っていったミニヴァンには、少なくともドライヴァー以外にもうひとり、だれかが乗っているように見えた。現場から急いで逃げようとしただけかもしれないが、その逆の場合もありうる。このごろのテロリストどもは、戦術を進化させている。イラクでも、やつらは、最初の攻撃で群衆を引き寄せておいて、二度めの攻撃をかけるという、かつてアイルランド共和軍《IRA》が使った策略を採り入れているんだ」

「追い撃ちね」クリップボードのチェックをつづけながら、彼女は言った。

「そんなところだ。第二の自爆攻撃かもしれない。まず爆弾を爆発させてから、地上攻撃を計画しているのかもしれない。危険を看過するわけにはいかないだろう」各階を通過するごとに、エレベーターのパネル上で小さなボタンが点滅する。「この病院には、ほかにも価値の高いターゲットがいるんじゃないか？」

「ここの患者さんたちのなかに、ほかにも重要人物がおいでになるかどうかとお尋ねなのでしょうか？」受付係の女性の口調をまねて、彼女は言った。

「ああ。城で襲撃を受けた来客たちは、カネに糸目をつけず最高の医療処置を施されることになっただろうし、この近辺にはここ以上によく防護されている病院はないはずなんだ」

「在アメリカ大使に任じられているサウジの王子が、最上階の廊下の西端にあるスイートルーム病室に収容されてるわ。きっと、あの城にいたのね」

彼女はすばやく頭を働かせて、計算し、可能性を吟味した。こちらはふたり、相手のテロリストは何人で、どのような武器を持っているかはわからず、周囲にはテロ対応の訓練を受けている武装した部隊はいない。子どもが豆鉄砲を持って立っているのとたいして変わりはない。それでもシベールは、どうにもならないほど勝ち目が薄いわけではないと確信していた。自分はこの種のゲームが大の得意であって、カイルは集中し、決然と構えている。その目はすでにスナイパー特有の光を帯び、感情は完全に封じこまれ、シベールがこれまでに出会ったなかで、もっとも効果的な殺人機械のモードに楽々と入りこんでいた。カイルが彼女の視線をとらえて、ウィンクを送ってくる。シベールはクリップボードを放りだして、グロックを手早くチェックした。さあ来い、いい、いい、自分たちふたりだけで、やつらを全滅させてやる。

エレベーターが停止すると、ふたりは廊下に足を踏みだし、シベールは右側、カイルは左側を受け持って、周辺に銃口をめぐらした。どの病室の戸口にも護衛の姿はなく、きわめつきの富裕層のための民間病院ならではの静けさが強く感じられた。ここは上流階級のための病院であり、患者は、麻薬依存から抜けだそうとするエンタテイナーや美容整形を望む熟年女性たちがもっぱらだ。国民健康保険を使うひとびとが来ることはなく、ここの職員たちにとって、患者を守ることはうるさいカメラマンたちを遠ざけておくことを意味していた。テロリストの阻止を考慮して設計された施設ではないのだ。

中央カウンターの背後にいる看護師ふたりが目をあげて、ぎょっとした顔になった。ひとりは若く、もうひとりは中年で、どちらも、トップの部分にパステルカラーの花柄があしらわれたこの病院の看護師用制服を着ていた。シベールは自分の唇に人さし指をあてがって、静かにしているようにとふたりに指示した。

「おれはジェフとパットのところに行く」カイルが言った。「きみは看護師のどちらかを連れて、王子のところに行き、ジェフの病室に移動させてくれ。それがすんだら、廊下にバリケードをつくろう」

中年の看護師が、即座に状況をのみこんだ。質問ひとつせず、カウンターをまわりこんできて、自分が王子の病室へ付き添っていくとシベールに申し出る。

「カイル！」廊下の奥から、呼びかけの声が届いてきた。

そちらをふりむくと、デラーラ・タブリジが駆け寄ってくる姿が見えた。カイルはコルトを右手に持ったまま、彼女を床からかかえあげて、ぎゅっと抱きしめ、そのあと、挨拶《あいさつ》程度とはとても言えないキスをした。幸福感に浸っていたいところだが、全員の安全が確保できるまでは、ほかのことをしているわけにはいかない。カイルはそっと彼女の体を引き離して、身をかがめ、足首のホルスターから二二口径の拳銃を取りだした。

「きみに会えて、ほんとうによかった。だが、再会を祝う前に、いくつか用事をすませておかなくてはいけない。ついさっき、下で自爆攻撃を食いとめたんだが、まだつぎの襲撃があるかもしれない。きみの車は壊れてしまった。さあ、これを。撃ちかたはわかってるね。銃を撃てる人間が、ひとりでも多く必要なんだ」

「風変わりきわまりないご挨拶ね」とデラーラが言い、武器を扱い慣れた人間ならではの目でちっぽけな拳銃を点検する。「こっちへ。おふたりのところに案内するわ。わたしの車はどうなったって？」

「サー！　ミスター！」若い看護師が彼に呼びかけた。「警察官から電話がかかってきて、大至急、あなたとお話がしたいとのことです」

彼女がカイルに電話を手渡す。

「あんたが、わたしの腹にパンチをくらわせたＦＢＩの男？」あの大柄な巡査部長だった。

「ああ。どうしたんだ？」

「双眼鏡で監視をしている若い部下のひとりが、一キロメートルほど向こうで、三名のスカイダイヴァーが小型航空機から飛び降りるのが見えたと言ってる。操縦が可能な、暗色をした楕円形のパラシュートを使っている。三名全員がこちらに進路をとり、高速でまっしぐらに病院の屋上に向かっている。それと、よく聞いてくれ。そいつらはオートマティック・ライフルを体にくくりつけているように見えるとのことだ」

13

「シベール！　三つのターゲット《タンゴ》がパラシュートで接近中！」カイルは受話器を放りだして、叫びかけ、ひろびろとした廊下に大声を響かせた。「屋上にあがらなくてはいけない」

彼は若い看護師に目をやった。

「屋上に通じるドアはどこに？」

淡いブロンドの髪をした看護師が困惑と恐怖に襲われて、スカイブルーの目を大きく見開く。身を凍りつかせて、うつむいた。

「わかりません。屋上には行ったことがないんじゃないかしら？」

中年の看護師が眼鏡を鼻のほうへずらして、彼女を見やった。

「ヘリコプターの着陸エリアよ、ポーリーン。重傷の患者さんを搬送してくるときに使うところ」

「あ」若い看護師が言った。「そういえば……」あとがつづかなかった。

「いいのよ、ポーリーン」

中年の看護師は非常事態を何度も経験していて、危機にあっても、しっかりとものを考えることができるようだった。エレベーターの隣にある小さなドアを指さす。「あなたの真後ろ。エレベーターの横にある、あの小さな緑色のドア」彼女が言った。「ひとつ上の階にあがったら、また緑色のドアがあるの。それを押しひらいたら、屋上の雨除けひさしの下に出るわ。このふたつ下の階には、隣の低い病棟の屋上に通じる出入口があるわ」

「サウジアラビアの王子は？」シベールが尋ねた。

「あなたは気になさらないで。わたしが患者さんたちを集めて、サー・ジェフリーの病室にお連れするから」中年の看護師が応じた。「おふたりは階段をあがって！」

カイルは破顔一笑した。

「はい、マーム。いまのを聞いたな、シベール。行くぞ」

ふたりは緑色のドアを開き、明るい照明が施されていて、各段の両端に黄色と白の斜線が塗られている広い階段室に飛びこんだ。そこの壁は青で、白の縁取り線がくっきりと描かれており、風がないために消毒剤のにおいがこもっていて、むっとするほどだった。

「やつらは武装していて、ことによると爆弾を体に巻いているかもしれない」一段とばしで階段を駆けのぼりながら、カイルは言った。「となれば、やつらが着陸して、自由に動けるようになる前に、殺害しなくてはならない」

「くそ」シベールが言った。「もしパラシュートでここの屋上に降り立てるほどの腕利きだとしたら、そいつらはよく訓練されてるってことよ」

「アラモ砦の戦いみたいなもんだ。ここから撤退することはできない」そのとき、カイルは屋上に通じる踊り場に達して、こぶしを握った片手をかざし、シベールはドアに向きあう壁に身を押しつけた。「やつらはおそらく、飛びながらでも発砲ができるような装備をしている。おれたちがこのドアを開けて、外に出るなり、やつらは制圧射撃を試みるだろう」

「ええ。でも、パラシュートを操作しつつ、同時に銃の狙いをつけるということはできないわ。やつらの第一の仕事は降り立つことであって、そのあと、優位な火力にものを言わせて攻撃をかけてくるでしょう。それまでは、こっちに利があるわ」

「用意はいいか?」

「いいわ」

カイルは屋上に通じるドアを強く押し、さっと開いたドアをまわりこむようにして外へ走った。シベールが身をかがめてあとにつづき、反対の方向へ駆けだす。

長方形のパラシュートが一列に並んで滑空し、もっとも低空にあるパラシュートはいまにも屋上に降り立とうとしていて、それにぶらさがっている男は足もとに迫ってくる着陸地点を見つめていた。

「ひとりめをかたづけてくれ。おれはふたりめのやつを受け持つ」カイルは叫んだ。

シベールが、最初に降り立とうとする男のほうへ走り、そいつが銃を抜く間もないうちに、距離を詰めた。二十五メートル以上離れていたら、彼女が血祭りにあげられるところだ。だが、その男はまっすぐ彼女のほうへ高速で下降していて、屋上までの距離の計算に追われていたため、仲間たちが警告の叫び声をあげるまで、彼女がそこにいることに気づかなかった。そのときには、シベールはすでに戦闘態勢に入り、パラシュートで下降してくる男の体のど真ん中にグロックの照準を合わせていた。そして、一メートルばかり、その下降の動きを追ってから、弾倉のほぼ全弾をそいつにたたきこむと、すぐさま射撃姿勢を解いて、階段室のなかへ駆けもどり、身を隠した。その瞬間、もっとも高空にあるパラシュートの男が機関銃の連射を浴びせかけ、屋上の床と彼女が盾にしたドアに点々と穴をうがった。

カイルは、シベールに撃たれた男の黒いパラシュートが自分と第二のパラシュート降下暗殺者のあいだに位置する角度をとって、その男のほうへ走った。シルクのように薄い遮蔽物《しゃへいぶつ》であっても、なにもないよりはいい。シベールのターゲットになった男の足が屋上の床に着いて、パラシュートがしぼみ、間に合わせの埋葬布のようにそいつの体をふわっと覆《おお》う。カイルが自分のターゲットを見やると、そいつは右方へ進路を転じて、着陸を制御すべく必死にパラシュートのトグル類を操作しながら、オートマティック・ライフルを発砲できる体勢をとろうとあがいていた。だが、その両方を同時にやってのけるのは、ほぼ不可能だ。

カイルは小さなエアコン室外機の陰にもぐりこんで、上方、三十メートルほどの敵に対して、多少はましな遮蔽物にした。そのとき、最後尾のパラシュート降下者が長い連射を浴びせかけてきて、カイルの周囲に穴をうがったが、そいつはすぐ、パラシュートを制御するために発砲をやめ、下方の予期せぬ危険を回避しようと、九枚のパネルから成るパラシュートを操作して、最終的な滑空の方向を転じようとした。

カイルは、自分のターゲットがはっきりと見えるようになった時点で、コルトの照準をそいつに合わせた。あと少しでも距離が遠ければ、下方へ移動するターゲットを拳銃で撃ち墜とすのは、たんなる絵空事、一縷《いちる》の望みを託しての射撃にすぎなかっただろうが、距離を詰めていたおかげで、そうはならなかった。その男は、黒のフルフェイス・ヘルメットに黒のジャンプスーツという姿で、ヴェストの胸に予備弾倉を収納していた。ウェブ・ハーネスに、さまざまな種類の手榴弾を取りつけている。わずか十メートルの距離にあるそいつが、カイルのいる右手側へライフルをめぐらそうとし、大口径の拳銃の銃口が自分を追っているのを見て、それをキャノン砲のように大きく感じたとき、カイルは発砲した。

引き金を絞り、機関銃の応射は無視する。連射された銃弾がダダダッとうなりをあげながら間近をかすめすぎ、四十五度右方へ降下するパラシュートの動きに応じてコンクリートの床面に穴をうがっていく。男の右腿に弾を命中させたカイルは、すぐに拳銃の狙いをしっかりとターゲットに向けなおして、ターゲットの胴体が照準を通過するのを待った。四五口径のでかい銃弾がそいつの頭部へ飛翔し、ヘルメットを貫通して致命傷をもたらす。カイルは第三のパラシュート降下者を求めて、身をまわした。だが、そいつはそこにはいなかった。

サー・ジェフリー・コーンウェルのひろびろとしたスイートルーム病室は、病院最上階の東端全体を占有しており、身動きひとつしない彼の体がそこのベッドの上に横たえられていた。患者用の部屋には専用のバスルームが付いている。味気ない治療エリアはそこの戸口で終わり、そのドアの向こうには、患者用の部屋とは分離された別の寝室があって、そのスイートルーム病室に、医師の天国であると同時にエレガントなホテルのおもむきを与えていた。あらゆる要素を勘案して設計された部屋だが、いつの日か、そこがテロ攻撃に対する最後の砦になるかもしれないという点だけは考慮されていなかった。

ジェフは元SAS大佐だが、ふだんは鋭敏なその灰色の目はいま、浅い麻酔を施されているために焦点を失って、水面下から外の動きを見ているようにしか、ものが見えていなかった。両脚はギプスで固められ、頭部には厚い包帯が巻かれ、その包帯の下にある傷口に挿入されたゴムチューブを通して、点滴液が注入されていた。小さな石片の貫入が引き起こした内出血は、すでに外科手術による処置がなされている。

レディ・パットのほうも、左腕を包帯で吊るしていて、打撲傷を負った両目の周囲が紫色と緑色に腫《は》れあがっていた。その彼女がベッドのかたわらにすわって、夫の頬をやさしく撫《な》で、気を落ち着かせるために絶えずささやきかけている。

開かれたドアのすぐ内側に、デラーラ・タブリジが、小型拳銃の銃口を床に向けて立っていた。ジェフをもっと安全な場所へ移すのはむりだったが、看護師たちがベッドを押して、ドアの真正面にあたる位置から移動させ、いまは点滴の調整や医療モニターの監視にいそしんでいる。

長身痩軀《そうく》のハンサムな男、アブドラ王子が、アラブのローブではなく、真新しいプレスの利いた黒のスラックスとゆったりとしたブルーのシャツに着替えて、病室に通じる廊下をゆっくりと歩いていた。片手に杖を持ち、片手を、彼をそっくり若くしたように見える十五歳の息子の腕にかけて、身を支えている。王子が彼女にほほえみかけてきた。

「ミズ・タブリジ。武装すると、物騒に見えるね」小さな拳銃に目をとめて、彼がジョークを飛ばした。

「大使、銃を持ったままお会いするのは無礼なふるまいですが、どうかご容赦を」彼女は小さくおじぎをして、敬意を示した。

「気にすることはない、デラーラ。屋上から銃声が聞こえてきたのだから、その武器はいまのわれわれにとってはもっとも歓迎すべきものなのだよ」彼はそこの状況を見渡し、くつろいだ態度を変えて、みずから指揮を執ることにした。

「その拳銃をこちらによこしなさい、デラーラ。わたしは元兵士だ。わたしが監視に立つから、そのあいだに、きみがわたしの息子と看護師たちとともにすべての家具を戸口のすぐ外に移動させて、バリケードをつくってくれ。家具の脚を外に、襲撃者の側に向けて、置くようにするんだ」

王子はサー・ジェフのほうへ目をやった。レディ・パットは笑みを返すこともできず、意気消沈して、ごくかすかに首をふるだけだった。アブドラ王子はそちらに歩き、ジェフの手を握ってから、また戸口のところにひきかえして、拳銃を点検し、軍隊流の襲撃に対してはその銃はろくな防衛手段にはならないことを悟った。問題は、階段を駆けのぼっていった男女が、訓練されたテロリストどもを迎え撃てるだけの能力を備えているかどうかに懸かっている。彼は肩をすくめ、ドアの枠に片方の肩をあずけて立った。アラーの思《おぼ》し召しに従うのみ。

カイル・スワンソンは、屋上の周囲をかこんでいる低いフェンスのところまで、頭を低くして走り寄ったが、短い三点斉射の銃弾がコンクリートの床を打って、大きな破片を舞いあげたので、さらに低く身をかがめなくてはならなかった。フェンスの向こうへ、でたらめに二発撃ってから、慎重にその向こうに目をやると、濃い灰色の煙がひろがっているのが見えただけだった。

「やつが発煙手榴弾を使った！　たぶん、三階下から侵入しようとしている」

シベールが、死んだ二名のテロリストの装備を探って、ヘッケラー《H》・ウント《&》・コッホ《K》のMP5短機関銃をひったくり、胸のパウチから予備弾倉を取りだした。そして、駆け足でかたわらを通りすぎていくカイルに銃の一挺を手渡してから、彼女もあとを追って、階段室に走りこんだ。

襲撃者は混乱していた。銃撃戦になったために、本棟の三階とつながっている別棟の屋上に降り立つはめになり、そのターゲットは本棟の最上階にいるのだった。手榴弾が吹きあげた煙の下、男が進路を切り開くべく本棟のドアを蹴り開けると、そこは上り階段に通じる広い踊り場になっていた。男はMP5をしっかりと小脇にかかえて、ゆっくりと階段をのぼりはじめた。

カイルは屋上の踊り場に入ると、そこをおりる前に立ちどまって、シベールにささやきかけた。

「まだMP5は使うな。やつを引き寄せなくてはならない。だから、拳銃を使いつづけるんだ」

彼は下方の階段に向かって、コルト45を二度発砲した。密閉された空間に銃声がごうごうとこだまし、銃弾が壁面を削りながら、めちゃめちゃに跳ね飛んでいく。

襲撃者は階段をのぼる途中でいったん足をとめたが、人影はどこにも見当たらなかったので、守備側の人間が明確な照準線を得ているわけではなく、たんにこちらの足取りを鈍らせようとしているだけだと判断した。いまの銃声は、自動銃ではなく、拳銃のものだ。進め。さらに二段、階段をのぼり、階段の方向が転じる踊り場に達した。右側に、青地に白で4の数字が描かれたドアがあった。男はそちらに身を転じ、安全を確保するためにドアを貫通する短い連射をし、そのあと、さっき銃撃が加えられた上方へ、返報として二、三発、銃弾を撃ちこんだ。やつらの頭をさげさせておくのだ。

カイルは五階の主廊下に入りこむと、ぎりぎり全身をおおい隠せて、多少は遮蔽《しゃへい》の役に立つ、少し奥まった形状のエレベーター・エントランスに身を滑りこませた。彼の指示に応じ、シベールが階段室のドアを閉じて、駆けだし、無人となっているナースステーションの平たいカウンターを乗りこえる。

建物の東端にあたるジェフの病室の戸口は、侵入を阻止するために脚を外に向けて椅子や小さなテーブルが積みあげられていて、ヤマアラシが針毛《とげ》を逆立てているように見えた。外を監視している顔がいくつか見えたので、カイルは、頭をさげて隠れておくようにと身ぶりを送った。

その直後、それが合図になったかのように、五階の廊下に通じる階段のドアが、テロリストが蝶番《ちょうつがい》に仕掛けた少量のC－4爆薬によって内側へ爆破された。すさまじい轟音が五階全体に響き渡り、破壊されたドアから廊下へまっすぐに破片が飛び散る。テロリストは、敵の増援が来る前に任務をやり遂げなくてはならないことを心得ており、その動きは迅速だった。

カイルはそのことを計算に入れていたので、顔をそむけて、爆風をやりすごすと、またそちらに身を戻し、ただの穴となった戸口を狙ってコルトを二度発砲した。金属のドアは消失していた。そこで渦巻く煙をめがけて、シベールが二発の銃弾を撃ちこむ。

「弾切れだ」カイルはパニックに陥った声で呼びかけ、コルト45を放りだして、H&KのMP5短機関銃を持ちあげた。

「こっちは二、三発、残ってるだけ」シベールもまた不安な声をつくって、それに応答し、やはり拳銃をわきに置いて、MP5を取りあげ、カウンターの上に据えた。

踊り場でそのやりとりを聞いていたテロリストは、つぎの行動を決断した。あれは屋上にいた二名の敵だろうが、そいつらの武器は拳銃のみで、しかも弾は尽きかけている。機関銃の連射による襲撃で圧力をかけつづければ、やつらを圧倒して、サウジの王子を始末することができるだろう。自分はそのために送りこまれたのだ。彼はベルトから手榴弾を取りだし、ピンを抜いた。

戸口からシリンダー状の物体が飛びだしてきて、廊下に弾んだとき、カイルは「特殊閃光《スタン》手榴弾だ！」と叫び、隠れ場所から足を踏みだして、爆発物を思いきり蹴りつけた。手榴弾が回転しながら廊下の西端へふっとんでいくあいだに、エレベーター前のアルコーブへ頭から先に飛びこんで、身を伏せる。シベールが頭を低くして、両手で目を覆《おお》った。

スタン手榴弾は、兵士や警官が室内に突入するときに、しばし敵を麻痺させておくためにつくられたものだ。その小さな手榴弾が炸裂《さくれつ》して、目のくらむ閃光を発し、太陽よりもまぶしく感じられる光が廊下を満たすと同時に、耳をつんざく轟音が廊下の壁を揺るがした。

テロリストが機関銃の引き金を引き絞って、オートマティックの連射をおこないながら、戸口から廊下へ突撃する。ゴーグルで目を守ってはいたが、渦巻く煙がその視野を完全にぼやけさせていた。男がＭＰ５の銃口を絶えず左右にめぐらして連射しつつ、駆け足で三歩、足を踏みだしたとき、カイルとシベールはそろって発砲を開始し、近距離からの交差射撃でそいつをとらえた。銃弾が立てつづけに容赦なくたたきこまれて、男の体が直立し、後方へのけぞり、ついには倒れこむ。

銃撃を終えたところで、カイルは床に倒れたテロリストのそばに近寄った。その顔には妙なところがあった。中東出身の男ではない。肌が白く、ひげがなく、髪は薄茶色だ。東欧諸国のどこかの出身であるように思えるスラヴ系の顔立ちで、その行動ぶりはプロフェッショナルとしての訓練を受けたことを感じさせるものだった。カイルはそいつのこめかみにH&Kの銃口を押しつけて、とどめの一発を撃ちこんだ。頭部がメロンのように粉砕される。

「クリア！」カイルは叫んだ。

14

サウジアラビア　リヤド

「イギリス人め!」サウジ国家警備隊の司令官を務める将軍、マムード・アリ・アルファード皇太子は、スコットランドの城がテロリストに襲撃されたことを伝える第一報が入ったときから、つねに怒りをあらわにしていた。「彼らは、このような事態が生じることをけっして信じようとしなかった! ぜったいに起こらないと確約していたのだ!」

将軍の職務は王を守ることであり、彼は強化された三個精鋭軽装歩兵大隊と一個機甲大隊を指揮して、その仕事をおこなってきた。同様の防備をアブドラ王子の身辺に対して施すのは別の人間がすべきことであり、王子は駐米サウジ大使として、大半の時間をワシントンですごしているとなれば、リヤドにいながらにしてその仕事をやってのけるのは不可能だった。ただ、国王が、アブドラはきわめて重要な人物なので、大使に対する一般的な防備のみですませてはならないと言明したとあって、アルファード将軍は通常の職務に加えて、個人的にも指示を出し、王子の警護を調整して、彼に災厄が降りかかることがないようにはからってきた。だが、ひとえに地理的問題のために、その職務の遂行は他者に委《ゆだ》ねざるをえず、その弱点がこの敗北を招くことになったのだった。将軍が同時にあらゆる場所にいることはできないのだから、他者に任せるしかないのだが、それでもその他者が失敗すれば、その責めを負うのは将軍であるアルファード皇太子ということになってしまうのだ。

この七年間、従者として仕えてきたマスード・ムハンマド・アルカザズ三等軍曹が、将軍のかたわらにあるテーブルに、磨きあげられた銀のトレイを置いた。その上には、熱いティーと小さなケーキがのせられていた。

「どうか、なにかお召しあがりください、将軍。王国のために、つねに体力を養っておかねばなりません」従者が言った。

「腹は空いておらん」将軍はトレイのほうへ手をふってみせた。「さげてくれ」

「お召しあがりになるまで、おさげしません」従者はトレイをさげることに抵抗した。彼は、将軍に反論ができる数少ない人間のひとりだった。もちろん、礼節を保ち、うやうやしい口調で言いかえすのだが。「ブーツをお脱がせしますので、おすわりになってください」

将軍は、三等軍曹の広い背中にブーツの片脚をのせてから、相手の両膝のあいだにもう一方の足を置いた。三等軍曹がブーツのヒールをつかんで、やんわりとひっぱる。脱がされたブーツがかたわらに置かれたところで、将軍がもう一方の脚をそこに置くと、そちらのブーツも脱がされた。将軍はひと息入れて、ティーを飲み、甘いケーキをひとかじりした。うまい。もうひとかじりし、またティーを飲むと、怒りが再燃してきた。

アルファードはふたたび立ちあがり、その専用居住区にしつらえられた専用スイートルームのリヴィングスペースを歩きまわりはじめた。彼はついさっき、出動させている自分の部隊を再訪し、スコットランドにおける事件が引き起こした事態への警戒態勢を強化させて、帰還したところであり、いまは全土から、市民の反乱が生じているという信頼すべき報告がぞくぞくと入ってきていた。混沌《こんとん》の闇を押しかえしていた光のひと筋が細くなったように感じられて、将軍はいらだちを覚え、掌《てのひら》にこぶしをたたきつけた。

「彼らは、大使はこのうえなく厳重に警備されており、孤立した場所にきわめて多数の警備員が配されているので、彼の身になにかが降りかかることはありえないと断言したのだ」アルファードは、赤くなっている目をまたこすった。「彼らは、『アラビアのロレンス』の映画かなにかだと考えていたのか？　白い駱駝《らくだ》にまたがったイギリス人《ブリット》のヒーローが、事態を収束させてくれるとでも？　われわれは、彼につけるわが国の護衛は三名……たったの三名しか許されなかった。けしからん。ブリットどもは傲慢《ごうまん》で、無礼で、まちがってもいたのだ！」

アルカザズ三等軍曹は以前から、ふたりきりでいるときに、将軍が幕僚や外部者に対してはけっして吐露することのない激烈な思いをぶちまけるのを聞かされていた。

「はい、将軍、仰せのとおりです。ですが、わが将軍殿に念押しをさせていただいてもよろしいでしょうか。かの大使は生命に別状なく、われらが王は安全であり、警備網は強力であります。それが殿下の第一の職務であり、殿下はその職務を立派に果たしておいでです」従者は将軍の拳銃ベルトの丸い青銅製バックルの留め具をはずして、ホルスターにおさめられていた拳銃をテーブルの上に置き、そのあと疲れきった男に手を貸して、汗にまみれた上着を脱がせ、あとで洗濯に出すべく、それもわきに置いた。

皇太子は従者に顔を向けて、疲れた笑みを浮かべた。アルカザズは心地よい影のようにつねにそばにいて、一般の兵士がサウド王家の皇太子に示すことはけっしてない親しみでもって接してくれる。同盟部族の小企業経営者の勤勉な息子であった男が、軍隊に入隊して良好な実績を残し、その経歴の徹底的な精査がおこなわれたのち、国家警備隊の一員として採用されたのだ。知的でいて敏捷《びんしょう》、寡黙《かもく》でいて有能と、従者としては理想的な男であり、気にさわることはめったにないが、つねにそばにいて、将軍が必要とするものを、彼が声に出して注文する前に用立てるのがつねだった。

「それはそうだ。アブドラ王子は預言者の手によって救われ、その負傷は深刻なものではなかった。いまは民間の病院に入院しており、イギリスは今回もまた、彼は安全だと約束している」アルファードはひと息入れた。「そんな約束が信じられようか？　そこでわたしは、彼を可及的すみやかにワシントンへ帰還させるための航空機を手配させた」

「彼らは信じるに値しません、殿下。航空機の手配は正しい対応です」従者は、将軍の言ったことはなんであれ、そのままやりすごすのがいいと心得ているので、同意を示した。「着替えのスラックスを用意してありますので、どうぞシャワーをお使いください。駱駝のようなお顔になっておられますぞ。においも同様です」

アルファード将軍は思わず笑ってしまった。

「一兵卒を相手にするように、わたしに命令するとは。本来なら、鞭をくれてやるところだ！」

将軍は厚いコンクリートの壁に埋めこまれた金庫の前に歩き、ダイヤルをまわして、扉を開いた。軍の認識票《ドッグタグ》を金庫のなかに置き、一本の小さな鍵がぶらさがっているチェーンを首からはずして、それもなかに置く。財布から、数字が黒く浮き彫りされた小さな緋色《ひいろ》のプラスティック・カードを取りだし、それもまた、〝最高機密〟物であることを示す赤のストライプが描かれた小冊子の上に置いてから、小さな扉を閉じて、ロックした。そのふたつのアイテムは、彼が身につけていない場合は、必ず金庫のなかに収納することになっているのだ。悪意ある者の手に落ちることがないよう、アラーがはからってくださるだろう。

彼は残りの衣服を脱ぎ捨てて、バスルームに入り、すでに従者がシャワーの湯を出してくれていた仕切りのなかに足を踏み入れた。熱い湯を浴び、そのあと冷たいシャワーも浴びて、よごれだけでなく不安も洗い流す。バスルームを出ると、アルカザズが温かい大きな青いタオルを手渡してきた。

「王室の方より、お電話がかかっております」従者が言った。

将軍は寝台に腰をおろし、妻とふたりの子どもたちを相手に短い会話を交わした。全員が自宅にいて、ぶじだとのこと。アラーに感謝を。

「着替えの制服を用意してくれるかね、三等軍曹」

「殿下、いまがちょうど、二、三時間の睡眠をとっておかれるのに好都合なときかと存じます。国家がこの危機を乗りきるためには、いまのうちに多少の休憩を取っておかねばなりません。疲労した人間は判断を誤るものです」礼儀正しい穏やかな口調で反論したあと、従者はプレスの利いたパジャマを手渡した。

「眠っている暇はない、マスード」将軍はそう応じたが、やわらかなベッドに引き寄せられそうな気分になっていた。あくびが出た。「やらねばならんことが多すぎる」

「真の非常事態が生じた際は、お起こしします。各所に部隊が適切に派遣されて、スラムの反乱者たちを処理しておりますので、まもなく事態は収拾されるでしょう。王はわれわれがお守りします。殿下の注意を聖なる大義からおそらしするわけにはまいりません。四時間後に参謀長を招いて、報告をおこなわせる手はずになっております」

「この事態の進展は……おそろしくひどいものだ」将軍はベッドに体を横たえた。

「当面、それに関しては、殿下には打つ手がございません。アブドラ王子については、現在はおそらく、この世でもっとも厳重に守られた人物であるにちがいありません。わたしは雑用をすませてから、ドアのそばに椅子を置いて、監視に就きます」

皇太子であるアルファード将軍は、心はまだ戦っていても、筋肉が屈服するのを感じて、全身の力を抜いた。

「じょうできだ、三等軍曹。いまはおまえがボスだ」

「さすれば、兵士、やすむように。ライトを消しましょう」

従者が二個の大きな備えつけの照明を落とすと、報告書を読む気にはなれないほど暗い、ベッドサイドのテーブルに置かれた七十五ワット電球だけが残った。従者が最後のスイッチをひねって、室内が真っ暗になる。

兵士？　そのちょっとした無礼な軽口が、緊張感をほぐしてくれた。将軍は左を下にして横向きになり、体をのばした。即座に眠りが訪れてきたが、まだ音は聞こえていた。中央空調の低いうなり、マスードがよごれた洗濯物やブーツ、拳銃やベルト、そしてティーのトレイをごそごそと集めている音。皇太子である将軍が目覚めたときには、きれいに洗濯されて、勲章が輝き、革の部分が磨きあげられた制服が用意されているだろう。その耳に、愛用のH&K九ミリ拳銃のオイルが利いた金属がなめらかにこすれあい、カチャッと音を立てるのが聞こえてきた。マスードが、拳銃のクリーニングをする前に、弾倉をはずし、薬室から弾を抜いて、安全な状態になるようにしているだけのことだろう。

だが、彼の戦士としての心が、ある異変を感じていた。その作業に伴う音はこれまで何千回と耳にしてきたが、いまのはそれに当てはまらない。どこか、手順にそぐわないところがあった。闇のなか、彼ははっと目を覚まし、なんとかあおむけに身を戻したが、時すでに遅しで、なにも見えず、戦えず、叫ぶことすらできなかった。

マスードがよごれた制服を拳銃に巻きつけて、彼の顔面に銃口を突きつけ、すでに引き金を絞りはじめていた。皇太子であり将軍であるアルファードの頭部が大口径の銃弾を浴びて、破裂する。血と脳組織、そして骨片が、国家警備隊司令官の頭部から寝台へ撒《ま》き散らされ、扇状のパターンをなして壁に飛び散った。拳銃に巻きつけられた布が銃声をくぐもらせていた。

従者はふたたびテーブルのランプを点灯させ、返り血を浴びていないかどうか、自分の制服を注意深く点検した。なにも見当たらなかった。拳銃に巻いていた制服を死体の上に放り投げて、弾倉に弾を充塡《じゅうてん》する。裏切り者の暗殺者は急いで金庫の前に歩き、そのロックを解いた。将軍がそれをするところを何度となく見ていたので、とうの昔に数字の組み合わせを暗記していて、それだけでなく、この部屋にひとりきりになったときに、小さな金庫を実際に開く練習もすませていた。マスードは例の鍵と緋色のカード、そして小冊子をつかみあげて、ポケットにつっこむと、ライトを消して、部屋をあとにし、ロックをかけてドアを閉じた。建物を出ていくとき、将軍は翌朝〇六〇〇時まで睡眠を中断されたくないと望んでいるとの伝言を幕僚長に伝えるよう、命令を出しておいた。

黒光りする幕僚用メルセデスの運転席に乗りこんだ三等軍曹は、誰何《すいか》を受けることなく車を走らせて、近くのモスクに行き、鍵と赤いカードと小冊子をそこの導師《イマム》に渡したのち、皇太子であり将軍であった男の家族を殺害するために、将軍のしゃれた自宅に向かった。それをすませれば、残された仕事はただひとつ。自分自身に爆弾を仕掛け、聖戦《ジハード》のために命を懸ける殉教者となって、貧困に苦しむ自分の家族に、約束された大金が支払われるようにすることだ。それを支払う男からの〝恋文〟を、彼はEメールで受けとっていた。

15

ホワイトハウス

「自国の将軍に引き金を引いた兵士に関して、なにか判明していることは？」オーヴァル・オフィスに集めた側近アドヴァイザーたちに向かって、マーク・トレイシー大統領が問いかけた。

大統領首席補佐官のスティーヴ・ハンソンがため息をつき、合衆国のシンボルである鷲をあしらった巨大な円形絨毯の端に沿って置かれている小ぶりなカウチに背中をあずけた。防弾ガラスの窓を通してまばゆい夏の日射しが入りこんでいたが、空調が室内を快適に保ってくれていた。ついさっきまで、ハンソンはシャツの袖《そで》をまくって仕事に励み、CIAやリヤドのアメリカ大使館や国防総省が収集した各種の資料を整理していたのだった。

「大統領、くだんの男は、コーランが主たる教科書であるイスラム神学校の出身者でした。サウジの情報機関によれば、当時の彼の教師のひとりは憎悪を根底に持つ過激派で、サウジアラビアに神政独裁体制を樹立する必要があると説いていた。その説教師は九年前に死去したが、そのころにはすでに暴力志向の追随者《ついずいしゃ》をかなりの数、糾合《きゅうごう》していた。彼が今回のこの工作をやらせるために、何年も前からその兵士を操っていたという確証は得られないにしても、その種を蒔《ま》いたことはたしかでしょう」

彼とさしむかいのカウチに、CIA長官のバートレット・ジェニーンがすわっていた。カールした短い白髪が周囲に残っているだけの禿頭で、気苦労による深いしわが刻まれた顔が、諜報業務に長いあいだ従事してきたことを物語っている。

「すべての証拠が、単独テロリスト細胞組織《セル》であったことを示しています。その兵士は好機の到来を待ちつづけ、おのれの本能に従って、しかるべき時が来たことを察した。このようなテロを探知したり阻止したりするのは、ほぼ不可能です」

大統領はじっとすわって、そのことを熟慮し、コーヒーをひとくち飲んでから、かたわらの小テーブルの上に頑丈なつくりの海軍マグを戻した。サウジは長年にわたって、この種の危機を自力で乗りきってきた。その政権を支持する構造に、腐敗がどの程度まで深く浸透しているのか？　二十年ほど前に村の神学校に通って、誤った授業を受けた少年が、いまになって世界的問題を引き起こす問題児と化してしまうとは？

「では、彼は単独で行動したと？　単独で、将軍とその家族を殺害した？　彼に親切に接し、彼を友人と見なしていたと思われるひとびとを殺害し、そのあと自殺をした？　筋の通らない話だ」

「いいえ、大統領、筋は通っています。そのような事件はよく起こるので、そうである可能性を排除することはできません。ですが、この場合は大統領に同意します。この事件は怪しいにおいがします。スコットランドにおける襲撃の直後に発生したとあって、わたしとしてはとうてい、偶然とは受けとめられません。まだ証拠はなにもないですが、彼は何者かの特別な命令に従って行動し、特定のターゲットを襲ったものと考えられます」

「だとすると、まだパズルのなかにはまりこんでいないピースがほかにあるということになる」ハンソンが言った。「将軍の部屋の金庫が開いていて、それのダイヤルに従者の指紋が残っていたが、なにかが失われたようには見えないとのことだ。金庫のなかには、現金と、過激派の手に渡ったかもしれない秘密軍事作戦の書類があった。どちらも手つかずだったんだ」

「では、彼はなにを狙っていたのか？　一匹狼の殺人者の狙いは、大物将軍を殺害することだけではなく、そのあともそこにとどまり、金庫を開いて指紋を残すことにあったということなのか」

「そのあたりのことはまだ不明でして」とジェニーン。「サウジの当局がその点を調査中とのことです」

トレイシー大統領は首をふった。

「報告は絶やさずにいてもらいたいが、ここはひとまず、核心的な問題に話を移そう。反乱は拡大しているが、それは成功するのか？」その視線がさっとＣＩＡ長官に戻る。

「それを判断するのは時期尚早です、大統領。これまでのところ、軍が抑えこんでいるように見えますが、各都市で群衆が危険な状況を生みだしており、宗教警察が、王室はイスラムの背教者であって、排除されねばならないと声を大にして叫び、煽《あお》りたてています」

「排除？」

「殺害もしくは国外追放という意味です」ジェニーン長官が、膝に置いている黄色い書類フォルダーをぴしゃっと閉じた。「皇太子であるアルファード将軍の殺害は、あの国を統治する一族の確信を揺るがすでしょう。国家警備隊司令官をその従者が暗殺することが可能となれば、その一族には、自分はほんとうに安全だと感じられる者はいなくなるのでは？　われわれが非公式ルートで交信を捕捉したところでは、下位の王子の何人かが他国への緊急フライトの可能性を照会したとのことです」

ハンソンが自分のメモ類を読みなおす。

「それはドミノ効果になる。もしだれかが出国すれば、全員が、海外への投資による富で生計を立てようと考えて、脱出を開始するかもしれない。王子たちがこぞってモナコやパリやニューヨークに逃げだせば、サウジの王室は倒れて、聖職者と暴徒が国をのっとってしまうだろう」

「そのような事態にさせてはならない」大統領は言った。

「しかし、われわれにはそれを阻止することはできません」ＣＩＡ長官が応じた。

「では、問題は、友人を支援するための軍事介入をおこなうべきかどうかということになる。わが国には、支援にふりむけられるだけの軍事力はあるのか？」

その問いには、統合参謀本部議長を務めるハンク・ターナー将軍が答えた。

「イエス、サー。われわれは当該地域に一個空母戦闘群を配しており、さらに一個を一週間以内に持ち場に就けることができます。地上軍に関しては、イラクに配備している各師団を再編し、迅速に現地に移動させることが可能です。航空兵力については、あの地域のあらゆる場所にふりむけることができます」

「くそ」とスティーヴ・ハンソン。「あの地域では、つぎからつぎへと戦争が起こってくる。文句をつけるつもりはないが、将軍、今回ばかりは答えがあるものかどうか、わたしにはわかりかねるね」

「そういう話をしたんじゃない、スティーヴ。大統領の問いは、どういう選択肢があるかを知りたいということなんだ」ターナーが、遠まわしの非難を受けても心を乱すことなく応じた。それもゲームの一部というわけだ。

「なにを考えてるんだ、スティーヴ?」ハンソンは、かつては大統領とともにアメリカ最大のエレクトロニクス企業のひとつを統括し、その後、実業界から政治の世界へ転身した間柄とあって、まったく臆することなく自分の意見を主張する。

「いざという場合は、犬でもスクーターを必要とするのと同じく、今回もまた完全な戦争の準備をしておく必要があるということだ。決定的要素はサウジの石油であり、あの国の王と宮廷が重要である理由は、その一点に尽きる」

「アメリカ合衆国はサウジをうわまわる量の原油をカナダから輸入しており、メキシコからもほぼ同量を輸入している」CIA長官が指摘した。「実際のところ、サウジの原油がなくても、さらに言えば、イラクの原油生産能力が完全に回復すれば、わが国はしばらくのあいだはやっていけるだろう」

ハンソンはそれに同意しつつ、真剣な面持ちで大統領を見つめた。

「しかし、全体の産出量は低減しますし、原油価格がバレルあたり数百ドルにもなれば、アメリカは対処しきれないでしょう。なにはともあれ、あの王国は世界最大の原油輸出国です。全世界の石油埋蔵量の五分の一がそこにあり、あの地でなにが起きるかを注視しているのはわが国だけではありません。あの地の石油資源は、保護され、世界市場で適切に取り引きされる必要があるのです」

「きみのシナリオの落ち着き先が気に入らないね、スティーヴ」大統領は言った。「リヤドの友人たちがバスに轢《ひ》き殺されて、政権が転覆するにまかせ、そのあと、たとえ正直なブローカーとしてであっても、サウジの石油事業をわれわれがのっとるというのは、よくないだろう」

「閣下、サウジ政府にとって、この危機に対処するにあたってのもっとも困難な決断は、彼ら自身の軍の能力が不足しているか、忠誠心が疑われるかした場合、数千数万にのぼるアメリカ軍を受けいれるかどうかということになるでしょう。われわれがあの地に軍を派遣する意志を持ったとしても、彼らが軍事介入を受けいれるとはかぎらないというわけです」

大統領は腕を組み、二、三分、爪を嚙《か》みながら黙考していた。さまざまな思いが脳裏をよぎる。なすべきことが多すぎた。ただちに新たな国務長官を任命せねばならず、あすは旧友ケン・ウェアリングの国葬がアーリントン墓地で執りおこなわれる。サウジアラビアの騒乱は急を告げている。国連軍は油田の情勢を安定させられるだろうか？　それらすべてに加え、外交とは無関係な、まったく別種の問題に関して、さらに半ダースほどの危機が存在するのだ。彼はごしごしと目をこすった。

「サウジの大使は、もうこちらに戻ったのか？」トレイシー大統領は立ちあがった。会議は終了だ。

「その途中です。最後の知らせによれば、彼は本日、イングランドの病院を退院する予定とのことです。当面、われわれにとって好都合な大使は、アブドラ王子ということになるでしょうが」

「彼に伝えてくれ。こちらに戻りしだい、会いたいと」大統領は言った。「なにか、この問題を解決する方策があるにちがいない」

ハンソンがほかの面々を見やって、無言でうなずくと、彼らは部屋を退出しはじめた。

「われわれが取り組みます、大統領」ハンソンが言った。「こういう見かたもできるでしょう。もっとひどい事態になっていたかもしれないと」

「スティーヴ、わたしがこの職に就いて学んだことのひとつは、ものごとはつねに、もっとひどい事態になるおそれがあるということなんだ」

16

イングランド

銃撃戦が終息すると、ふたたびイギリスの警察が病院の警備に就いた。医療関係者が、倒れたガンマンどもを助けに駆けつけるということはなかった。暗殺者どもはもはや恐怖の対象ではなく、運びだすべき〝廃棄物〟であるにすぎない。カイルは、最初に出くわした警官にH&KのMP5短機関銃を手渡した。そのたくましい体格をした若い警官は、破壊された階段のドアを通りぬけ、廊下に死体があるのを目撃して、はたと立ちどまったのだった。

そのあとカイルは、サー・ジェフの病室の戸口に間に合わせでしつらえられたバリアのところへ急いで足を運び、それを解体する作業に手を貸した。アブドラ王子にはちらっと目をくれただけで、そのかたわらを通りすぎ、レディ・パットのそばに行くと、彼女がぶじなほうの腕をカイルの首にまわして、しがみついてきた。カイルは腰をかがめて、彼女の頬にキスをした。

「あなたにしては時間がかかったわね」むりに笑みをつくって、彼女が言った。

デラーラ・タブリジもまたカイルと抱擁《ほうよう》を交わしたが、自分の心からの歓迎の気持ちを伝えるのはあとで私的にやったほうがいいことを心得ていたので、わきによけて立った。ほんとうは、病室での礼儀を守っての抱擁だけでは、すませられない気分だったが。

ベッドのほうへ身を向けたカイルは、表情を変えまいと懸命に心を抑えた。ふだんは血色のいいジェフの丸顔が細くなったように見え、でっぷりした体がしぼんでしまったように感じられた。さまざまなチューブが取りつけられ、あちこちに包帯が巻かれ、脚にギプスが施されていることから、彼の負傷が深刻なものであることは疑いないとわかった。変わっていないのはただひとつ、太い眉の下にある明るい灰色の目で、その灰色の双眼がしっかりとカイルを見据えていた。カイルはジェフの腕にそっと片手を置いた。

「やあ、相棒。さっさと着替えをして、二、三杯やってから、女を追いかけまわしたり、葉巻を吸ったりってのはどう?」そのどれも、ここにはほとんど縁のないものだ。彼はジェフの手を取って、握りしめた。

ジェフが鎮静剤の作用に抵抗して、うなずき、ことばを理解したことを伝えてくる。

「きょうはだめだな。パットが許してくれないよ」ささやくように彼が言った。まる二日間、喉に呼吸管を挿入されていたせいで、声がしわがれている。「来てくれてよかった」

その視線がしばし、よそにさまよう。

「シベールは?」

「はい。わたしも来ていますよ」シベールが彼の額にキスをした。

「銃撃の音を聞いたように思う。あれは夢だったか？」

「ご心配なく」よどみなくシベールが答えた。「カイルとわたしがその処理をすませましたので」

カイルは張りつめていた気持ちを緩めた。

「で、いったいなにがあったんです？」穏やかな口調を保ってそう問いかけ、ベッドに腰をのせる。

「きみが正しかった。あの城は脆弱《ぜいじゃく》だった」

「嘘じゃなかったでしょう？　つらい目にあってやっと、それがわかったと。どんな気分です、ご老体？」

「ずっとひどいものさ。両脚の感覚がなく、体のほかの部分も似たり寄ったりというぐあいでね。頭には穴が開いたらしい。ラグビーのスクラムで押しつぶされたとき以上に、こっぴどくやられてしまったよ」弱々しくはあるが、笑みが戻っていた。

「きっとそうでしょうね。あす、ここの医師たちがその頭蓋骨《ずがいこつ》を切り開いて、なかをひっかきまわすことになってるとか。はてさて、なにが見つかることやら。ぐしゃぐしゃになってたりして」

ジェフがゆっくりとうなずく。

「選択の余地はない。神経外科医の言うには、わたしはその手術を問題なくもちこたえるだろうとのことだ。もしかすると、手術台の上で死ぬか、植物人間になるおそれもあるそうだがね。それがすんだら、つぎは背骨の処置が施されるそうだ」

「医者を信じてはいけませんね。なかに手袋を残したまま縫合ってことにならなければ、ラッキーでしょう」

ジェフがくっと笑い、やわらかな枕に頭をさらに強く押しつけて、身を縮める。

「うん、それは言えてる。そうならないように心がけるとしよう」

レディ・パットが自分の唇に人さし指をあてがって、ベッドから離れるようにとカイルに合図を送った。再会のよろこびがジェフの体力を奪うことになってはいけないと考えたのだ。

「ちょっと話しあわなくてはいけないことがあるの、カイル」彼女が言った。

ジェフとパットが目を合わせるのを見て、カイルが物問いたげに眉をあげたとき、彼女がことばをつづけた。

「わたしたち、先のことを語りあってたの」

ジェフの手に力がこめられる。

「もしわたしがもちこたえられなかったら、きみがパットの面倒を見てくれなくてはいけない」

「もちろん、彼女の面倒はおれが見ます。ずっとね」

彼らの関係は、何年か前、カイルが海兵隊の技術アドヴァイザーとしてコーンウェルの会社に派遣されたときに始まった。偶然の出会いという仲だったのが、やがて強力な友人関係となり、いまはもう家族に近い間柄になっているのだ。

レディ・パットが声をかけてくる。

「わたしたちは、あなたを即刻、エクスカリバー・エンタープライズに引きこむ時期が来たと考えているの」

「なんですって？　それができないことはわかってるでしょう！」カイルは、頭からバケツの水を浴びせられたような気分になって、言いかえした。「くそ、病院のベッドの上でそんな爆弾発言を温めていたんですか？　こんなところで、おれを追いつめようとするとは。おれが海兵隊を離れたくないと思ってることはわかってるはずだし、兼業であなたがたの会社の仕事をするわけにもいかないんですよ」

「してやられた気分なんじゃないか？」うめくようにジェフが言った。

パットが冷静なまなざしでカイルを見つめる。

「あ、パニックにならないで。ジェフはきっと回復するでしょうけど、このできごとで、わたしたちはある計画を立てておく必要に迫られたの。あなたはいつの日か、否応なく海兵隊を除隊せざるをえなくなるんだから、そのときが来たら、わたしたちはあなたを重役会の一員として迎えたいということ。むずかしい仕事じゃないわ。年に二度、ロンドンでの会議に出席するだけでいいの」

「よく聞いてください。そういう仕事の申し出は前にも受けたし、おれの答えはまったく変わっちゃいません。おふたりのことは愛してるけど、おれは海兵隊の一等軍曹であって、ビジネスマンじゃない。学位もなにも持っていないし、しかも、おれはアメリカ人であって、イギリス人じゃないんです」

パットが指をひらひらさせて、その反論を一蹴する。

「カイル、大学の学位なんて、あなたの人生経験や忠誠心に照らしたら、無に等しいわ。それに、会社の法律家たちの話では、国籍は問題にならないそうよ。わたしたちの会社は国際企業だから」

カイルは、自分は人殺しであって、会計士じゃないんだと叫びたい気分だったが、それぐらいのことはこのふたりはとうに承知しているとわかっていた。カイルはこれまで、戦場における非常事態の選択肢をあれこれと考えて、そこにはつねに希望があり、つねに脱出の道があり、つねに自分の貢献によって状況を変えられる要素があると信じることで、長い軍歴を積み重ねてきた。だが、今回ばかりは、自分にできるのは、ジェフが手術をぶじに生きのびられるようにと外科医たちの腕を頼りにすることしかなかった。この申し出を完全に拒否すれば、自分にとってかけがえのないほど大事な男の意気を消沈させることになりかねないのだ。

ジェフがまた、懸命に手を握りしめてきた。

「当面、きみは海兵隊にとどまり、われわれの最良の友であってくれるだけでいい。やがて時が至れば、その地位がきみを待っている。将軍や提督たちは始終、防衛産業のために仕事をしているし、カイル、彼らの大半は軍を除隊する以前に、民間で職を得るための取り引きを内々でやっているんだ。となれば、一等軍曹が同じことをやってもいいんじゃないか？」

パットが夫を休ませようと小言を言いはじめたが、一分ほどすると、彼がそれほど消耗してはいないことがわかって、それをやめた。生命兆候のモニター類のすべてが、正常な数字と線を示していたのだ。彼女が議論を再開する。

「エクスカリバー・エンタープライズは昨年、三十四・一パーセントの成長をし、売り上げは三億ドルを超え、約五百名の社員をかかえてる。成長をつづけるには、業務拡大のための資金を調達する必要があるというわけ。わたしたちはひと株十ドルで、一千万ドルの証券を発行するつもりでいる。証券引受会社は、売り出し価格には少なくとも四十ドルの値がつき、五年後にはそれが倍になると想定しているわ」

レディ・パットがウィンクを送ってくる。

「こんなおばあさんがビジネス関係のことをなんでもよく知ってるとは、思ってなかったでしょ？　あなたが重役になったら、その報酬としてエクスカリバー株が十万株与えられることになり、わたしの持ち分を合わせれば、それだけで重役会の決定権を維持することができるでしょう。あなたはお金持ちになるのよ、カイル」

カイルは仰天していた。くそ、ゼロの数が多すぎて想像がつかない。この部屋から逃げだして、面倒な義務感から解放されたい。一時しのぎをしよう。受けいれれば、きわどい頭部手術を控えているジェフの心から大きな不安を取り除くことができるだろう。もし手術がうまくいかなくても、海兵隊を除隊するまではエクスカリバーに入社する必要はないし、そのころまでには、自分が名案を思いついているかもしれず、あるいはパットがこの取り引きをやめる気になっているかもしれない。

なにかうまい作戦を考えだせば、パットはこの法外な富にまつわる提案を忘れてくれるかもしれない。それで、すべてが丸くおさまるだろう。いま否定的な返事をして、ジェフの気力を削ぐようなことになってはいけない。

カイルは元気づけの笑みを返した。

「オーケイ。それがあなたの望みなら、その線で最善を尽くしましょう。つまるところ、大金持ちになったからといって、まずいことになったりはしないんでしょう?」嘘をついている自分がいやでしかたがなかった。

「まことに申しわけないのですが」彼らの背後から、よく響く声が聞こえてきた。「レディ・パトリシア、サー・ジェフリー、わたしのせいでさらなる危害をこうむることにならなくて、ほんとうによかったです。あの襲撃ときたら! 彼らはなにがなんでもやり遂げるつもりだったのでしょう!」

アブドラ王子が、自制をまったく失っていないようすで、彼らのそばに立った。カイルのほうへ片手をさしだしてくる。

「きみに謝意をささげたい。きみとサマーズ少佐が示した勇敢な行動は、めったに拝見できるものではない。きみたちがわれわれ全員の命を救ってくれたのだ」

レディ・パットがそれぞれを紹介していく。

「大使閣下、合衆国海兵隊一等軍曹、カイル・スワンソンをご紹介します。カイル、こちらはワシントンのサウジアラビア大使館で大使を務めてらっしゃる、アブドラ王子よ」

カイルは立ちあがって、さしだされた手を握り、たんにジムで鍛えただけでないその握力の強さを感じとって、意外に感じた。

「しかるべき時にしかるべき場所にいられて、よかったです」彼は言った。

「たしか、きみたちふたりは、階下でくわだてられた自爆攻撃も阻止してくれたのだね」

カイルは肩をすくめてみせた。相手の黒い目の奥になにかの思いが感じとれた。

「わが国はきみに恩義があり、一等軍曹《ガニー》スワンソン、わたしはきみに感謝している。もし助けが必要になれば、どうかわたしに一報してもらいたい」

「ありがとうございます、大使」礼儀を守って、カイルは言った。王子はなんの躊躇《ちゅうちょ》もなく、〝ガニー〟の呼称を用いた。民間人が無意識にそのスラングを使うことはないだろう。となると、このダンディは兵士でもあるのか？

アブドラがほかの面々のほうに向きなおった。

「どうやら、みなさんの再会の場に長居しすぎたらしい。わたしはいまから、ワシントンにひきかえす準備に取りかかります。わが王国が大いなる動乱の時代に突入しているとあって、自分の持ち場に戻っておく必要がありますのでね。サー・ジェフリー、われわれはみな、あすの手術が成功することを願っており、わたしはあなたがすみやかに回復することを確信しています。あなたのような戦士にとって、その頭部の負傷は、しばし動きを鈍らせる程度のものにすぎないでしょう。あなたのなした和平仲介の労は、いつか必ず報いられるにちがいありません。レディ・パット、あなたはこのうえなく非凡なお仲間をお持ちですね」

王子が彼女の手の甲にキスをし、デラーラと握手をする。そして、息子に付き添われつつ、確信に満ちた足取りで立ち去っていった。サウジアラビアを統《す》べる一族は、テロリストや策謀家にやすやすと屈しはしないだろう。

「興味深い男だ」カイルは言った。「彼は大使としての役割をじつにみごとに演じている」

「わたしたちにとっても、彼は謎めいた存在なの」パットが言った。「彼は不屈の精神といったようなものを持ってる。わたしたちの最後の守護者となるために、あの小さな拳銃を手に取ったときもそうだった。彼は躊躇なくそれをしたし、きっと、死に直面してもひるむことはないでしょう」

カイルは、ジェフがまた手に触れてきたのを感じた。点滴で注入する鎮静剤を看護師が増量したので、その目は閉じられていた。いまにも眠りこみそうなようすだが、その前に言っておきたいことがあるのだろう。カイルは彼のほうへ身を寄せた。

「なんです？」

「彼を信用するな……」ジェフがなんとかことばを発したが、語尾が途切れがちだった。その手が焦燥感をこめて、弱々しくカイルの手を握りしめてくる。そのあとのことばは、聞きとるのがむずかしいほどかぼそかった。「彼らは……核を……持っている！」

17

デラーラ・タブリジがやわらかい大きなベッドの上でふと目を覚ますと、シーツが、だれかがそうしたかのように首のところまで引き寄せて、かけられているのがわかった。カイル。彼はどこに？

時は夜半過ぎ、ふたりは六時間ほど前に病院をあとにして、ふたりきりの時間をすごしていた。デラーラがのびをすると、木のヘッドボードが指先に触れた。部屋に入って、ドアを閉じるとすぐ、ふたりは脱いだものをあたりに放りだし、そのベッドの上で、あわただしく、むさぼるように激しく愛を交わしたのだった。会ったのは数週間ぶりのことで、しかも感情の激動が伴う状況とあって、求めあう気持ちはいやがうえにも募りきっていた。一度めは、愛を交わしたというよりは、たがいがぶじだったことを確認するための抱擁に似ていた。二度めは、もっと長い時間をかけて愛しあった。デラーラは彼の腕に包みこまれ、長い黒髪を彼の胸にひろげて眠りに落ちたのだった。

彼女はシーツを押しのけて、起きあがり、ホテルの備品であるダークブルーのタオル地のバスローブをまとった。スイートルームに付帯する小さなキッチンの常夜灯が、淡いオレンジ色の光を放っている。素足のまま、深い絨毯を踏みしめて、音を立てないようにしながらそちらへ歩いていくと、やがて冷たいタイルの上に出た。だれもいなかった。暗いリヴィングルームに入っていくと、大きな窓の前に彼が立って、濃い霧が立ちこめる外に目をやっているのが見えた。仮面じみた恐ろしげな顔になって、その目は霧を凝視しており、胸が大きく上下して重い呼吸をくりかえし、体のわきに垂らした両手はこぶしを握っていた。素っ裸とあって、全身の筋肉がワイヤのようにぴんと張りつめているのが見てとれた。

デラーラは立ちどまり、ローブをぎゅっと体に引き寄せた。恋人が夢を見ていて、その夢のなかでもまだ戦っていること、そしてそれでもなお彼はぐっすりと眠っていることを悟ったのだった。

カイル・スワンソンは、ブーツからヘルメットまで完全な戦闘装備をし、カスタムメイドのエクスカリバー・スナイパー・ライフルを両手に携えて、流れの速い広大な川の岸に立っている。腰のホルスターにはコルト45を、戦闘ヴェストには鋭利な刃の大ぶりなケイバー・ナイフと数個の手榴弾を装備している。両脚を肩幅ほどにひろげ、完璧なバランスを保って立っている。川面に渦巻き、ざわめく濃い靄《もや》から小さなボートが出現し、近づいてくると、油断なくそれをじっと見つめる。

「彼は渡せないぞ」カイルは叫ぶ。それは断言であって、交渉の余地はない。

船頭がくっと笑い、そのきしるような声が夜の空気をどよもす。船頭はよごれた黒いローブをだらんと身にまとい、腐食した布地の裾《すそ》がボートの両側へ垂れて、水に浸かっている。その骨だけの人影が艫《とも》の長大なオールを最後に強くひと押しして、ボートを前進させる。

「いやいや、もらっていくさ。ほしいやつはだれでももらっていく」

「ジェフはだめだ。いまはまだ」

船頭がまた、くくっと笑う。

「ほう、物騒な武器をたっぷり持って、立ってるじゃないか。しかし、そんなものがあっても食いとめられないことはわかってるんじゃないのかね？」

「これは、こっちがどこまでも本気だってことを見せつけるためのものにすぎない。おれは長年、こういう武器を使って、あんたにおおぜいの客を用立ててやった。あんたはおれに借りがあるんだぞ」

ボートがまわって横向きになり、舳先《へさき》が流れに向いて、艫の左右に立った小さな波が川面を泡立たせる。船頭がボートの揺れを抑えこむ。

「そうだな。わしがここに来たのは、きのうのあんたの仕事の後始末をするためでね。また四つの魂だ」船頭が細い腕をかかげて、指さす。「ほら、彼らがやってきた。時間どおりだ」

カイルは動きを察知して、そちらをふりかえる。死んだ目とおぞましい傷口のある四つの霊体、四つの黒々とした人影が、一列になってよろめき歩き、さざ波ひとつ立てずに川面に足を踏み入れ、ボートに乗りこんで、座席にすわり、前を向く。カイルは、彼らは自分とシベールが病院で殺害したテロリストどもだと気づくが、哀れみは感じない。これが彼らの選んだ運命なのだ。

「そいつらのことはどうでもいい」彼は叫ぶ。「ジェフのことはどうなんだ？」

「たしかに、こいつらはどうでもいい」船頭が声を低め、邪悪なだみ声で言う。「このあとまもなく、ほかにおおぜいがやってくるだろうしな。わしの庭がにぎやかになるだろうよ」

はためく袖から突きだしている骨だけの腕が、はるかな地平線を指さす。川面に降りそそぐ灰が、黒い雨に変わっている。まばゆい白とオレンジの光がひらめいて、つかの間、静まりかえった空気が押しやられ、渦巻く風が川面を渡り、火山の噴火が世界を揺るがしたように見える。五つのきのこ雲が順に出現して、空を嚙《か》み、うねり、燃えさかる硫黄《いおう》の刺激臭が広大な空間にひろがっていく。

「核の冬が到来する」亡霊の船頭が言う。

「おれが力を貸せば、そうはならない」

怪異な影が咳きこむような笑いを漏らして、それを一蹴する。

「あー、それはむりだ」

「ジェフのことはどうなんだ？」

「彼はまだ、そうだな、あと数時間は死なん」船頭が言う。「この客たちを連れていき、つぎの旅で彼を回収しよう。時間はつねにたっぷりとある。永遠の時間が」

カイルはライフルを慎重に地面に置き、ホルスターからコルト45を抜きだして、自分の右こめかみにその銃口をあてがう。

「代わりにおれを連れていけ。いますぐ引き金を引いて、そのいまいましいボートに乗りこんでやろう」

船頭がふたたび長いオールに身をあずけて、ボートを出す準備をする。

「あんたは、とうにもらったも同然だ。それはおたがい、よくわかってることだ。当面、あんたには忠実な助手、膨大な数の死体をわしに引き渡す大量虐殺者の役割をつづけてもらう。せっかくだが、その芝居じみた申し出は、あんたは運命の道具にすぎんのだから、謝絶しておく」

「おれがこの頭をふっとばしたら、あんたは二度とおれから客をもらうことはできなくなるんだぞ」

船頭が骨だけの掌《てのひら》をカイルの顔の一インチ手前までのばしてくる。

「待った、そこまでだ。それは不合理な言い分だが、興味深い点を衝《つ》いてはいる。となれば、ふむ、取り引きに同意するとしよう。あんたをこの悲惨の地から取り除くのは、まだあんたにはここにいてもらう必要があるのだから、やりたくない。拳銃をおろせ。あんたの友を連れ去るのはやめておこう。わしにとってはべつにどうでもいい男だが、あんたには殺しをつづけてもらわねばならんのだからな」

しばしの沈黙。カイルは拳銃をさげ、エクスカリバーを取りあげる。

「取り引き成立だ」と彼は言い、小さなボートのはるか先、まぼろしの地平線で鳴動する大爆発をながめやる。そこは世界の果てだ。

彼がボートに視線を戻すと、それはふたたび動きはじめていて、船頭がゆっくりとしたリズムでオールを漕いでいる。カイルはエクスカリバーを肩づけし、立射の姿勢をとって、照準を合わせる。船頭の頭部をスコープの中心に重ねて、引き金を引き、放たれた五〇口径弾が強力な反動を肩にもたらす。船頭の頭部を銃弾が貫通し、それを覆《おお》う頭巾がはためく。

呵々大笑《かかたいしょう》の声が明瞭に届いてくる。

「そうとも！　公平な取り引きの成立だ。あんたもわしも、半分を得る。あんたは友を失わずにすむが、得たものを気に入らんかもしれんぞ！」

ボートと、そのおぞましい船頭が消えていく。黒い雨がカイルのヘルメットからしたたり、熱い灰が顔に落ちてくる。彼はくしゃみをした。

両脚の力が抜け、カイルはホテルの部屋の床に転倒した。デラーラが駆けつけてきて、その体を抱き寄せる。全身の筋肉が猛烈に痙攣《けいれん》して、目が見開かれ、それが一瞬、白目をむいたのち、まぶたが閉じられた。彼は長年、軍務に携わるうちに、自分のやった虐殺を心のなかで整理するために、事後、ひとりきりになって静かな時間をすごす習癖を持つようになり、そのようなときに見る夢でよくあの船頭がボートを出してくるのだ。

痙攣がおさまって、呼吸が安定してくる。船頭は、大量虐殺者と非難し、カイルはふたりだけの内的な世界で、それはナンセンスだと叫びかえした。自分は精神に異常を来《きた》した殺人者でも、うわべだけは温和な連続殺人犯でもなく、殺人になんの快楽も感じてはいない。この絶望的な時代にあっては、必要とされることをだれかがやらなくてはならず、たまたまカイル・スワンソンにはその方面における稀有《けう》な才能があったというだけのことだ。

「おれは人殺しじゃない」デラーラにかろうじて聞きとれるぐらいの声でそう言うと、彼は眠りに落ちた。

その二時間後、ようやく彼が目覚めると、新たな一日の始まりを告げる陽光が窓から射しこんでいた。霧は晴れ、船頭はおらず、きのこ雲もなかったが、あの光景は夢にしてはあまりに生々しかった。

横たわっているのは絨毯の上だったが、体にダウンの毛布がかけられ、デラーラが寄り添って眠っていたので、暖かかった。彼女の片手がカイルを守ろうとするように彼の胸に置かれ、やわらかな胸が彼の脇腹に押しつけられ、両脚が彼の脚にからめられている。首にかかる彼女の息が温かだった。カイルは彼女の頭のてっぺんにキスをし、いまはまだ動かないでおこうと決めて、ふたたびまぶたを閉じた。

あと十分たてば、起きあがって、ジェフの手術の準備が始まる前に病院に着くようにしなくてはならない。たったの十分。それがそんなに長い時間だろうか？　イエス。じゅうぶんに長い。いま考えなくてはならない重要な事柄があるからだ。そのあいだに現実と幻想の世界、すなわちサウジの核兵器と船頭の夢に出てきたきのこ雲というふたつのことに折り合いをつけて、頭の整理をする必要があった。眠っているあいだも、カイルは、かつてない動乱の前兆を示している中東で新たに生じた危険な状況のことを考えていたのだ。

サー・ジェフは、鎮静剤の作用によって途切れ途切れになる意識のなかで、必死に思考の筋道を立てて、すべてのいきさつをカイルに告げていた。大手企業のために情報を収集する部門を新設した、エクスカリバー・エンタープライズの会計士と情報分析員が、サウジアラビアにおけるエンジニアリング契約のなかに奇妙な矛盾があることを突きとめた。ジェフはその線を追及することに決め、賄賂《わいろ》と脅しを駆使して多数の情報源をあたらせ、その解答を得た。サウジは何年も前から、国際的な疑惑を招くであろうミサイル発射施設プログラムの導入は回避しつつ、小型核兵器を製造するのに必要な各種の部品を、数百万ドルもの資金を投入して、ひそかに購入していた。その巨大な支出と業務は、王国の全土でつねに進められている大規模な建設事業やインフラ整備プロジェクトによって容易に覆《おお》い隠すことができた。

そして、不可能に近い公算をくつがえして、サウジは五基の核ミサイルを製造し、いまはそれらが実際に配備されている。ジェフの話では、確認された核兵器の配備場所は一ヵ所のみで、それはペルシャ湾に面するアルコバールという石油都市の小規模なサウジ陸軍基地だという。アルコバールの大規模な港湾は、イラクの独裁者サダム・フセインが第一次湾岸戦争の際にクウェートからそこへ歩兵部隊を上陸させたように、どの敵国の軍にとっても絶好の侵入地点となる。防衛用の核ミサイル・システムはその弱点をうまく埋めてくれるだろうが、カイルは、それを攻撃のために転用するのはじつに容易であって、そうなれば、アメリカ海軍のすべての戦闘群が壊滅的な打撃を受けることになると認識した。

それは、唖然《あぜん》とさせられるような情報だった。革命が起こって政府が転覆する可能性のある国家が、ひそかに核兵器を製造していたとは。麻酔が効いて、ジェフが眠りこんだとき、カイルはシベール・サマーズを見つけだして、革命に関する情報を急いで把握するようにと彼女に依頼した。

シベールはFBIのIDを使って、警察にヘリコプターを出動させ、それに乗りこんで、ロンドンにあるアメリカ大使館まで飛び、そこのヘリパッドに降り立った。そして、盗聴に対する安全が確保されているセキュア・ルームに入ると、PCでFLASH《フラッシュ》メッセージを書いて、ワシントンの〈トライデント〉本部にいるリザードに送付した。シベールはその物騒なメッセージを書いているとき、ミドルトン将軍がこれを読んだら、きっとすくみあがり、即座にターナー将軍とトレイシー大統領にメッセージを伝達するだろうと考えていた。

残された、あと九分の安らかな時間を、カイルはデラーラを腕に抱いてすごした。まもなく、恐ろしい可能性を秘めた破局が訪れ、予測不能の行動と対応を迫られることになるだろう。自分に残された安楽な時間は、この十分だけだったのかもしれない。いや、すべての人間にとって、残された時間はそれだけだったのかもしれない。

18

サウジアラビア　アルコバール

リーシャ・アルハルビは、親友のハナーとタージャといっしょにモールをぶらついていた。三人のティーンエイジャーたちはみな、肩から足もとまで隠れる、似たり寄ったりのだらんとした黒いアバヤを着ている。肩より上の部分に関しては、少女たちはこの保守的な国の慣習からちょっぴり逸脱していて、カラフルなスカーフを頭に巻き、露出している唯一の身体部分である顔に、何時間もかけて入念に化粧をし、手の爪を磨いて、マニキュアを塗っていた。社会に反抗する姿勢があらわだった。

真っ先に禁忌を破ったのはリーシャだ。テントのようにかさばって重いアバヤの足もとにのぞいているのは、ピンクのスニーカーとピンクのソックスで、アバヤの内側に着ているのはTシャツと短いデニムのスカートだった。クリムゾンレッドに塗ったマニキュアには、ゴールドの点がちりばめられている。

「彼、とってもすてき！」ハナーがリーシャの携帯電話に表示されている少年の写真を見て、言った。豊かに盛りあがった黒い髪と鋭いまなざしをした男らしい少年が、画面のなかでほほえんでいる。彼女はそれをタージャにまわした。

「信じられない。ほんとに彼に電話するなんて」タージャが言った。「なぜそんなことをしたの、リーシャ？　わたしたちはよく男の子に電話番号を教えられるけど、わたしは一度も電話をしたことがないわ。家族のみんなに怒られちゃうから」

「実際に彼に会ったことは一回もないの。メールだけよ」リーシャは言いかえした。「なにがいけないの？　おつきあいしてるわけでもなんでもないのに」

いまいちばん人気のある少年たちのバンドが演奏する音楽が、スカーフに隠された耳にはめているｉＰｏｄのイヤフォンから聞こえていて、彼女はそのリズムに合わせて首をふっていた。携帯電話や衛星テレビにはだれでもアクセスできるとあって、彼女たちも西欧の俗語は耳になじんでいる。現代のこの国の少女たちは、〝オプラ世代〟（二十世紀以降のアメリカでもっとも裕福な黒人で、世界でもっとも有力な女性と称される女優、テレビ司会者、プロデューサー、慈善家で、彼女が司会を務めた『オプラ・ウィンフリー・ショー』はアメリカのトーク番組史上最高と世界各国で評価されている）に属する女性たちよりさらに強くテクノロジーの恩恵を受けているのだ。

「写真がついてたら、ただのメールなんてもんじゃなくなっちゃうわ」タージャが警告した。ニカブとよばれる、頭をすっぽりと覆《おお》うベールをあげて、モカ・フラペチーノをひとくち飲み、唇についた泡をぬぐう。少女たちにとっては、アルコバールのショッピングモールにある〈スターバックス〉ですら危険な場所なのだ。「写真を削除して。お願い。あなたがトラブルに巻きこまれることになってほしくないから」

「彼の名前は？」ハナーが尋ねた。

「ガビール」とリーシャは答え、携帯電話を抱きしめるように身に押しつけた。

「まさか、本名を彼に教えたりはしてないわよね！」ハナーの目が見開かれる。友だちがそんな危ないことをするとは思えなかった。

「もちろん教えたわ。彼、わたしを愛してるのよ！」

友人のふたりがそろって愕然《がくぜん》とし、不安まじりの笑い声を漏らす。ハナーが言った。

「あなたが夢見てるこの少年、ガビールは、一日前まであなたの存在すら知らなかったのよ！　あの日、このモールを出て、あなたのお父さんのメルセデス・リムジンのほうへ歩いていくときに、彼とその友だちがあなたに目をとめて、わたしたちを追っかけてきた。たしか、彼らは自分たちの車に乗りこんで、クラクションを鳴らしながら、リムジンの横に寄ってきて、ボール紙に書いた電話番号を見せたのよね。わたしたちは怖くて悲鳴をあげてたのに、まさかあなたがその番号を書きとめてたなんて」

リーシャはまた写真に目をやった。

「あのね、ガビールはそれどころか、車がまだ時速五十キロぐらいで走っているあいだに、そのドアを開けて、革のサンダルを履《は》いた足を路面におろして滑らせたの。サーファーみたいでしょ？　ほんとに勇敢。それで、コンタクトせずにはいられなくなっちゃって。彼は、わたしの美しいライオンなの！」

「あなたのライオンは、あなたを砂漠に連れだして、レイプしようとしてるだけよ」タージャがあざけった。「そのあとの問題は、だれが真っ先にあなたを殺そうとするかだけ。あなたのお父さんかお兄さんかもしれないし、勧善懲悪委員会《ムタワ》かもしれない」

リーシャは友人たちをにらみつけた。

「レイプなんかさせないわ。ぜったいに」彼女はファッショナブルなショルダーバッグを大きく開き、いつも持ち歩いている細身のナイフを見せた。父親のコレクションから盗みだしてきた、刃渡り四インチほどの小ぶりなスイッチナイフで、なめらかな象牙の柄がついていた。バッグをさらに大きく挑発的にひろげ、ペッパー・スプレーの細長い缶を見せてから、さっとバッグを閉じる。「だれかに襲われたら、レイプされる前に、そいつを殺すか、自殺するかよ」

「そんなことをしてたら、いい結果にはならないわ。自分がなにをやってるか、よく考えて」

「自分がなにをやってるかは、ちゃんとわかってるわ」とリーシャは応じた。「わたしたちはみんな、もう十六になったのに、このおぞましい石油都市に縛りつけられてる。わたしは信仰に忠実で、預言者の教えに従い、預言者をほめたたえるようにしてるけど、男たちに管理されることや、コーランに記されていない愚かな法にがんじがらめにされることは拒否するわ。彼らはくだらない法律をつくるだけ！　女性は馬に乗ってはいけない。女性に選挙権はない。女性は公衆の場で親族以外の男性に肌を見せてはならない。だから、わたしたちは清純なデートすらできない。この国には、わたしたちの行ける映画館はどこにもなく、雑誌のすてきな写真は検閲されて、わたしたちには見ることができない。わたしは心底、そういうことのすべてにうんざりしちゃってるの」彼女はひと息入れて、深呼吸をした。「国外に出たい」

ハナーが椅子にもたれこんで、言う。

「MTV（一九八一年に開局した、ポピュラー音楽のビデオクリップを二十四時間放映するテレビ局）の観すぎよ、リーシャ。その調子だと、もうすぐビキニトップにショートパンツ姿で外に出るようになっちゃうわ。冷静になって、現実を見つめて。あなたはこれからも、わたしたちと同じく、ずっとこの街で暮らして、いずれはみんな、遠い親戚か父親の友だちのだれかと結婚することになるでしょう。母親やおばあさんたちと同じように、わたしたちを大事にしてくれるお金持ちの男といっしょになって、退屈だけど快適な人生を送ることになるの」

「あなただって外に出たいくせに」リーシャはやりかえした。「わかってるのよ。わたしたちがあなたのヴィクトリアシークレットのカタログを見つけたのを忘れた？　だれにも見せられないとしたら、あんなセクシーな下着を着ることになんの意味があるというの？」

タージャはそこまで勇ましくはなれなかった。リーシャとハナーのことは大好きだが、ふたりともがこの社会の慣例を超えてしまっているように感じられた。

「口をつぐんで、リーシャ。みんなに聞かれちゃうわ」

「聞かせておけばいいじゃない。わたしは気にしない」そのときリーシャの手のなかで携帯電話が鳴ったので、彼女はまたその画面を見てから、ハナーに手渡した。「ガビールが、わたしの写真を送ってほしいって」

「それはぜったいにだめ！」タージャは怯《おび》えあがった。

「ううん、送るわ」ひたいに垂れかかる長い黒髪の下で、リーシャの黒い目がきらっと光った。彼女が携帯電話を裏返して、それを持つ手をいっぱいにのばし、店のグリーンのロゴがよく見えるようにコーヒーの紙コップを片手に持って、自分の写真を撮る。テキスト・メールにその写真を添付して、ＳＥＮＤボタンを押した。

「ばかなことを！」押し殺した声でタージャは言った。「いま自分がなにをやったか、ちゃんと理解してるの？ 彼はすでにあなたの名前を知ってて、アルコバールには〈スターバックス〉は一軒しかないんだから、いまはもう、わたしたちがどこにいるかも正確に知ったのよ。もし彼が友だちを連れて、ここにやってきたらどうするの？ あなたを脅迫して、好き放題にするかもしれない。この写真をあなたの家族に、それどころかムタウィーン（勧善懲悪委員会、別名宗教警察の現場執行官を意味する〝ムタワ〟の複数形で、宗教警察そのものに対して用いられる場合もある）に見せると脅すだけで、なんでもできるわ。彼はもうあなたを手に入れたも同然よ、リーシャ。あなたは彼につかまったの！ わたしたち、ここを出なくちゃ」

「べつになにもしなくていいわ、タージャ」リーシャが言った。「とにかく、ガビールはけっしてわたしを裏切らないから、なにも起こりはしない。宗教警察には、携帯電話の交信やＷｉ－Ｆｉの監視はできないの。お店は出るけど、まずはどこかでショッピングしましょ。お父さんのおカネで、きれいな新品のスカーフを買おうと思うの。それができたら、ガビールがこのモールに来る気になったほんとうの理由はカフェラテを飲むことだったとしても、すてきな気分になれるんじゃないかしら?」

少女たちが二階の高級服ブティックから外に出たとき、最初にリーシャがひっつかまり、ついでハナーとタージャも荒々しくひっぱられて、店外のディスプレイ・ウィンドウに押しつけられた。

「ケチな売女どもめ!」ムタワのローブを着たもじゃもじゃのひげの男、だれもが恐れる宗教警察の執行官が、重々しい声でどなりつけ、リーシャを床に投げつけた。

あおむけに倒れたリーシャのアバヤが足首の上までまくれあがり、その裾がつかまれて、デニム・スカートの裾のところまでひっぱりあげられ、膝から腿《もも》まであらわになる。直後、駱駝《らくだ》の革でつくられた鞭がひとふりされて、右の脛《すね》を打ち、そこに赤い血の筋を刻みつけた。

リーシャは、痛みというより驚きの悲鳴をあげた。ひどく激しく投げつけられたせいで、体が床の上を数フィート滑っていき、彼女は爪を立てて、動きをとめようとした。また鞭がふるわれて、右膝を打ち、こんどはまぎれもない痛みの悲鳴があがる。鞭をふるう二名のムタウィーンは、彼女の左右に立ち、いずれもがそのしるしである赤い布をゆったりと頭に巻き、むきだしになった彼女の両脚を卑猥《ひわい》な目で見つめていた。タージャとハナーの悲鳴が聞こえ、そちらに目をやると、ふたりとも、別のムタウィーンによって店の前のウィンドウに押しつけられているのが見えた。

「やめて！　乱暴しないで！　なにも悪いことはしてないわ」彼女は声のかぎりに叫んだ。

また鞭がふりおろされ、彼女は身を転がしてよけようとしたが、二度めと同じような場所を打たれる結果にしかならなかった。鞭が右の腿を深く切り裂いて、傷口から血が噴きだす。野次馬が集まってきて、若い男たちが笑い、そのひとりが鞭打ちの光景をビデオカメラで撮影しはじめた。野次馬の最前列にいて、鞭打ち人に声援を送っている少年がいた。ガビールだった。

裏切られたという暗澹《あんたん》たる思いと強い怒りが、リーシャの心中に湧きあがってきた。彼は警察の密告屋で、ウェブを使ってこちらの居場所を追っていたのだ！　彼らは自分を見せしめにして、ほかの少女たちに恐怖をたたきこもうとしている。彼女の目から涙があふれてきた。

またもや鞭が両脚にふりおろされたが、苦痛をのみこむほどの怒りがたぎっていたので、さっきとくらべれば、その痛みはたいしたものではなかった。連れ去られるまでに残された時間はわずかしかないと悟ったリーシャは、必死にショルダーバッグに手をのばして、それを開いた。ムタウィーンどもはまだ怒声をあげている。なにを言っているかはわからなかったが、やつらがなにを言っているかなどはどうでもよかった。ガビール！　あのひとでなし！

掌《てのひら》にペッパー・スプレーの感触が伝わってきたので、彼女はそれをひっつかみ、鞭打ち人のひとりにそのノズルを向けて、ボタンを押した。それは、完全に意表を衝《つ》く行動だった。

ただの少女が反撃するとは！　鞭打ち人がよろよろとあとずさり、鞭を取り落として、掌の付け根で目をこする。だが、その一瞬後には、もうひとりの男によってさらに激しく痛めつけられるはめになった。そいつがそばに寄ってきて、彼女の真上にのしかかるように立ち、手に持ったスプレーの缶をたたき落とす。缶は野次馬のほうへ転がっていった。

彼女の上半身と顔を狙って、つぎつぎに鞭がふりおろされる。それは明らかに報復の鞭打ちだった。頬が鞭で切り裂かれるのを感じても、リーシャは屈服しなかった。ふたたびバッグのなかに手をつっこむと、ナイフの象牙製の柄に指先が触れた。あの小さなボタン！　親指がそれを見つけて、ぐいと押し、刃が起きて、ロックされた。自分を裏切ったガビールを殺してやる！

リーシャは鞭を食いとめようと左手をあげながら、真上にナイフを突きあげ、のしかかるように立っている鞭打ち人の股間に鋭い切っ先をするりと滑りこませた。いったんナイフを引き、ありったけの力をこめて何度も突き刺す。男が悲鳴をあげて、鞭を取り落としたが、彼女はさらに激しくナイフを突き立てて、内股の大動脈を切り裂いた。血が、赤黒いロープのように噴出する。

野次馬が沈黙した。こんな小さな少女がムタウィーンのひとりの目をつぶし、もうひとりの睾丸にナイフを突き刺すとは！　ムタウィーンはどちらも倒れこんでいる。信じられない！

リーシャは血まみれのナイフを握りしめたままで、彼女自身も鞭で打たれた長い傷口から血を流していた。痛みを押して、身を転がし、膝立ちになる。買ったばかりのスカーフと頭部を覆っていたアバヤが引き裂け、乱れた長い黒髪が顔の前に垂れかかっているために、悪霊が身を起こしたように見えた。彼女はガビールに目を据えて、そちらに突進した。彼がコーヒーカップを取り落として、あとずさる。

そのとき、友人の少女たちを押さえていた二名のムタウィーンがその手を離し、リーシャに襲いかかって、血でぬるぬるするタイルの床に彼女を突き倒し、わめき声をあげながら殴りつけはじめた。二本の鞭の太い柄が棍棒《こんぼう》のようにふりかざされて、何度も彼女の頭部にたたきつけられる。リーシャはなんとかそいつらの手の一本にナイフを深々と突き立てたが、すぐにナイフはたたき落とされ、がっしりした二名のムタウィーンに容赦なく打ちのめされることになった。意識が失われかけたころ、そのひとりが彼女の漆黒の髪をわしづかみにして、硬いタイルの床にくりかえし顔面をたたきつけ、ついには死に至らしめた。

19

ホワイトハウス

アブドラ王子は通常、ホワイトハウスを訪れるときは仕立てのいいビジネススーツを着ていく。運転手はいつも、イースト・ウィング側の通用口から静かにリムジンを乗り入れ、特別な来客のために用いられる、緑の天蓋《てんがい》に覆《おお》われているせいで多少はメディアのカメラから守ってくれる通路のそばに停止させる。だが、今回は異なっていた。王子を乗せたリムジンは、報道各社から丸見えになる、カーブした長い通路を走ってきた。プレスは彼の来訪を察知し、ウェスト・ウィングの表玄関のところに群れつどって、その到着を待ち構えていた。

染みひとつない象牙色のリムジンが列柱のある玄関の前で停止し、青い制服を着た海兵隊の警備兵がその車のドアを開く。王子が、優雅な白いローブを帆のように風になびかせて降り立った。真っ白な四角い布を三角に折り、黄金の紐《ひも》を巻いて留めつける方式の、アラブの頭巾《カフィエ》をかぶっていた。

彼が足をとめ、笑みを浮かべて、カメラの放列のほうへ手をふり、そのあと左側に身をまわして、大きな塀の向こう、緑なす芝生の上に群れている観光客たちに同じことをし、そのひとびとを驚かせた。リポーターたちが質問を叫びかけたが、王子はあいかわらず笑みを浮かべて手をふるだけで、すぐに建物のなかへ入っていった。大統領も、行政府の幹部たちもだれひとり、その来訪を出迎えることはなかった。

　それは、いわばメディア・シアターにおける外交のひと幕、最大の効果を狙って念入りに練りあげられたショーだった。ホワイトハウスのなかに足を踏み入れる前に、アブドラ王子は、サウジアラビアから重大な知らせが入ったことを、そしてサウドの王族はいまも事態を掌握していることを、視覚的メッセージによって明瞭に伝えたのだ。いまは、強さと確信を表明すべき時であって、弱みを見せてはならない。この国家の危機にあって、軟弱な王子の何人かが国外逃亡を考えているという報告を受けとっていた。彼らの誇りはどこに行ったのか？　そのような行動は、先祖から引き継いだものと家名を否定することになる。恥ずべきことだ。アブドラは、いま逃亡した者たちはいずれ召還し、その行動に対して厳しい罰を与えることにしようと腹を決めていた。

　玄関口をくぐると、そのすぐ内側で、首席補佐官のハンソンが待ち受けていて、公式にアブドラを歓迎し、すぐさまオーヴァル・オフィスへ案内した。マーク・トレイシー大統領が胸中の苦い思いを押し隠し、愛想笑いをつくって、待ち構えていた。これが愉快な会談になるはずはなかった。

　王子も同じく愛想笑いを浮かべて、旧友であるトレイシーと握手をし、ほかの面々と礼儀正しく挨拶《あいさつ》を交わしたのち、新たに国務長官に任じられたキャサリン・ハート上院議員のほうに軽くお辞儀をした。

「就任をお祝い申しあげます、国務長官殿。ウェアリング国務長官の死去によって、その職に任じられたのは痛ましいことではありますが、あなたは豊富な外交経験によって、この困難な時を迎えたわれわれ全員に大きな貢献をなさるでしょう」

「ありがとうございます、大使。われわれはみな、あの恐ろしいテロ攻撃であなたが深刻な負傷をされなかったことをうれしく思っています」

彼女はこれまで上院外交委員会の委員長を務めており、ウェアリングが死去したとき、トレイシー大統領は外交経験の豊かな人間の手に国務省の統括をさせることを強く望んだ。国務省のキャリア外交官たちは彼女に外部から嚙《か》みつかれるよりは内部で口をさしはさまれるほうがましだと思っているので、ハートがその政治権力の基盤を国務省に移す好機を逃すことはないだろうとの読みだった。彼女は、赤毛をショートヘアにしたおしゃれな女性で、その明るいブルーの目は、自分が見せたい感情しか表に出さない。

全員が着座したところで、トレイシー大統領が話を切りだした。

「われわれはずっとニュース報道をモニターしておりましてね、大使。おそらく、あなたにうかがえば、貴国で起こっている事態の真相について、われわれに助言をしてくださるのではないかと。かなり深刻な事態であるように思えるのですが」

アブドラは、その質問が来るであろうと予想しており、慎重にことばを選んでそれに答えた。

「イスラエルとの和平条約が提案されていたこともあって、以前から数ヵ所において不穏な情勢が生じておりました。そのことは予想され、動静が監視されていました。今回の予想外のテロ攻撃はさらなる混乱を生じさせましたが、それは散発的なものにすぎません。いま現在、わが国の治安部隊は、騒乱は限定的なもので、状況は掌握されていると考えております。騒乱を煽《あお》っているのは、ひと握りの悪辣《あくらつ》な保守派の過激論者なのです」

「それは、一般に伝えられている多数の情報とは正反対であるように思えますね」ハート国務長官が言った。「テレビの映像を観たところでは、いくつかの都市圏において暴動が発生しているとしか考えられないのですが」

「テレビですか」笑みを浮かべてアブドラが言う。「一軒の家が炎上すると、各局のカメラがそこに殺到し、いかにも都市全体が炎に包まれているかのような映像を送りだす。わが国では厳しい検閲がおこなわれているので、テレビ局はいつもそのような誇張表現の手法を駆使するのです。国務長官、大統領、おふたりに断言しますが、わが国は事態を掌握しております」

「油田の警備については？」トレイシー大統領が意を決して、その点に踏みこむ。

「さいわい、不都合はなにも発生しておりません。そういう重要な地点はいずれも平穏であるように思われます。すべての石油生産施設の警備部隊が増強され、最高度の警備態勢が敷かれています」

大統領が小さなソファにもたれこみ、それとなくハート国務長官を促して、つぎの論点に話を進めさせた。

「では、国家警備隊司令官およびその家族の暗殺に関しては、どのような結論に？　サウジ軍内部に忠誠心の問題が生じているのではないですか？」

アブドラはまだ平静を保っていた。いまのところ、予期せぬ質問はひとつもない。

「心神喪失者の単独犯行。貴国の情報機関がたまたま貴国の軍隊内に単独のスパイを発見したのと同じで、あれは狂信者が熱狂に駆られておこなった行為というわけです。わが国の軍はいまも国王への、そして王国とその国民への忠誠心を維持していると断言してよろしいでしょう」

トレイシー大統領が周囲を見やり、彼を注視する面々と目を見交わす。

「アブドラ王子、ここはひとつ腹蔵なく話してもらいたい。われわれは助力したいと考えているだけなんだ。そちらが支援を要請すれば、こちらはいつでもそうさせてもらう」大統領は言った。「武器弾薬であれ兵員であれ、必要なものはなんでも供給しよう。貴国の政府が打倒されることがあってはならない。作戦立案者たちの話では、わが国の軍は数時間以内に貴国に上陸することができるとのことだ。他国の指導者たちとも話をしたが、それら諸国もまた、貴国の軍が反乱の鎮圧に追われているあいだ、油田防衛のための多国籍軍を編成する意志があるとのことだった」

アブドラは、ここが分岐点だと見てとった。

「いえ、けっこうです。わが国は貴国の支持に感謝しますが、大統領、外国軍の受けいれは、なんとしても避けたいところでして。貴国の空母戦闘群がすでにペルシャ湾に入っていることは承知しておりますが、当面は距離を置いていただくようにと要請しなくてはなりません。これは、わが国の内政問題です。わが国は不法なテロリスト集団の襲撃を受け、それに適切に対処しようとしております。アメリカの戦闘部隊の上陸は、現状を悪化させるだけで、事態収拾の役には立たないでしょう」

キャサリン・ハート国務長官が、語気を強めて言う。

「貴国の油田は厳重に警備される必要があり、大使、わが国としては、それが狂信者集団の手に落ちるおそれがあるとすれば、手をこまねいているわけにはいきません。あの地域にまた、暴力的な反米、反西欧の神政独裁国家が誕生することになってはならないのです」

「国務長官、脅しはオブラートに包んですべきであることを肝にお銘じになるのがよろしいかと」小さく笑ってアブドラは言った。「いまのお話は悪夢のシナリオであって、そのような事態はけっして生じません。不可能です。貴国の軍の受けいれは求められておりません。イラク政策の失敗をくりかえしてはなりません。あの国では、さまざまなムスリムの分派が、アメリカ軍は外国の侵略者であるとの共通認識のもとに、一致団結したのです」

しばし沈黙が降りて、イラクにおける展開を出席者のそれぞれが思いかえした。合衆国大統領は軍事介入を考えていた。だが、サウジアラビアは、大衆の支持を拡大するために、反米的な政策を採るかもしれない。当面の敵が替わることによって、内乱が鎮まる可能性はある。

「もはや、事態はそれほど容易なものではないでしょう、大使」トレイシー大統領が言った。

大統領はいったんことばを切り、自分の大きなデスクのほうへ歩いて、その椅子に腰かけ、途方もないことが記されている決定的な文書を手に取った。それこそがこの会議の主要な論点であり、アブドラがまだ察知していない事柄のひとつでもあった。

「われわれはきわめて深刻な問題が隠されていたことを発見した。貴国は核兵器を所有しているのだ、大使」大統領は、特定のいくつかの基地を撮影した衛星写真を取りだした。ひとたびCIAその他の情報機関がなにに目をつければよいかを知れば、該当の地点はすぐに同定される。「わが国は、貴国がそれらを処分することを要求する」

アブドラは、このような展開になっても、懸命に心を抑えて表情を変えず、驚きをあらわにすることはなかった。どうして彼らはそのことを知ったのか？

「わが国は核爆弾を保有してはおりません」抗議するように眉をあげて、彼は言った。「どうしてそのようなことをお考えになったのです、大統領？」

「そうかたくなにその存在を否定するものじゃない、友よ」彼は衛星写真をとんとたたいてみせた。「それに、〝核爆弾〟とは言っていない。わたしは〝核兵器〟と言ったんだ。核弾頭を搭載した五基のミサイルが貴国の各所に配備されており、それらはただちに解体されねばならない。核兵器が貴国の政権を奪取しようとしているテロリストの手に落ちる危険性を、国際社会が看過することはぜったいにないのだ。狂信者たちは躊躇《ちゅうちょ》なくそれを発射し、地球規模の大破壊《ホロコースト》に点火するだろう」

　アブドラは懸命に冷静さを保とうとした。

「この件については、リヤドの政府と協議せねばならないでしょう、大統領。それらの兵器は究極の非常事態に備えての純粋な防衛兵器として、一基ずつ、国境の近辺に配備されています」

「この問題の処理について、国王によろしく伝えてもらいたい。長年の同盟国としては、これは最優先の重要事項であると思われるのでね、アブドラ王子。この事実を知ったとき、わたし個人としては裏切られたような気持ちになった。世界平和という観点からして、それがもたらす恐ろしい結末を明確に指摘せざるをえない。それらの核ミサイルを解体し、その証拠を示してもらわなければ、わが国は国連にこの件を持ちこみ、両方の問題の解決策として、それらの解体と、各油田を多国籍軍の保護下に置くことを要求するだろう。そうなれば、リヤドの政権をだれが担《にな》うかは真の問題ではなくなるんだ」

「大統領！　両国のあいだで戦争が勃発する可能性に言及するのはよくないのでは？」

「いや、大使、そんなつもりは毛頭ない。わが国には、貴国に対してなんらかの行動を取ろうという意図はない。そうではなく、わたしは現実がどうかを論じているのだ。きみの政府は危機に瀕しつつあり、狂信者たちがクーデターを起こし、その一環として核ミサイルを奪いとるかもしれない。そうなれば、イスラエルはもとより、原油輸送ルートが核の脅威にさらされることになる。そんな事態を招いてはならないのだ」大統領は立ちあがって、会議の終幕を告げた。

「よくわかりました。あなたのお立場は理解しています」王子もまた立ちあがって、そう応じた。「しかし、残念ながら、わたしは政府の代弁者として語らなくてはなりません。わが国は、これはサウジの内政問題であると見なしているさなかに外国軍を受けいれることはないでしょう。ではあっても、あなたがお時間を割《さ》いて、助言を与えてくださったことに対しては感謝しています、大統領」

トレイシー大統領が言う。

「どうか、われわれの衷心よりの好意と友情を、国王に伝えてもらいたい」大統領が大使と握手をし、もう一方の手で相手の肘をつかんで、注意を向けさせ、その目をじっとのぞきこんだ。「いまからはオフレコだ。きみたちはそれぞれの職務に戻ってくれ。われわれは騒乱の時を迎えようとしている。それぞれの部署で、至急、解決策を見つけだしてもらわねばならない。仕事の手を抜くんじゃないぞ」

会議終了後、ハート長官は即刻、国務省にひきかえして、新たな職務を統括するための仕事に着手した。彼女がホワイトハウスの構内を出ると、トレイシー大統領は、エレクトロニクスの能力がおよぶかぎり厳重に警備されている、ホワイトハウス地下の危機管理室《シチュエーション・ルーム》に向かった。入室すると、CIA長官のバートレット・ジェニーンと、統合参謀本部議長のハンク・ターナー将軍が立っていて、大統領はふたりと握手をした。スティーヴ・ハンソンは部屋の端にすわっていて、そこの大テーブルにつくのは三人だけということになった。

「うまくいかなかった」トレイシーは言った。「あの国は足もとが揺らいでいて、核に関する新情報は彼にとっては不意打ちだったと思われる。それでもなお彼は、もしわが国の軍事介入があれば、サウジはそれと戦うだろうとにおわしたんだ」

ターナー将軍が、上着のほどけた糸をうわの空でひっぱりながら、それに応じる。

「介入は、最善の選択ではないです。適切におこなうには数ヵ月の準備期間が必要となり、われわれにはそれほどの持ち時間はない。むりを押して侵入すると、混乱を招くことになるかもしれません」

「そうではあっても、合衆国としては、中東にまたひとつ、狂信者の政権が誕生するのを許すわけにはいかない。とりわけ、サウジアラビアにはだ。反乱を先導しているのはどういうやからなんだ、バート？」

バート・ジェニーンは、長年にわたって諜報の世界に生きてきた男だ。髪が薄くなって、頭の周囲にカールした細い白髪が残っているだけで、その顔には気苦労によるしわが深く刻まれていた。彼がフォルダーを開き、そのあとキーボードを打って、赤い頭巾《ずきん》をかぶった背の高いひげ面男の画像を壁面スクリーンに表示させる。その男は、カメラのレンズを射貫いてしまいそうな、底光りのする黒い狂的な目をしていた。ジェニーンには長いキャリアがあるので、こういう非情な目を持つ男を見たことが何度かあった。

「これはムハンマド・アブー・エバラという男で、勧善懲悪委員会もしくは宗教警察として知られる組織の長を務めており、その現場担当者はムタワと呼ばれています。公式には、サウジの宗教的事柄はイスラム教最高権威《グランド・ムフティ》が統括していますが、エバラはすでにこの反乱の顔になってきています。彼とその警察組織はきわめつきに悪辣《あくらつ》です」

「もし王が倒れたら、エバラが取って代わる？」大統領は問いかけた。

「それよりもっとありそうなのは、王国が完全に倒れること。その政府は、イランをモデルにした形態になるでしょう、大統領。表向きの元首は、どこかのお調子者が選ばれるにしても、背後でエバラがその男を操り、宗教警察が執政の主力を形成することになるでしょう。グランド・ムフティは隔離されるでしょうね」

「そういうことなら、諸君、なにはさておき、事態がこれ以上悪化するのを看過するわけにはいかない。この非常事態には、アルカイダ・ネットワークを対象とした大統領命令に次ぐ重要性を持たせるべきだ。バート、それをするためには大統領命令を追加しなくてはならないのか？」

「いいえ、大統領。アルカイダが関与している可能性はおおいにあります。あの大統領命令は、さまざまなレベルにおけるテロとの戦いのために立案されたものでして。これにも適用されることはたしかです」

9・11同時多発テロの直後に策定された秘密規定によって、合衆国は公式の戦場以外にも軍隊を派遣することが許されるようになっていた。有事には、その規定を運用する〝閣僚グループ〟の全メンバーがホワイトハウスに招集される。前国務長官のウェアリングもその一員だったが、後任の長官は、新たな職務に慣れてからでないと、このグループには加えられない。

「将軍、このエバラという男については、〈タスクフォース・トライデント〉を出動させてもらいたい。もし反乱が激化して手に負えなくなった場合、この男は処理されねばならない。バート、きみの〝エージェンシー〟があらゆる手段を講じてそれを支援するんだ」

「それは暗殺という意味でしょうか？」ジェニーンが問いかけた。

トレイシーはその質問を受け流した。

「とにかく、現時点においては、〈タスクフォース・トライデント〉とカイル・スワンソンを投入してほしいとだけ言っておこう。実際のところ、スワンソンであれば、サウジアラビアに入りこんで核兵器のチェックをするのと並行して、エバラのチェックもすることができるだろう」

「適切かつ目立ちにくい解決策ですね、大統領」とジェニーン。「スワンソンは有能で信頼が置けますし、なんといっても、そもそもこの核兵器という新たな展開を知らせてきたのは彼ですからね。それに、たったひとりが行動するだけとなれば、反政府暴動という混沌状態にまぎれてしまうでしょう」

ターナー将軍が笑いだす。

「たったひとりといっても、ガニー・スワンソンはそんじょそこらの男じゃない、バート。彼自身が危険な兵器であって、その配備は慎重におこなわなければならない。スワンソンがからむと、必ずなにかが起きるんだ。彼にどのような権限を持たせることにしましょうか、大統領？」

スティーヴ・ハンソンがテーブルのほうへ移動してきて、各人の前にひとつずつ、革張りのフォルダーを置いた。フォルダーのなかには、〈トライデント〉への〝グリーンライト・パッケージ〟と呼ばれる命令書がおさめられていた。それは、必要なことはなんでもおこなうことを事前に許可する命令だった。

20

イングランド

シベール・サマーズが、手術の成功を予期した身なりで病院に入っていく。ブルーのシルク・ブラウスにクリーム色のジャケット、ゴールドのロケットを吊るしたネックレスと、それにマッチしたイヤリング、黒のハイヒール、膝の数インチ上まで長い脚が露出する黒のスカートという姿で、大股で歩いていった。その目は驚くほど澄みきっている。髪は手入れをしたばかりで、黒髪の二、三カ所が小さくゴールドに染められていた。メイクは薄い。病院のドアを通りぬけるとき、男たちがふりかえって、あらためて彼女に目をやったが、肩にぶらさげた革のバッグのなか、マニキュアを塗った指がかけられているあたりに、大口径の拳銃がおさめられていることに気づく者はいなかった。彼女はバッグに加えて、旅行用の小型キャリーケースを引いていた。ワシントンから〝グリーンライト・パッケージ〟が届いたとあって、このあとホテルに戻るわけにはいかなかったからだ。

テロリストの襲撃による被害の修復と後始末は順調に進んでいて、廊下には真新しいペンキのにおいが漂い、破壊されたドアは取り替えられていた。サー・ジェフの病室に入ったシベールは、そこの情景を見て、オランダの古い陰鬱な絵画のあれこれを思い起こした。淡い日射しが、ベッドのそばの椅子に疲れきってすわっている三人をぼうっと照らし、ベッドには麻酔をされて身動きひとつしないジェフが横たわって、すやすやと眠っていた。頭部に包帯が巻かれ、生命兆候をモニターする各種機器のコードが体につながれて、電子回路が絶え間なく画面に指数を表示している。透明なプラスティックの酸素マスクが顔にかぶせられていたが、喉《のど》に呼吸管が挿入されてはいなかった。

「はい、みなさん」彼女は小声で呼びかけ、レディ・パットとデラーラ・タブリジのあいだに片脚を差し入れて、ふたりの頰にキスをし、手を取った。「彼の容態は？」

「ヘイ」カイルが声をかけた。「ファッション・ショーにでも行くのか？」

「あなたの知ったことじゃないわ」

「じゃあ、デートにお出かけか。そうなんだろ？」

カイルが首をかしげ、いたずらっぽいまなざしになって、彼女の身なりを頭から足もとまでつくづくとながめる。ふだん目にしているのはカジュアルなジーンズか戦闘迷彩服という姿だが、シベールなら麻袋をまとっていても、きれいに見えるだろうと彼は思っていた。

「デートじゃないから、そこまでにしておいて、カイル」口調はやわらかだが、声に刺《とげ》があった。「至急、話しあわないといけない仕事ができたの」

レディ・パットがふたりの体を押す。特殊作戦に従事する戦士がいきなり入りこんできて、なんの説明もせず、さっさと出ていくというのは、彼女にとってはとうの昔に慣れっこになった展開だった。シベールがしばらくここを離れていたのは、それなりの理由があったからにちがいない。

「ジェフはやってのけたわ」パットが言った。「必ず回復するでしょう」

「よかった。神に感謝ですね」

「ええ」パットがカイルに目をやり、そのあと疲れた笑みをシベールに向ける。「カイルのざれごとは無視しなさい。きょうのあなたはきれいよ」

シベールはベッドのほうへ足を運び、そのマットレスに腰をのせて、ジェフの頭に手をのばし、包帯からはみでている髪を撫《な》でた。身をのりだして、ひたいにキスをしてから、さらに身を寄せて、ほかの面々にはなにも聞きとれないほどの小声で、ひとしきりささやきかける。肩のあたりのシーツの乱れを直してから、レディ・パットのそばにひきかえして、背後に立ち、彼女の肩をマッサージした。

デラーラが立ちあがって、ドアのほうへ歩き、ついてくるようにとシベールに身ぶりを送る。ふたりは無言で廊下を歩き、ナースステーションを通りすぎて、病室からかなり離れたところまで行った。

「どういう診断だったの、デラーラ?」

「サー・ジェフの回復には長期間を要するって。背骨を損傷したせいで、物理療法をしているあいだは車椅子に縛りつけられることになるけど、それもいずれはよくなって、また歩けるようになるだろうってことだったわ」彼女が吐息をつき、ずっと重荷を背負ってきたかのように、その両肩がだらんと垂れた。「心配なのは、脳がかなりの損傷を受けたってこと。神経外科医の話では、サー・ジェフが百パーセント回復するかどうかは時がたたなくてはわからないって。もうすでに、そんなようすが見えるの。いっとき、完全に正常な思考ができていても、すぐにまた感度の悪いラジオみたいになっちゃって。医師たちによれば、それは麻酔の作用による部分もあるけど、脳の機能はとても複雑なので、将来どうなるかをはっきりと予測することはできないそうよ」

「そんなのって！　パットはどう受けとめてるの？」

「彼がまだ生きてるってことだけで、よろこんでる。ああ、シベール、あんないいひとがどうしてこんなひどい目にあわなきゃいけないの？」

ふたりは抱きあい、そのあとシベールは彼女を抱いた手をいっぱいにのばして、まっすぐにその目をのぞきこんだ。

「いまこそ、あなたの助けが必要なの、デラーラ。カイルを連れていかなくてはいけないんだけど、彼は行きたがらないでしょう。あなたとパットが手を貸して、彼をドアの外へ押しだしてくれないといけない。よく聞いて、デラーラ。これはまぎれもない非常事態なの」

デラーラが落ち着きを取りもどす。

「わかってる。サウジアラビアの騒乱が、磁石がペーパークリップを引き寄せるように、あなたたちふたりをひっぱりこむんでしょ」腕を組んで、彼女が言った。「いまここで、カイルがジェフの助けになれることはなにもないし、パットがふさぎの虫に取りつかれることはぜったいにないでしょう。おふたりにどんな将来が待ち受けているにせよ、彼女にはまだそのことがよくわかっていないから」

彼女の目が、そのきれいな顔に似合わない戦士の強靭《きょうじん》さをみなぎらせて、シベールを見つめる。

「カイルをぶじに送りかえすと約束してくれる？　つらいわ。彼がこんなに頻繁に出かけなくてはいけないなんて」

「約束できないことはわかってるでしょ、デラーラ。これは危険な状況だから、彼は完全に精神を集中しなくてはいけない。むりやりここから連れだしたら、彼の胸中には怒りが生じるでしょうけど、いざ現地に行けば、彼はおそろしく無感動になって、表面的にはなんの感情も示さなくなるはずよ。そして、いったん戦闘となれば、熱く燃える。わたしの仕事は、その怒りを正しい方向に向けさせることなの」

デラーラが理解したしるしにうなずき、ふたりは病室にひきかえそうと廊下を歩きだした。

「ところで、なぜそんなにドレスアップしてるの？　すごいめかしこんじゃって。だれかいいひとができたの？」

「たまには仕事着におさらばしたいってだけのことよ。わたしはいまもバブルバスやキャンドルライトが好きな、魅力的な女だってことを、自分に思いださせたいの」

「相手はきっと、特別なひとなんでしょうね」

「深い仲じゃぜんぜんないわ。彼をわたしの本職から遠ざけておきたいってだけのこと。彼、わたしは不動産会社で働いてると思ってるの」

デラーラが小さく笑う。

「不動産会社の社員？　既婚の？　未婚の？」

シベールは話題を変えた。

「あなたとカイルの仲はどうなってるの？」

「うまくいってるわ。ときどき、サーカスのライオン使いになったような気分になるけど。彼はとっても強くて意志強固だけど、すごくやさしい面もあって、ふだんはそういう部分を包み隠してるの。恐ろしい記憶がいつも意識の下にひそんでるのね」

シベールはそれにこう応じた。

「彼は、いくつもの異なるレベルで工作をするという、きわめて複雑な状況に置かれた男なの。チェスの試合を三つ同時にやってるようなものというか。彼の心のコンピュータは、とりわけ戦闘のさなかでは、つねに動きつづけてる。わたしたちのやっていることはだれにも口外できないから、彼は事後、埃《ほこり》が晴れてから、ひとりで自分の行動を心のなかで整理するしかないというわけ」

「あなたはどうやって整理してるの？」

「わたしは頭を働かせて、ときどき民間の不動産会社という架空の仕事に復帰するようにしてるわ。いろんなところに行って、いろいろと楽しいことをし、ふつうのひとたちと交わる。

そのあいだは、新聞は読まず、テレビのニュースも観ない。あ、それはそうと、あなたのすてきな車を壊しちゃって、ごめんなさい」やんわりと皮肉をこめて、シベールは言った。

デラーラが、声を低めたまま言う。

「あれはジェフが買ってくれたの。わたしは小型のセダンのほうがよかったんだけど、彼が大きいのがいいと言い張って。あの車は、わたしには扱いきれなかったし、速度制限を破ったら警告してくる、あのおしゃべりな地図装置のプログラムも手に負えなかったわ」

「あー、お友だちのリンダ。だから、わたしがスピードを出したら、あんなにうるさく言ってきたのね」

「リンダは問題児だったの」

「それはもう解消したわ」

病室のようすはなにも変わっていなかったが、このあとなにが来るかをカイルが察知していたために、張りつめた気配が漂っていた。現実の世界で戦争の可能性が高まってくると、否応なく彼に出番がまわってくる。エクスカリバー・エンタープライズに入社するかどうかの決断は、ジェフが回復する見込みが出てきたことで、棚上げになっていた。といっても、決断が先送りになっただけのことだ。

シベールがバッグから封筒を取りだして、彼に手渡す。

「読んで」彼女が言った。

カイルは、折りたたまれた紙片を取りだしただけで、それを開こうとはせず、相手に返そうとした。

「どうでもいい。おれは動かない。休暇がたっぷりと溜まってるんでね」

「とにかく読んで、カイル」

パットのほうに目をやると、彼女がかすかにうなずいてみせたので、カイルはしぶしぶその一枚きりの書類を開いた。顎の筋肉がこわばってくる。

「〝グリーンライト・パッケージ〟よ、カイル」

パットが膝に肘をかけて腰を折り、両手で目を覆い隠す。ついには背中を震わせて、すすり泣きはじめたので、デラーラが慰めようとパットの体に腕をまわした。

「ここを離れるわけにはいかない」カイルは言った。

パットがさっと顔をあげる。

「いいえ、離れてもいい……行かなくては、カイル！　ジェフが意識を取りもどしたときに、あなたが命令に逆らったことを知るなんてことになってほしくない。それは彼の容態を悪化させるだけだし、そもそも彼がここに入院したことがその理由なんだから、なおのことよ」

「だけど、パット……」

彼女がきっぱりと首をふる。

「だめ。もうなにも言わないで」

カイルは指の爪で折り目を入れながら、紙片を小さくたたんでいった。

「事情が変わったんだ。エクスカリバーの事業は、いまのジェフの状態を考えると……」

パットがデラーラの腕をふりほどき、決然とした態度で立ちあがる。

「それはすべて、あなたが戻ってきたときに解決できる問題よ。その書類になにが書かれていようが関係ない。これは、わたし、レディ・パトリシア・コーンウォルからカイル・スワンソンへのじきじきの命令よ。そこにおもむいて、わたしの夫をこんな目にあわせた悪辣な連中を見つけだすように。自殺攻撃部隊はみんな死んだけど、この襲撃を命じたやつらはいまも野放しになってる。あなたがそいつらを見つけだして、殺しなさい。わかったわね、カイル？　ここまで言っても、まだ足りない？　わたしは、いまいましい連中の頭に槍を突き立て、内臓を銀の皿に盛って並べてほしい気分なの！」

カイルはのっそりと立ちあがり、パットの体が一瞬、宙に浮くほど、思いきり強く抱きしめた。それから、そっと彼女を床におろして、言った。

「はい、マーム。そのようにさせてもらいます」

そのあと、彼はシベールに問いかけた。

「いつ出発するんだ？」

「わたしが着替えをして」と彼女が応じる。「あなたがグッバイの挨拶《あいさつ》をすませたら、すぐにここを離れるわ」

21

サウジアラビア

郊外の砂漠の上空、その大きく開けた空を飛行することは、サウジ空軍の大尉、ナワフ・ビンアワドにとって人生最大のよろこびだった。F-15Cイーグルのコックピットに身をおさめて空を飛んでいると、指先に感じるその強大なパワーに絶えざる畏敬の念を覚えずにはいられない。フライト・データはすべてヘッドアップ・ディスプレイに表示され、二基のプラット&ホイットニー・ターボファン・エンジンは二万三千ポンドを超える推力を生みだす。内部と外部のタンクに搭載する燃料は数千ガロンにおよび、機首に二〇ミリのM-61A1六連装機関砲が装備され、主翼のラックにはサイドワインダー・ミサイルとスパロー・ミサイルが懸架されていた。

道ひとつない茶色の砂漠の上にひろがる青一色の空を高速で飛行しながら、彼はマイクロフォンを操作した。

「パーム・リーダーからパーム2へ。燃料のぐあいはどうか?」

「パーム1へ。妙な質問ですね。とにかく、離陸した直後なので、ゲージはグリーンを示しています。地上クルーは満タンにするのを忘れなかったってことです」

ファイエズ・アルキレウィ中尉は、酸素マスクをかぶった顔をほころばせた。編隊長は寡黙な男だが、きょうは機嫌がいいらしい。というか、完璧に準備された任務に従事するときはいつもそうだ。いまの問いかけの声には楽しんでいるような響きがあった。

彼らはいま、他の航空機はすべて侵入を禁止されている広大な空域を戦闘哨戒任務で飛行しており、その下には、国王が数日をすごす、人里離れた宮殿があった。ファイエズにはその宮殿が容易に見てとれた。ほかにはなにもない砂だけの景観のなかに、ぽつんとひとつ、緑なす木々と水のある地点があざやかに浮かびあがっている。

無線を通して、別の声が聞こえてきた。五十マイルほど離れた空にいるE-3A AWA《エイワ》CS《クス》、この空域への航空機の出入りを管理しているレーダー・アンテナだらけの空中警戒管制機に乗り組んでいる管制官だった。管制官が手早く彼らを誘導して、上空警備旋回飛行に入らせ、それまでの数時間、その持ち場に就いていた二機の戦闘機パイロットたちに、基地に帰還する許可を出す。それらの航空機はすべて、中東地域では最先端の装備を有する空軍の一部ではあるが、そのC4Iシステム（指揮＝Command、統制＝Control、コミュニケイション＝Communication、コンピュータ＝Computer の四つのCと情報＝Intelligence のIから成る、軍隊における情報処理システムの略称）に欠陥がないわけではなかった。それにはひとつ、致命的な弱点があった。内戦の危機がある時にコミュニケイション機能が失われれば、事態は急速に危険性を増すだろう。彼らは最先端のツールを持ってはいるが、生まれたときからそれに慣れ親しんできたわけではないのだ。

十分後、編隊長の大尉が編隊内通信専用の周波数に無線を切り換え、僚機に一語だけの指示を送った。

「決行」

ファイエズは急旋回をし、アフターバーナーに点火してスピードをあげると、針路の変更をAWACSの管制官が気づく間もないうちに、そちらに突進した。無線を切り、兵器ディスプレイを起動して、動きの鈍い無防備な警戒管制機にレーダー・ビームを照射する。機はものの数秒のうちに射程に入り、彼は二基のAIM－9Hスパロー空対空ミサイルを発射した。自動車が道路のスピードバンプを乗りこえたような軽い振動をファイエズが感じたとき、二基のミサイルがレールから滑り出て、一千ポンドの重量を持つ物体が主翼の下から飛びだした。全長十二フィートのミサイルが二基、固形燃料エンジンから白い蒸気の筋を引きつつ一直線にAWACSへ飛翔し、八十八ポンドの高性能爆薬を搭載した弾頭がターゲットに命中する。ファイエズが機を直進させて、そこに生じた火球に突入すると、破壊された機体から宙に舞った破片が胴体にぶつかってくる音が聞こえた。旋回しながら上昇し、編隊長の機に合流すると、大尉はすでに宮殿への攻撃を開始していた。

やがて武器弾薬が尽きたところで、燃料をたっぷりと搭載したその二機は、煙をあげる建物の残骸《ざんがい》へ猛然とつっこんでいった。

22

中国 北京

「あそこを見ろ。なにが見てとれるだろうかね」江聚龍《ジアン・ジュロン》は広大な窓の外へ手をふってみせた。

朱翊《ズー・チ》上将がそれに従う。

「あまりよく見えません、主席。きょうは大気汚染がかなりひどいので。ここに来るときもマスクをしていたほどでして」

中国共産党中央軍事委員会主席はにやっと笑って、その話をつづけた。

「われわれがあそこに見ているものは、同志将軍、発展だ。広大な街路に自動車があふれているだろう。わが国の街路にはかつては自転車しか走っていなかったが、いまはこの北京地区に限定してすら、日々一千台の新車が購入されている。中国は、ロールスロイスの新車購入数でも世界一になった。農民服姿がふつうであった女性たちが、高級な化粧品やデザイナーブランドのドレスを買って、着飾るようになった。各地の工場で生産される製品は外国へ輸出され、飛ぶように売れている。アメリカ人の買う玩具の八十パーセント、靴の七十二パーセントは中国製だ。数億にのぼるわが国の労働者たちが、消費者向け製品が並ぶようになったわが国の店舗で買いものをし、わが国の富を生みだしている。中国は毎年、九パーセントの経済成長をつづけている。さまざまな経済変動があったにもかかわらず、われらの中国は新しく、強く、誇るべき国となったのだ」

彼はことばを切った。指標を並べたてるのはもうじゅうぶんだ。彼はそばの棚のほうへ足を運び、粘着性のある液体が半分ほど満たされている、円形をした千ミリリットルのパイレックス製試験管を手に取った。石油だ。試験管に、印刷されたラベルが貼られていた。〝サウジ原油〟。彼はそれを朱翊に手渡した。

「わが国の将来の発展は、これに懸かっている」

朱翊は、このふたりだけの会合はサウジアラビアの状況悪化に関する会議だろうと予想していたのだが、主席がこのような論点を持ちだしたのであれば、好きにさせておくのがいいと判断した。一介の軍人が政治家にあれこれと口出しするのは得策ではない。そんなわけで、彼は試験管を慎重にもとの金属製スタンドに置きなおしただけで、なにも言わず、両手を背中で組み、脚を踏ん張って立った。

中国は主として、満州と南シナ海、そして渤海《ぼっかい》湾の油田に依存しており、それだけでは一九九三年以来、増大する国内需要をまかないきれなくなっていることは、どちらもよく心得ていた。以前はたっぷりとあった貴重な資源が、急速に底を尽きかけているのだ。タリム盆地の掘削は、不可能とまではいかないにしても困難だ。中国はいまや世界第二の石油輸入国であり、おそらく数年後には石油大消費国のアメリカを抜いて、筆頭に躍り出るだろう。

「わが国は原油の半分を中東から輸入している、同志将軍」なめらかで確信に満ちた口調だった。「今回のサウジアラビアの事変はわが国の経済にいかほどの影響をおよぼすことになるのか、わたしはその評価を求められている。当初は、われわれの知ったことではないと思われた。わが国の原油輸入先である国で内乱が発生しても、原油の輸入が継続されるかぎりは、わが国が干渉する必要はないからだ」

主席は一枚の書類を読みながら、測ったような歩幅で室内を歩きまわりはじめた。しばらくして足をとめ、書類をデスクに放りだす。

「だが、状況が変わった。国王の死と、その王位継承争いが権力の空白を生みだし、そのうえ、このような、サウジが核兵器を所有しているとの情勢報告がいま入ってきた。にわかに、わが国にとって、きわめて深刻であり、不安定な状況となった。これまでの微妙なバランスが崩壊したのだ」

「同感です、同志主席」

「核ミサイルに関するこの情報は信頼に足るのか？」

「完全に。たんなる街のうわさではなく、ほかならぬサウジ軍内部の地位の高い情報源からもたらされたものであり、それだけでなく、この問題はワシントンでも議論されています」

「核兵器！　もしそのひとつでもイスラム過激派の手に落ちれば、湾岸地域で核爆発が生じ、その後、数十年は石油の生産が停止するかもしれない」

朱翃には、外交や経済問題を論じて時間をむだにするつもりはなかった。それは彼の職分ではない。

「軍事介入を計画すべきでしょうか？」

「なにか策を講じる必要はある」と江主席は応じ、窓際にひきかえして、灰色の空を見あげた。「とはいえ、サウジははるかに遠く、時間はあまりない。そのような行動に関して、きみはどのような意見を持っているのかね？」

朱翃も窓際に足を運んだ。ざっくばらんに話すには目を合わせないほうがいいというわけで、ふたりはそろって、殺風景な巨大ビル群に目をやった。装飾的で古式ゆかしい中国特有の建築物は消え、ばかでかいだけで味気ないコンクリートの箱が幅を利かせていた。

「通常の軍事的観点からすると、それは実質的に不可能です。わが国は新疆《しんきょう》ウィグル自治区の南西部でアフガニスタンおよびパキスタンと国境を接していますが、わが国の部隊がそのどちらかを通過して進軍できるとは思えません。アフガニスタンの場合はアメリカが阻止しようとし、パキスタンの場合はその政府が同意することはけっしてないでしょう。むりを押せば、戦闘となって損失が生じるだけで、サウジの油田に近づくこともできないという結果になります」

主席は窓に目をとめ、昨夜清掃がされたばかりなのに、すでにまた煤煙《ばいえん》と砂塵《さじん》が点々とへばりついていることに気がついた。

「そう、それでは解決策にならない。ほかになにか、わが国の利益を守ることのできる小規模な作戦があるのではないか？」

「論理的行動は、国連に持ちこんで、世界有数の原油供給ネットワークを守るための多国籍軍に参加するか、さらに言えば、それを主導することではないでしょうか？　それだけでなく、国連で外交問題が議論されているあいだに、人民解放軍の部隊をサウジアラビアに近いアフリカに派遣することもできるでしょう」

主席はそれに同意した。

「よかろう。しかしながら、国連の認可抜きで派遣をおこなうには、そのような行動をわが国に強いるだけの切迫した危機があることを確言しなくてはならない。いったん現地に部隊を派遣すれば、わが国が率先して多国籍軍編成の支援を申し出ることができるだろう」

朱翊は身をこわばらせた。

「論を明確にするためにお尋ねします、同志。それは、サウジの油田をわれわれが実際に奪取すると考えるべきなのでしょうか？」

「あらゆる選択肢を考慮するように、同志将軍。国連への持ちこみは、ワシントンの対応を遅らせるための有効な策略になるだろう。だが、究極的には、国連にわが国の決断を委《ゆだ》ねるべきではない」

「では、わたしはただちにこの場を辞し、同志、さまざまな可能性について作戦を練ることを幕僚に命じるのがよかろうかと」

ふたりは軽くおじぎをし、朱翊が部屋を出て、エレベーターに足を向ける。エレベーターで下におりていく途中、彼はハンカチを取りだして、ひたいをぬぐった。朱翊は、現役が約二百三十万、予備役を合わせると七百万以上の将兵を擁する人民解放軍の頂点に立つ男であり、いざ必要となれば、さらに数百、数千万の兵士を召集できる立場にあった。軍事予算はたっぷりと与えられており、必要となれば、さらに増やすこともできる。この条件を基盤として解答を見いだし、第三次世界大戦の勃発を未然に防がねばならない。まず必要なのは、現地に新たな監視の目を配することだ。

23

サウジアラビア　ジェッダ

アラー・アクバル——神は偉大なり！　ムハンマド・アブー・エバラは、ちっぽけな金属の鎖を子どものおもちゃのように指先でもてあそび、そのあと、目の高さにあげて、それにぶらさがっている唯一の物体、長くて平べったい鍵をしげしげと見た。

それは、彼の手に直接手渡された封筒に入っていたもののひとつで、封筒を運んできた導《イマ》師《ム》は、みずからの運転でリヤドからここに急行し、神からのすばらしい贈りものだと興奮しながら説明したのだった。

「これは、サウジ国家警備隊司令官であった異端者を排除したわれらが殉教者、マスード・ムハンマド・アルカザズ三等軍曹がわたしに委託したものでして」

そのイマムは、宗教警察の強力な指導者の面前とあって、不安と恐怖をあらわにしつつ、封筒のなかを手探りし、ひとつづきの文字と数字が黒く浮き彫りになった、厚手のプラスティック製の緋色のカードを取りだした。

そして、うやうやしく頭をさげた。

「その三等軍曹は、いまお手元にある物品は、核弾頭を搭載するミサイルを発射するのに必要なコードと鍵であることを打ち明けました。そのミサイルはこの地の基地にあります」

エバラは歓喜の叫びをあげたい気分になったが、低位の聖職者に弱みをさらさないよう強く気を引きしめて、感情を抑えこんだ。だが、胸の内では心臓が早鐘を打ちはじめていた。

核兵器！

「まだほかに？」

「はい。この冊子です」表紙に赤いストライプがあり、サウド王家の紋章が描かれている薄い冊子だった。「これには最高機密の軍事文書が含まれておりまして、僭越《せんえつ》ながら、貴重なお時間を割《さ》いていただかなくてすむようにと、ここまでの道々、先に目を通しておきました」

「なにが記されておるのだ？」

エバラは冊子を小テーブルの上に置かせただけで、自分は手を触れなかった。手をのばすだけでも、物欲しげな感じをさらして、弱い男だとイマムに思われることになりかねないからだった。

「わたしは軍事の専門家ではありませんが、その文書を読んだところでは、五基のミサイルの王国内における配備箇所と、あらかじめ設定された潜在的ターゲットの緯度および経度といった、コンピュータへの指示内容が記されているようです」

「ふむふむ」エバラはうめくように言って、ひとつ深呼吸をした。「よくやってくれた、兄弟。これをわたしにあずけ、ただちにリヤドにひきかえすがよい。われわれの手になにが渡ったかは、だれにも口外してはならない。革命が成功した暁《あかつき》には、おまえはその忠誠心と明敏さによって、じゅうぶんに報いられることになるだろう」

イマムが立ちあがって、お辞儀をした。

「アラー・アクバル！」

「預言者によって平和がもたらされんことを。神をたたえよ。彼はつねにおまえとともにある」エバラは応じた。

その男が立ち去り、自分のモスクの広大な部屋の薄闇のなかでひとりきりになったとき、エバラは今後の展開についてあれこれと考えをめぐらした。核兵器。これは、状況を一変させるものだ！

彼はひょろりとした長身で、骨張った体にまとったローブがだらんと垂れていた。左右の太い眉が出合うところから、長い鼻がのびている。長いひげにうずもれている口は、めったなことではほほえまない。世界は邪悪な場所だと決めつける容赦のない見解と、コーランのなかの特定の部分だけを抜きだして切り貼りした暴力的哲学にものを言わせて、宗教警察の階級を足早に駆けあがった男だ。

その間におこなってきた裏工作によって、彼は勧善懲悪委員会の支配権を掌握し、その地位を象徴する赤い頭巾《ずきん》を大いなる誇りを持ってかぶることになった。権力への野心と勤勉、そしてひたむきな献身が報われたのだ。いまは権力の絶頂をきわめ、行動の当否を決めるのは自分のみとあって、なにをやってもまちがいとはならない立場にあった。

謎の部外者が訪ねてきて、サウジアラビアの新政権を統《す》べる長に据えられることになるかもしれない共謀話を持ちかけてきたとき、エバラは当然の選択をした。まずは慎重に段階を踏んで、その計画に対する怒りを表明し、そのあと不承不承、最終的には完全に、それに同調した。その見返りとして、莫大な富が転がりこんできた。

共謀者たちの目標は同じだった。クーデターによってサウド王家を徹底的に排除し、神政独裁国家を樹立して、石油生産施設の支配権を奪取する。エバラはますます恐れられ、ますます権力を強めることになるだろう。

外部との直接的な接触は、ドイツ人投資顧問ディーター・ネッシュに限定されていた。その男を通じて、王権打倒計画に資金を拠出しているロシア大統領のメッセージが伝達されてくるのだ。エバラは鍵とカード、そして冊子をもてあそびながら、この状況をじっくりと考えていた。権力のバランスというのは、嵐に吹かれた砂漠の砂のように唐突に変化するものであり、エバラはつまるところ、ひとりのサウジアラビア人であることに変わりはない。取り引きは、その血の一部をなしている。この新たな兵器は、新たな交渉の始まりを意味していた。当初の計画をおおむね引き継ぎ、反乱の表看板として、圧力を強め、弁舌をふるうのはかまわないが、こうなれば、さらなるカネを要求してもいいだろうし、最終的に石油事業をのっとったときに、さらに大きな支配権が転がりこんでくるようにしなくてはならない。あのロシア人は、すでにサウジアラビアにある核兵器を実際に運用できるようにするためのカネを気前よく払うのが当然だろう。

とはいえ、エバラには、核爆弾だのなんだのに関してはなんの知識もなかった。科学者を自分の周囲に集めることは、まったくしてこなかった。彼らは自分が標的にし、現体制の同盟者として迫害してきたインテリゲンチャの一部であるからだ。軍部にはいまも信頼が置けないので、軍の技術将校どもにも信頼が置けない。核兵器の運用を可能とするためには、外国の科学者を雇うべきなのか？　いや、それは時間がかかりすぎるし、競争相手の諸国をこの騒動に誘いこむことになりかねない。

この内乱を引き起こさせたモスクワの男からカネを引きだして、こちらに送金しているのはディーター・ネッシュであり、反乱の戦術部分の統括者である、ジューバの名で知られるテロリストに個人的に資金を出しているのもネッシュだ。これまでのところ、ジューバはめざましい仕事をしてくれている。となれば、これが答えだ。ジューバはミサイルの使いかたをよく知っているだろう。

エバラが声を張りあげると、若い召使いが姿を現わした。その若い男は、ただちに、くだんのドイツ人ビジネスマンが滞在している海辺の別荘《ヴィラ》に行き、内々の協議のためにその男をモスクに連れてこいという指示を与えられた。論題は知らされず、急ぐようにと言われただけだった。

協議の際、エバラはディーター・ネッシュに対し、新たな状況を容赦なく支配する意志を強調するために、そのテロの天才を即刻、隠れ家からひっぱりだして、サウジに飛んでこさせ、核兵器を直接管理するようにさせろと命じるつもりでいた。その男は、エバラの直属で仕事をさせるようにしなくてはならない。ほかのだれかを通してではなく。

24

サウジアラビア　アルコバール

単身サウジアラビアに潜入することになったカイル・スワンソンは、ペルシャ湾沿岸の、クウェートから百キロほどの上空を南下して、準自治体である油田都市アルコバールのほうへ飛んでいく、古めかしいキングエア90双発ターボプロップ機の窓側シートに身をうずめていた。その身分を証明する書類では、彼はファイバー光学センサー・セキュリティ・システムの専門家であり、アルコバールの大規模な合同石油生産事業に参加している企業のひとつと雇用契約を結んだことになっている。

そのクリーム色の航空機は海岸線のすぐ沖合の上空を飛行しているので、石油掘削装置やさまざまな船舶、積み出し埠頭《ふとう》やパイプライン、貯蔵タンクや各種の支援施設などが、主翼の下を通りすぎていくのが見てとれた。ごちゃごちゃした街の東端に、長いビーチが弧を描いてのびている。西の端は、地平線まで延々とつづく荒れ果てた砂漠に接していた。その両端のあいだのどこかに、核弾頭を搭載したミサイルが隠されている。カイルの仕事は、それを発見し、無力化することだった。

サウジアラビアの国境付近に位置するこの街は、かつてはサウジアラビアとクウェートが共同所有していた中立地帯であり、世界規模の石油ビジネスが地面を掘って、施設を建設し、掘削装置を稼働させ、支援施設を形成させた土地に特有の多言語文化ができあがっているとあって、外国人がおおぜいいる。

カイルの後ろのシートに話し好きなベルギー人エンジニアがいて、その男以外はだれもが静かにすわっている客室のなかで、沖合の制御システムの近代化という仕事の話をうるさくしゃべりつづけていた。益体《やくたい》もない統計数字や頭文字の略語を並べたて、その男の会社の数値制御機器を陸上のデジタル計測装置とリンクさせれば、掘削深度をはるかに大きくできて、旧式な連動方式を一掃できるだろうとまくしたてている。うまい隠れ蓑《みの》だ。こっちは、おしゃべりをする気にはまったくなれない。

カイルはその男のことは頭からはらいのけ、眼下を通りすぎるパノラマに目をやりながら、ワシントンで〈トライデント〉の頭脳役を務めている情報将校、リザードが二、三時間前に送りとどけてきた、アルコバールに関する背景説明を思いかえした。

その街は、ほんの四十年ほど前まで、存在していなかった。その未開の時代、そこには浜の近辺にいくつかの小屋があっただけで、貿易業者たちが遊牧の民ベドウィンの部族を相手にそこで商売をしていた。やがて、イギリスが、そのすぐ沖合に膨大な石油が埋蔵されていることを発見し、おびただしいカネがそこに流れこんできた。〝コバール〟はアラビア語で

〝パン〟を意味し、それは油田という、生命の維持を保証する〝田畑〟を生みだした、この新たな入植地にふさわしい名ではあった。貿易業者の小屋に取って代わって、ぎらぎらと光る新たな施設が建設され、その地は日々発展していった。いまや、そこには二十万人もの人間が住み、働いており、外国人の大半は、アラブ人居住地とは武装警備員が配された大きなフェンスで分離され、サウジのホストたちと宗教的にも文化的にも隔離された特別区画で暮らしている。

街はわが安息の場というわけで、彼はそこに読みとったものを好ましく思った。ボストン南部の狭い街路をうろついていた少年時代から、カイル・スワンソンは大都市圏《メトロポリタン・エリア》の奏でるかすかなリズムに慣れ親しみ、そこの暗い影や角、屋上や戸口には利点もあれば危険性もあることを学んできた。あの都市の街路で、背の低いアイルランド系《アイリッシュ》アメリカ人のガキが、もっと年かさのイタリア系少年たちから成るギャング団をちょっと出しぬくようなことをしていても、だれかの注意を引くことはなかった。その後、海兵隊と特殊作戦の訓練を受けたことで、その種の知識はさらに増強された。名前や言語や肌の色はちがっても、都市はすべて同じようなものごとを共有していて、それらのものごとが記憶に刻みつけられているのだ。

大きく開けた砂漠では、そこにはなにもないので、たったひとりの男であってもひどく目立つ。ここなら、街なら、その他おおぜいのひとりとして、住民に紛れこんでしまえるだろう。街でどのように行動すべきかは心得ているから、アルコバールもまた、〝スナイパー・バス〟の停留所のひとつ、自分が都会のプレデターとしてふるまえる新たな場所であるにすぎないと思われた。ここで、なにかが生じようとしている。自分にはそのにおいを嗅《か》ぎつけることができるだろう。

その航空機のフライトは、石油生産事業を支援する数多い外国の請負企業のひとつ、ボイキン・グループによって運営されていて、通常は、アルコバールとクウェート・シティ、カタール、ドバイ、バーレーンその他、近辺の外国空港を結んで飛行している。きょうの乗客は六名。カイル、話し好きなベルギー人、天然ガス汲み上げプラットフォームからの海底パイプライン施設で働いているケニヤ人エンジニア、二名のマレーシア人掘削業者、そして香港から監査のためにやってきた陽気な中国人会計士だった。

カイルは頭のなかでその全員を吟味し、狭い通路のすぐ向こう側のシートにすわっている中国人には挨拶《あいさつ》をしておく価値がありそうだと判断した。その男はヘンリー・ツァンと自己紹介し、すぐさま、表には黒の浮き彫り漢字、裏にはその英訳が印刷されている、薄手のビジネス用名刺をさしだしてきた。ヘンリー・ツァンは、上海の会計監査事務所に所属する会計士であるらしい。ブルージーンズにえび茶色のゴルフシャツという身なりで、色褪《いろあ》せた〝二〇〇八年北京オリンピック〟のロゴのある青い野球帽をかぶっていた。香港で教育を受けたことを示唆するイギリス英語を流暢《りゅうちょう》にしゃべり、力強い握手をする男だった。野外で活動することが多いためか、皮膚が厚く、右眉のすぐ上に、瘢痕《はんこん》を思わせる細い筋があった。これで会計士とは、あきれたもんだ。ペンを使うタイプの男ではない。この中国人は、ここの油田を嗅ぎまわりにきたのだろう。

「そのうち電話を入れてくれ。ランチかディナーをいっしょにするというのはどうだい」ッァンが言った。「名刺は持ってるか？」

「持ってないが、電話番号を教えておこう」

カイルは、雑誌の余白部分に名前と800で始まる国際フリーフォンの番号を書きつけ、それを破って、相手に手渡した。これで、相互の裏回路が開通した。豪腕と豪腕、スパイとスパイの。

乗客の全員が、プラスティック・ケースにおさめられた身分証を首からぶらさげていた。日々三十万バレルの原油を汲みあげる油田を絶え間なく稼働させる業務の一端を担《にな》うために、この地にやってきた男たちというわけだ。いつもの仕事、いつものフライト、いつもの一日。双発のターボプロップ・ジェット機が減速し、着陸装置をおろして、ごったがえす都市の真上を通る着陸パターンに入った。

そのとき、一発の銃弾が右側エンジンに当たって、猛烈な騒音を発し、ベルギー人が悲鳴をあげた。

「この機が撃たれてる！」

エンジンから煙があがり、プロップの回転が不規則になって、キングエア機が右へ急旋回する。さらにまた数発の銃弾が右翼を貫通して、薄い金属板に穴をうがったが、燃料タンクや電気回路は被弾を免《まぬが》れていた。中国人会計士の横の窓に銃弾が当たって、ガツンというでかい音を立て、ぶあついプレキシガラスに条痕《じょうこん》を残して、跳ねかえる。ヘンリー・ツァンは身をすくめはしなかった。

パイロットが懸命に操縦に取り組み、煙をあげるエンジンに消火剤がスプレーされるなか、なんとか水平の姿勢に機を持ちこんでいく。銃撃を浴びてから一分もしないうちに、機は長い滑走路に着陸し、ターミナルのほうへ進みはじめた。副操縦士《コ・パイロット》がシートから身をのりだして、背後の通路のほうに目を向けてくる。

「非常事態、解除。けがをした方はいますか？」彼が問いかけてきた。

パイロットが煙をあげるエンジンを停止させて、主滑走路を離れ、緊急出動してきた消防車が待機している地点へ機を向ける。

「だいじょうぶか？」カイルは中国人に問いかけたが、その男は、すぐそばに銃弾が当たったにもかかわらず落ち着きはらっているように見えた。

「ああ」中国人が答えた。「いまのはエキサイティングだった。これで、家に帰ったときに子どもたちに話してやる土産話《みやげばなし》がひとつできた。わたしのような会計士には、エキサイティングな話の持ち合わせはあまりないんでね」

カイルは笑みを返しただけだった。ふつうの会計士なら、パンツに小便を漏らしていただろう。

機体の小さな扉が開いて、汗まみれの日焼けした男が顔をのぞかせた。アメリカ人らしい。

「着いたよ、みなさん。全員、外に出てくれ。さあ早く。わたしのあとにつづいて、あのミニヴァンをめざしてくれ」

六名の乗客が急いで出口に向かう。機の外では、消防クルーが破壊されたエンジンに泡消火剤をふりまき、メカニックがパネルを開いて、損傷のぐあいを調べていた。

そのミニヴァンはいまの航空機と同じ色合いに塗られ、ボディの側面に、それもまたボイキン・グループのものであることを示すステッカーが磁石で貼りつけられていた。全員がそれに乗りこむと、航空機まで出迎えに来た男が、前の助手席に腰をおろした。白髪まじりの髪を古くさいクルーカットにしたその男は、中年にさしかかったいまも筋骨たくましく、しわだらけのカーキ色のスラックスに赤と白の格子柄の半袖シャツを合わせていた。男が、乗客から顔の一部が見えるように体の向きを変える。そして、ミニヴァンがターミナルのほうへ走りだしたところで、全員にビジネス名刺を配り、オクラホマの出であることをうかがわせるなまりで、快活に話しはじめた。

「わたしはホーマー・ボイキン。わたしと、このドライヴァー、ジャマール・ムヘイセンのふたりで成り立っているボイキン・グループのボス、責任者《ハンチョー》だ。われわれは仲介屋《フィクサー》といったところでね。なんでもかんでも手配する。アルコバールにいるあいだに、なにか必要なことができたら、ちょいとわれわれに声をかけてくれ」

カイルは、この男は以前、石油掘削の作業員をしていたが、歳を食ったために現場を離れて、オフィス仕事をするようになったのだろうと推測した。

「ここに飛んでくる機が屋上からのでたらめな銃撃を浴びたのは、これできょう三度めのことでね」ボイキンがつづけた。「ひとりがかすり傷を負っただけですんだが、こうなると、乗客の安全のために、周回して海側から入る着陸パターンに変更することになりそうだ。空港当局は、ヘリコプター以外の航空機が石油施設の上を飛ぶのを気に入らないだろうが、そんなのはくそくらえだ。うちの航空機がとろいターゲットになるのは気にくわないんでね」

その声は落ちついていて、古いデータを事務的に読みあげているような調子だった。ベルギー人がそわそわと話しだす。自分の仕事がいかに重要かをみなに言いふらそうという気持ちはすっかり失せたようだった。

「なにが起こってるんだ？　けさのサウジの声明では、王国の状況は全面的に平穏とのことだったぞ。われわれは危険なところにやってきたのか？」

がっしりしたアメリカ人が笑って、ドライヴァーの肩をどやしつけ、その男、ジャマールがいたずらっぽい目つきになって、相手を見かえす。

「その声明は大嘘さ、みんな。油田は厳重に警備されているから、いまもここはおおむね平穏だが、アルコバールの街自体はぜんぜん安全じゃない。入国審査は、おれがみんなの代理をしておこなうつもりだが、そうはいっても、ふだんより調べが厳しくなってるので、もし適切な書類となにがしかのバクシーシュ、つまり賄賂《わいろ》を持ちあわせていないと、面倒なことになるかもしれない。ＩＤはちゃんと持ってるね？　あらかじめ教えておかないといけないんだが、このあと全員が警備の行きとどいたゾーンに収容されて、商業地区に出かけることは完全に禁止される。それと、今夜九時から、外出禁止令が敷かれることになってる」

　カイルは問いかけた。

「ところで、宮殿で国王が死んだあと、だれが実権を握ったんだ？」

「政府はいまも統制がとれていて、それはまぎれもない事実なんだが、まだ王位継承者が決まっていない。国王がいないと秩序を保つことはできないし、宗教警察の取り締まりがひどく厳しくなってるうえに、国民のあいだでは政府への反感が募っている。いくつかの暴徒集団が、勧善懲悪委員会、つまり宗教警察によるイスラム法《シャリーア》の施行をしろと要求している」

「つまり、過激派の聖職者たちが権力を握りかけていると」カイルは言った。「中東ではよくある話だ」

「まあ、そんなところだね。彼らはタリバンじゃないが、狂信者たちのなかには、どこまでその思想を押し通せるか、たしかめてみたいと思ってる連中もいる。その動きが、近代サウジアラビア建国時から政府と同盟を結んでいたモスクの聖職者たちに圧力をかけてるんだ」

「それは内戦になってるということか？」ヘンリー・ツァンが尋ねた。

「まだそこまではいってないよ。国王が暗殺されたあとでも。いまも王子たちが統率しているからね。とはいっても、彼らがさっさと王位継承者を決めなければ、混乱は激化するだろう。このアルコバールもそうなってる。数日前、十代の少女がひとり、携帯電話で少年にメールを送っただけで、街最大のモールで宗教警察の連中に殺されたんだ。少女がそのひとりにペッパー・スプレーを噴射し、そのあとナイフを抜いて、もうひとりを痛烈に突き刺し、みごとにぶっ殺した。通常、サウジでは、騒動を引き起こした罪で少女を罰するだけだが、ムタウィーンはそれぐらいではすまさず、非道にも、数十人もの目撃者がいる前で彼女を痛めつけて死に至らしめた」

「われわれは安全なのか？」ベルギー人が半狂乱になって問いかけた。

ホーマー・ボイキンが大きな手をふって、笑みを返す。

「ああ、もちろん。注意を怠《おこた》らず、それぞれの会社の警備チームから情報をもらい、テレビの国際ニュースを観ておけばいい。政府に直接、問いあわせても、返事がもらえるとは期待しないように。サウジアラビアでは、情報はほとんど入手できない。インターネットのサイトはブロックされ、リポーターの入国は好まれない。この国では真実を把握するのがどんどん困難になっているが、あんたたちは石油関係者だ。彼らが、黄金を持ちこんでくれる連中から殺しはじめるなんてことはないだろう」

「しかし、彼らはわれわれの機を撃ってきたんだ！」ベルギー人が反駁《はんばく》した。

ボイキンは小さく笑っただけだった。ミニヴァンが徐行して、静かに停止する。ボイキンが先導して、乗客たちを入国審査エリアに連れていく。広大な室内を、制服の兵士たちが機関銃を携えてパトロールし、新参の入国者たちが一列に並んで、徹底的な調べを受け、書類が念入りに吟味されていた。

カイルはもともと、入国審査の手続きが厳重になることを予期していたので、淡々とその手順に従った。自分の第一の仕事はサウジアラビアに入りこむことであり、いまそれをやっているのだ。武器や支援は、ワシントンにいるシベールとリザードがなにかの特殊作戦の魔法を駆使して、供給してくれることになっていた。

列に並んでいる時間を利用して、入国審査エリアの向こう、ターミナルのなかに目をやって、そこに群がっている民間人のようすを観察する。不安な顔をした男たちが航空会社の係員たちと話をし、女たちは泣く子をあやしていた。カップルたちは、これっきり二度と会えないと思っているかのように抱きあっている。ぴりぴりとした緊張感が漂っていた。民間人たちが家族を出国させようとしているのだろう、とカイルは思った。なにしろ、小型民航機が何機も銃撃を受けているのだ。非戦闘員はこの地域を離れるようにとの警告は、アメリカからもサウジの政府からも出されていないが、この地に住む外国人たちが騒乱の発生を予感して、動きだし、安全なところへ家族を移そうとしているのは明らかだ。

ようやく、彼らのグループの入国審査が完了し、ベルギー人エンジニアと中国人会計士は出迎えの同僚を探して集団を離れていった。カイルは空港の小さなレストランに入って、サンドイッチとコークを買い、手近の大きな窓のそばにあるテーブルに陣取って、観察を続行した。二カ所の出発ゲートに小型チャーター機が並んで待機しており、その一機に、女たちと子どもたち、そして少数の男たちが乗りこんでいるところだった。あふれそうなほど物が詰めこまれた手荷物カート。危険な街《ダッジ・シティ》から逃げだそうとしている人間が多く、入ってくる人間はあまりおらず、この日を楽しんでいるように見える者はひとりもいない。カイルは、真ん中にはさまれたレタスとトマトがはみだしてくる、べとべとしたエッグサラダ・クロワッサン・サンドイッチをひとくち食べて、生ぬるいコークを飲んだ。

クルーカット・ヘアの大柄なアメリカ人、ボイキンが、ペプシを手に彼のテーブルに近寄ってきて、招かれてもいないのにそこの椅子に腰をおろす。

「ようこそ、大嵐を巻き起こしに、兄弟」ボイキンが自分のグラスから氷を一個取りだし、それを使って、なめらかな青のテーブルトップの上にXUSMC——元合衆国海兵隊——と水文字を描いていく。そして、すぐに掌《てのひら》でそれをぬぐって消し、別の氷を取りだして、三つ叉のように見えるシンボルを雑に描いた。TRIDENT《トライデント》——三叉の矛。ボイキンはそれもまたすぐにぬぐって消し、にやっと人なつっこく笑った。「わたしはずっと、自分のボスとシベール・サマーズと連絡をとりあってる。そろそろ神輿《みこし》をあげて、街へひとっ走りしよう」

25

ボイキン・グループの本拠は、小さな倉庫やスチールの輸送コンテナ、パイプその他の石油搬送機材の山が散在する、とっちらかった工業地区の目立たない建物のなかにあった。蠅《はえ》の侵入を防ぐための網戸の向こうに、へたった木のドアがあり、そこに社名が記されていた。背は低いが、筋骨たくましく、なめらかで、むだのない動きをする男、ジャマールが網戸を開いて、木のドアのロックを解き、外側に開いた。その向こうに、さらにまた頑丈なスチールのドアがあり、二個の大きな錠のボルトがスチールのドア・フレームにはまりこんで、しっかりとロックしていた。

オフィスに入ると、そこにはろくになにもなかった。床は味気ない緑系のリノリウムで、その床材のいくつかは剝《は》がれており、安っぽい白の漆喰《しっくい》が塗られた壁に、多数の上着がぶらさがっていた。使い古しのデスクが二個、向かい合わせに置かれている。どの壁の窓にも、日除けのための厚手のシェードがかけられていたが、もし外をのぞいてみる気になれば、それを開いて、周囲の光景をほぼ三百六十度、目におさめることができるだろう。メモが何枚か貼りつけられているピン痕だらけの掲示板がいくつかあり、壁の釘にぶらさげられている

二、三個の古びたクリップボードに、書類の束がはさみこまれている。天井に取りつけられている蛍光灯が低い雑音を発して、ちらついていた。この砂漠地帯では、ごくふつうのオフィスだろう。
「このビルが建てられたのは、何年か前、新しい港の周辺が建設ラッシュになっていたころで、ここに疑惑の目を向ける人間はいなかった」ホーマー・ボイキンが説明に取りかかる。

「当時は、奇妙な建物がぞくぞくと建築されていたし、われわれの建築請負人と作業員は必要な特殊資材を運んできて、なすべき仕事をし、それがすんだら立ち去った。現地の人間はひとりも関わっていない。三十日たらずで、すべてが完了した」

カイル・スワンソンはエアコンの送風口の前に立って、汗ばんだ背中に風を受けながら、そのとおりのいきさつだったのだろうと考えていた。

「CIAの隠れ家《セーフハウス》か」彼は言った。

〝エージェンシー《エージェンシー》〟が、世界でもっとも重要な石油基地内に訓練された目と耳がほしいと考えて、情報収集のための出先機関をここに設置したというわけだ。

「下におりてくれ」とホーマーが言って、壁のボタンを押した。壁面の一部が奥へ開いて、階段が姿を現わす。「建設作業員たちが膨大な時間をかけて地面を掘り、支えの柱を何本も立てて、地下室を造作したんだ。掘ってるあいだ、彼らは絶えず石油に出くわした。砂からいまいましい石油が浸みだしてきて、ポンプで汲みださなければ、ひと晩で穴が満杯になっていたところだった」

地下室は上の建物より広大で、地面より低いおかげで、上よりは涼しかった。ファンが絶えず回転し、安全対策が施された《セキュア》コンピュータ、プリンター、スピーカー、そして警備カメラのモニターがひとつの壁面に沿ってまとめて置かれている、コミュニケイション・スペースの空気を循環させていた。別の壁際には、非常食をおさめた段ボール箱や、水のボトルをおさめた箱がいくつも置かれ、部屋のひと隅がカーテンで仕切られて、そこに化学処理方式のトイレと小さなシャワーがしつらえられている。数個の折りたたみ式寝台が、キャビネットのひとつにもたせかけられていた。部屋のいちばん奥にスチールの梯子《はしご》が設置され、それをのぼったところに、この本拠とは細い私道でへだてられたコンクリートの土台に固定されている、錆びついた輸送コンテナの内部に通じるハッチがあった。そのコンテナは、道具類の保管小屋として残されたことになっているらしい。非常脱出口だ。

　地下室の別の一角に、ロックのかかったスチールワイヤのケージが造作され、そのなかに武器弾薬が収納されていた。ホーマーがその数字合わせ式ロックを解いて、ゲートを開く。

「あんたは前にも、われわれのために何度か仕事をしてくれたそうだね」彼が言った。「あんたが必要としそうなものは、たぶん、ここになんでもそろってると思うが、装備するのは、偵察ドライヴをすませるまでは拳銃程度にしておいてくれるか」

　カイルはそこに一挺のコルト45があるのを目にとめ、武器弾薬庫の全体をざっと見渡してから、それでいいとうなずいてみせた。そこは清掃が行きとどき、武器弾薬が完璧な状態で保管されていた。弾薬箱がきちんと積みあげられ、爆薬類はプラスティックの容器に密封されている。アルコバール市街地の建設は、四十年以上ものあいだ継続されてきた。このささやかなＣＩＡ工作に従事するボイキン・グループとその先任者たちは、その全期間を通じて、装備の近代化と蓄積をおこなってきたのだろうとカイルは推察した。

情報スペシャリストたちがここを本拠として、長く任務に携わるなかでもたらされた成果のひとつが、テーブルの隣に置かれている精密な立体地図の作成だった。

「たいしたもんだ」カイルは言った。

「われわれはつねにこれを更新している」ホーマーが誇らしい思いを隠そうともせず、それに目をやって、応じた。「ジャマールとわたしは、ちょっとした請負仕事で街を動きまわるかたわら、遠方にも足をのばして、将来的に障害物になりそうなものがあると、その写真に撮ってきた。いまもまだ、最良の衛星写真でも、地上の工作員が知る必要のある決定的な地点を見落とすことがありうるからね」

「それは的を射てる」カイルは言った。

ホーマーが椅子をひっぱってきて、それに腰をおろし、ジャマールが自分のカップにコーヒーを注ぐ。

「サマーズ少佐の話では、これは手際を要する任務で、あんたは指示に従って動くことになってるとか。ＣＩＡ《ラングレー》はこの任務を認可した。で、おれたちはここにいるってわけだ。なにをやるんだ？」

「悪気はないんだが、ジャマールの身辺調査はきっちりおこなわれたのか？」

ヨルダン人であるらしいジャマールが、白い歯を見せて笑い、ユーモアのセンスを持ちあわせていることを示した。いささかみすぼらしい中東の雇われ人の仮面をかなぐり捨てて、彼が言う。

「おれの家族はヨルダンの出身だが、おれ自身はテネシーで生まれた、アメリカ人としての最初の世代でね。十一年前、トーマス・ジェファソンが設立したヴァージニア大学の法律大学《ロー・スクール》院を卒業した直後、言語の能力を買われて、〝エージェンシー〟にリクルートされたんだ。潜入仕事をやらせようとしてのことにちがいない。さて、おれたちはあんたといっしょになにをやることになってるんだ?」

「このあたりのどこかに、核弾頭とミサイルが秘密配備されている。おれの仕事はそれを無力化することだ」カイルは言った。

そのことばは、地下室を一気に真空状態にしたように感じられた。

「こんちくしょう」ホーマーがさっとジャマールに目をやった。「街のすぐ外にあるサウジの対ミサイル基地で妙な動きが生じていると、何カ月も前からラングレーに警告を送ってきたというのに。われわれの報告は完全に無視されてきたんだ」愛想をつかしたように首をふる。「あいつらははるかかなたにいて、すぎたことをとやかく言うしか能のない連中だ。まったく頭にくるよ」

ジャマールがそれに同意する。

「あそこは、核ミサイルを配備するのに好都合な場所だ。油田防衛のためってことで配備されている、ほかの多数のミサイルのあいだに紛れこませて、隠すことができる」その指が地図に向かい、街の中心部から三マイルほど南にあたる地点を指さした。「ここにあるにちがいない。そのそばに、石油生産施設を防備する数百名の兵士のための宿舎がある」

彼らが車で街をひとめぐりする準備をすませたころには、焼けつくような日射しがもたらす耐えがたい暑さはやわらいでいた。ジャマールがミニヴァンのハンドルを握り、カイルが助手席に乗りこんだ。ホーマーが真ん中の列の長いシートにすわり、前のふたりのあいだに身をのりだして、平静な声で話しだす。

「この土地は以前から、少々きな臭いところがあった。イラクに入る外国の戦士たちが、ここでよく小休止を取っていくんだ。ひとつのグループができあがって、出ていくと、似たような剣呑《けんのん》なやつらがまた集まってくる」ホーマーが言った。

「いまもまだ、そういう連中がいるのか？」カイルは、ベルトにはさんでいる拳銃の位置を調整した。

ホーマーが指を立ててみせる。

「そのとおり。ジャマールが耳にしたところでは、その手の無頼な私兵タイプのやつらがイラクのバスラから、交替のためにここにやってきたそうだ。例のモスクのそばへ車を走らせてくれ、ジャマール」

ミニヴァンが角を曲がって、細い街路に入り、野外バザールに並んでいる露店の日除けをこすりそうな調子でそこを進んでいく。もっともにぎわっているのは食品の露店で、商売熱心な店主たちと、食料品をぎっしりと詰めたビニール袋を携える女たちでごったがえしていた。

「この夕方はいつもより人出が多い」それを見て、ジャマールが言った。

「嵐が来る前の最後のショッピングみたいだ」カイルは言った。「だれもが買いだめに走ってる」

ホーマーの訓練された目は、さらに多くのものを見てとっていた。

「商売が繁盛しているにもかかわらず、店主たちは早めに店じまいに取りかかっている。街路に並んでいる露店の多数がそうしているだけでなく、建物の店舗の二軒がドアとシャッターをすでに閉じているぞ」

ジャマールがそこを通りぬけて、市街地を貫通する幹線道路に車を出した。ホーマーが指さす。

「十二時方向に見えるのが、この街の主要なモスクでね。宗教警察の本拠地で、そこに戦士たちが宿泊しているんだ」

オイル・マネーと政治的庇護《ひご》が潤沢な資金をもたらしているそのモスクは、優雅なアーチと長い直線から成る古典的なアラブの建築様式で建てられている。石の列柱の向こうに、男たちが絶え間なく出入りする三カ所の戸口があり、敷地内の通路から、信者たちに忠誠を呼びかけるための高い尖塔《せんとう》、ムアッジンがいくつかそびえたっていた。それらの尖塔は、高さが確保できて、モスクの周囲を一望できるということで、見張り台としても用いられる。モスクの建物は、商業地区と住宅地区を分かつ地点を明確に示していた。尖塔にあがっている者はおらず、戸口に警備の人間がひとりいるだけだ、とカイルは思った。ここの連中は自信過剰に陥っている。

「まわりこんでくれ」

ホーマーが指示し、ジャマールがほかの車のあいだを縫《ぬ》って、車を走らせていく。巨大モスクを取り巻く不規則な環状道路に入りこんで、裏手に近づいていくと、多数のピックアップ・トラックと平床型トラック、数台のミニヴァンと小型乗用車が一列に並んでいるのが見えた。

「コンヴォイだ」ホーマーが言った。

「まずい、ボス」とジャマール。「警察が道路封鎖をしている」

「あの横丁に折れて、通りぬけよう」ホーマーが言った。「ここはもう、じゅうぶんに見た。あの警官たちは、トラックの群れに気を引かれたひとびとを近づけないようにしているんだろう」

ジャマールが道路封鎖をしている数人の警官に手をふって、横丁に折れ、加速する。

「あんたたちは身を低くしておいてくれ。この界隈《かいわい》で白い顔を人前にさらすのはよくないからね」とジャマール。「近道をして、外国人居住区にひきかえす。それから、南に向かって、ミサイル基地に行こう」

背後から石が一個飛んできて、ミニヴァンの金属ルーフに当たり、そのあと、両側からつぎつぎに石や煉瓦《れんが》が投げつけられてきた。

「ガキの集団があたり一帯からやってくる。さっさとここを離脱しよう」ホーマー・ボイキンが大声で言った。

ミニヴァンが裏通りとの交差点にさしかかるつど、石やコーラの空き缶やなにかの破片などが雨あられと車のルーフやドアにぶつかってきた。街路におとなの姿はなく、爆弾魔と化したかのように興奮して目を見開いた子どもらがいるだけだった。

「なんだ、これは？　ここはソマリアなのか？」

カイルは片手で頭部を守り、片手で拳銃をつかみだして、叫んだ。ソフトボール・サイズの石が飛来して、後部の窓をぶち破る。子どもらが口笛を吹き、わめきたてた。

「この界隈にはしょっちゅう車でやってくるんだが、これまではトラブルは一度もなかった。ここの住民たちはおれたちのことをよく知ってるからね」

ハンドルを切りながら、ジャマールが言った。つぎの角を曲がると、なにごともなかったかのように、ふっつりと人影が消え失せた。

「あの子どもらは、よそ者をモスクに寄せつけないようにするための早期警戒システムだ」彼がつづけた。「なにかが起こりかけてる」

数分後、ジャマールが外国人居住区のゲートに車を着け、ひとりしかいない警護兵にうなずきかけて、別世界に乗り入れていった。そこは直線道路でくっきりと区画されていて、クッキーカッターで型抜きしたように西欧スタイルの民家が並び、それぞれの家に自動車と駐車スペース、そしてテレビの衛星アンテナの立つ屋根があって、現地のひとびとが住んでいる、数少ない大邸宅のあいだに泥煉瓦造りの四角い小屋が密集する近隣住宅地とはまったく対照的なおもむきを呈していた。砂漠の民たちは、ワイヤフェンスの向こう側で暮らしを営んでいるのだ。

「ここに住んでいるのは、大半が男だ」ホーマーが説明にかかる。「アルコバールは西欧の女には快適なところじゃないし、子育てにはまったく向いていない。なにしろ、フェンスの向こう側は、宗教警察の取り締まりが厳しいし、それどころか、境界線の内側までその力が入りこんでくることもあるからね。ここは外交官居住地とはちがって、不可侵権なんてものはなにもないから、サウジの法律が適用される。家族はどこか近隣諸国に住まわせて、おやじは長い週末にそこに行って家族に会い、石油企業からたっぷりともらってる給料で養うというやりかたのほうがいいんだ」

民家の多くは空き家になっていて、そろそろ宵闇《よいやみ》が降りてこようとしているのに、灯りがともされていないせいで、わびしく感じられた。カイルが、空港で目にした大量出国《エクソダス》のことに触れると、ホーマーは、非公式の国外脱出は数日前から始まっていたと応じた。

「頭脳と選択肢を持つ連中は、みんな出ていこうとしている」ホーマーが言った。

モールのスーパーマーケットはまだ開いていたが、ボウリング場は閉店し、公共スイミングプールや社交クラブなども、この小さなコミュニケイション全体が息をひそめようとしているかのように、門を閉ざしていた。

「なにか、われわれの家から取ってくる必要があるものは、ホーマー?」ジャマールが、近所の家と見分けがつかないほどよく似た二寝室住宅の、駐車スペースの前でいったん停車して、そう問いかけた。

「いや、このままでいい。陽が落ちてしまわないうちに、ここを出て、軍事基地に行こう」

カイルは首をふった。

「やめとこう。いま目にしたことから判断するに、彼らはおれたちをそこに近寄らせないようにするだろう。それに、好奇心が過剰な連中だと思われるのはまずい。今夜、おれがひとりで見に行くようにするのがいいだろう」

「オーケイ、あんたがそうしたいんなら」とホーマーが応じ、「ピザでも食っておかないか?」と問いかけてきた。「ビーチの近くに、中国人の一家がやってる店があってね。石油ビジネスには中断ってやつはないから、そこは年中無休二十四時間営業をしてる。具だくさんのピザを売ることで、掘削作業に汗を流してる連中より大金を稼いでるんだ。ピザを何枚か買いこんで、あの〝ショップ〟にひきかえすことにしよう」

ホーマーが携帯電話を取りだして、その店、ドラゴン・ピザの短縮ダイヤル番号を押す。

「あんたがベジタリアンでなければいいんだが」

彼らは、肉がたっぷりと盛られ、オニオンとペッパーのにおいがする大きなピザを二枚買いこんでから、ホーマーが〝ショップ〟と呼んだセーフハウスにひきかえし、スチールのドアを抜けて、地下におりた。ホーマーがピザをひと切れつまみあげながら、コンピュータを起動し、パスワードを打ちこんで、Eメールをチェックする。なにもなし。

ジャマールが駱駝《らくだ》をネタにジョークを飛ばしはじめたとき、彼の携帯電話がストーンズの着信音を鳴らした。発信者のIDを見て、不審げに眉をあげ、電話に出る。

「こちらボイキン・グループ」相手の声に耳を澄まし、なにも答えずに通信を切って、カウンターの上に電話を放りだした。

「コンヴォイがモスクを離れようとしてるそうだ」と彼が言い、またピザをひとくちかじって、武器弾薬ケージを開こうとした。

そのとき、外国人居住区の近辺のどこかに最初の砲弾が落下し、その爆発音がかすかに聞こえてきた。

カイル・スワンソンのほうを見やったジャマールとホーマーは、映画の特殊効果がふつうの男を冷徹なマシンに変じるときのように、そのようすが一変するのを目の当たりにした。断固とした態度がマントのようにその身を包みこみ、目がらんらんと輝き、頭脳が猛烈に回転をはじめる。瞬時に変身したカイルが、すぐさま武器弾薬ケージに入りこみ、MP5短機関銃と二個の予備弾倉をつかみあげた。ボルトカッターと戦闘ナイフも手に取った。ジャマールが彼に無線のヘッドセットを手渡す。

「あの騒音と混乱を隠れ蓑《みの》にして、ミサイルをチェックしに行ってくる」カイルが階段をのぼって、姿を消した。

ホーマーがピザを食べ終え、ミニヴァンに荷物を積みこみはじめたジャマールに手を貸した。

26

リヤド

国王が殺害された日、闇が落ちてから数時間が過ぎたころ、リヤド郊外にある一軒のレストランに数台の高級車がつぎつぎにやってきた。ふだんと同様、店の前の歩道では、小テーブルの周囲に並んでいる椅子に男たちが陣取って、小さなカップでアラブ風のコーヒー、ガーワを飲みながら、ローズウォーターを満たした水煙草《フーカー》をくゆらせていた。その男たちは、この目立たない建物の二階で開かれることになった会議の外部警戒線に配備された護衛たちだった。

サウジアラビア王国におけるもっとも有力な六人の男たちの代理人が、それぞれのボディガードを伴って別々に到着し、店外に並べられたテーブルのあいだを縫《ぬ》い、アーチのある戸口の両開きドアを通りぬけていく。その内部は、電気コードからだらんとぶらさげられた一連の百ワット電球が照らしているだけの、がらんとしたダイニング・エリアになっていた。護衛の者たちはほかにもおり、彼らはあからさまに武器を携行した格好で、店内の隅々《すみずみ》に配されている。レストランの店主が来客を順に出迎え、二階への階段がしつらえられている一階の階段室へ通していった。彼らの従者とボディガードたちは階下にとどまった。二階にあがるのを許されたのは、六名の男たちのみだった。

会議の主役たちは、たとえそこの警備が万全であっても、いつなんどき長いナイフがひらめくかもしれない緊迫した夜になるというわけで、みずからの出席は見合わせていた。埃《ほこり》っぽい階段をのぼっていったのは、王族、宗教、軍部、主要な非石油関係業界、部族、そして石油業界の代理人である半ダースの男たちだった。

会議の開かれる部屋には、この建物のほかの部分とは大きく異なる点がいろいろとあった。そこは明るい照明が施され、整頓と清掃が行きとどいていた。一隅に、超一流ブランドのアルコール飲料がぎっしりと詰められたバーがあった。部屋の真ん中に巨大な丸テーブルが据えられ、その周囲に六脚の椅子が等間隔に並べられ、各自の座席を示すシールで密封された水のボトルがテーブルの上に置かれていた。テーブルの中央には、豪勢な料理が並べられている。焼きたてのアラブ風パン《ピタ》、さまざまなスパイスのボウル、フェラフェル（ソラマメかヒヨコマメをすりつぶして揚げた中東のスナック）、ライス、唐辛子《とうがらし》、そして、マトンその他の肉類を串に刺して直火で焼いた料理の数かずだ。

この一団は、もっとも急を要する用件、すなわちつぎの国王をだれにするかを決めるために集まったのだが、アラブの伝統として、まずは友情と敬意と信義を非公式に示しあう必要があった。そんなわけで、男たちが本題に話を進めるのは、手ずから料理を取り分け、飲料を注ぎながら、ひとしきり家族のことなどを語りあってからという運びになった。

一時間ばかり、この夜の本題には触れられることなく談笑がつづいたのち、ようやく、王族の下級構成員であるアジズ王子が、そろそろ終わりにしようと決めた。ピタをひときれ、むしりとって、ライスとラム肉を包み、スパイスの利いたソースに浸してから口に押しこむ。嚙《か》んで、飲みこみ、指をなめて、大きなげっぷをひとつ。それは料理がうまかったことへの感謝のしるしであり、会議の第一段階である儀礼的なやりとりの終了を告げる合図でもあった。そのげっぷをきっかけに、本格的な議論が開始された。

「第一継承者による継承は不可能となった」とだれかが発言し、全員の目が、際限なく人数が増えていく王族を代表して出席したアジズに向けられる。「前国王は長男を皇太子として継承者に指名していたが、同時期に皇太子が死去したことによって、その地位は空白となった。われわれは新たな指導者を選出し、可及的すみやかにその声明をおこなわねばならない」

「同意する。問題は、〝いかにして？〟だ」軍部を代表して今夜の会議に出席している大佐が言った。制服姿だった。「継承者は、前国王の嫡男《ちゃくなん》もしくは嫡孫男子のなかから選ばれねばならない。前陛下と父母を同じくする兄弟が継承するのはよくないだろう」

非石油関連業界の代表者に選ばれた、有力な一族に属する建設業界の大立て者が、それに同意した。

「それらの兄弟はいずれも、ここ数年は前国王とひどく疎遠であったから、この危機に対処する責務を日々まっとうするのはむりだろう。前陛下には三人の嫡男がおられた。皇太子が死去されたいまは、候補として挙げられるのは、残されたふたりの嫡男だけだ。ほかの妻たちとのあいだに生を受けた息子たちには資格がない」

「年上のほうは堕落した遊び人なので、部族としては受けいれられん」国の南部から来たベドウィンの族長《シャイフ》が、ふんと鼻を鳴らした。「年下のほうは、まだ男であることを証明しておらん。彼には娘しかおらず——息子はひとりもおらんからだ。彼もまた、部族としては受けいれられん」

議論が途絶えて、しばしの沈黙が降りる。この会議には、王位継承権の問題だけではなく、相反する商業的利益をめぐっての駆け引きも持ちこまれていた。巨万の富がこれに懸かっているのだ。

富み栄える石油業界の代表者である男が、咳払いをして一同の注目を促す。「外では反乱が進行していることを忘れないようにしよう、友人諸君」その目が、宗教界を代表して出席し、テーブルの向こう側の椅子に座している導師《イマム》をじろりと見た。「われらが国王は、始末に負えない狂信者によって殺害されたのだ」

イマムがそれにやりかえす。「この反乱は、アラーの意志と預言者のことばから逸脱し、堕落した政府によって引き起こされたものだ。神をたたえよ。最高権威《グランド・ムフティ》は、この件にはいかなる意味合いにおいても関与していない」

石油業界の男の目が、テーブルをかこんでいる面々を見渡す。

「それはまちがいだ。全国民が反乱に加わっているわけではない。国民のほとんどは、いまもそれに参加せず、われらが高貴なるグランド・ムフティと同じく、自宅にとどまっている。グランド・ムフティが沈黙しているために、あの下劣な男エバラが増長し、彼の統率するムタワが反乱の主導権を握ることになったのだ。エバラはわれわれの信仰に泥を塗っている」

アジズ王子が、両手の指先を合わせて上に向けてから、話しだす。

「われわれの宗教と政治は、同じ生地で編まれている。サウド王家はワッハーブ派の支持によって国を統《す》べ、王国はその見返りとして、彼らがその教義を国民の信仰心のなかにひろめ、強めることを許しているのだ」彼はイマムに顔を向けた。「宗教指導者たちは、もはやこの長年にわたる協定に満足できなくなったように思われるが」

テーブルの周囲で個別の議論が始まって、場がざわめき、一分ほどが過ぎたところで、ふたたび石油業界の代表者が口を開いた。

「われわれはみな、将来を案じている。サウジアラビアはイランではない。国民は神政独裁を受けいれはしないだろうし、ムタワによる支配も許さないだろう。われわれは国民に対し、新たな国王は全面的な支持を受けており、それによってすみやかに王位の継承がなされることを、明らかに示さなくてはならない」

ローブで隠されたイマムの肌が汗ばんでいた。

「この決定をなすためのしかるべき各団体が、もともと存在している。なぜ、たった六名にすぎないわれわれが他の全員に対して、どうすべきかを明らかにせねばならないのか？」

大佐がばんとテーブルをたたいた。

「せねばならない！　われわれは諮問《しもん》機関であり、ウラマー（イスラム社会の学識者層）、マジリス（同じく立法機関）、シューラ（同じく顧問会議）、ムフタル（同じく族長会議）、そして二千数百万にのぼるサウジ国民に成り代わって、交渉しているのだ。彼らは、円は丸いという合意にすら達しないであろうし、ましてや、この少人数による決定を承認するはずはないのだ」

アジズ王子がため息をついた。

「わが王族には数千人ものいとこがおり、その全員が継承者になりたがっている。もちろん、わたしもそうだ。しかし、つまらない内輪もめは先延ばしにすればよい。いまはとにかく、国民には新たな国王が必要であり、軍部は反乱を鎮圧するための指導者を必要としている。もしこの全員がサウド王家の存続に異存がないのであれば、どうか、いますぐ継承者を選んでもらいたい！」

石油業界の代表者を務める有力な経営者が、それに賛成した。

「下劣な反乱が全土を呑みこもうとしている。われわれはこの状況を迅速に沈静化する必要がある。さもないと、外国の軍隊が侵入して、石油生産施設を接収してしまうだろう。もしそうなれば、わが国の生命線である原油が長年にわたって国際管理下に置かれることになる。わが国のもっとも貴重な資源がわれわれの手を離れてしまうのだ」

イマムもまた、それぞれのモスクで待機している指導者たちから指示を受ける立場だった。

「石油とカネ以外にも、考慮すべきことが多々ある」冷然とにらみかえして、彼は言った。「わが国を救うために新たな種類の政府を樹立することがアラーの意志であるならば、神をたたえよ、われわれはみな、それに従わねばならない」

部族を代表するシャイフが、イマムをねめつける。

「エバラごとき愚かな悪人に国をのっとらせようと？　いまここで、はっきり言っておくが、ベドウィンはぜったいにその考えには与《くみ》しないだろう」

「では、選択をおこなおう」だれかが発言した。「嫡孫男子のなかには、適任者がいるのではないか？　わたしはアブドラ王子の名を挙げよう。彼であれば、正統な血を受け継ぐ王族のなかで、もっともふさわしい人物として、容易に受けいれられるだろう」

イマムが激怒して、身をこわばらせた。

「アメリカで大使を務めている男を推す？　あれは、ユダヤ人との平和条約に署名しようとしていた不埒者《ふらちもの》だぞ！」

「彼は政府の決定に従っていただけだ」大佐が誤りを正した。「わが国はイスラエルと戦ったことは一度もないし、今後もそうであることを願おう。われわれの世代の多数は、うまくいかないことの責任をすべてユダヤ人に押しつける弁舌にはうんざりしている。軍部は、アブドラを選出することになんら異存はない。ほかに適任者がいるだろうか？」

「アブドラ王子は、王位継承者にふさわしい外交経験と軍隊経験を有している。彼であれば、われわれも受容できる」石油業界の代表者がそう言って、椅子に背をあずけた。

部族を代表するシャイフも同意した。

「では、これをわれわれの結論としよう」アジズ王子が言った。「全員一致ということでよろしいな？」

「この提案をグランド・ムフティに伝えよう」イマムが言った。「彼の決断は、しかるべき考慮がなされたのちに、なされるだろう」

その発言を聞いて、かんしゃく持ちとして知られる男、シャイフがついに切れた。険悪な目つきになり、怒りを抑えきれず、歯を食いしばって顎を震わせながら、椅子から立ちあがる。彼は砂漠に住むワッハーブ派のベドウィンであり、その部族は、預言者の意志に純粋に従って敵を血祭りにあげることを躊躇《ちゅうちょ》しない。彼がローブを開き、ベルトに携えている宝石をちりばめた短剣《ダガー》をあらわにした。

「それではまったく話にならん。先延ばしにしようとしているだけだ。おまえはこれを、即刻是認せねばならん結論として持ち帰り、グランド・ムフティに伝えるんだ。なんなら、その両耳を切りとって、われわれ全員が出した結論が聞こえなかった言いわけをつくってやろうか？　おまえに代わる使者を仕立てることは、すぐにできるんだぞ」

大佐が立ちあがる。

「どうやら、シャイフとイマムには、ふたりきりで話しあうことがいくつかあるらしい。よろしければ、あとのみなさんはわたしといっしょに下におりて、コーヒーを飲むというのはどうでしょう」

四人がこぞって部屋を離れ、ドアを閉じた。

その五分後、イマムがよろめきながら階段をおりてきて、なにも言わず一同のあいだを通りぬけていった。顔が蒼白になり、指先がぶるぶる震えていた。そのあと、シャイフが浅黒い顔に嘲笑を浮かべて、階段をおりてきた。

「これで全員一致となった。あす、新たな国王の就任を宣言しよう」

27

インドネシア

ジューバは頭のなかで人数を計算しながら、四十二インチの薄型プラズマ・テレビでニュースを観ていた。死者の数がどんどん増えている。このぶんなら、勝利はこっちのものだ。サウド王家が崩壊に瀕し、国家が一時的に指導者を失って、あの殊勝ぶったおかしな説教師エバラがあそこの宗教界をせっせとひっかきまわしている。すべてが計画どおりだ。

彼はリモコンを使って、ニュースをまくしたてているチャンネルから、きわめて富裕な顧客のみを相手にするスイスの民間金融機関が運営しているウェブサイトに画面を切り換えた。ジューバの個人口座にさらに大金が振りこまれており、圧力をかけつづけるために雇っている連中に支払うカネがじゅうぶんすぎるほどあることがわかった。サウジアラビア全土の各所に予期せぬ襲撃をかけて、徐々に、徐々に、反乱の火を燃えひろがらせていこう。戦士たちはすでに持ち場に就き、こちらが解き放つ時を待ち受けている。厳密なスケジュールに従って、騒乱はしだいに拡大し、やがてその頂点に達することになるだろう。

もちろん、いくら精妙な謀略をめぐらしていても、この手でスナイパー・ライフルの引き金を引いて、銃弾が命中し、スコープごしにターゲットの死をこの目で見ていたあのころのような、即時のスリルを感じることはできないが、自分はすでに、日常的な暗殺仕事としてそういった行動をする立場ではなくなっている。だが、いまの報酬は当時よりはるかに大きく、仕事の成果の重要性は総合的に見て、当時よりはるかに大きくなっているのだ！

ここまでの達成度をふりかえった彼は、ちょっと私的な祝いをしてもいいだろうという気になって、小麦とライ麦を原料にしてつくられる蒸留酒、ウォッカのロシア産新ブランド、ジュエル・オヴ・ロシアの封を切った。グラスにウォッカを注ぎ、はるか昔に運動の第一法則を発見した、哲学者であり物理学者であったアイザック・ニュートンがそこにいると想像して、ひとり祝杯をあげる。等速運動をする物体はなんであれ、外部からの力が働かないかぎり、その運動をつづけようとするというのがその法則、すなわち慣性の法則だ。

サウジアラビアの王族は、地底にある石油の海の上を安穏と櫂《かい》を漕いで進んできた。ジューバは自分を、その針路を変えさせる外部の力と見なしていたのだ。

彼は最後の計画をまとめあげる前に、さまざまな準備作業をすませていた。サウジ王族の権力中枢はまとまりがなく、以前から、サウド王家の王子のだれに実権を握らせるかをめぐって計略と対抗計略が渦巻いているのがつねだった。一九七五年には、当時玉座にあった王が甥《おい》に射殺されるという事件もあった。だが、ジューバとしては、たんなる暗殺ですませる気はなかった。王族の確信を打ち砕く華々しい襲撃と、ムスリムの過激派による政府の簒奪《さんだつ》という、めざましいできごとを引き起こしたかった。その計画が完了した暁《あかつき》には、あの国の全土が時代を逆行することになるだろう。ウォッカが気持ちよく喉を焼いて胃の腑《ふ》に落ちたとき、メイドの女がそっと声をかけてきた。

「お客さまがおいでです、ご主人さま」

インドネシア人の男がひとり、山荘のひろびろとした表玄関を通って、なかに入ってくる。黒い髪の生え際が後退して、ひたいがひろくなり、シャツのボタンがはずれそうなほど腹が突きだした、中年男だった。肩幅が狭いこともあって、その男、ムハンマド・バンバン・スカルノプトリの体型は西洋梨のように見える。

「知事、またお会いできて光栄です」

ジューバは小柄な男と握手をしてから、詰めものがたっぷり入った椅子が並んでいる快適なエリアへ案内した。しばらく雑談をしていると、敬虔《けいけん》なムスリムで、アルコールは口にしない知事のために、メイドがフルーツとジュースをのせたトレイを運んできた。ジューバには、冷えた水を満たしたグラスだった。

インドネシア政府は公的には政治から宗教色を排除しているが、それでも国民の八十八パーセントがムスリムというわけで、ジューバはこの国で強力な同盟関係を育むのはかんたんなことだと見抜いていた。この山の、彼の住まいと反対側にあたる場所に、政府の気象観測所があり、そこが秘密裏に電力と通信網を提供し、科学的手段が必要になった際にはそれを支援してくれている。その確固とした基盤の上に、みずからのコンピュータ・ネットワークを形成することによって、ジューバははるか遠方にあるサウジアラビアの反乱を導き、大きなテレビ画面に映しだされるニュースを観ているのだった。

「近ごろのテレビの報道は、世界の終末を描いたアメリカ映画の大虐殺シーンを思い起こさせるね」とスカルノプトリ。「きみの働きぶりは驚くべきものだ」

ジューバは小さくうなずいた。

「世界各国のリポーターが突撃のような勢いでサウジアラビアに殺到し、国王と皇太子の死によって、街頭のデモ行進はさらに暴力的なものになってきている。軍はやむなく力で抑えこもうとするだろうが、それはデモを激化させるだけのことだろう」

ジューバは、左上の隅をバネクリップではさんで束ねた、コンピュータ・プリントアウトを州知事に手渡して、話をつづけた。

「すでに軍の部隊のいくつかが、一般市民を殺すことになりかねないとして、軍務の遂行を躊躇《ちゅうちょ》している。子どもや老人が血を流したり殺されたりする光景がテレビに映しだされたら、この暴動は、人民が残酷で不道徳な王族を打倒しようとして引き起こしたように見えてしまうだろうからね」

「おおいにけっこう。それはそうと、わたしは、われわれの共通の友人からの内密かつ重要なメッセージを持ってきたんだ」知事が言った。「どこか、召使いに話を聞かれるおそれのない場所はあるかね？」

「もちろん」とジューバは応じた。

これは珍しい。知事の声には張りつめたような響きがあり、不安をいだいていることを感じさせた。スカルノプトリは気弱な男ではない。この州の知事というだけでなく、インドネシア警察軍の強力な機動旅団の盟友でもある。州の権力と軍事的庇護《ひご》、そして政府によってセキュリティが守られている通信網を生かして、頻繁にジューバとディーター・ネッシュの仲介役を務めてくれている男なのだ。

ふたりは戸外に出て、涼しいそよ風のなか、石敷きの小道を歩いて、花々が咲き乱れる庭園を通りぬけていった。岬状の高台の先端に腰ぐらいの高さの雑な岩壁がしつらえられ、その向こうは急斜面になって、海へとつづいていた。この地点からだと、何マイルも先まで見渡すことができる。

「まずいことに、きみの計画にいくつかの変更が要求されるできごとが持ちあがったらしくてね、友よ」知事が切りだした。

ジューバは片目で相手をじっと見据えた。この重大な時期、たくらみが首尾よく進行しているさなかになって、作戦の変更が求められてきた？　ネッシュはそれほど愚かな男ではないはずだが。

「つづけてくれ」

「とうてい信じがたい話だろうが、われわれの共通の知人がこのようなメッセージを送ってきた。ムハンマド・アブー・エバラがどうしたわけか五基の核ミサイルを、それらを発射するためのコードともども手に入れたと。わたしは、きみにその要求を伝えることを指示された。エバラは、きみが可及的すみやかにサウジアラビアの地を訪れて、それらを管理することを要求しているそうだ」

ジューバは石壁の上に身をのりだして、海の声を聞きながら考えた。ここを離れろ？　あの男は、おれがその命令に従い、何時間も飛行機に乗って、はるかな中東まで出かけていくことを〝要求〟している？　ひとつ深呼吸をして、彼は言った。

「それは、当初の段取りにはなかった要素だ。やつが砂のなかから見つけだしたのが核兵器であろうがスリングショットであろうが、そんなことはどうでもいい。すでにこの作戦は軌道に乗っているから、われわれでもその進行を食いとめることはできないんだ」

「そのことは、わたしにもディーターにもよくわかっている。だが、エバラは一徹な男でね。どうやら、天国から送られてくる映像が見え、導きの声が聞こえるらしい」

「くそ。例のロシア人はどうしてほしがってるんだ？」

「われらがモスクワの友は、エバラの好きにさせたがっているようだ」

「では、おれは店をたたみ、これまで何ヵ月もかけて入念に練りあげた計画と、ことを準備するために費やした数百万ドルを放棄して、エバラの手のなかにおさまるしかないというわけか？」ジューバはそよ風を味わいつつ、あたりをゆっくりと歩きまわった。「おれがここで状況をコントロールしなければ、政府転覆の計画はうまくいかないかもしれない。あらゆることが、今後の襲撃をいつかけるかのタイミングに懸かっているからだ。この要求は巨大なリスクをはらんでいる」

スカルノプトリ知事が両手をひろげて掌《てのひら》を上に向け、どうしようもないと言いたげなしぐさをした。われわれになにができる?

ジューバは、すべてがうまくいくような方策を見つけだそうと、あれこれと考えをめぐらした。自分の究極の目標はクーデターだ。核兵器を持ったことで、なにが得られるというのか? 反乱がつづいているあいだは、サウジアラビア国内でそれを使うことはできないだろう。

だが、そのあとなら、どうか? 新たな見返りが手に入る可能性が、思考の表に浮かんできた。これは別の問題であって、現在の動乱の一部をなすものではないと考えよう。核兵器を掌中《しょうちゅう》にすれば、自分はかつてないもっとも危険な人物として、歴史に名をとどめるのではないか? イスラエルを壊滅させることができるだろう! ヨーロッパも視野におさめられるかもしれない。イギリスは? さまざまな思いが脳裏を駆けめぐる。アメリカ国内へひそかに持ちこめる可能性は? 傷痕でゆがんだその唇がねじれて、笑みをかたちづくる。飛行機に何時間か乗る不快さと引き換えに、自分は永遠の悪名を馳せることができるのだ。

「さらにまた費用がかかるだろう」

それに関しては、知事がこう説明した。ディーター・ネッシュとはすでに再交渉をすませた。ジューバが現地にひとっ飛びして、核に関する可能性を評価し、熱くなっているエバラの頭を冷やしてくれれば、さらに百万ユーロを振りこむことをネッシュは約束した。知事とその弟のそれぞれが、そのなかから手数料をもらうことになるのだと。

「ひきかえして、ディーターに連絡を入れてくれ。五百万にしろと伝えるように。それが受けいれられれば、あす旅立つことにしてもいい」

ジューバは、頭に浮かんだばかりの計画を練りはじめた。エバラを動かして、こちらに核兵器を引き渡すようにさせれば、自分が各国の政府に脅しをかけることができるはずだ。それは、エバラやあのロシア人のみならず、このカネの流れに関わっている全員の利益になるだろう。

知事がほほえむ。手数料が増えるのだ。

「移動手段については、弟に手配させよう。ここからジャカルタまでは、ヘリコプターで移動してもらうことになるだろう。そこからは、自家用ジェットでサウジアラビアのジェッダへ飛ぶことになると思う」

ふたりはおじぎを交わし、知事が立ち去っていく。ジューバは、軽いおののきが身を貫くのを感じつつ、庭園にとどまっていた。この旅は、きわめてつらいものになるだろう。だが、五基の核ミサイルのためとあらば、やるしかない。それが手に入れば、世界の現状を一変させられるかもしれない、とジューバは思った。そう、これはやってのけるに値することなのだ。

28

アルコバール

赤みを帯びたまばゆい閃光がつぎつぎに夜空に出現し、あたりの建物の輪郭《りんかく》をくっきりと浮かびあがらせていた。小火器の連射音が街路にこだまし、いくつもの人影があわててそばを走りすぎていく。住民たちが、命からがら逃げだしているのだ。反乱軍の攻撃は外国人居住区のメイン・ゲートに集中しており、カイルはそれを避けて、斜めに南へ移動することにした。いつもとちがい、いまの目的は戦闘ではなかった。

散発的な銃声を聞きながら、彼は五分ほど、ゆっくりと一定の歩調で走っていった。アルコバールでは個人的な武器の所有は禁じられているが、この居住区では、ほとんどの家に少なくとも一挺は銃がある。とはいっても、それなりの組織がかたちづくられていないかぎり、反撃は孤立化するのがおちであって、いざという場合には、ホーマーとジャマールの経験と武器弾薬による支援をおこなうことになるだろう。今夜は、そういうものを提供することはできない。いまのカイルには、銃撃は注意をよそへそらしてくれるものにすぎず、彼はそれを利用して、外へ忍び出た。

また六分ほど、こんどは街の主要道路に沿い、暗がりを選んで走っていくと、やがて中心街が終わって、その広いアヴェニューの右側が大きく開け、左側にあたる海岸地区には、ビーチで休日を楽しむグループのランプのように、石油掘削基地の灯りが点々と見えてきた。彼は排水溝に飛びおりて、走り、ところどころにゴミの詰まったポリ袋が落ちている狭い裏路地を見つけて、そこに駆けこんだ。

身を低くしていても、二キロメートルほど先にある陸軍基地を円形に取り巻くフェンスに沿って、まぶしいフラッドライトがネックレスのように輝いているのが見てとれた。警報サイレンがうなっている。カイルは無線のヘッドセットを装着して、ボタンを押した。

「まだそこにいるのか？」

「ああ」ホーマーが応答した。いまはもう、絞りだすような声になっている。

「どんな情勢だ？」

「反乱軍がゴキブリの群れのように、警備員のいる表口からなだれこんでいる。警備員はどうやら死んだらしく、そこに倒れていて、そのかたわらにもうひとつの死体がある。欧米の民間人だ。ＳＵＶやピックアップ・トラックや乗用車の列がゲートの外に駐車し、男たちがそれらの陰からこの居住区に発砲している。むかつくことを教えてやろうか？　なんと、そこには青白塗りのパトカーも二台、駐車していて、制服の警官たちがくそったれどもといっしょに撃ってるんだ」

「組織的な反撃はあるか？」

「ぱらぱらね。われわれはそれをなんとかしようとしてたんだ。男をふたり送りだして、見つけた外国人住民の全員を呼び集めるようにさせ、その間にジャマールとわたしが主要な反乱軍の侵入エリアを見渡せるふたつのビルから反撃をおこなう準備を整えた。これで、地上の襲撃は阻止できるだろう。ひとつ、意外なことがあったぞ。あんたと同じ機でここに飛んできた、あの無口な中国男だ。彼は銃の撃ちかたを心得てる」

「ぜんぜん意外じゃないさ。救出部隊がそちらに向かうのが見えたら、すぐに知らせよう」

「あんたは行き先がちゃんとわかってるのか？」ホーマーが問いかけた。

「サウジ陸軍の基地。ここからよく見えてる。すべての照明が点灯され、多数の動きがある。交信終了《アウト》」

　隠れ場所の周囲を最後にもう一度チェックすると、ふたつの人影が軍事基地のほうへ早足で忍び寄っているのが見えた。よく見えるようにと、それまで頭のほうへあげていたサイクロプスの暗視ゴーグルをおろすと、そいつらはロケット《R》推進式《P》グレネード《G》・ランチャーを携行した待ち伏せチームだとわかった。カイルは隠れ場所から飛びだして、そいつらの背後にまわりこんだ。

　元エジプト軍兵士であり麻薬密売人でもあるファテヒ・アワドは、現地へ忍び寄っていく途中で、迎撃に好都合な溝を見つけ、そのなかに身をはまりこませた。神経質になっていた。

若手の戦士サリドが、AK‐47を携えてあとにつづいている。その若者は護衛を担当することになっているのだが、早々と気を高ぶらせて手に負えないありさまになっていた。殉教者になりたくて、うずうずしているのだ。アワドは絶えず、われわれの任務は、生きつづけること、そして、サウジ軍の兵士がアルコバールの居住区で攻撃を受けている外国人の救援に向かおうとした場合はそれを阻止することだと念を押してきた。だが、この若いサウジ人は、いくら説教をされても耳を貸さず、足取りが遅れて、はるか後方にいるという始末だった。

「遅れるな！」アワドは強く言った。「ほかの戦闘は無視しろ！」

「あそこに戻って、異教徒どもを抹殺している同胞たちに手を貸すべきでしょう」

「黙れ、若造。自分に割り当てられた任務を遂行するんだ！」

アワドは四〇ミリのグレネード・ランチャーを軽々と右肩にかついで、煌々《こうこう》と照明に照らされたミサイル基地のほうへ進んでいった。その一帯を偵察すると、道路の下を通って、放水運河へとつづいているコンクリート造りの広大な暗渠《あんきょ》があるのが見えた。彼はそれと交差する溝に飛びおりて、暗渠のほうへ這《は》いずっていった。

「よし、ここで待機だ」彼は言った。

返事がなく、急いで追ってくる足音もなかった。アワドはひとつ深呼吸をして、耳を澄まし、悪態をついた。サリドは行動に逸《はや》り、血と栄光を渇望しているせいで、理性を失ってしまっている。ブタ野郎め！

アワドは気を取りなおした。この重要な任務を遂行するにあたって、青くさい連中に信頼をおくべきではないのだ。この待ち伏せは自分ひとりでやることにし、最初の車輛、おそらくはハムヴィーか小型トラックが、陸軍基地から出てきたところを狙って、RPGを発射しよう。それで道路に障害物ができたら、あとにつづく救援コンヴォイが停止して、将校どもが危険の評価に取りかかることになって、そのぶん進行が遅れるだろう。二発めを発射することはできないだろうから、やつらがそれをやっているあいだに、こちらはさっさと姿をくらます。どのみち、一発しかない予備のRPGは、サリドが携行しているのだ。

カイルが見守るなか、後方にいる男が足取りを鈍らせ、RPGランチャーを携行しているリーダーを追うのではなく、立ちどまった。どうしたわけか、そいつは前進せず、肩からAK-47をぶらさげたまま、その場につったっていた。カイルの顔に狼のような笑みが浮かぶ。

彼は洗練された動きで、立ちどまった兵士からは暗くて見えない、道路際の溝にそっと静かにおりた。溝の側面の一カ所が崩れて、大きな穴ができているのが見えたので、そこに身を滑りこませ、乾いた砂の上に腹ばいになる。暗視ゴーグルごしに、わずか五歩ほど先で迷ったように立ちどまっている戦士の姿がはっきりと見てとれた。

戦士が、前方のRPGランチャーを携行している男のほうへ目を戻し、その男が声を殺して、言った。

「遅れるな！　ほかの戦闘は無視しろ！」

若いほうの男が、ささやきというには大きすぎる声でそれに答える。

「あそこに戻って、異教徒どもを抹殺している同胞たちに手を貸すべきでしょう」

「黙れ、若僧。自分に割り当てられた任務を遂行するんだ！」RPGランチャーを携行する男が言って、前進を続行した。

ライフルを携行する若い男が、いま来た方角をふたたびふりかえり、その目が身を伏せているカイルを素通りして、遠い閃光と銃声に吸い寄せられる。リーダーを追おうと、そちらへ一歩踏みだし、そのあと、銃声のほうへひきかえす決心を固めた。戦闘への熱い思いに息を切らせ、あえぎながら、溝に沿って道路を駆けもどりはじめる。

若い男がそばを通りかかったとき、カイルは亡霊のように起きあがり、アナコンダのようにそちらへ身を躍らせた。右腕をそいつの首の前にまわして、気管を押しつぶし、同時に左手を右腕にかけて、圧迫の力を強める。背後から裸絞《ネイキッドチョークホールド》めをかけられて、足が地面から浮きあがった若者は、脳への酸素供給を瞬時に断たれて、無抵抗になった。カイルは相手をかかえたまま地面に膝をつくと、あおむけになって身をのばし、両脚を犠牲者の体にまわして、必要な時間、さらに激しく絞めあげた。十五秒後、サリドはまったく声を発することなく、意識を失っていた。

その体がぐったりとなったところで、カイルは身を転がして立ちあがり、捕虜を肩にかついで、ゴミ袋の山の陰にひきかえした。

ものの数秒で、彼は若者に目隠しと猿ぐつわをし、両腕を背後にまわさせて縛りあげたが、両脚は自由にしておいた。ＡＫ－47のスリングを若き戦士の首にまわし、ひとひねりして、銃が背中側にだらんと垂れるようにした。こうしておけば、もし捕虜が逃げようとしても、ＡＫ－47をひっぱるだけで、また喉を絞めあげることができる。

　カイルは若者を手荒に目覚めさせ、ひっぱり起こして立ちあがらせてから、ぐいと前へ押しやった。暗い影になっている部分をたどって進んでいくと、市街地の外周部を走っていて、基地の側面ゲートに通じる環状道路に行きあたった。歩調を緩《ゆる》めて、慎重に進んでいき、頂部が蛇腹《じゃばら》型鉄条網になっているスチール製ネットフェンスまであと一キロメートルのところまで接近する。外国人居住区からいまも銃声が聞こえ、正面ゲートの側で待ち伏せがたくらまれていたことがわかったにもかかわらず、カイルはみずからに課した原則を厳守して、けっして急ぎはしなかった。ゆっくりはなめらか、なめらかは速い。カイルは若い捕虜を地面に押し倒して、その背中にすわりこみ、サイクロプスの暗視ゴーグルを使って、ターゲットをじっくりと観察した。入念な偵察が時間のむだに終わることはめったにない。

　その基地は、表向きには、このエリアにある石油生産施設や貯蔵庫、輸送設備を守るための、数百名規模の護衛部隊を供給することが主たる目的となっていた。その任務の一環として、掘削基地群のはるか遠方まで防御の傘をひろげるために、対空ミサイルが配備されたとされている。そこのミサイルはすべて同じシステムで構成されていると想定するのが理に適《かな》った見方だろうが、カイルはなんであれ、想定はいっさいしないようにしていた。

　ボイキン・グループ本拠の地下にあった地図を記憶しているので、この基地は四つの区画に分けられていることがわかっていた。フェンスの内側に、それに沿って全区画をつらぬく周回道路がしつらえられている。正面ゲートから反対側まで、南北方向に一本の道路がのびている。基地を南北に分けて東西方向にのびる道路の一方の端が、いまカイルが待機している物資補給用のゲートに通じているという構図だ。司令部の建物は、中央に置かれている。これは軍事基地の標準的レイアウトであり、その特質はきわめてわかりやすい。基地内のどこへでも、円滑に移動できるというわけだ。

兵士と車輌が基地内の正面側へ殺到し、北西区画にある兵営から歩兵たちが外へ駆けだしていた。車輌置き場と装備用倉庫のある南西区画からハムヴィーが発進しており、それらの車輌の上には、すでに機関銃座の背後に立っている射手たちの姿が見えた。北東区画にある小ぶりな兵営から将校たちが出てきて、包囲攻撃を受けている外国人居住区の救援任務を遂行すべく、兵士と車輌を集結させていた。つぎつぎに下される命令の声と、車輌のエンジンのうなりが聞こえてくる。

では、ここが防空《AA》基地であるならば、対空ミサイルの配備サイトはどこにあるのか？　理に適うのは、守備堅固で、周囲全体に銃撃を加えることができるような場所、おそらくは障害になるものが排除された一角だろう。だが、実際にはそうではなく、ミサイル・サイトは、カイルのいる地点にもっとも近い区画にある、長細い建物のかたわらに配されていることが見てとれた。そこに、三台のハムヴィーが一列に並んで駐車し、先頭の車輌から何本ものアンテナが突きだしていて、それが司令車であることを示していた。後続の二台のハムヴィーは、後部デッキにどっしりとした台座が設けられ、熱源追尾方式のスティンガー・ミサイルを装塡《そうてん》するポッドのあいだに射手がすわれるようになっている。ヘリコプターや低空飛行の航空機による襲撃に対しては、この車輌グループはまぎれもない脅威であるにちがいない。だが、来《きた》るべき市街地戦には必要とされないとあって、今夜は出動していなかった。

カイルはちょっと考えてから、アラビア語で捕虜に話しかけた。

「小僧、今後の軍人キャリアの役に立つ武装偵察《スカウト・スナイパー》のレッスンを、ただでしてやろう。重要なのは、たんになにかを見るのではなく、見ているものがなんであるかを知ることだ。あそこのミサイルが車輌の上に据えられている唯一の目的は、どこにでも移動できるようにすることにある。では、いっしょにあの建物のなかを見に行くとするか」

29

銃弾が飛んでくることはなかったので、暗渠《あんきょ》のそばにうずくまったファテヒ・アワドは、自分はだれにも見とがめられていないのだと確信した。RPGランチャーの照準を、基地から外へのびている主要道路に合わせ、敵がそこに出てくる時を辛抱強く待ち受ける。やがて、門衛詰所横のクロスバーが持ちあがり、列を組んだ四台のハムヴィーが出動態勢をとって、巨大なエンジンをうならせ、でかいタイヤで路面を嚙《か》みながら動きだした。先頭の車輛が外に出てきたとき、アワドはそれに照準を合わせて、発射ボタンを押した。

RPGランチャーの内部で点火装置が作動してガスを爆発させ、先端のとがった対人ロケット弾が発射筒の前端から飛びだし、同時に、その後端から激しい後方爆風が噴きだして、背後の暗渠へ消えていく。発射後わずか十分の一秒のうちに、擲弾《グレネード》は十一メートルを飛び、そのあと自動的に飛翔をはじめた。安定《スタビライザー》フィンが突きだしてきて、推進システムの信管に点火され、ロシア製グレネードが時計まわりに回転しつつ、秒速二百九十四メートルの速度へ加速していく。装甲を貫通するように設計されているそのグレネードは、ハムヴィーのボディをらくらくと突き破って、内部で猛烈に爆発した。

その爆発で、先頭車が破壊され、四名の兵士が死んだ。残骸《ざんがい》となって炎上するハムヴィーが基地のゲートをふさぎ、コンヴォイは出発もしないうちに動きを封じられた。兵士たちが発砲を始め、ライトの圏外へやみくもに撃ちまくったが、なににも当たりはしなかった。エジプト人テロリストは、空《から》になったランチャーを捨てて、逃走にかかった。

その陸軍基地は、現実の攻撃に対応できるような設計はされていなかったこともあって、その襲撃に完全に虚を衝《つ》かれた。何年も日常的なパトロール任務しかしてこなかったために、実戦に対応する意識が低下し、戦闘に必要な規律を欠く兵士たちは緊張感を失っており、目の前で展開されたことだけに目を向けて、炎上するハムヴィーのほうへ走りだした。そして、対空ミサイルは無防備に放置されることになった。

カイルは、あのRPG攻撃を自分が阻止しなければ、サウジの兵士たちが殺され、救援の車輛部隊が市街地の反乱軍と戦っている外国人居住区に駆けつけるのが遅れることは理解していた。それでも、これはだれが被害をこうむるかの問題ではなく、少数の犠牲者とそれよりはるかに多数の犠牲者を秤にかけるということであって、戦術的には正しい決断だった。戦術核ミサイルの存在は、少数の個人の生命を守るという選択をあっさりと放棄させる。いまはこの機会をとらえるのが最優先であり、決断の過程がどうであったかを考えるのはあとまわしだ。ぐずぐず考えていると、頭が混乱して、いま必要なのはなんなのかがわからなくなってしまう。カイルは捕虜をひっぱりながら、前進を開始した。

その軍事基地の業務は、年月が過ぎるうちにパターン化されて、単純になっていた。物資も人員もひとしなみに、正面ゲートから入って、出ていく。この第二ゲートは使われずじまいとなり、チェーンがかけられて、大きな南京錠がはまっているだけになっていた。カイルがそこを調べると、新しいタイヤ痕はまったくなく、最近は使用されていないことがわかった。

その使われていないゲートまであと六フィートほどに近づいたところで、彼はフェンスに沿って生えている低木のそばにサリドを伏せさせた。ホーマー・ボイキンの本拠から持ちだしてきたボルトカッターを取りだして、フェンスを形成しているワイヤの、地面から三インチほど上を選んで一本ずつ切断していき、十八インチ平方ほどの部分を切り開いて、それをその上のワイヤにつないで固定する。若造を押して、ワイヤフェンスの開口部をくぐらせ、自分もそこをくぐりぬけてから、切り開いた部分をもとの場所に戻した。ざっと見ただけでは、そこに開口部ができたことはわからないだろう。警備兵はみな、補助ゲートにはチェーンがかけられ、南京錠がはまっていることを知っているだろうし、そのチェーンと南京錠があるべきところにあるのだから、そこを丹念に見ようとはしないはずだ。そのそばのフェンスが詳しく調べられることもないだろう。

カイルは、紐《ひも》につないだ子犬のように捕虜をひっぱって、その長い低層の建物の側面にまわりこみ、壁際の深い闇のなかで足をとめた。捕虜の両脚にダクトテープを巻きつけて、動けないようにしておく。

「じっとしてろ、若造」そいつを指さしながら、彼はアラビア語で言った。

若い男がうなずく。相手が何者なのか見当がつかなかったが、ここは敵の軍事基地のなかであって、逃げ場はどこにもない。物音を立てれば、サウジ軍兵士を警戒させて、自分は殺されるはめになるだけだ。

建物の正面側は二枚の大きな扉になっていて、ボタンのひと押しで、別々に巻きあがったり、おりたりする仕組みになっていた。そのあいだに、ひとが出入りするためのドアがある。二枚の大扉は閉じられていたが、あいだの小さなドアは開いていて、驚くほどまぶしい光の筋が長く外にのびていた。カイルはその出入口に近寄って、なかをのぞきこみ、だれかが内部で動いている気配はないかと耳を澄ました。周辺に沿って、目を走らせていく。動きはない。ここは安全だ。

正面ゲートでは、兵士たちが、戦闘に巻きこまれた市街地の外国人労働者たちの救援任務を再開するために、編成を整えなおしたり、破壊されたハムヴィーを道路から排除したりしていた。カイルは若造の両脚に巻きつけたテープを切りとって、ひっぱり起こし、出入口から内部へ押しやっておいて、自分もあとにつづいた。ふたりは、まぶしい照明が施された大きな建物のなかに入りこんだ。

平床トラックのような角張った車輛が二台、いずれも巻きあげ式の扉のほうに車首を向けた格好で、左右に並んで駐車していた。カイルにはそれと見分けがついた。アメリカ陸軍が半世紀前のヴェトナム戦争の時代に導入した、なじみのある旧式のM113装甲兵員輸送車《APC》の改造版だ。この輸送車の基本設計は、多様な用途に合わせて絶えず改良と改造が施され、標準的な軍用多目的APCとして、多数の国の軍隊においてさまざまな仕事に用いられている。

カイルは手近の一台によじのぼり、車体全体を包んでいる砂色の防水シートをはぐってみた。その内側の貨物室《カーゴ・ベイ》を見ると、油圧式発射システムを構成する複雑に張りめぐらされたパイプ群の上に、ずんぐりした形状のミサイルが鎮座していた。これならよし、とカイルはつぶやいた。以前、砂漠で移動式のSCUD《スカッド》ミサイルを追いかけまわした経験があるから、この種のシステムにはなじみがあった。

これが稼働されるときは、APCの後部デッキがさがって、空間がひろがり、そこに、カーゴ・ベイに横倒しに収納されているミサイルが立ちあがってきて、所定の角度に固定される。そして、第二のAPC、すなわち指揮車輛からのリモート・コントロールによって発射が可能となるのだ。このひと組は、外に駐車しているモダンなハムヴィーとよく調和していた。全体として、防空とは縁遠い作戦に用いられるものと言っていい。これは、撃って離脱する《シュート・アンド・スクート》ミサイル発射システムだ。ほとんどどこにでも移動でき、ほとんどなんでもターゲットにできる。

ミサイルは鼻面《はなづら》が扁平《へんぺい》になっていて、それを見ただけで、カイルには、もう一台のAPCのカーゴ・ベイになにが積まれているかの見当がついた。最初のAPCを降り、壁から突きだしている金属柱に若造を縛りつけておいてから、二台めのＡＰＣに飛び乗る。カーゴ・ベイのなかに、大きな耐候性コンテナが固定され、それに黄色と黒で円形に、放射能標識が記されていた。戦術核弾頭だ。

　ある光景が目に浮かんできた。小規模のコンヴォイが所定の発射地点に急行し、コンテナから弾頭が取りだされ、どうにかしてミサイル本体に装塡《そうてん》され、ものの数分のうちに発射される。ターゲットがイラクの侵略部隊であれ、イスラエルの都市であれ、アメリカ海軍の戦闘群であれ、これが危険なしろものであることに変わりはない。戦術核なので、威力は小さいと推定されるが、それでもこれは、日本に落とされた核爆弾よりはるかに強力なのだ。

　時が足早に過ぎていく。いったん基地の救援車輛部隊が外国人居住区に到着すれば、戦闘はすみやかに終結し、警備兵たちが、基地内の点検を含め、通常の任務を再開するだろう。この倉庫がいつまでも無人であるはずはない。カイルは衛星電話を使って、ＣＩＡエージェントのホーマーに電話を入れ、自分が必要としているものを知らせた。

　核弾頭が格納されているＭ１１３の上部にある、円形の装甲ハッチが開け放たれていたので、カイルはそれの前部左側に位置する席に容易におりていくことができた。この種の輸送車を運転したことは以前に何度もあるから、この運転席にもなじんでいた。アフガニスタンにいたころは、長い非番時間の退屈さを紛らわすために、ときおり、ほかの非番兵士たちとともに二、三台の古いＡＰＣに乗りこんで、無人の砂漠に行き、完全に無許可のオフロード

・レースを楽しんだものだ。

カイルはその席にすわって、窓から外が見え、なおかつ赤外線スコープも使えるように、シートのぐあいを調整した。だれも撃つ気はないが、ハッチから頭を突きだして、自分が容易なターゲットになってしまうのは願い下げだ。大きなアクセルペダルに右足を置く。ハンドブレーキをチェックし、油圧ブレーキのペダルをチェックする。唯一の大きな変化は、運転席のステアリング・ホイールが、より扱いやすいツインのティラー・ハンドルに置き換えられていることだった。変速機はオートマティック。すばらしい。

キーはなく、スイッチを入れるだけで、エンジンがかかる。カイルがそのスイッチを入れる三百五十馬力のでかいディーゼル・エンジンが咳きこんで、息を吹きかえした。計器の目盛りが動いて、燃料が満載されていることが示される。これなら、走行可能距離は百マイルを超えるだろう。

カイルは身を持ちあげて、ハッチから外に出ると、捕虜のところに足を運んで、AK‐47をもぎとり、もう一台のAPCのなかへ放りこんだ。若いテロリストの目に恐怖の色が浮かんで、大きく見開かれる。

「楽にしろ、若造。解放してやるから、好きにしていいぞ」カイルはそう言うと、この男がここに来たのはみずからの意志によるものではないことをうかがわせる証拠を消し去るために、すべてのテープをはがして、ポケットに押しこんだ。「幸運をな」

立ちあがった捕虜は、しばらくのあいだまったく身動きせず、左右の手首をさすりながら、自分を捕虜にしていた男が大きなAPCのなかへ姿を消すのをながめていた。やがて、そのエンジンがうなると、眠りから覚めたように駆けだして、自分のライフルを回収した。その男は囮《おとり》として、そこに残されたのだった。

カイルがなめらかに変速機を操作して、アクセル・ペダルをぐいと踏みこむと、強力なエンジンがうなりをあげ、二万三千ポンドの重量を有する車輌が動きだした。そして、そのアルミ合金の装甲にものを言わせ、閉じられていた薄い扉をあっさりとぶち破って、まっすぐにコンクリートの路面へ飛びだしていった。カイルは、ありふれたピックアップ・トラックを運転しているような調子で、ブレーキを踏むことなく、ハンドルを左に切った。補助ゲートが近づいてきたところで、アクセルを強く踏みこむと、APCはその手前の開けた場所を一気に走破した。キャタピラの輪距《りんきょ》とサスペンションが改良されている巨大な車輌が、安定した走りっぷりで、錠のかかったゲートを突き破っていく。

基地の外に出て、右に目をやると、まだ銃撃の閃光が夜空を染め、外国人居住区の建物を照らしているのが見えた。カイルは、銃撃の場を大きく迂回できる側道を選んで、車を走らせた。五分とたたず、APCの輪距の広いキャタピラがコンクリートの路面をあとにして、砂漠に乗りだすと、彼はなにもない土地の奥へと車を進めていった。

30

ホワイトハウス

「彼がなにをやったと？」トレイシー大統領の首席補佐官スティーヴ・ハンソンが、ぎょっとしてデスクから身を押し離しながら言った。ハイテク黎明期《れいめいき》の実業界でキャリアを積み、過酷な選挙キャンペーンを乗りこえて、ワシントンの職務を長年にわたって務めてきたハンソンは、自分はショックに対する免疫ができていると信じていたのだが。「大ぼらを吹いてるのか、将軍？」

「いや、まったく。いま言ったとおりだ」〈タスクフォース・トライデント〉の指揮官、ブラッドリー・ミドルトン少将は、ハンソンのデスクに向かいあう茶色の革張り椅子にすわったまま、そう応じた。暖炉で小さな火が燃えて、かすかな煙を揺らめかせ、快い雰囲気を醸《かも》しだしている。「ガニー・スワンソンが一基の核を奪取した」

「なんという。あの男はなににつけ、中途半端にすることはけっしてないというわけか？一挙にそれを奪取してしまったと？」

「プロの夜盗のようにね、スティーヴ。アルコバールの軍事基地に侵入し、ミサイル発射機が搭載されているAPCのなかに戦術核弾頭を発見し、そのAPCを運転して、離脱した。その後、CIAの助力によって、重量物の運搬が可能なCH‐43ヘリコプターが出動し、街から二十キロ離れた砂漠のなかでスワンソンとランデヴーし、APCを機内に収容した。その戦術核兵器《TNW》は、いまこうして話しているあいだにも、合衆国艦艇《USS》エンタープライズの兵器庫に格納されているはずだ。APC自体は、海に投棄されることになっている」

「信じられん。サウジ政府はなんの手がかりもつかんでいないのか？」

ミドルトンは首をふって、短く髪をカットした頭をさすった。角張った顎に、大きな笑みが浮かぶ。

「なにひとつ。そこがまさに、水際だったやりくちでね。スワンソンは事前にひとりのテロリストを捕虜にしてから基地に侵入し、その男をミサイルが格納された建物のなかに置き去りにした。そいつはサウジ兵たちと銃撃戦をやらかして、射殺された。サウジ政府はその死体を調べて、アルコバールの外国人居住区を襲撃したテロリスト・グループのひとりだと判断した。事実、そいつは、軍事基地から救援に向かうコンヴォイを待ち伏せする、反乱軍RPGチームの一員だったんだ。で、TNWを強奪したのはそのテロリストの仲間であるという明白な結論に達したというわけだ。これでもまだ腑《ふ》に落ちないか？」

「それで、スワンソンはぶじなのか？」

「もちろん。アルコバールの北にのびるビーチでヘリコプターを降り、CIAのセーフハウスに歩いて帰った。そのあと、クウェートにいるサマーズ少佐に無線で報告を入れ、それを彼女がこちらに伝達したんだ」

ハンソンが、メモを取っていた黄色い法律用箋《ようせん》を手に持って、立ちあがる。

「これは情勢を一変させるものかもしれん、ブラッド。われわれは、サウジの保有する核兵器に関して、彼らはまだつかんでいない事実をつかんだんだ」

首席補佐官が突如、テレビの『アイ・ラヴ・ルーシー』でリッキー・リカルドが披露した歌をへたなヒスパニックなまりでまねて、歌いだす。

「新たな王に、弁解しなきゃいけないことができちゃった」

「そうとも」ミドルトンは一冊のフォルダーをハンソンのデスクに置いた。「スティーヴ、あんたのボスにブリーフィングができるように、この書類を持っておいてくれ。さらに詳しい説明が届いたら、わたしが内密であんたに知らせよう。CIAとペンタゴンはおそらく、なにがあったかをすでに知っているだろうが、これは〈トライデント〉の隠密工作なので、この秘密に関しては彼らは蚊帳《かや》の外に置いておきたい。すでに彼らに対しては、もしちょっとでもリークがあったら、トレイシー大統領がでかい雷を落とすだろうと伝えておいた。さて、まだほかになにか入り用なものは？」

ハンソンがタブレットPCの上にフォルダーを重ねて持ち、オーヴァル・オフィスへ足を向ける。

「ある。カイルに、ほかのやつらも見つけるようにと伝えてくれ」

31

サウジアラビア　アルコバール

やり残した仕事はない。カイルは身じろぎもせず、隠れ家《セーフハウス》からわずか四百メートルほどの距離にあるモスクでくりひろげられてきた戦闘の最終段階に精神を集中していた。セーフハウスの暗い地下室は、カイルがいる場所と反対側にあたる上方の窓が開け放たれ、彼の胸に渦巻くさまざまな感情は、意志の力で押しやられている。

サウジの関係当局はまだ、核兵器がどうなったかについては、消えてなくなったということしか把握していないので、カイルはその秘密を今後も固く伏せておこうと決めていた。それをするために、また何人かひとを殺すことになるだろう。彼の判断では、殺すのは敵の連中になるので、悩みの種にはならない。敵に贈りものを届ける場合は、なかに入っている爆弾にではなく、箱のかたちだの、しゃれた黄色いちりめん紙だのといった、重要ではないもののほうに注意が向くように、きわめて丁寧《ていねい》に包装するというのが、カイルの個人的な好みだった。このトリックは、トロイの木馬がそうであるように、昔からあって、たいていはうまくいく。彼はきょう、あの基地にでかい真っ赤な蝶ネクタイを結わえつけて、最後の華々しい陽動作戦をおこなうつもりだった。

夜明けの直前、カイルがこのセーフハウスに帰還すると、ホーマーとジャマールが店じまいに精を出し、起爆コードや爆発物を、建物が破壊されるだけでなく内側へ完全に崩壊するように、あらかじめ設定したパターンに従って配している姿が見えた。

「ボイキン・グループは廃業することになった」ホーマーが言った。「遠からず、サウジ当局は、たったひと握りの外国人労働者がたっぷりと自動銃や弾薬やグレネードを持っていて、反乱軍に応戦し、多数のテロリストを殺害することができたのはどうしてかと疑いだすだろう。日が暮れたら、われわれはおさらばする」目をこすったあと、彼は長年にわたって豊富な物資が保管されてきた地下室をいつくしむように見まわした。「ここをたたんでしまうのは残念だが、そうするしかない。隠れ蓑《みの》が失われるとなれば」

「そうするしかないだろうな」カイルは同意して、自分でカップにコーヒーを注ぎ、ひろげられていた折りたたみ式寝台に腰をおろした。「ところで、外の状況はどうなんだ?」

ジャマールが通信コンソールの下にC４爆薬を仕掛けながら、それに答える声が、低く室内にこだました。

「サウジ軍の兵士たちは、救援部隊が自分たちの基地の正面ゲートで待ち伏せにあったせいで、すっかり頭にきて、お返しとばかり、反乱軍の側面に大量の火力を投入し、みごとな戦闘を展開した。そのテロリストどもは市街地のほうへ押しもどされた」

ホーマーは時限装置を設置していた。

「その時点で、われわれは〝おもちゃ〟を回収して、ここにひきかえしたというわけだ。しばらくして、核が消えたという知らせが入ると、サウジ軍は大規模な戦力増強に取りかかり、いまも歩兵部隊や機甲部隊、攻撃ヘリコプターがぞくぞくとやってきている。しらみつぶしの市街地戦に変質したようだ」

カイルはコーヒーを飲みほした。

「軍事行動の標的はモスクに絞りこまれるんじゃないか？」

「ああ」とホーマー。「そこが問題でね。国王が暗殺され、核が盗まれても、まだ基地司令官は躊躇《ちゅうちょ》してる。彼らは、下劣なテロリストどもだけじゃなく、ムタウィーンや、それを統括する勧善懲悪委員会とも戦うはめになり、ムスリムとムスリムの対決という図式になってしまうからだ」

カイルは、精密な街の立体地図モデルのほうへ歩き、該当のエリアをじっくりと見た。

「彼らはモスクを攻撃するつもりか？」

ジャマールはコンソールの下から出てきて、いまはドライヴァーやプライヤを使って、電話やコンピュータのハードディスクを取りだしにかかっていた。

「それはまちがいない」彼が言った。「モスクを襲って、何人かを捕虜にし、核についての尋問をしなくてはならないからだ」

ホーマーも同意見だった。

「わたしとしては、捕虜たちが捜査への協力を要請されるときに、同じ部屋にはいたくないね。ひどいものを目にすることになるだろう」

「拷問を」とジャマール。

「それも壮絶な。彼らは、拷問にかければ、遅かれ早かれだれかが口を割るだろうと考えてる」ホーマーがさっと目をあげて、カイルとジャマールの凝視を受けとめた。「捕虜たちは核ミサイルのことはなにも知らないのが事実であっても、それをほんとうにサウジ当局に信じさせられると思うか？」

カイルは武器弾薬ケージのほうへ足を運んだ。

「その危険性を見過ごすわけにはいかないな」

ドラグノフ狙撃銃《スナイパー・ライフル》。通常、彼が第一に選択するスナイパー・ライフルは愛用するカスタムメイドのエクスカリバーであって、ドラグノフではない。それどころか、扱い慣れた合衆国海兵隊制式のM40A3や、バレットや、アーマライトといった、第二選択の対象ですらなかった。だが、これはガンのショーではない。いま必要なのはアメリカの痕跡がない優良なスナイパー・ライフルであり、ホーマー・ボイキンの武器弾薬庫には、ドラグノフ狙撃銃《SVD》と、中国製のNDM-86という二種類のライフルがあった。カイルはドラグノフを選択した。彼の見るところでは、NDMはAK-47が少し改良されただけの粗雑なライフルで、旧弊な共産主義国家《コミー》のトラクター工場で製造されたしろものであるように思えた。重要な戦闘に用いたくなる銃ではまったくない。

ジャマールが協力し、とある遺棄されたアパートの三階の一室に、さえぎるものなくモスクを見渡せる場所を見つけだしてくれていた。太陽がほぼ頭上にあったので、カイルが潜伏場所であるその部屋のなかを這《は》いまわって準備を整えているあいだ、室内は濃い影に包まれていた。白い肌をカモフラージュするために、床のよごれを手でぬぐって、顔と首になすりつける。ジャマールが手を貸して、カイルのシルエットが見られないように、数少ない家具類を周囲に配し、それに加えて、長いライフルをしっかりと固定できる射撃台も造作してくれた。カイルは楽な姿勢をとって、ドラグノフを構え、少し時間を取って、PSO製スコープの、赤い発光レティクルのあるレンジファインダーを調整した。それの指標は、モスクの正面広場までの距離はきっちり三百四十七メートルとなっていた。散発的な銃撃の煙がその建物の周囲に濃く立ちこめ、北からの微風がその煙を吹きはらっている。彼はそのわずかな風を考慮して、スコープを調整した。ターゲット・ゾーンにこれほど近いとなれば、その程度の風はおそらく射撃の要素にはならないだろうが。

ジャマールがそこにカイルだけを残して、自分の車へひきかえしていく。いまのカイルには、監的手《スポッター》よりドライヴァーのほうがより必要だった。

そのときまた、スローモーション映画のような、あの奇妙な感覚が訪れてきた。周囲の音が消え、視覚が鋭敏になったが、真っ昼間の猛暑のなかにあるというのに、汗は出てこない。戦闘状況においては、長年のスカウト・スナイパー訓練でたたきこまれた筋肉の記憶に思考が道を譲り、五感が極限まで敏感になる。その肉体はすでに、この映画の結末がどうなるかを見通していた。

軍の指揮系統を通して攻撃の許可を得ると、サウジの兵士たちはあきれるほど激烈な戦闘行動に着手した。モスクの建物にヘリコプター・ガンシップが五〇口径機関銃と迫撃砲で攻撃をかけ、その外壁をこなごなに撃ち砕く。その猛攻が終わるとすぐ、歩兵部隊が襲撃して、仕事をすませた。

それから二十分ほど、捜索活動と散発的な銃撃がつづいたのち、彼らは三名の生存者をモスクからひっぱりだして、なめらかな石造りの広場へ連行してきた。そのひとりは重傷を負っており、ぶざまに倒れこんで、うめきだした。腹から出血があり、見るからに苦しげなようすだった。右端に、宗教警察の赤い頭巾《ずきん》をかぶった男がむっつりと立って、よごれた目の周囲をこすっている。三人の真ん中にいるのは、ターバンを巻いたでっぷりした中年男、そのモスクの導師《イマム》だった。太った丸顔に、尊大さが見てとれる。

カイルはその光景を、ドラグノフのスコープを通して無感動にながめていた。三人のうちのふたりは明らかにテロリストで、イマムは反乱の扇動者だが、彼らに対する私怨はなにもない。だが、そんなことはどうでもよかった。彼らの生命より、こちらの秘密を守ることのほうがはるかに重要なのだ。カイルは軽く引き金に指をかけ、目当ての連中を捕虜にしてリラックスしているサウジ軍部隊の頭ごしに、その三人を見渡した。彼らの前にも後ろにも、こちらに目を向けている人間はいない。残党はおらず、安全だと見なしているのだろう。叫びかけたい気分になった。おい、背後の守りはどうなってるんだ？

彼は片手で力まずグリップを握り、最初のターゲット、宗教警察の執行官に銃口を据えた。たとえ両手首を縛られていても、真っ先に危険を察知して迅速に動きだすのはおそらくその男だろう。上着が裂け、ひげが土まみれになっている。その体の中心に照準を合わせ、引き金をまっすぐに絞りこむと、ドラグノフが吠えて、反動が肩を打った。銃弾が短い距離を飛翔して、その男の喉に命中する。その弾は首を引き裂き、脊髄《せきずい》をつらぬいて、背中の下部から射出した。ちょっと高かった、とカイルは思った。

ターゲットが転倒するのとほぼ同時に、セミオートマティック・ライフルがじつになめらかなボルトの作動によって次弾を薬室に送りこみ、カイルは胸のなかで、この銃をこれほどきれいな状態に保ってくれていたホーマーとジャマールに感謝した。その決定的な瞬間、外部から捕虜に攻撃があるとは予想もしていなかったサウジの兵士たちは、凍りついたように立ちつくしていた。カイルは、頭皮に点々と汗がにじみはじめたのをものともせず、縄につながれずに立っていることを許されている唯一の捕虜、イマムの姿をしっかりと照準にとらえた。

その男は両腕を組んでいて、手は袖のなかに隠れ、捕獲された身となったいまも、自分はだれにも危害を加えられることはないと確信しているような傲然《ごうぜん》とした態度を崩していなかった。尊大きわまる信仰心をもとに編みだした、コーランの内容を激しくねじ曲げた憎悪ヴァージョンによって、多数の男たちを異教徒殺しにさしむけてきた男だ。イマムはサウジアラビアの宗教〝食物連鎖〟の一部をなし、その国の宗教体制を構成する指導者たちの統轄下にある。彼らが自分を守ってくれるはずだ。そんなふうに思っていたのだろうが、ローブに飛び散ってきた血しぶきを目にしたとき、イマムは現実に引きもどされていた。

カイルは息をとめ、スコープのクロスヘアを小揺るぎもさせず、心臓がつぎの脈を打つまでのごく短い瞬間を狙って、引き金を絞った。銃弾がイマムの体のど真ん中に当たって、両肺をもぎとり、破片が体内で下方へ向きを変えて、腎臓を引き裂く。衝撃で、その丸い顔ががくんとあおむき、一瞬、なんとかもちこたえた両脚が崩れて、膝から地面に落ち、ターゲットは前のめりに倒れこんだ。

カイルの持ち時間が尽きかけてきた。三発撃って、移動する！　それが原則だ。サウジの兵士たちは、戦利品の捕虜たちが目の前で殺害されたことにおののき、あわてふためくだけで、事態に即応できるほど速くは動けずにいた。それに、つまるところ、自分たちが撃たれているわけではないのだ！　その間に、カイルは、広場に倒れている負傷した男のほうへスコープを移動させていた。どのみち、そいつは死ぬだろうが、なにかの医療処置が奇跡的にあのくそったれの生命を救うかもしれないとすれば、その危険性を見過ごすわけにはいかない。最後に放った銃弾は、そいつの心臓に食いこみ、その強大な威力が死体を石畳の上で跳ねあがらせた。

カイルはライフルを捨てて、戸口を抜け、待機している車をめざして階段を駆けおりた。

これで、あの三名の捕虜が尋問を受けるおそれは、拷問のあるなしには関係なく、完全になくなった。やり残した仕事はない。

32

インドネシア

ジューバは弱みを見せないよう、精神安定剤《ベイリウム》を一錠、きついクラガンモアのスコッチで飲みくだしておいた。その弱みとは、破壊され、再建された肉体のことではなく、目には見えない一種の呪いだった。彼は閉所恐怖症になっていたのだ。

自分の山荘は、暑気が最高潮に達する日々であっても、窓をつねに開け放って、絶えずそよ風が吹き渡るようにしていた。窓を開けていても、天井ファンと、木々がつくりだす豊かな影が、室内を涼しく保ってくれる。雨は、台風シーズン以外は、長く突きだしたひさしがしのいでくれる。エアコンの使用は、室温を低く保つにはドアと窓を閉じねばならないとあって、召使い部屋と熱気がこもるキッチンのみに限定していた。広大な各部屋とヴェランダに通じる戸口は、どれも幅が広い。明るい日射しと風通しのよさが、つねに穏やかな気分にさせてくれていた。自宅にいれば、仕事もエクササイズも楽にでき、適度に食事をとって、快く過ごせるのだ。

そんなわけで、ジャカルタへの移動のために、小さな民間用ヘリコプターに乗りこむなり、喉《のど》と胸が異様なまでにこわばってきた。ハッチが閉じられると、鎖に縛られたような気分になり、ヘリコプターが地上を離れると、その感覚がいや増して、完全なとらわれの身になったような気がしてきた。汗が噴きだし、シートを握りしめた手を少しだけ離して、また一錠、ベイリウムを服用したが、それはたいして役に立たなかった。乗客室にはほかにはだれもおらず、自分がパニックに呑みこまれて、うめいている姿を見られなくてすむのがさいわいだった。

ジューバは精神をコントロールすることをイギリス陸軍にいた時代に学び、やがて、テロリストに身を転じたころには、いっさいの感情を寄せつけない冷酷非情な男になっていた。だが、その非凡な能力も、この新たな人生においては思うように発揮することができなかった。彼はヘリコプターの窓外へ目をやって、点々と浮かぶ雲のあいだから、下方の海にちりばめられた緑なす島々をながめながら、自分を空に閉じこめているこの騒々しいドームから脱出するすべがあればと願った。いまはもう、信仰は捨て、〝より高き力〟などというものの存在はまったく信じていないので、心の安らぎが訪れることはないだろう。かぎりない孤独を感じた。

あの山荘で暮らすようになってからは、自動車すら所有していない。車に乗りこむのは、棺桶に入りこむような気分にさせられるからだ。飛行機という堅固でちっぽけな繭《まゆ》のなかに何時間も閉じこめられて、インドネシアからサウジアラビアまで四千五百マイルの距離を移動するという現実に直面すると、途方もない耐久力テストに臨むような心境にさせられる。ジューバは唇を噛《か》んだ。

やがて、ヘリコプターがジャカルタ空港の自家用機用ターミナルに着くと、すでにぶっきらぼうな態度になっていた彼はすぐさま、そこに待機していた豪華な双発のボンバルディア・チャレンジャー604に乗りこんだ。その機は予想していたより大きく、機内は快適で、三名の乗員たちはうやうやしく彼に接した。それでもなお、ジューバには前途に待ち受けているのは試練としか考えられず、体が不自由な年寄りになったような思いにとらわれてしまった。

ほっそりしたキャビン・アテンダントがドアを閉じて、客室がチューブと化したように密閉されると、自分が巨人のこぶしに握りしめられたような気分になった。空間がなく、動く余地がなく、海も空も見えず、逃げ場はなく、息を吸うにも本物の空気はない。

「ドリンクを持ってきてくれ」うなるように彼は言った。「ここのバーに用意されている酒のボトルなどはどうでもいい。わたしの旅行バッグに上等なジンが入っているから、それを頼む。氷とスライスを添えてだ」

制服姿の若いキャビン・アテンダントがそのボトルを取りだして、ダブルのマティーニをつくり、新鮮なレモンのスライスを添えて、彼にさしだしてきた。この乗客は完全な白髪頭で、ひどく怯《おび》えきっていて、左目に黒いアイパッチをしている、と彼女は思った。ジューバは挑むような視線を相手に投げかけた。

「なにをそんなに見つめているんだ、このあばずれ？　消えろ！」

ジューバはたっぷりとマティーニを飲み、シャツのポケットを探って、薬剤の入っている緑色のプラスティック・ボトルを取りだした。ちくしょう、またあの痛みが！　心に湧きあがった恐怖が、鋭い痛みという身体症状を出現させるのだ。あのトンネル！　おう、苦しい。いいいいいい、だれか助けてくれ！　彼は鎮痛薬のパーコセットを二錠、口に放りこむと、機のエンジンが動きだすなか、また強いマティーニをあおって、薬を飲みくだした。機が上昇を開始すると、胃がざわめいてきた。

キャビン・アテンダントが心配して、操縦室に連絡を入れ、黒っぽいズボンと、左の胸ポケットに金色の翼が縫《ぬ》いこまれた白のシャツでぱりっと決めた長身の男が客室に歩いてきて、ひとりしかいない乗客と通路をはさんで隣りあうシートに腰をおろす。コ・パイロットを務めるその男は、気づかわしげな顔をしていた。片目の男がひどいありさまになっていたので、コ・パイロットは一瞬、離陸した空港ターミナルにひきかえして、病院に連れていったほうがいいのではないかと考えた。

「だいじょうぶですか、お客様？」

「だいじょうぶなもんか！」片目が大きくぎょろっと動く。「さっさとドリンクのおかわりを持ってこい、ビッチ」

「お客様、どうか落ちついてください」コ・パイロットは同情するように左手をのばし、相手の肩に触れた。

ジューバは電光石火の動きでその手首をつかみ、コ・パイロットをシートから通路へ投げやった。

「またわたしに触れようとしたら、殺す。わたしはおまえらのようなばか者どもといっしょに、ここに押しこめられている。おまえらは、わたしに指示されたことだけをしていればいいんだ。とっとと操縦室にひきかえし、こちらに音が聞こえるようにドアを閉じて、このいまいましい機を飛ばすことに専念しろ。来てほしいときは、こちらから知らせる」彼はさらに強く相手の手首をねじりあげ、そこの急所に親指を食いこませた。

コ・パイロットが苦悶の悲鳴をあげる。

ジューバは笑い、相手の肋骨《ろっこつ》を踏みつけてから、手を離した。

「さっさと失せろ。それと、おまえはドリンクを持ってこい！」


直行のフライトとはならなかった。危害を加えられず、発見されずに飛行する必要があったので、機は遠まわりのルートを採らざるをえなかったのだ。空を飛ぶ時間がのろのろと過ぎ、途中三度、戦略的に選ばれた地点に着陸して、燃料補給がおこなわれた。そのつど、クルーは無言で滑走路におり、酒と薬物の影響でますます扱いにくくなってきた乗客のせいで剣呑《けんのん》なまでに張りつめていた機内から逃れられたことで、ひと息つくというありさまだった。ふたたび機内に戻ると、彼らは口をつぐみ、客室に設置されているカメラを通して観察した。その乗客は何度となく怒りのうなり声を発しながら、徐々に酔いつぶれていき、やがてパキスタン上空のどこかを飛行している最中に完全に人事不省となった。

ジューバはあのトンネルのなかにいた。スナイパーの放った大口径弾で顔と体を引き裂かれ、堅固だった潜伏場所は投下された巨大な爆弾の爆発で崩壊した。目が見えず、息が吸えず、落下してきた土砂の重みが生命の残り火を押し消そうとしていた。ひどい重傷を負い、口にも目にも土砂が入りこみ、血と苦痛と闇のなかで命が尽きようとしていたのだ。おう、いい、苦しい。

何度も死地を脱してきた自分が、墓穴めいた地下のトンネルのなかでじわじわと衰弱して果てることになるとは、そんな末路があっていいものか。

そのとき、エアポケットにつっこんで、一瞬、がくんと機体がさがり、その急な揺れで乗客がシートの上で大きくうめいて、身をよじったが、機はすぐに安定を取りもどして、飛行を継続した。薬物と酒のいたずらで、ジューバの頭のなかは幻覚と真の記憶が入りまじった混沌《こんとん》状態と化し、ひとつの物語を紡《つむ》ぎだす――おれはイギリス陸軍に訓練されて、テロリストになり、アフガニスタンとイラクではアルカイダのために戦い、そのあとわが道を進んで、致命的な生物化学兵器を手に入れ、それを使ってロンドンとサンフランシスコを攻撃した。それらの行動によって、おれは世界でもっとも危険な男、懸賞金がかけられた指名手配テロリスト、銀行に巨万の資産を持つ男、秘密兵器を保有して、政治と宗教の世界の狂信者たちに尊重され、支援を受ける存在となったのだ。

そのすべてが瞬時に奪い去られた。ジューバはいまも、あれはただのまぐれ当たり、たんなる悪運、人生におけるもっとも不当な一瞬であったにすぎないと信じこもうとしていた。なにしろ、自分に匹敵するほどライフルの扱いに長《た》けた人間がいるはずはないからだ。彼はまたシートの上で姿勢を変えた。どうやっても、快適にならない。騒音が聞こえる。スラックスのしわが、岩のように硬く感じられた。

あのことはすべて、はっきりと憶えている――スナイパー同士の一対一の決闘となり、爆弾が爆発し、息のできないトンネルのなかに生き埋めになり、すべての望みを放棄したとき、土のなかに小さな穴が開いて、ひと筋の光が射しこんできた。そして、イラクの村人たちが必死に手で土を掘って、墓穴から救いだしてくれたのだ。いまいましいカイル・スワンソンが撃った一発は、なにかの幸運に恵まれて当たったにすぎない。右目から涙がにじんできて、顔を伝った。

やがてサウジアラビアの空港に着陸すると、力の強い男がふたり、機内に入りこんできて、ぐったりとなってすすり泣いている乗客を左右から持ちあげ、短い乗降用階段をくだって、待機していたリムジンの後部座席に押しこんだ。コ・パイロットが旅行バッグを持って、そのあとにつづき、リムジンのトランクにバッグを放りこんで、トランクを閉じ、乗客の処理がすんだことをよろこびながら立ち去っていった。

後部座席に、ダークスーツと襟のボタンをはずした白のシャツという姿の若い男も乗りこんだところで、ボディが延長《ストレッチ》されたリムジンが発進して、ジェッダの商業地区をめざした。

男が、隣に寝かされている人物をしげしげと見る。髪も服装も乱れきって、よごれた動物のような悪臭を放ち、うめいていた。こいつが、あれほどの大金を払って招かれた英雄なのか？　こんなやつが作戦の立案者なのか？　男は人さし指でボタンを押して、かたわらの窓を開けた。まだ蒸し暑い時間だが、この悪臭をなんとか外に出さなくてはいけなかった。

33

クウェート

ズダーン！　でかいスナイパー・ライフルの反動がカイル・スワンソンの肩を激しく打ち、八百メートル先に置かれた紙のターゲットに五〇口径弾が穴をうがつ。彼に同行したほかの三名の海兵隊員たちもまた、なにもない広大な土地に配されたターゲットを狙って、筋肉記憶を鋭敏に保つために立案された集中的な連発射撃をおこなっていた。

この四名の海兵隊員たちはハムヴィーを一台借りだして、軽機関銃から拳銃に至るまでさまざまな種類の銃と弾薬をそれに積みこみ、防弾チョッキまで着こんで、特殊作戦キャンプをあとにし、わざわざこの酷暑のなかに出てきたのだった。彼らはこれまでも、自分自身を含め、持ちあわせているありとあらゆるツールが最高の水準で作動するようにしておくために、それなりの時間をふりむけてきた。どれほど優秀な人間であっても、訓練をやめてはならないからだ。

アラバマ出身の長身のアフリカ系アメリカ人、ダレン・ロールズ二等軍曹が、分《S》隊支援《A》火器《W》であるＭ２４９軽機関銃の三十連弾倉を撃ちつくした。五・五六ミリ口径のその銃は、信頼性の高い空冷式で、ガス圧作動のベルト弾倉で給弾されるＳＡＷだ。トラヴィス・ヒューズ二等軍曹は、短い赤毛を包んだバンダナを汗まみれにしながら、四〇ミリのＸＭ２０３グレネード・ランチャーを発射して、かなたに土煙を噴きあげていた。ジョー・ティップ二等軍曹は、ポーカー・ゲームで海軍のＳＥＡＬ《シール》隊員から巻きあげた、銃把の短いＳＩＧ《シグ》ＳＡ《ザ》ＵＥＲ《ウアー》のコンバット・ピストルの試射をしている。あたりには、小規模な戦闘がおこなわれているような音が響き渡っていた。

一時間後、彼らはひと休みして、ハムヴィーのつくる四角い影のなかに撤収し、重いヘルメットと防弾チョッキをはずしてから、砂の上にすわりこんで、ボトルの水を飲んだ。その土地は暑く、周囲全体が平坦で茶色く、はるか地平線まで、砂以外にはなにも見当たらなかった。ロールズが、まぶしい日射しに目を細めながら周囲を見渡し、そのあと目をあげて、澄みきった青空をながめた。

「宇宙が最後のフロンティアってのはまちがいだな。ここがそうだ」

ジョー・ティップが、うさんくさげに鼻をひくつかせた。

「またロールズがいいかげんなことを言ってるんじゃないか？」

「ばか言え。よく聞けよ。宇宙旅行さ。金持ち連中は数百万ドルのカネを払って、宇宙に出かけようとしてるんだ。そのうち、月にも行きたがるだろう。ところで、月にいったいなにがある？」ロールズは、クウェートの荒涼とした地平線を指さした。「こことおんなじで、なにもありゃしない」

カイル・スワンソンは二本めの水のボトルを飲みほし、冷たい水が爪先までおりていくような感覚を楽しんだ。

「秀逸な分析だな。で、要は？」

「世の中には、戦闘はペイントボール・ゲームと似たようなもんだと考えてる、いかれた連中がいて、そいつらはスリルを求め、物好きな観光客となって、戦場のはずれにやってくる。なので、おれたちがちょっとした旅行代理店をつくって、この土地への護衛付き旅行を売りこむってのはどうだろう。いかれた連中に完全装備をさせ、民間用のハムヴィーで走りまわらせ、いまおれたちがやってるように、ロケット弾を撃たせてやる。アフリカのサファリ・ツアーみたいなもんさ」

トラヴィス・ヒューズが糧食のピーチを食べるのをやめて、べたべたするプラスティックのスプーンを僚友に投げつけた。

「また金儲《かねもう》けの話か。この前は、エルヴィスのものまね屋たちのためのリアリティ・テレビシリーズだったっけ？　スペインの大物たちにメンフィスで黄金の財宝探しをやらせるって話も？　ハーレムで石油の掘削をするってやつもあったんじゃないか？　裸の女たちが出てくるソフト・ポルノ映画の製作というアイデアまで出してたよな」

「映画業界のやつら、嘘をつきやがった！　おれは抜群にいい脚本を書いたんだぜ！」ロールズは肩をすくめて、非難を一蹴した。

「で、投資したカネを失ったと。またしても」

「あんたは、心をひろげて新たな分野に挑戦するってことをやりたがらないやつだからな。おれは海兵隊に二十年勤務して、満額の年金がもらえるようになったら、除隊して、投資家になるんだ。晩年に金持ちになっていたかったら、先を見越して考えておかなきゃいけないんだぜ」

彼らに教えてやれたらいいんだが、とカイルは思った。いずれおれがエクスカリバー社に入社すれば、この男たちが先を案ずる必要はなくなるということを。

ジョー・ティップが口をはさむ。

「その調子で考えておいてくれ、ダレン。おれはポルノのアイデアがけっこう気に入ってる。女優たちのインタヴューを観るだけでも、大金を出す値打ちはあるってもんだ」

ダレン・ロールズは、砂漠にはつねにどこにでもあって、銃身を傷めたり弾倉のジャミングを起こさせたりする、タルカムパウダーのように細かい砂をなんとかしようと、SAWのクリーニングに取りかかった。

「そこで、おれはつぎの脚本を書くことにした。今回は、おれたち四人でいっさいがっさいをやってしまう。べつにむずかしいことはないだろう？　ジョーはカメラ、トラヴは音声、カイルは監督、そしておれは主演をやる！　あんたら白人野郎《ホワイトラビット》には主役の適性がないから、おれがみんなを代表して、すごいセックスショーをやらかす。そして、それをケーブルテレビかインターネットで流して、カネを儲けるんだ」

トラヴィス・ヒューズが周囲を見まわす。

「戦闘サファリ・ツアーのほうはどうなったんだ？」

ロールズは、やわらかいオイルクロスで自動銃を軽く拭きながら、それに応じた。

「急ぐことはない。映画のつぎにやればいいんだ。中東はどこへも行きやしない。それに、脚本の執筆は大変だし、いまはそのことを考えてる場合じゃない。頭にあるのは別のことでね」

「それはなんだ？」とジョー・ティップ。

ロールズは大きな笑みを返した。

「テロリストどもを殺すことさ」

しばらくして、他愛のない冗談の応酬が終わり、彼らがしぶしぶ四角い影の外に出ようとしたとき、カイルは口を開いた。

「オーケイ、みんな、よく聞いてくれ。ここにケツを運んできてもらった目的は、射撃だけじゃない。耳ざとい連中のいる基地から離れてもらう必要があったんだ」

ほかの三人が、いっせいにカイルに目を向けてきた。カイルは二日たらず前に帰還したばかりで、そのあともずっとひきこもって、サマーズ少佐以外の人間とは顔を合わせていなかったのだ。

「ここの隣国、サウジアラビアの状況に関して、取り急ぎ説明をしておく必要がある」カイルは言った。「これは最高機密事項《トップ・シークレット》だ」

「それなら、毎晩テレビで観てるし、インターネットには関連のニュースがあふれかえってる」ジョー・ティップが言った。「まだほかになにかあると？」

「いろいろと。ひどく込み入った話なんだが」カイルは両脚をのばしてすわり、目を閉じて、昨夜、シベールからブリーフィングされた内容を思いかえした。「あんたらもたぶん、大統領とサウジの新王が友人同士なのは知ってるだろうが、それにとどまらず、彼らは数日前、アブドラがまだ在ワシントンの大使だったときに、オーヴァル・オフィスでの会議に同席していた。アブドラはトレイシー大統領に対し、油田を防衛しようとするアメリカの行動は、外国軍による不当な軍事介入と見なされて、抵抗を受けるだろうと告げたそうだ」

トラヴィス・ヒューズが、空薬莢《からやっきょう》で地面をつつきながら言う。

「あんたは、同盟国の軍が実際におれたちに戦いを仕掛けてくる可能性があると考えてるのか？」

カイルは目を開き、彼らをひとりずつ順にながめやった。

「その危険性はありうるが、そこまで事態が進んでしまうことはだれも望んでいない。それ以後、矢継ぎ早にさまざまなできごとが生じ、そのあと、だれもが知ってのとおり、アブドラ大使がアブドラ王になったというわけだ」

ダレン・ロールズが立ちあがって、パンツの砂をはたき落とし、六フィート二インチの長身をのばしてストレッチをした。ロールズは、締まりのないひょろりとした男に見えるが、その頭脳は明敏で、ハイスクール時代はバスケットボールのスタープレイヤーであり、アラバマ大学では学業に秀でた学生だった。兄がイラクで戦死したとき、ロールズは奨学金を返上して大学を中退し、海兵隊に入隊した。いまの彼は、タフで優秀なスナイパーであり、無類の読書家だが、わざと田舎者じみたしゃべりかたをすることで、たくみに知性を覆《おお》い隠しているのだった。

「それはちょいと妙ななりゆきだな。ふつう、王位は年長の息子に引き継がれるもんだ。それが王族内の決まりだろう」

「わが国の情報機関がデータを寄せ集めたところでは、アブドラは、政権内部の談合によって王位に就くことになったらしい。国王と皇太子の両方が死んだ時点で、王位継承の道筋が立たなくなった。いまもそうだが、あの国はそのとき、崩壊の危機に瀕していた。そこで、サウジアラビアの実力者や有力者たちが一堂に会して、力の誇示をやりあい、王族の血を引くひとびとのなかでもっともタフで聡明な人物を選んで、王位を引き継がせることになったらしい。アブドラの選出は一世代を飛びこえるようなもんだが、そうすれば王国はまちがいなく存続するだろうと考えたんだな」

カイルはひと息入れ、ちょっと水を飲んでから、話をつづけた。

「では、要点に踏みこもう。おれはイングランドで、アブドラに会ったことがある」

「新王と知り合い？」トラヴィス・ヒューズが驚きをあらわにした。

カイルはうなずき、ふたたび目を閉じて、それに答えた。

「彼がスコットランドでのテロ攻撃で負傷し、患者として入院した病院に、シベールとおれが急行して、出現したターゲットを始末したといういきさつでね」

「絶妙」とヒューズが言った。

カイルはさっと目を開き、また彼らをひとりずつ順にながめやった。

「安心するのは気が早いぞ、トラヴ。反乱が勃発した直後、サウジが五基の核ミサイルを保有していることが判明したんだ。初歩的な核兵器にすぎないが、それでもその脅威は甚大だ」

ロールズが問いかけてくる。

「安手の核？ 内戦。石油。テロ。それがあれば、状況の改善に役立つんじゃないのか？」

カイルは、すわったまま彼を見あげた。

「まあね。ただし、その核のひとつが失われたんだ」

「おちょくってるのか」ロールズがうめくように言った。

カイルは笑みを返した。

「新王アブドラは、そのことを知らされたとき、アメリカの支援は拒絶されるだろうという意見をひるがえした。そして、残る四基の核ミサイルを合衆国に委《ゆだ》ねることを望み、ホワイトハウスに対し、その引き渡しが完了するまでのアメリカ側の連絡員におれを指名することを要請したんだ。さっき言ったように、彼はおれのことを知ってるんでね」

「で、われわれの任務は？」トラヴィス・ヒューズが尋ねた。

「おれは今夜、リヤドへ発《た》って、アブドラ王に会い、引き渡しに至るまでの段取りをすませる。あんたらには、まだ全土のあちこちに配備されている四基のミサイルの移送業務を担当してもらう。各自が回収地点に飛ぶ航空機を指揮し、みずから核弾頭を取り扱って、それが海軍艦艇に安全に保管されるところまで、そばを離れないようにしておく。海兵隊海外遠征《MEUSO》部《C》隊の一個小隊が包括的に警備を提供する。あんたらが考えるのは核のことだけでいい。シベールがここから、その全体を監督する。あんたらが報告を入れる相手は彼女に限定される。これは徹頭徹尾、〈トライデント〉の任務なんだ」

「待てよ、最初に五基と言ったよな。あと一基のミサイルはどうなってるんだ？」ティップが問いかけた。

　カイルは、とりたてて意味のない笑みを彼に向けた。

「そのことは心配するな。おれがアルコバールに行っているあいだに盗みだし、いまはもう海軍の空母に運びこまれてる」

34

サウジアラビア　ジェッダ

ジューバは、私有別荘の快適なベッドの上で、なんとか意識を取りもどした。まだ胃に不快感があったが、その前に二度、目が覚めて、吐いたときよりはましになっていた。頭のなかの蜘蛛《くも》の巣がはらわれ、強いアルコールと薬物が引き起こした無気力状態から脱していた。ベッドサイド・テーブルに、だれかが天然水のボトルを置いてくれたので、彼はその水をたっぷりと飲んだ。

自分がどこにいるのかは正確にはわからなかったが、あのいまいましい航空機がしかるべき場所、サウジアラビア第二の都市であるジェッダに送りとどけてくれたのはまちがいないはずだった。その部屋は広く、気力をふりしぼってベッドを離れ、窓際へ足を運ぶと、紅海の広大な海面に日射しがぎらぎらと照りつけている光景が見えて、気分がよくなった。彼は窓を押し開けて、熱い空気を胸に吸いこんだ。

清潔なバスルームのドアが開いていて、その精妙なタイル張りの床や壁面、磨きあげられた備品の数かずが呼び招いていた。シャワーをひねると水が出てきて、仕切りのなかに足を踏み入れたころには熱い湯になっていた。勢いよく噴きだす湯を顔と体に浴びてから、シャワーヘッドの真下に頭を持っていく。両手を前にのばして壁にもたれこみ、恐ろしい旅の残《ざん》滓《し》を湯で洗い流した。石鹸《せっけん》とシャンプーを使ったあと、徐々に温度をさげていって、冷たい水を浴びる。それをすませ、生きかえったような気分になって、仕切りの外に足を踏みだし、乾燥ラックにかけられていた二枚のタオルをつかみとった。

洗面台のかたわらの白いタオルの上に、自分のシェービングセットが置かれていたので、石鹸を泡立てて顔に塗り、ひげの不揃いになっていた部分を処理しておく。ジューバは、鏡に映った自分の顔に向かって笑いかけた。醜態をさらしたもんだ。それから、歯を磨いた。だれかが自分の衣類を吊るし、シャツと下着類をきちんとたたんで置き、旅行バッグをクローゼットに収納してくれていた。ジューバは、薄手のグレイのスラックスと、糊《のり》の利いた栗色の長袖シャツを身につけ、濃い色のソックスに磨かれた黒のローファーを合わせた。インドネシアでは、サンダルに腰巻《サロン》き姿で自宅を歩きまわっていたヘンドリック・ファン・エスは、もはやそこにはいない。ジューバはしごくなめらかに、本来の姿に戻っていた。ベッドルームのドアを開く。

隣接するリヴィングルームの大きな椅子に、空港でジューバを拾いあげた若い男が、長い脚を組んですわっていた。長い顔をかこんでいるひげはこざっぱりとトリムされており、髪の毛は生まれつきの縮れ毛であるらしい。ジューバはその男を値踏みした。まだ三十歳にもなっていないようで、身長はおそらく六フィート二インチ前後、なにかの運動をしているように感じさせる引きしまった肉体の持ち主だが、爪にマニキュアを施していることから判断すると、それは労働や軍務ではなく、ジムでのワークアウトがもたらしたものであろうと推測された。

「なにか食べものを用意してくれ」穏やかにジューバは言った。その声には強い怒気が混じっていて、自分が優位に立とうとしていることを示していた。

「おれの名はアミール」立ちあがりながら、男が応じた。「あんたの召使いじゃない」

「おまえがだれかなどはどうでもいいし、そもそも、そんなことは尋ねていない」ジューバは、はめ心地がよくなるようにアイパッチの位置を直した。「おれはやむなく仕事を中断し、地球を半分ほどまわって、このつまらん国にやってきたんだ。十分以内にここに食べものが運ばれてこなければ、おれは立ち去り、おまえらの革命はぶっつぶれるだろう。新鮮な果物とクロワッサンとスクランブルエッグを用意しろ。それと、ストロング・ティーだ。食事がすんだら、ディーターを連れてこい」

アミールは、相手の途方もない変貌ぶりに仰天していた。同じ男とはとても思えない！　悪臭を放っていた乗客がそのにおいをきれいにぬぐいさっているだけでなく、他人を命令に従わせることに慣れきった男であることを感じさせる居丈高《いたけだか》な態度になっているではないか。

その男、ジューバが、部屋の隅に置かれている大きなテレビのほうへ歩いて、スイッチを入れ、ニュース放送を探そうとしているらしく、チャンネル・サーフィンをしはじめた。情勢の変化に追いつこうとしているのだろう。

「いいとも。厨房《ちゅうぼう》スタッフに伝達し、おれの雇い主を呼び寄せよう」アミールは、電話とインターフォンを使ってそのふたつをやった。それがすむと、ぶらぶらと歩くふりをして、わざとジューバの背後に移動した。それは、自分の体の大きさで来客を威嚇《いかく》するために常用している戦術だった。この外国人はばかではないかもしれないが、白髪で目は片方しかないどの肉体的弱点から察するに、それほど警戒すべき人物ではないように感じられた。「すぐに料理が届けられる」

ジューバはそれには取りあわず、テレビの放送にいらだちを募らせていた。ほぼすべてのニュースが完全にブロックされるか、厳しい検閲にあっているのだ。

「信じられん」彼はつぶやいた。

アミールが言う。

「おれは、あんたが王家を打倒する作戦を指揮している魔法使いだとは信じられない気分だね」

ジューバはテレビを切って、リモコンを放りだすと、隣室のダイニングテーブルのほうへ無言で歩いていき、彼のために用意された椅子に腰をおろした。部屋の内装にマッチした、ゴールドのトリムがあるダークブルーの皿に料理が盛られており、そのかたわらにメイドがティーの入ったポットを置く。彼はティーを注いで、飲んだ。

アミールが、下っ端のように扱われたことにますますいらだちを募らせながら、あとを追って部屋に入ってきた。自分で椅子を引き、向きを変えて、腰をおろし、上着のボタンをはずして、背もたれに身をあずけ、脚を組む。ショルダーホルスターにおさめた拳銃があらわになった。その口もとに、こわばった笑みが浮かぶ。脅しをかければ優位を取りもどせるだろう、と彼は感じていた。

「ジューバ！」あざけりをこめた声で、彼は言った。「名だたる戦士であり、ジハーディストであり、殺しの達人《マエストロ》である男のことは、さんざん聞かされてきたが」首をふってみせる。「やっとその英雄に会える機会が訪れたと思ったら、そいつはかよわい年寄りでしかないことがわかっただけだったよ」

ジューバはティー・カップを置き、まだなにも言いかえさないまま、たたまれていたブルーの布ナプキンをほどき、切っ先の鈍いナイフとスプーンとフォークを皿の上に戻した。スプーン一杯ぶんのシュガーをティーに入れ、ついでクリームを少し加える。いい味わいになった。食べたものは、もう胃におさまっている。

「あんたがだれにも見られない土地に隠れ棲《す》んでいるのも、むりはない」指弾するように左手で指さしながら、アミールがつづけた。「もう子どもたちに、いい子にしていないと、暗くなったら恐ろしいジューバがやってきて、ベッドからさらっていくぞと言うのはやめにしよう。なかには、あんたのような年寄りにたぶらかされる人間がいるだろうし、ディーター・ネッシュもそのひとりかもしれないが、おれはあんたをありのままに見ているんでね」

ジューバは弾丸のような速さと勢いで一気に動き、左手でアミールの髪をわしづかみにして、ぐいと前へひっぱった。ナイフを持っている右手を、その親指を刃の根元にあてがった格好にして、床と平行にのばし、長身の男の左肩をかすめるようにして、やわらかな喉に突き刺す。

短いなまくらな刃が突きこまれて、またすぐに引きぬかれ、アミールがゲッとうめく。彼がショックのあまり大きく目を泳がせながら、その髪をわしづかみにしている指をつかんだとき、ふたたびナイフがひらめいた。こんどは、ナイフの刃が柄のところまで突きこまれ、咽頭《いんとう》をえぐって、いったん引きぬかれたのち、とどめとばかり、さらに激しく突き刺されて、やわらかな内部組織をえぐり、切っ先が延髄《えんずい》を砕く。ジューバは、間に合わせの武器をアミールの喉に突き立てたままにしておいた。最後にひと押しすると、瀕死の男は椅子にすわったまま背後の床へ倒れこんで、絞め殺される鶏《にわとり》のような声を漏らし、パニックと恐怖に満ちた顔になって、ずたずたに開いたいくつもの傷口から血を流しながら、力なく手足をばたつかせた。

その一時間後、自分の持ちものであるそのモダンな別荘にやってきたドイツ人投資顧問ディーター・ネッシュは、側近のアミールがダイニングルームの床に倒れているのを見て、それまで顔に浮かべていた自信たっぷりの笑みを失った。メイドとシェフが縛りあげられ、猿ぐつわをかまされて、部屋の隅にうずくまっていた。その薄いブルーの目が、窓辺にすわって港をながめているジューバのほうへ動く。ネッシュは肩をすくめた。

「あんたがいまもこの種のスキルを持ちあわせていることがよくわかったよ」

「また会えてなによりだ、ディーター。あの若いのは無礼なまねをした」ジューバはそう言って、立ちあがり、この作戦の全体を仕切っている投資顧問と握手をした。

ふたりはこれまでもヨーロッパで何度となく協力して仕事をしてきた仲であり、ジューバはネッシュを、テロリズムという裏社会においては数少ない、信頼のおける人物のひとりと見なしていた。

「わたしも再会できてうれしく思ってるよ、ジューバ。ほかのふたりを殺さずにおいてくれたことに感謝する。彼らは善良な人間で、このことはだれにも話さないだろう」

ネッシュがメイドのほうへ歩いて、縛《いまし》めを解き、そのあとシェフの縛めも解いて、しばらくのあいだ、なにも言わず、ふたりのそばにとどまった。ふたりが必死に命乞いをする。アミールの身に降りかかったことを口外すれば、自分も死ぬことになるのは、この特別な客の行動は予測不能で暴力的なのは明らかなので、いやというほどわかっていると。投資顧問が、死体の上に敷物をかぶせて隠す。

「アミールのことは残念に思う。彼は数字の扱いにきわめて長《た》けた、前途有望な若手だった。傲慢《ごうまん》はいかんと、何度も注意してやったんだが。こうなると、新たな助手を見つけなくてはいけないな」

ネッシュがローズウッドのキャビネットを開き、濃い色をしたコニャックのボトルを取りだして、ふたつのグラスに注ぎ、ひとつをジューバに手渡した。

「乾杯だ、旧友。よく来てくれた。あのひどい負傷からここまでみごとに回復したことがわかって、よろこびに堪えない」

ジューバは強い酒のグラスを受けとって、無言で乾杯に合わせた。

「ありがとう。これが終わるまで、再会することはないだろうと予想していたんだがね。核ミサイルのことを話してくれ」

ネッシュがジューバの肘にそっと手をあてがって、窓辺へ導く。丈高く細い椰子《やし》の木々が、よく手入れされた眼下の広大な土地から近くのビーチのところまで立ちならんでいた。小型のプレジャーボートが海上を駆けめぐっている。

「じつのところ、わたしもそう詳しくは知らないし、この期におよんでクーデター計画の変更に手をつけるのは賢明ではないと忠告したんだ。きみの采配《さいはい》はじつにうまくいっているからね。しかし、エバラは、この国に核ミサイルがあることを知って、頭に血がのぼってしまった。わたしは、これは降って湧いた幸運にすぎないと説得しようとした。国王の暗殺と王族の殺害があの特別任務のポイントであり、それは首尾よくいったんだと。ところが、エバラは、これはアラーの御手がなせるわざだと見なし、ミサイルのターゲット設定と発射をきみに監督させるために呼び寄せろと、わたしに命じたというわけなんだ」

「それで、ロシア人は同意したのか？」

「あー。あれもまた、脳みそよりカネにものを言わせて、ことを急ぐ若輩者なんだな。この計画は石油の利権を奪うことのみを目的として開始されたというのに、彼はいま、中東における核の命運にも関心を持つようになってしまった。イワノフは、エバラを中東のかつてない新星に押しあげる腹を決めたんだ」

ジューバは唇を噛んだ。

「ディーター、エバラが手に入れたのはどういうものなんだ？」

「それが、言えるのはわたしが預かってるもの——つまり、現地の銀行の貸金庫に、ひとつのパッケージとして保管してあるものだけでね。一基のミサイルの発射コードと、それを作動させるための鍵、そしてほかのミサイルの配備地点が記述された包括的な計画書の冊子が、ひとまとめに封筒におさめられている。その鍵とコードは、リヤドの郊外の巨大なアルカジ軍事基地内に配備されているミサイルのためのものだ」

ジューバは空《から》になったグラスを、ゆっくりとテーブルに置いた。

「それだけか？　エバラの配下が実際にその兵器をコントロールしているのではないと？　なんだというんだ！　核ミサイル発射用のコードは、とっくに変更されているだろう！　そんなものは、中東の市場《スーク》で売られている装身具程度の値打ちしかない！　もしかすると、その冊子のなかには、なにか有用なものが発見できるかもしれないが。鍵は、全ミサイルのマスター・キーかもしれないが、そうではないかもしれない」

怒りが沸騰《ふっとう》し、激昂《げっこう》のあまり唇が震えだした。

「われわれはこの暴動にはずみをつけてきた。おれをコントロール地点から引き離すのは、すべてをぶち壊しにするリスクを伴う行為だ。おれはミサイルの発射を監督するつもりでここまで出向いてきたというのに、反乱を煽《あお》ってる聖職者は実際には五基のミサイルどころか、その一基ですら手に入れていないことがわかっただけだとは」

ネッシュが両手を大きくひろげてみせた。

「エバラは教養のある男じゃないんでね、ジューバ。スラムの生まれで、二十年前、そこの出身者としては初めてコーランを丸暗記した少年として名をなした。それを足がかりにして、導師《イマム》としての出世コースに乗り、野心にものを言わせて、宗教警察の指導者になった。サウジアラビアは宗教にがんじがらめにされた国家であることは、きみも知ってるだろう。彼はカリスマ性のある厳格な指導者であり、そのことによって、このクーデターの完璧な表看板に仕立てられたんだ。彼はテレビに取りあげられることを楽しんでいる」

「教育のない狂信者が政府を支配すれば、ロシア人はそこの資源を押さえられるというわけだ」とジューバは応じた。「それはわれわれも予期していたことだ。そうなる前に、われわれはたっぷりと報酬をもらって、このどうしようもない国からおさらばしよう。あとは、彼らのやりたいようにさせておけばいい。こっちの知ったことじゃない」

その最後のひとことを聞いて、ディーターが笑みを浮かべる。

「そう、われわれはプロフェッショナルだからね。エバラはアマチュアだ。きみの采配で第一段階が成功し、国王が殺害されたとき、エバラは、クーデターは終わったも同然で、国民が蜂起して、自分についてくるだろうと思いこむようになった。その現状を自分の目で見てくれ。きみが話をすれば、彼に多少の分別を吹きこむことができるかもしれない。エバラの一党は途方もなく莫大な資金を保有しているから、わたしとしては細心の注意をはらわざるをえないんだ」

「いつ、彼に会うんだ？」

ネッシュは、自分の頭に浮かんだことがおかしくなったらしく、肩を震わせ、声を出さずに笑いだした。

「きみがわたしのお抱え運転手《ショーファー》を殺してしまったから、わたしが自分で車を運転して、きみをモスクへ連れていかなくてはいけなくなった。アミールの死体は、われわれがここに帰ってくる前に処分されているだろう」

「逆に、エバラをここに来させることはできないのか？　蛇の巣窟に足を踏み入れるのは気に入らない」

ジューバは戦術的に考えていた。アミールのような若造をさばくのはかんたんだが、宗教警察の指導者を守ろうとするジハーディストのボディガードの一団が相手となると、そうはいかないだろう。

「残念だが、それは不可能だろう。まだ理解しきれていないようだな、ジューバ？　ムハンマド・アブー・エバラは、いまはもう、自身をたんなる勧善懲悪委員会の指導者とは考えていない。その認識を他者に対しても強く求めていて、彼の考えるところでは、われわれは招かれる光栄にあずかった者たちであって、彼がきみに対して、ビジネスを最大限に拡大するにはどうすればよいかを教える立場にあるということになるんだ。わたしの意見を言うなら、王国を憎悪する男がよくやる帝国主義的発想といったところかな。エバラはすでに、自分が栄えある戦士であり預言者として、黄金の飾り具が輝く駱駝《らくだ》にまたがり、勝利が目前となった革命を率いて砂漠から首都へ進軍する光景を夢見ている。あの愚か者は、すでに勝利したと思いこんでるんだ！」

35

サウジアラビア　リヤド

カイル・スワンソンとしては、スーツを着るのはどうにも勝手が悪いのだが、マナーを守らなくてはならない場合がときにはある。たまたま去年、ロンドンで、レディ・パットにテイラーへ連れていかれ、婚礼からビジネスの会議まで、ほぼなんにでも使えるようなスーツを一着、あつらえていた。ダークブルーの薄手のウール生地を用いて、丁寧《ていねい》に仕立てられたシングルのスーツだ。それに、クリーム色のシャツとかちっとしたパウダーブルーのネクタイを合わせ、イタリアのやわらかい革でつくられている磨きあげられた靴を履《は》く。ジーンズ姿のほうが好みに合うが、行く場所が王宮となるとそうもいかない。だが、なによりも気に入らないのは、武器の携行が許されないことで、そのために、クーデターの渦中にある国に素っ裸で取り残されるような気分にさせられた。

ただ、身によくフィットしたスーツは、カイルにとって必要な隠れ蓑《みの》にはなってくれる。スキンヘッドに、角張ったフレームのサングラス、だらしない口ひげという、典型的なタフガイのアメリカ人傭兵のイメージから、できるだけかけ離れた見かけにしておきたかった。この旅には、威厳と外交的配慮が求められていたからだ。

私有のジェット機が彼をリヤドへ運び、そこの滑走路では、漆黒のSUVが三台、待機していた。セミオートマティック・ライフルを携えた二、三名の兵士が警備に就いていて、ジェット機を降りると、流暢《りゅうちょう》に英語を話す外交官が礼儀正しく出迎えた。そして、三台の真ん中にあたるSUVにカイルを急がせた。入国審査や待ち時間はなく、アメリカ大使館の職員らしき人間はひとりもいなかった。こんなVIP待遇に慣れっこになっている人間がいるだろうか。ひろびろとしたシートに腰をおろしながら、カイルは思った。先導の車がサイレンを鳴らし、警告灯を点灯させて、発進を促したところで、三台のSUVが列をなして空港をあとにし、ハイウェイをめざす。夜間外出禁止令が適用される午後九時に近かったので、ほとんどの交差点の近辺に装甲兵員輸送車が駐車し、歩道を兵士たちがパトロールしていた。

カイルは、取り締まり当局と暴徒たちの衝突を目にするだろうと予想していたので、商業地区の街路が平穏なことを意外に感じた。衝突はどこにも見当たらず、だれもが自宅に向かっているように見える。いや、結論を急いではいけない。王宮へつづくエリアに厳戒態勢が敷かれているのは当然のことだ。暴徒がいたとしても、集結して暴動にならないうちに、街路から排除されたのだろう。

ひとは、戦場を目にしても、そこに見えている以上のことは想像できないものだ。兵士には、ヘルメットごしに見えるものの先は見通せず、司令部にいる将軍には、地図しかないとあって、兵士たちが戦闘をくりひろげている戦場の実情は見当がつかないというのがふつうだ。どちらも、自分が直接的に責任を負っている範囲を超える部分に関しては、まったくなにも見えていない。厳重に警備された護送隊で運ばれているカイルには、サウジアラビアという広大な国の全土でなにが起こっているかを示唆する情報は得られないということだ。それでも、彼は頭のなかで、リヤドには混乱や砲火は見えず、銃声は聞こえず、街路のバリケードを破る衝突はなかったと、メモを取っておいた。

SUVの車列は、街の中心部を通りぬけてまもなく、王宮の構内へのエントランスであり、重装備の兵士が王家の所有物の警備にあたっている、巨大な石造りのゲートをくぐりぬけた。車を降りたカイルは、アラブのおとぎ話に出てくる場所に運んでこられたような気分になった。そこにあるのは、実際にはひとつの宮殿、だだっぴろいひとつの建物などではなく、それ自体が、迷路めいた街路とさまざまな建造物があるひとつの小さな街であり、王宮のスタッフがその端から端まで移動するのにバッテリー駆動のゴルフ・カートを用いるほど広大だった。彼は、左右に高い列柱のある長大な回廊へエスコートされ、美麗な装飾が施された高いゲートをくぐりぬけたのち、緑と黒で葉脈模様を描いた大理石が敷きつめられている中庭を歩いていった。そこの静けさを際立たせる噴水の音を聞きながら、玄関に足を踏み入れると、その向こうに、高く広い天井と、ぶあつい絨毯の敷かれた床が見えてきた。制服や豪奢《ごうしゃ》なローブに身を包んだ男たちが一列に並び、ビジネススーツ姿の男たちがそれに向きあう列をつくって並んでいる。部屋のいちばん奥、そこに置かれている金襴《きんらん》織の長いソファのかたわらに、サウジアラビア国王アブドラが立っていた。

「カイル・スワンソン！　ようこそ！」と彼が呼びかけ、片手をあげて歓迎した。

カイルは、部屋にいる全員にじっと後ろ姿を見つめられているような心持ちで、アブドラのほうへ近づいていった。

「こんばんは、国王陛下。またお会いできてうれしく思っています」

アブドラがカイルの両肩に手を置いて、目をのぞきこんでくる。

「それも、大きく異なる状況のもとで、だろう？」

「イエス、サー。まさしく」

国王が、部屋にいるほかの面々のほうへ手をふってみせる。

「彼らは側近の顧問や王族、友人たちで、このあとその全員にきみを引き合わせるつもりだ。それと、諸君、イングランドの病院でのテロ攻撃の際に、スワンソン一等軍曹が勇敢に戦ってくれた話をしたことを憶えているな。いま一度、わたしはこの男を信頼していることを強調しておこう。もし彼がわたしを殺すつもりであれば、わたしはとうに死んでいただろう。彼の任務を成功させるために、みなが力を合わせて、最善を尽くすように。彼はわたしの全面的な支援と信頼を得ている。これで、わたしの望むところがなんであるかは明瞭に示せたと確信する」

外交官、政府の要人、軍の将校たちのあいだから、同意のつぶやきが聞こえてきた。アブドラ王がうなずいてみせる。

「では、ガニー・スワンソン、きみが仕事に取りかかる前に二、三分、内々の接見をしておきたいので、いっしょに来てもらおうか」

カイルは国王のあとにつづき、白と青のタイルで模様が描かれている床を歩いて、隣接する王の私室に入っていった。

「ドアを閉じて、椅子にかけてくれ」とアブドラ。

カイルは、国王が返事を求める態度を示すまでは黙っているのがいいだろうと考えて、無言のまま、それに従った。

「まずは、イングランドからすばらしい知らせがあったことを伝えておこう。医師たちの話では、われらが友、サー・ジェフは順調に回復しているとのことだ。完全に回復するまでには長い道のりが待っているだろうが、彼が快方に向かっているのはまちがいない。わたしは、きみたちがとても近しい仲であることを知っているのでね」

「それは吉報ですね」カイルは答えた。「彼のことが心配でならなかったので」

アブドラが、光沢のある木材でつくられた四角い箱を取りあげる。

「あの病院でわたしの命を救ってくれたことに対し、きみとサマーズ少佐に、わが謝意を公式に表したい。あのことはけっして忘れないだろう」

彼がその箱をカイルに手渡してくる。それを開くと、栗色のヴェルヴェットのクッションの上に、アラブの両刃の短剣、ジャンビーヤがおさめられていた。銀の網目模様のあいだに多数の宝石がちりばめられた骨製の柄から、湾曲した刃の部分が突きだしている。

「陛下、受けとるわけにはまいりません。おれは自分の仕事をしただけなので。われわれは個人的な贈与は受けとってはいけないことになっているんです」ことばを探しながら、カイルは言った。まちがった言いまわしをしていないだろうか？

「いやいや、受けとってくれなくてはならん！」困っているカイルに、国王が言った。「先に、トレイシー大統領から明確な許可をもらってあるんだ。きみと少佐は、両国の友好のシンボルとして、クアンティコにある国立合衆国海兵隊博物館にこれを寄贈することになっている。きみたちは最高のペアであり、その働きに報いるには、せめてこれぐらいのことはさせてもらわねば」

「そういうことなら、ありがたくいただきましょう」カイルは短剣の鞘《さや》をはずした。刃は剃刀《かみそり》のように鋭利で、とてつもなく古そうだった。「感謝します、陛下。サマーズ少佐はこの宝石を一個、もぎとって、指輪にするかもしれませんが」

国王が笑って、大きなデスクの背後にある椅子に腰をおろす。

「では、トレイシー大統領と話し合いをおこなったことの主な理由を説明しておこう。わが国には核兵器が存在している。思いかえせば、それをわが国が保有しようとした理由は理解できる。あの当時、イラクにはサダム・フセインがおり、アフガニスタンではタリバンが脅威を増しつつあった。しかしながら、現在では、両者の影響力は消滅したか揺らいでいるかだ。わたしには核戦争を勃発させる意図はないので、可及的すみやかにそれらを処分したいと考えている。引き渡しの場には信頼の置ける者たちを配するが、危険な状況が発生する可能性もあるので、きみにそれを処理する許可を与えておく。そして、わたしがそれを支援する。われわれがそれらを処理することに手を貸してほしいのだ」

「ありがとうございます。それは正しい決定でしょう」

国王が姿勢を直した。

「きみは、それら五基のミサイルのうちの一基がテロリストの手に落ちたかもしれないということを知らされているはずだが？」

「イエス、サー。しかし、それについては、貴国の軍が回収すると確信しています」カイルがそれの処理をすませたことは、まだアブドラには知らされていない。「残る四基の回収に可能なかぎりすみやかに取り組むべきでしょう」

「しかり。われわれはすでに、失われた装置を探しだすために大規模な部隊を出動させている。弾頭とミサイルが奪われたのだが、発射のためのシステムは、並みの兵士には操作できない状態であるはずだ。あれには、きわめて多数のテクノロジーがビルトインされ、何重ものフェールセーフが組みこまれているからね」

「自分の役割を適切に理解するために、陛下、あなたの意見をお聞かせください。王国の包括的な現状はどのようなものです？　ここにこうしているということは、自分はすでに秘密厳守を誓ったも同然なので、問題はないでしょう」

アブドラが顎ひげをやんわりとひっぱり、その黒い目をなにかに挑むように燃えあがらせる。

「わが国の前途には大きな困難が待ち受けていると思われるが、肯定的な兆しも出てきている。なにより強調すべき点は、国民の大多数は反乱に深く関わってはいないように思われるということだ。わが国民は信仰に厚く、保守的ではあるが、これまでに得たもの、過去の時代に学んだもののすべてを投げ捨てようとはしないだろう。国民の支持なくしては、反乱を策謀している者どもが成功をおさめることはできない」

カイルにはまだひとつ、ききたいことがあった。

「それと、貴国の情報機関は、このすべてを陰で動かしている人物を割りだしているのですか？　反乱を起こして、あなたに取って代わろうとしているのは、だれなんです？」

「謀略の中心的人物は複数いると思われる。きみの最後の質問に答えるならば、わたしに取って代わろうとしている者はいない。なぜなら、彼らはこの王国のありようを完全に変えようとしているからだ。王政ではなく、神政国家が樹立されようし、その元首の第一候補は、宗教警察の長を務めるムハンマド・アブー・エバラとなるだろう。一例を挙げるならば、数日前、メッカの学校を内部に十五人の少女が閉じこめられたまま焼き落とさせたのは、彼の決定によるものだった。彼の率いる宗教警察は、彼女らが男性の親族の付き添いなしで学校に通っていたということで、建物から脱出することを許そうとしなかった。同様に、親族ではない消防士たちが内部に突入することも妨害された。中世に戻ったような愚行だ」

「そのエバラという男は、宗教界の全面的な支持を得ているのでしょうか？」

「そうであるように思える。例によって、グランド・ムフティはなにも知らされておらず、そのために、許可を必要とする蜂起をエバラが無断でおこなったことは露見していないのだ。エバラの活動には、サウジアラビア国外から資金が供給されていると思われる。国外から資金が提供されていることを示す報告がいくつか入っている。疑わしいのは、ロシアと中国だ」

カイルは膝に肘をついて身をのりだし、しばらく考えをめぐらした。

「そのエバラという男がテレビに出て、説教をわめきたてることで、反乱を煽《あお》っているらしいという点に関しては、理解できます。しかし、サウジ軍の大半は、二名のパイロットが反逆して宮殿にすさまじい爆撃を加えるということがあったいまもなお、サウド王家に忠実であるように思えます。この見方は当たっているでしょうか？」

「イエスだ」とアブドラ。「大半の部隊において、その種の反逆心が一時的に芽生えているように見えるが、総じて、兵士たちはいまも忠実に命令に従っている」

「だとすると、ひとつ、おもしろい疑問が浮かんできますね、陛下。将校団はいまも王家に忠実だとするならば、クーデターの戦術面を担《にな》っているのはだれなのか？」

国王がちょっと間を置いて、それに答える。

「われわれにはつかめていない」

「だれであるにせよ、そいつはプロフェッショナルです。なにをすべきかをよく心得ている」カイルは言った。「この国にいるわが国の情報員を総動員し、ワシントンを動かして、そいつの身元を突きとめるようにさせましょう。頭を切り落とせば、蛇は死にます」

国王が立ちあがる。内々の接見が終わったのだ。

「それに関しては、わたしからも指示を出しておこう」アブドラが言った。「その間に、きみは可能なかぎりすみやかにすべての核兵器を回収するように」

36

サウジアラビア　ジェッダ

ムハンマド・アブー・エバラは、娯楽雑誌の色鮮やかな表紙をじっくりとながめた。そこに掲載されているのは、ビキニ姿の若い美女が、ぴちぴちにタイトな水泳パンツ姿のたくましい男と手をつないで、陽光きらめくビーチを歩いている写真だった。素肌やむつまじさを公衆の場であからさまにするのは、目障りで忌まわしいことだとエバラは思った。そのカラー写真の上に、このような見出しがあった。

ステフィとバーンズ
カリブ海でハネムーン？

レバノンのステファニー・ハダードは、中東でもっとも人気のあるポピュラー・シンガーのひとりであり、MTV世代の寵児《ちょうじ》であり、数百万にのぼるファンには〝ステフィ〟の愛称で呼ばれていた。まだ二十歳でしかないのに、妖《あや》しいまでにセクシーで、肩の下まである長い黒髪は、光を浴びると琥珀色《こはくいろ》の滝となってきらめき輝く。奔放で、金持ちで、挑発的な装いをし、赤いポルシェ・コンヴァーティブルを乗りまわし、イギリス・サッカー界のスター、バーナビー・ウェザーズと開けっぴろげにデートをしているという評判だった。非の打ちどころのない顔立ちと完璧な肉体を誇る驚異のカップルというわけで、このふたりの写真はよく雑誌に掲載され、彼女のハードロック系の楽曲と情熱的なダンスの動画は、サウジアラビアの若者たちのあいだでも、もっともよくダウンロードされるアイテムになっていた。

エバラは、忌まわしい雑誌をゴミ箱に放りこんだ。その見出しはでたらめだ。あの淫婦《いんぷ》は、異教徒のボーイフレンドといっしょにカリブ海のリゾート地で休暇を楽しんでいるのではない。いまはもう、エバラの殺風景な監獄のひとつに、背中にボタンがあって襟ぐりの大きい囚人服一枚きりという姿で、閉じこめられているのだった。

ステファニー・ハダードは、セレブであるだけでなく、ひとりのムスリムでもあるので、サウジアラビアの聖地メッカへの巡礼、〝ハッジ〟をおこなって、信者としての要件を満たそうと決心した。世間に知られすぎているために、正規の大巡礼と定められている期間にそこに姿を現わすわけにはいかなかったが、それ以外の期間の巡礼、〝ウムラ〟であればだいじょうぶだろうと考えた。いずれ歳をとって、スポットライトを浴びない身になれば、真の巡礼期間に聖地を訪れることもできるだろう。今回はせめて、カーバ神殿の黒い石のまわりを七度めぐって、悪魔に石を投げつける儀式だけでもやっておこう。

その旅はひそかに計画され、彼女の広報担当者はレバノンにおいて、彼女はバーナビーとともにカリブ海の島にある別荘で長い休暇をすごすことになったと発表した。そして、ステフィとそのボーイフレンドがスペインのへんぴなビーチに行って写真を撮らせ、その写真がメディアにリークされた。そのあと、ステフィは、トレードマークでもある染めた髪を脱色し、化粧を落とし、ヴィクトリアシークレットのランジェリーをあとに残し、偽名を使ってサウジアラビアに入国した。敬虔《けいけん》に顔を隠し、兄に付き添われて旅をする、規則に適《かな》った若い女になっておけば、だれにも気づかれないだろうと無邪気に信じこんで。

ステフィが国境を越えてわずか二時間後、ムハンマド・アブー・エバラは彼女が入国したことを知った。自分の権威を誇示するには、神の面前で肌をさらして踊りまわる無礼千万な淫婦を卑しめ、鞭打ち、それを世間に知らしめることにまさるものはないのではないか？ステフィが聖地への入口であるジェッダを離れる間もないうちに、彼は襲撃をおこなわせた。彼女が買いものに出かける時間に合わせて、反政府暴動が発生するように手配がなされ、その暴動のあいだに宗教警察が彼女をさらって、不潔な牢獄に押しこめた。エバラはテレビを通して、かの華奢《きゃしゃ》な歌手は公衆の前で瀆神《とくしん》行為をなしたことによって身柄を拘束されたとの声明を発表した。弁護士も付けられず、陪審も構成されず、それどころか彼女に不利な証人の喚問すらおこなわれなかったので、被疑者への判決はすみやかに出された。大使館との接触や電話連絡も許されず、エバラの意図に反する裁定を下すかもしれないシューラの諮問《しもん》に付されることもなかった。三名で構成される判事団は、彼女に五十回の杖打ち刑という判決を下した。エバラは失望した。そんなものでは足りない！　彼は一千回の杖打ち刑を要求し、臆病な判事たちは、強力な男を敵にまわせば、自分も監獄に放りこまれることになるだろうと恐れおののき、それを受けいれた。

翌日の正午ごろ、二名の女性看守が彼女の獄房に入り、両手首に手錠をかけて、外へ連れだした。彼女は一瞬、釈放されるのだと思ったが、そうはならず、うすよごれたトラックの幌がかけられた荷台に押しこまれて、側面のベンチにすわらされ、先に乗りこんでいた四名の宗教警察男性執行官たちに卑猥《ひわい》な目つきで見つめられることになった。トラックのなかには、一脚の木の椅子もあった。

彼女が逮捕されたのは商業地区の市場のなかで、トラックに乗せられたあとも手錠ははずされず、その間に、エバラ配下の男たちが、街の広場で特別な行事がおこなわれるという話をふれまわっていた。特に外国人とジャーナリストは、それに参加することを奨励された。残酷な斬首がおこなわれるのだろうと予想して、おおぜいのひとびとがそこに群れつどい、やがてトラックから椅子が運びだされて、広場の真ん中に置かれると、群衆のなかから失望のざわめきがあがった。ただの杖打ち刑じゃないか。

ステフィは刑の執行を待っているあいだに、いくぶん恐怖を薄れさせ、反抗的な気持ちを募らせていた。わたしはステファニー・ハダードなのよ！　いまに思い知らせてやる！　自分は、賄賂《わいろ》であろうが身代金であろうが、おカネはいくらでも出せるんだから。

エバラは、このような行事をおこなえるようになったことをよろこんでいた。反乱と同じく、これもまた、おのれの力が急速に増していることを公衆に誇示できる機会だった。世界中の迷えるムスリムたちが震撼《しんかん》し、そのあと、わが大義に馳せ参じることになるだろう。

エバラは、ディーター・ネッシュとテロリストのジューバが到着するまで、杖打ち刑を延期させていた。この注目すべき刑罰を執行させたときに、彼らがどのような反応を示すかをたしかめたかったからだ。真の指導者として、必要なことはなんでもやってのけるという、自分の決意と強さを彼らに理解させる必要があった。その二名の特別招待客を前に通すために、警備員たちが群衆を左右に押しわけた。ずんぐりした小柄な投資顧問、ネッシュはスーツを着て、きちんとボタンを留めていた。ジューバは暗色のシャツにグレイのスラックスというカジュアルな身なりで、顔が陰になるつばの広いストローハットをかぶって、アイパッチが目立たないようにしていた。どちらも、とりたてて興味を覚えているようには見えなかった。エバラは腹をくくった。イスラム法《シャリーア》の刑罰が実際に執行される光景を見せつけて、彼らの無関心な態度を変えさせてやるのだ！

「女を連れてこい」彼は執行官に指示を送り、柔軟でふるいやすい竹でつくられている長い杖を強くひとふりした。その先端が邪悪な時計の振り子のように揺れて、空気を引き裂く。ステフィは反抗的な気持ちを強めてはいたものの、執行官がやってくると、涙があふれて、頬を伝い落ちた。賄賂を申し出たが、彼らは淫売からそんなものをもらう気はないと言って、笑いとばした。

執行官たちが彼女をトラックから降ろし、まぶしい日射しが照りつけるなか、ゆっくりと群衆の周囲を引きまわす。ひとびとが、それと知って息をのむ声がめぐっていく。あれはステフィのように見えるぞ！　そうだ、彼女だ！　男たちはあざけって、唾《つば》を吐きかけ、女たちは目をそむけることができず、ただ見つめるだけだった。その話はまたたく間にあたりにひろがり、群衆の数が増えていく。ステフィが杖打ち刑を受ける！　テレビ各局は、まれな幸運の到来を信じきれない気分だった。

エバラは、執行官たちがケチな淫売に刑罰を加える準備をしているあいだに、まくれていたローブの袖を直し、赤い頭巾《カフィーヤ》の縁を押して、後ろへずらした。囚人服の背中のボタンを腰のところまではずされたステフィが、椅子のほうへ押しやられ、その臀部《でんぶ》と大腿部《だいたいぶ》、そしてすばらしく美しい両脚が完全にあらわになった。群衆の男たちが歓呼の声をあげるなか、執行官たちが彼女の両手首をがっちりと縛りあげ、その体を椅子に固定する。

「お願い！　こんなのいや！　お願い！」ステフィが叫び、半裸になった身をよじった。

ムハンマド・アブー・エバラはためらうことなく、この神聖なる義務を遂行したことを、テレビ局のカメラが全世界に伝えるだろう。この罪深い女を罰することによって、いまという困難な時期に自分に敵対している連中の気を変えさせることができるはずだ。これと同じ厳格な報いを受けることになりかねないと、彼らは思うだろう。

エバラは、この刑罰に正当性を与えるコーランの章《スーラ》を暗唱し、長い竹の杖を打ちふりながら、犠牲者の周囲を歩きまわった。野次馬たちの歓呼の声が高まる。きょうは手始めとして、五十回の杖打ちのみですませる予定だが、その最初の五回は自分がじきじきに執行するつもりだった。きょうの刑罰がすんだら、女は監房に戻して、回復を待つ。健康を取りもどしたところで、ふたたび五十回の杖打ちを執行する。一千回に達するには長い時間を要しようし、この罪深い女がふたたび淫行をなすことはないだろう。

神聖であるべき女の肉体の一部が、いまはもうアラーの名において、あらわにされ、穢《けが》されている。エバラは杖を頭上に高々と掲げ、全力をこめて女の腿《もも》に打ちおろし、激痛に身をつらぬかれた若い女が、甲高《かんだか》い大きな悲鳴をあげる。その悲鳴と素肌にできた真新しい傷が、エバラの心中に奇妙な性的興奮を生じさせ、彼はさらに激しく、ただし、一度めと同じ場所に当たるように細心の注意をはらって、杖をふりおろした。そしてまた、二度三度と、激烈に杖をふるった。その注意深い杖打ちによって、肉が裂け、長く開いた赤い傷口から血がにじみだしてきた。この傷痕は生涯、消えることはないだろう。

エバラは、この日の刑罰の残りを担当させる大柄な執行官に杖を手渡した。そのあと身を転じて、ふたりのヨーロッパ人たちのほうへ視線を向けた。だが、群衆は興奮し、熱狂しているというのに、投資顧問は下を向いて、奇妙な携帯電子装置ブラックベリーの操作に没頭していた。ジューバのほうは、腕を組んで、あくびをしていた。

エバラは、近くにあるモスクの涼しい部屋で、そのふたりに接見した。まだ、もじゃもじゃの髪の毛やひげに汗が点々と残っていたが、そのいかめしい黒い目には勝ち誇った思いがみなぎっていた。召使いがティーとイチジクと山羊《やぎ》のチーズをのせたトレイを運んできて、退出し、そこにいるのは三人のみとなるまで、彼らは沈黙を通した。

ジューバは帽子を脱いでいた。彼がティーをひとくち飲み、手首の大きな腕時計で時刻をチェックしてから、政府に反逆したサウジの聖職者を片目で凝視する。

「きっかり四分前、東部州の主要商業都市ダンマームで、一連の爆破装置が起爆した。あんたも知ってのとおり、ダンマームはペルシャ湾に面する、重要な石油と天然ガスの拠点であり、輸送の拠点だ。ダンマームから車で横断道を一時間ほど走るだけで、バーレーンに入れる。つまり、この爆破は、サウジアラビアの反乱が周囲の諸国に拡大する危険性があることを世間に知らしめるであろうというわけだ」

エバラは口をはさもうとしたが、ジューバが片手をあげて掌《てのひら》を向け、なにも言わせないようにした。そして、冷静に話をつづけた。

「この攻撃は、包括的計画、おれが二年という年月をかけてきわめて念入りに練りあげてきた計画の、一部だ。いまその計画が、おれが自宅の司令部から直接コントロールできなくなったために、うまくいかなくなるおそれが出てきた。あんたは、ムハンマド・アブー・エバラ、これに関与する重要な人物であるだけでなく、これをぶち壊しにしようとしている唯一の人物でもあるんだ」

エバラは、子羊に襲いかかる狼のような目つきでジューバをにらみつけた。こんな無礼な口のききかたをするとは、この異教徒は自分を何様と考えているのか？　すぐ外に執行官がいるから、その気になれば、ジューバを逮捕させて、刑務所に放りこみ、ひそかに処刑することもできるのだ。煮えたぎるような怒りが募ってきたが、彼は穏やかな声を保って、それに応じた。

「われわれはいまや核兵器を手にしている。そのことを考慮せねばならん」

そのとき、ネッシュが初めて口を開き、平静な口調で話しだした。

「われわれのスポンサーは、このスケジュールの破綻《はたん》に不安をいだき、あなたの目が王国の転覆という目標からそれているのではないかと案じています」携帯電話とブラックベリーの両方を掲げてみせる。「先ほど、きょうのあなたの行動について、写真を添付したメッセージをあのロシア人に送ったのですよ。彼はまったくよろこんではおらず、こう伝えるようにと指示してきました。もし、あなたの心が不安定で、ささいな部分にとらわれて、なにが真に重要なのかがわからなくなっているようなら、将来に待ち受けている重大な仕事に就ける人物はあなたではなくなるかもしれないと」

そのことばに、エバラは衝撃を受けた。それでも、にわかに湧きあがった不安を暴露したのは、骨張った首の喉仏《のどぼとけ》が忙しく上下したことだけだった。

ジューバが言う。

「あんたはおれに、すべてを放りだして、ここに出向き、じかにあんたに会えと命令した！　おかげで、おれは多数の攻撃を保留せざるをえなくなった。戦士たちは、おれから直接、それぞれの割り当て任務に着手する許可コードを受けとるまでは、なにもできないからだ。おれがそれらの命令を出すための場所にいられないので、なんの攻撃も引き起こすことはできない。おれはいま、あんたが望んだから、ここに来ているが、核兵器のほうに力を入れすぎると、せっかく軌道に乗ってきた革命を頓挫《とんざ》させることになりかねないことを、よく理解してもらいたい。頓挫させるのは、王族でも軍隊でもなく……あんたなんだと！」

ムハンマド・アブー・エバラは、これほど無礼な口のききかたをされることに我慢しきれなくなってきたが、そのとき、ジューバが怒りをあらわにして、さっと立ちあがった。

「おれは、核兵器を、ホロコーストを引き起こせる兵器を、この目で見るために、地球を半周ほど飛んできたというのに、日射しの下でさんざん待たされたあげく、あんたが無力なガキを打ちのめす光景を見せつけられるはめになったんだ！　あんたの優先順位は風変わりだな、説教師。あの杖打ちは、いやがらない女とファックしたことはたぶん一度もない変態の老聖職者が、卑猥《ひわい》な欲望に駆りたてられておこなった、愚かなうえに、まったく不必要な行為だ。われわれは他の諸国のムスリムから支持を勝ちえようとしているのに、あんたは判断を誤り、アラブ世界でもっとも有名なポップミュージック・スターに杖打ち刑をおこなって、世間に恥をさらした。きょうのあんたの行動は、数えきれないほど多数の若者の支持を失うという結果を招くだろう。もしかすると、百万を超える若者の支持をだ」

エバラはにらみかえしただけで、なにも言わなかった。ジューバの猛烈な指弾を浴びて、確信が揺らいでいた。この男はかつて、オサマ・ビンラディンをはじめ、この時代におけるもっとも偉大な男たちの殺人兵器として暗躍していた。哀れみや寛容、礼儀といったものには無縁な男、生粋《きっすい》の殺戮者《さつりくしゃ》でしかないのだ。投資顧問のほうも、ムスリムの規範に無関心なことでは同じだ。ふたりとも、聖職者への敬意は毛筋も示さない。エバラは恐怖が兆すのを覚えた。

「あの若い女は厄病神であって、排除されねばならない」自分を守るためになにか言わなくてはいけないと感じて、彼は言った。「女たちに、分を守ることを教えなくてはならないのだ」

「ただちに彼女を解放するように」ディーター・ネッシュが、淡いブルーの目に冷ややかな光を浮かべてエバラを凝視しながら、静かな声で言った。「これは提言ではない、ハッジー（聖地大巡礼を果たした者）・ムハンマド。刑の残りを免除し、この国から追放することによって、寛容さを示すんだ。この行為が革命の大義におよぼした損失は甚大であり、いまごろはもう、あんたは残酷な人物だということがインターネットを通して全世界にひろまっているだろう。あんたは世界中から、狂気の愚か者と見なされるようになるんだ。ここまで愚かな男だったとは、とても信じがたい」

エバラはにらみかえした。

「ふたりとも、わたしにそのような口をきいたということだけで、死なせることができるのだぞ」

「いや、あんたにはできない」噛《か》みつくようにジューバが言った。「やってみろ。おれがいますぐその首をへし折り、ついでに手下どもも血祭りにあげて、革命を途絶させてやろう」

ネッシュがわざと音を立てて息を吸いこみ、チョッチョッと舌を鳴らす。

「さて、いかにも投資顧問らしいと思われるのはわかってるが、ここらで本来のビジネス話をすませておいてはどうだろう？　わたしは報告を送らなくてはならないんでね」

「そうだ、そっちに取りかかろう」ジューバが両手を腰にあてがって、エバラのほうへ身をのりだしながら、言った。そして、声を張りあげて問いかけた。「おれの核ミサイルは、いったいどこにあるんだ？」

37

サウジアラビア　アルズ・ガレージ

濃いサングラスをかけ、乗っているランドローヴァーの窓がティンテッドガラスになっていても、驚くほど平坦な飛行場の向こうから昇ってくる、まだくすんだオレンジ色でしかない朝日を直視するのは、カイルには困難だった。その輝きのなかから、ひとつの点が出現し、それが徐々に大きくなって、この基地にまっすぐ飛来する航空機の形状が明らかになってくる。

「さあ、行くぞ」国防相の息子であり、国王の甥《おい》でもある王子、ミシャール・ビンハリド大佐が言った。

彼がSUVのドアを開くと、即座に熱い空気が車内に流れこんできて、エアコンを打ちのめした。まじめ一点張りで精力的なその副官、オマール・アルムアラミ大尉が上官のあとを追う。

車を降りたカイルは、まだ早朝なのにこんなに暑いとはと、たじろいだ。きょうもまた焼けつくような一日になって、絶えず吹き渡る風が砂を吹き飛ばし、リヤドの六十マイルほど南方に位置するプリンス・スルタン空軍基地の上空に、微少な弾丸から成る筋雲のようなものが出現することになるだろう。すでに、滑走路の上に陽炎《かげろう》が揺らめいている。だれであれ、熱気にあぶられるようになる前に、できるだけ早く用件をすませて、ここを離れたいと思うだろう。気温は早々と摂氏三十八度に迫っていた。

この巨大な空軍基地は、イラク戦争の際、アルカルジの街からそう遠くはないが、それまではなにもなかったところに、アメリカとサウジが莫大な予算を投入して、一気に建設したものだ。当時は、数千数万のアメリカの将兵がそこに駐留し、あるいはまた、彼らには〝アルズ・ガレージ〟と呼ばれているアルカルジを経由して、そこを行き来していた。蠍《さそり》に似たヒヨケムシ《サンスパイダー》やニシキヘビが出没するその基地を、アメリカ軍は二〇〇三年に、よろこんでサウジに引き渡した。

いまはもう、アメリカ軍将兵のほとんどは去っているが、訓練にあたる将校や下士官、アメリカ政府から業務を委託された民間警備会社の要員が数百名、サウジの基地運営を支援するために、そこにとどまっている。カイルは古びたジーンズにだぶっとしたブルーのシャツ、ポケットがたくさんあるタン色のウェブ・ヴェストという姿で、どこにでもいる無名のアメリカ人民間要員のひとりに見えた。だぶだぶしたシャツのおかげで、ベルトのホルスターにおさめている海兵隊特殊作戦コマンドの制式拳銃、ACP45を容易に隠すことができた。

空に出現した点はいまや、四基の巨大なエンジンが見分けられるほど大きくなり、なめらかに着陸アプローチにかかっていた。

「積み降ろしエリアの準備」とミシャール・ビンハリドが副官のアルムアラミ大尉に指示し、大尉が威厳のある口調でその命令を伝達する。

全長一万五千フィートの滑走路の端に駐機エリアがあり、その周囲を広く警備している武装した兵士たちのなかから、四十名ほどが出てきた。警備線を構成する兵士たちの向こうに、機関銃を据えたハムヴィーが何台か並んでいる。そこにいるべきではない人間は、ひとりも見当たらなかった。

カイルは、戦術核弾頭が収納されている装甲兵員輸送車《APC》のかたわらに立った。手をのばし、スチールの装甲を軽くたたいて、その重い車輛が蜃気楼のように消えてなくなったりはしないことを確認する。このなかに、サウジからアメリカの管理下へ公式に引き渡される最初の核弾頭が収納されているのだ。

彼は、アメリカ側の引き渡しチームの担当者となっていた。サウジ側の担当者は、いつの日か王家の第一王子となるかもしれないミシャール王子だ。業務の権威を最大限に高めて、引き渡しが円滑にはかどるようにと、国王がじきじきにこの組み合わせにしたのだった。

ミシャールが、獲物に忍び寄る豹のように警備線のところを歩きまわっていた。身長は六フィート、体重は、ウェイトリフティングで鍛えあげたとあって二百ポンドにおよぶ。軍服姿であれ、ローブ姿であれ、国民の上に立つべく生まれついた男ならではの、統率者としての威厳を自然に漂わせる男だ。年齢は三十五歳、鋭角的な頬をしたハンサムな王子で、がっしりした顎はひげで完全に覆《おお》われている。

彼の背後に実直な副官がいて、そのぬかりのない目と明敏な頭脳を働かせて、考えうるあらゆる展開を探っていた。ミシャールのほうは、じきじきに兵士たちを、必ずしも全員の信頼性を確認する必要はないのだが、ひとりずつ順に点検している。暗殺があったことで、軍に所属する人間のすべてに疑惑の網がかけられており、アルムアラミ大尉は、王子が公務でこの基地を訪れるのに先立って兵士たちの身上調査をおこない、それをもとに選抜した者たちを警備に就かせていた。

それでもなお、カイルは、いま飛来した航空機に乗りこんでいた合衆国海兵隊の警備小隊が、引き渡しの最終段階を〝手伝う〟ために、この地に足をおろすまで、気を許そうとはしなかった。訓練された、銃の腕が立つ男たちがいて初めて、このプロセスにまつわる危惧《きぐ》が取り除かれるのだ。

アメリカ軍の有する航空機のなかで、もっとも信頼性の高い軍用輸送機C－130Jハーキュリーズが着陸し、その巨大なタイヤと、四基のロールスロイス・エンジンで駆動される六枚ブレードのプロペラが、後方にハリケーンのような暴風を送って、砂塵《さじん》を舞いあげる。減速し、機首を転じて、誘導路に入り、そこでハムヴィーの後ろについて、待機しているサウジ軍部隊の輪のなかへと進んできた。

大きな傾斜路《ランプ》がおろされ、海兵隊員たちがぞくぞくと出てきて、サウジ軍の警備線の内側に堅固な隊列を形成して位置に就く。長身の黒人将校が悠然とした足取りでランプをくだってきて、ミシャール王子の前に歩いてきた。彼が敬礼し、サウジ軍大佐が答礼する。

「大佐、わたしは海兵隊遠征軍特殊作戦部隊に所属するデイヴィッド・ラシター少佐です。この積荷目録に記載されているアイテムを受領する準備はできています」彼は数枚の公式文書がはさまれているクリップボードを手渡した。

「よろしい、少佐。通常であれば、きみと部下たちを伝統にのっとってもてなすところだが、状況の切迫性を考慮して、それは先送りするのが最善ではないかと考える」

「イエス、サー。同感です。それは次回でよかろうかと」ラシターが応じた。「ガニー・スワンソン、また会えてなによりだ。きみはたぶん、大佐とわたしが書類仕事をかたづけているあいだに、ハーキュリーズの貨物室をチェックしておきたいのではないか」

「アイアイ、サー。それは名案です。機上輸送係《ロードマスター》に言っておきたいこともありますので」

カイルはふたりの将校たちのそばを離れ、海兵隊の警備線を通りぬけて、ランプをのぼっていった。あの少佐は、じつはダレン・ロールズが演じていた。このショーはすべて〈トライデント〉だけでやらなくてはならないからだ。

貨物室は洞穴めいていて、装甲車やブレードを折りたたんだヘリコプターを収容できるほど広かった。ハークは数千ポンドの貨物を積んで、数百マイルを飛行できる輸送機であり、その貨物室は、滑走路に待機しているAPCを受領するという、この任務のために特別な改造が施されていた。カイルがロードマスターのほうへ手をふると、その男が二名の助手を伴って、機体前方の暗いところへ彼を案内していった。そこのライトは消されていて、影のなかでだれかが待っていた。

「ヘイ」カイルは呼びかけた。

「ヘイ」とシベール・サマーズが応じる。髪の毛が黒いうえに、黒のジーンズに黒のセーターという身なりなので、ほとんど姿が見てとれなかった。「わたしがなににいらだってるかはわかる？」

「おれにわかるかぎりじゃ、なんにでもだろう。実際のところ、なにになんだ？」

「このいやったらしい国に！　破局から救いだしてあげようとしてやってきたのに、彼らのけちくさい感受性に動揺を来《きた》してはいけないってわけで、外に足を踏みだすことすらできないなんて。やむなく、ロールズが少佐のふりをし、本物のわたしはなにもせずにつったってるしかないのよ。この国の男たちはみんな、おっぱいとお尻がらみのトラウマを持ってるにちがいないわ」

「そんなふうに感じるのにはおおいに同情するが、サマーズ少佐、いまはそんなことにかまっちゃいられないんでね。おれの荷物は持ってきてくれたか？」

シベールが笑いだす。

「彼らの性差別的やりかたに怒りをぶつけずにはいられなかっただけ。ええ、持ってきたわ」ブーツの足先で、チタン合金のガン・ケースと、それより小ぶりな鍵のかかるブリーフケースをつつく。「ほんとにこれがほしかったの？」

「どうしてもね。おれはあらかじめ国王から〝刑務所釈放カード〟（モノポリー・ゲームで使われるカードの一種）をもらってて、彼の甥とパートナーを組んでるんだ。心配ご無用」

彼女が輸送機の後部へ目を向けて、その先をのぞきこむ。兵士たちがＡＰＣにかけられていた防水シートを引きはがしにかかり、ロードマスターたちがその車輛を機内へ誘導するための線を引いていた。海兵隊の軍曹がサウジ人ドライヴァーと交替してＡＰＣに乗りこみ、ラシター少佐とミシャール・ビンハリド王子はまだ書類仕事をつづけている。

「あの王子、見映えはいいけど、実戦の能力はどの程度あるの？」シベールが問いかけた。「わたしがここに来たのはあなたの背後を守るためなんてのは、気にくわない」

「なかなかいいやつだし、能力もありそうだ。頭のいい男で、イギリスで教育を受け、おれたちの国の陸軍レンジャー・スクールを修了し、王族のもめごと調停人になった。このごろは、王子たちは王子同士の関係しか信頼していないんでね。おれはだれも信じちゃいないから、念のため、あの新たな最高の相棒、プリンス・ミシャール・ビンハリド大佐と、その元気いっぱいの副官、オマール・アルムアラミ大尉の素性を、徹底的に調べあげてほしい」

「了解」とシベール。「それはさておき、ミドルトン将軍が、サウジは行方不明になったアルコバールの核について、なにかつかんだかどうかを知りたがってるんだけど」

「なんにもだ」カイルは言った。「彼らはあいかわらず、あれはテロリストの仕《し》業《わざ》だと考えてる。将軍に伝えておいてくれ。アブドラ王はいま、おれたちと同じ立場をとって動いてるから、あれはわれわれの手のなかにあることを彼に知らせることを勧めるってね。彼の肩にのしかかってる不安を多少は取り除いてやろう。さてと、おれにはいまも、なんというか、ほかの仕事に関しても〝グリーンライト〟が出ているのか？」

「ミドルトンが承認した。彼はホワイトハウスに委《ゆだ》ねるつもりはないの。へまをせずにやってのけて、国に帰りましょう。もしあなたがしくじっても、ミドルトンがいろいろとトップシークレットの理由を並べたてて、ごまかしてくれるでしょうけど」

「心配するな。あのＣＩＡの若手、ジャマールを支援役に使わせてもらえるか？　彼は有能なんでね」

「それは手配ずみ。彼と連絡をとるための番号はこれよ」彼女が封のされた茶封筒を手渡してきた。

「それと、リザードはちゃんとおれのターゲットを追ってるのか？」

「決まってるでしょ？　フリードマンはその仕事を楽しんでやってるし、国家安全保障局《NSA》の〝ビッグ・イア〟はこの件に全力を傾注してる。彼は一般の放送媒体の情報を収集してるから、あなたもたぶん、テレビを観るだけで同じ情報が得られるでしょう。彼はつぎの数日のスケジュールをがっちり固めちゃってる。まったくもう、あの尊大さにはあきれてものが言えないわ」

「最高に優秀なやつだからな」カイルは言った。「その自負心をおれたちがうまく生かせばいいのさ。リザードに伝えておいてくれ。ジャマールとの連絡を絶やさず、あの男ができるだけ早くおれと合流できるようにしてくれと」

　そのとき、ＡＰＣがランプの下端に乗りあげてきたので、ふたりはそちらに目を向けた。ＡＰＣがエンジンをうならせながら機内に入ってきて、ロードマスターたちがフックとチェーンで固定できる位置に停止する。ダレン・ロールズがふたたびサウジの王子と敬礼を交わし、意気揚々とランプをのぼってきた。

「ここの用件はすんだか？」彼が問いかけた。

「ああ」とカイルは応じた。「すんだ。このでかい鳥を飛ばして、あの戦術核兵器《TNW》を安全なところに収納してくれ。これで、五基のうちの二基がかたづいた」封筒をヴェストのポケットにつっこんで、ガン・ケースを取りあげる。「すぐにつぎの核弾頭の回収に着手すべきだが、そのときには、もっと速く動いてもらう必要が出てくるだろうから、つねに準備を怠《おこた》らないようにしてくれ。じゃ、またな」

　シベールが気づかわしげな顔になる。

「気をつけて、カイル。ここでは、あなたはひとりきりなんだから。広い海にいる漁師が、鯨にフックをかけてひっぱってるようなものよ」

「わかってるさ、しっかりとね」

　カイルは、ＡＰＣのかたわらを歩いて、貨物室を通りぬけ、ランプをくだって、暑気のなかに出た。歩くと、長いガン・ケースが腿《もも》に当たった。そのなかには、愛用のスナイパー・ライフル、エクスカリバーがおさめられているが、彼の知るかぎりでは、製造元は別の会社ということになっているはずだった。小ぶりなケースのほうには、サウジアラビアの良質な地図、バッテリー駆動の衛星電話と予備の携帯電話、GPS追跡装置、そして、あると便利なさまざまな物品が詰めこまれた小物入れが入っていた。

少佐役のダレン・ロールズが号令をかけ、警備小隊を率いる中佐がサウジ側の警備隊長に敬礼を送り、海兵隊員たちがあわただしく輸送機にひきかえしていく。

カイルがふたつのケースをランドローヴァーに積みこんだときには、短い作戦任務のあいだ一度もエンジンを切っていなかったハークが、その回転をあげていた。ハークが機首をめぐらし、すでにそれの離陸に備えてほかの航空機が排除されている、がらんとした滑走路へ移動し、その間に、サウジ軍の兵士たちが警備体制を解いて、トラックに乗りこんでいった。ミシャールがSUVにひきかえしてきて、エンジンをかけ、エアコンのスイッチをハイにあげる。涼しい風が心地よかった。

「ひとつかたづいた、ガニー。われわれが回収すべきミサイルは、あと三基だ。ほかにまだ、行方知れずのものが一基あるが。そのしゃれた新品のケースにはなにが入ってるんだ？」

カイルは王子に目を向けた。

「傍受不能な電話《セキュア・フォン》と、私物がいろいろ。愛用の武器を携行することにしたんです。カスタムメイドの銃で、これを使わなくてはならないような場合があるかもしれませんからね。気にしないでもらえたら、いいんですが」

ミシャールがほほえむ。

「ぜんぜん気にしないさ。きみのことはおじから、いやというほど聞かされているからね。

きみがレンジャー隊員の基準に達していることを、この目で確認できるのを楽しみにしているよ」

カイルは、涼しい空気のおかげで生きかえったような気分になりながら、にやっと笑ってみせた。

「失望させないようにしましょう」

後部シートで、調子はずれなベルの音がした。アルムアラミ大尉がベルトに装着している携帯電話が鳴らした音だった。彼がそれを開いて、自分だと答え、顔をしかめながら耳を澄ます。通話が終わると、彼は電話をシートに放りだして、小さなメモパッドになにかを書きつけ、それを半分に折ってから、王子に手渡した。

「司令部からです、大佐」彼が言った。

ミシャールがそれを読む。

「予想より早く、きみの仕事ぶりを見る機会が訪れたらしい、ガニー。南部のイエメンとの国境近辺にある師団司令部、アシュムタイルで大規模な暴動が発生したんだ。そこの部隊のいくつかが反乱を起こし、激烈な銃撃戦になっている。装甲車が数台、奪取されたそうだ」

カイルはわれ知らず、うなだれていた。

「アシュムタイル？　そこは、最後の核弾頭を回収する予定になっていたところですね」彼は言った。

「いまそこが、つぎの回収地点に格上げされたということだ。ここからの距離は四百マイルもあり、地球最大の砂漠を越えていかなくてはならない」

王子がランドローヴァーのギアを入れて、アクセルを踏みこみ、飛行管制塔の建物のほうへ走らせていく。アルムアラミ大尉がすでに無線で連絡を入れ、専用ジェット機と戦闘機によるエスコートの準備を命じていた。

カイルは頭のなかで、自分の計画を練りなおした。これまでは、ジェッダに直行し、ジャマールと落ちあって、〝グリーンライト・パッケージ〟任務のもうひとつのターゲットである、宗教警察を率いている男をこの目で見ておくつもりだった。その男はほんとうに危険人物なのか、それともたんなる傀儡《かいらい》なのかを判断する必要があるからだ。だが、南部の基地で蜂起があり、より深刻な事態に陥っているとなれば、当初の予定はご破算になる。ジェッダへの移動は先延ばしにするしかないだろう。

38

ワシントンDC　ペンタゴン

リザードのニックネームで知られる、〈タスクフォース・トライデント〉のエレクトロニクス関係のエキスパート、ベントン・フリードマン少佐は、アメリカ海軍支給品である、つるりとしたプラスティックでできた青のボールペンを嚙《か》みながら、《ブルームバーグ・ビジネスウィーク》のウェブサイトに目を通していた。アメリカの中小輸入業者が、中国からの輸送が滞っていることに対して激しい抗議の声をあげている。

カリフォルニア州サンタバーバラのカーラ・ヘンダスンや、シアトルのチャールズ・タイソンだのシカゴのアイリーン・マクナマラだのも、それと同じ目にあっているようだ。彼らが発注した物品が到着しないとか。これは正常なことではないし、リザードはつねに、〝1足す1は2〟でないといらいらするたちだった。それの情報源であるAP通信社をチェックしてみると、その全土の支局から、中小貿易業が危機に陥っているという奇妙な現状に関する通報が寄せられていることがわかった。

そこにまとめられている報道によれば、カーラは高級服ブティックの経営者で、アイリーンは百貨店に革バッグ類を販売する業者、タイソンは玩具の卸業者であるらしい。そのいずれもが、今年の前半、例年どおり日本と中国に出張して、製造業者と会い、カタログを調べ、貿易見本市に出向き、数千ドルにのぼる商品の発注をおこなった。二、三カ月後にはクリスマス・シーズンを迎えるとあって、いまはもう、それらの発注品がそろえられて、コンテナに荷詰めされ、輸送されてこなければならない時期になっていた。アメリカで到着を待っているカーラ、アイリーン、タイソンらは、すでに顧客たちから予約を取っている。彼らにとって、信用は重要な要素なのだ。

ところが、その三人はそろって、中国の輸送業者から仰天するようなEメールを受けとった。まことに遺憾《いかん》ながら、大型貨物船白山号が使えなくなったという事務的な内容だった。理由の説明はなし。代わりに韓国の貨物船が使えるように鋭意努力中ではあるが、少なくとも三十ないし六十日の遅延が予想されるとのことだ。

〝六十日も遅れたら、うちは倒産してしまいます〟とアイリーン・マクナマラは記者に不満を述べていた。〝百貨店から注文を受けたバッグ類を約束の時期に納品できなければ、彼らはキャンセルして、別の業者から買いつけることになるでしょう〟

タイソンは、クリスマス・シーズンにアメリカの全土で人気が沸騰《ふっとう》するであろう、最新の驚くべき玩具をコンテナいっぱいぶん納品することを確約していた。〝その玩具、マーコ・ギグル・バーディが届くのが一月になってしまったら、わたしはどうすりゃいいんです？〟

と彼は問いかけていた。カーラの状況も、同様に気の毒なものだった。もし注文した新しい衣類が期日までに到着しなければ、彼女のブティックは流行に取り残されてしまうという。彼らの抗議の声はだれにも顧みられず、それら三人の経営者たちは、アメリカ全土におよぶ多数の中小企業経営者たちと同様、クリスマス商戦の計画が予定より大幅に遅れるという悲惨な事態を無力にながめているだけというありさまだった。

なにか重大なできごとがあったにせよ、中国のビジネスの世界が全面的に齟齬《そご》を来《きた》しているわけではないのはたしかだが、だとしても、白山号が不意に商業用途からはずされたのはなぜなのか。中国のコンテナ船がなんの説明もなく業務を停止したのは、今週だけで六隻めになる。だが、修理のために造船所へ送られた船は一隻もない。見たところでは積荷なしで、近くの港に係留されたままになっている。

その船の仕様を調べてみた。全長は四百メートルに近く、幅はフットボール場ほどもある、モンスター船だ。リザードは、そのモンスター船の、そしてその広大なデッキの写真を見つめて、首をかしげた。

「もしかして……もしかすると……」とひとりつぶやきながら、さらにまじまじとその写真を見つめる。

彼はペンタゴンの内部ネットワークにログオンし、海軍が自国の海上事前集積船隊について研究した資料に目を通した。パズルのピースがひとつまたひとつとあるべき場所にはまりこむにつれて、危惧《きぐ》の念が強まってきたので、中国海軍の実態を詳しく調べることにした。

アメリカの衛星が、最新鋭の晋《ジン・クラス》級原子力潜水艦二隻の鮮明な写真を撮影していた。一隻はアラビア海にあり、もう一隻はろくになにをするでもなくインド洋をうろついている。どちらにも、一ダースのJL－1潜水艦発射ミサイル《SLBM》と多数の魚雷が搭載されている。052C型旅洋《ルヤン・ツー・クラス》Ⅱ級駆逐艦が二隻、無線の交信を隠蔽《いんぺい》するふうもなく、高速でその海域へ移動していた。その二隻の空母キラーは、まるで目撃されることを望んでいるように思える。

調べているあいだも、運用が停止されている貨物船のことが絶えず頭に浮かんできた。貨物船というのは、物品を運ぶものと定義される。大型船であれば、その広大な貨物室に何千もの将兵を収容できるだろう。さまざまな可能性を考慮しているうちに、コンピュータが最新の衛星画像を表示し、そこには、中国軍兵器目録の最新鋭軍用機であるZ－10E攻撃ヘリコプターが白山号のデッキに駐機し、水兵たちがそのブレードを折りたたんでいる光景が映っていた。それを目にしたときには、彼はプラスティックのボールペンを残らず嚙《か》み砕いていて、口のなかからその破片を吐きだすはめになってしまった。

「食いものをおもちゃにするのはやめとけよ、リズ」

彼の肩ごしに、O・O《ダブル・オー》・ドーキンズ上級曹長の大声がとどろいた。ドーキンズはどんな部屋にいても大きな存在感を漂わせる男で、この部屋はフリードマンと共有のオフィスだった。海兵隊下士官としての最高の階級にのぼりつめた数少ない男のひとりである〝ダブル・オー〟は、いまは〈トライデント〉の業務監督官の役割を担《にな》っている。フリードマンがボールペンを嚙み砕いていくようすをながめていて、あれはリザードがなにかきわめて異例なことに出くわしたときに見せる癖だと見抜いたのだ。ドーキンズはフリードマンのデスクのほうへ歩いていき、その肩ごしに、めまぐるしく移り変わるコンピュータの画面を見やった。リザードが電子の世界に入りこんで操作しているコンピュータの画面は、表示の変化が速すぎて、ドーキンズの濃い灰色の目はそれを追うことができなかった。

「スワンソンの任務に関して、なにか新たな情報がつかめたのか？」

「ええと、その、あのターゲットはここ数時間は動きがなく、CIAはヒューミントで監視を続行している」

「オーケイ」とドーキンズは応じた。偵察の手法としては、人的な情報活動《ヒューミント》が最善なのだ。

「地上にいるだれかにターゲットの動向を監視させるのはうまいやりかただ」

「ガニー・スワンソンに関する情報はつねにアップデートしている」

「じゃあ、なんで、ワープみたいな速度で画面を切り換えてるんだ？」

「なにか、筋の通らないできごとが起こってる。で、ミドルトン将軍にブリーフィングするために、情報をまとめようとしてるんだ。彼は、わたしの頭がおかしくなったと思うだろうな」プリンターからさらにまた紙を吐きださせながら、フリードマンが言った。

「われわれはみんな、あんたはクレイジーだと思ってるよ。なにをつかんだんだ？」

「これを見てくれ」フリードマンがプリントアウトされた紙の束をすくいあげ、これまでにダウンロードした情報の概略を口で説明する。

ドーキンズは、フリードマンが興奮してまくしたてるデータ説明を、親指で紙の束をめくりながら傾聴し、話が要点に入るのを辛抱強く待った。たいてい、そこまでいくにはかなりの時間がかかるのだ。フリードマンはほとんど画面から目を離さずに、しゃべっていた。クリックして、別のウェブサイトやデータベースに画面を切り換え、またクリックし、ポイントし、クリックし、ドラッグし、プリントしというプロセスが延々とつづいていく。紙の束がどんどん厚くなっていった。

ようやくフリードマンが息切れを起こしたところで、ドーキンズは言った。

「話の行き先は見えてきたが、リズ、中国は外洋海軍と言えるほどのものは持っていないぞ。空母が一隻あるだけで、それもまだ母港にとどまってる。彼らが二隻の潜水艦と駆逐艦だけでホルムズ海峡の通過を強行しようとしても、われわれの空母戦闘群があの狭い出入口に展開しているあいだは、むりだろう。それに、ああいう貨物船に何千人もの中国兵を乗せるというのはどうだろう？　たとえそれをやったとしても、それらの船がサウジアラビアにたどり着くにはどえらい時間がかかるはずだ。なにしろ、そこまでの距離は四千マイルを超えるんだ！　悪いが、少佐、おれの意見を言わせてもらうなら、この件に関してはあんたは見当ちがいをやらかしてるね」

「まだ説明は終わってないぞ、上級曹長。中国の主要軍事部隊が陸と空を移動するパターンを見てくれ。航空機はどれも、前進基地のほうへ飛行している。海岸に沿って、大中の揚陸艦艇がいちじるしく活発な動きを示している」

「リズ、よく聞いてくれ。それらはひどく騒々しい動きではあっても、中国がサウジアラビアへの長旅に艦隊をくりだそうとしているわけじゃないだろう」フリードマンが最後にもう一度キーボードを打って、立ちあがった。

「うん、それはそうだ。それについては、あんたが正しい。四千マイルを超える距離。ばかげた話だ。行き先はサウジアラビアじゃない！　それはありえない」奥の壁を占領している世界地図のほうへ足を運び、中国の海岸を指さしてみせる。「だが、この港を見てくれ。この福州と台北との距離は百五十五マイルしかない。われわれの目が中東の危機に釘付けになっているあいだに、中国はこの狭い海峡を一気に横断するのに必要な準備を着々と整え、台湾に電撃侵攻をおこなおうとしているんだ！」

ドーキンズは度肝を抜かれて、呆然と地図をながめた。

「つまり、あの潜水艦と駆逐艦が中東の海域をうろついてるのは、われわれの目をそこに引きつけておくためのもので、じつは中国は台湾への侵攻を準備しているということか？」

「そうだ。まちがいない」リザードが答えた。「筋の通る答えはそれしかない。そして、台湾との戦争にわが国が干渉せず放置すれば、北京はおそろしく迅速に二十万人規模の部隊をあの島に上陸させるだろう。台湾が単独でそれを防げる見込みはない」

ドーキンズはゆっくりと制服のシャツのポケットに手をつっこんで、鷲と地球と碇《いかり》から成る海兵隊のシンボルが描かれているボールペンを取りだした。そして、それをフリードマンに手渡した。

「ほら、これを食え」彼は言った。「おれが将軍を探しにいってるあいだに、この第三次世界大戦勃発の可能性を理路整然としたかたちで記述しておいてくれ」

フリードマンがドーキンズ上級曹長の肘を、その大男がバランスを崩しそうになるほどの勢いでつかんだ。そして、ぶあつい眼鏡《めがね》を通して相手を見つめてから、手を離し、ひとりごとを言いながら、室内をうろうろと歩きまわりはじめた。なにかの数を指で数えたり、両手を握りしめたりしている。

「こんどはなんなんだ。リズ？」ドーキンズはこの情報を、だれよりも必要としている男に早く伝えたくてじりじりしていた。

「わたしは海軍士官だ。〈トライデント〉のほかのみんなは、そうじゃない」

「たしかに。あんたはイカで、われわれはそうじゃない」

「そう、そうなんだ。イカ。それも、ダイオウイカの種に属する、ばかでかいイカだ。ダイオウイカは、あらゆる生物のなかで最大の目を持ってる。おっと、話がそれた」彼が両手を大きくひろげる。「わたしが、ダブル・オー、あんたから、そしてシベールやカイルや将軍から学んだことがひとつある。それは、あんたらが、任務を遂行する際に敵の目をほかへ向けさせるための陽動作戦をきわめて高く評価していることだ」

「それがまさに、いま中国がやっていることだ」ドーキンズは言った。「われわれに左を見させておいて、彼らは右を見ている。話はわかった、リズ。われわれが太平洋に配備している部隊に、多数の任務を急いでやらせる必要がある」

「イエス」海軍少佐がそう言って、閉じられたドアの前へ急ぎ足で歩き、その痩《や》せた体では大柄な上級曹長の前進を阻止できるはずもないのに、それをやろうとするように立ちふさがった。「ノー」

「いったいなにが言いたいんだ、おい！　さっさと言え！」

フリードマンが両手を顎のあたりへあげ、掌《てのひら》を合わせて揺り動かす。

「わたしはまちがってた、上級曹長。ばかもいいところだ。台湾のほうが陽動なんだ！　特殊作戦を敢行するにあたって、全軍をあげての大規模な部隊の集結と移動によってそれを隠蔽《いんぺい》するのにまさる手法はないんじゃないか？　わが国の情報源は膨大だが、それでもあらゆる動きを追うことはできないし、彼らは一挙にすべてを動かそうとしている。われわれの能力を圧倒する、みごとな策略だ。というか、彼らはわれわれがそのように考えるだろうと考えていると、わたしは考えているんだ」

ドーキンズはでかい掌をフリードマンの両肩にそっと置いて、その体をやんわりとドアの横へ押しやった。

「落ちついて、フリードマン少佐。これ以上、おれにまくしたてる必要はない。それとも、ほかにまだなにか？」

「いや、それで全部だ」フリードマンが唇をなめて、腕時計に目をやる。ひとつ深呼吸をした。「オーケイ。わたしの評価はこうだ。中国は七十二時間以内に、サウジの油田地帯に空挺部隊を降下させるだろう」

39

サウジアラビア　アシュムタイル

ルブアルハリ砂漠は、二十五万平方マイルにおよぶ砂の海で、風に動かされた砂が一千フィートの高さに盛りあがって、山のような砂丘をかたちづくっていた。カイルは、そのなにもない砂漠のはるか上空を小型機で飛びながら、どこまでもつづく砂丘をながめて、果てしない大洋を連想していた。人間があの〝波〟のなかに落ちたら、呑みこまれてしまうだろう。北回帰線に沿ってのびる、この水のない灼熱《しゃくねつ》の砂漠には、価値あるものはなにもない。ただし、世界最大の埋蔵量を誇る、いくつかの油田を除いてはだ。そのあちこちに、砂から石油を吸いあげるための集落や乾いた轍《わだち》が点在していた。こんな過酷な環境のなかで生きるというのは、そのことを考えただけで体が汗ばんでくる。

「世界の果てみたいな感じがしますね」彼は、プリンス・ミシャール・ビンハリド大佐に言った。

「われわれにはそうじゃない」とミシャールが応じ、フルーツジュースをひとくち飲んだ。

「われわれの歴史はあそこにあるんだ。ベドウィンも、現在はあらゆる面にサウジ流の生きかたを採り入れているが、いまも数千人のベドウィンがこの偉大な砂漠で暮らしている。われわれは砂漠に魔術のように惹《ひ》きつけられ、けっしてそこを離れることはできない。都市の住民たちのなかにも、自宅の庭にテントを張っているひとびとがいるほどで、それはべつに珍しいことじゃないんだ」

「あなたは駱駝《らくだ》に乗ったことがある？」にやっと笑って、カイルは問いかけた。

「もちろん。一度だけ。休日の写真を撮るために」王子がシートのソフトなクッションをぽんとたたく。「わたしは山羊《やぎ》の皮をかぶって寝るわけでもなく、計算にアバカス（中東起源の計算具）を使ったりもしない。われわれは近代化とテクノロジーを受けいれ、驚くほどの短期間で駱駝からピックアップ・トラックに乗り換えたんだ」

「石油」カイルは言った。

「そう、石油」ミシャールが同意し、話題を切り換えた。「仕事に取りかかる準備はできているか？」

「いつでも取りかかれますよ」カイルは答えた。

準備ができているどころではなかった。行動に移れるのが楽しみで、心も体もうずうずしていた。

「ありったけの火器が必要になりそうな予感がする」

王子が腕時計に目をやり、そばの隔壁から電話のハンドセットを取りあげて、副官に電話を入れ、機内前方の通信コンソールに就いている副官が目下の状況を確認する。王子は彼に、メイン・キャビンにひきかえして、ブリーフィングをするようにと指示した。着陸が二十分後に迫っていた。

基地の各所からあがる黒煙が、平坦なアシュムタイルの上空でひとつにまとまって、黒い雲をかたちづくっている。その名の由来である小さな町が、高速国道一五号線をはさんで、その西側にあった。町のなかからも煙があがっている。基地の外にまで反乱が拡大しているのだ。

現地の司令官によると、空港の長い舗装滑走路は安全ではないとのことだったので、彼らの機は旋回して、メインのハイウェイの反対側にある硬い砂の滑走路に強行着陸し、少しタキシングをして停止した。副官がドアを開いたところで、彼らは急ぎ階段を駆けおり、そこへ出迎えに来た旧型のブラッドリーM2A1歩兵戦闘車のほうへ走った。

その装甲には、被弾したばかりであることをうかがわせるくっきりとした条痕《ランプ》が何本もあった。歩兵戦闘車は片方のキャタピラだけを回転させてターンし、油圧式の傾斜路をおろして、彼らがなかへ駆けこむと、すぐに走りだした。車内には燃焼した発射薬のにおいが立ちこめ、通常はT《ト》O《ウ》W対戦車ミサイルが搭載されているクレイドルはすべて空《から》になっていた。このブラッドリーは酷使されてきたらしい。

車長の中尉は、よごれた制服のまま、みずから銃座の射手を務めていた。彼が運転士に、動かせと命令をどなり、そのとき基地から走り出て、主滑走路をこちらへ突進してきた二台のM113装甲兵員輸送車《APC》にチェーンガン（外部動力とチェーンによって機関部を作動させる機関砲）の狙いをつけて、発砲を開始する。

チェーンガンが手持ち削岩機《ジャックハンマー》のように激しく振動し、飛来する銃弾がつぎつぎにブラッドリーの装甲を打った。戦闘車が突進するなか、中尉が苦痛の悲鳴をあげて、銃座から転げ落ちた。右肩の肉の一部がもぎとられていた。負傷した将校を助けようと、王子とアルムアラミ大尉が駆け寄り、その間にカイルは銃座にのぼって、大型自動銃のハンドルをつかんだ。ハンドルを操作して銃口をめぐらし、近いほうのAPCを狙って発砲を開始したとき、もう一台のAPCが着陸したばかりの航空機を攻撃しているのが目に入った。航空機は脱出を試みたが、重機関銃の銃撃を浴びて、機体を引き裂かれた。航空機は砂の滑走路の上で爆発し、APCが、生き残りを出さないようにとその残骸《ざんがい》に銃撃を加える。その時点で、近いほうのAPCがこのブラッドリーの追跡を取りやめたので、カイルは発砲を停止した。

王子が司令部に飛びこんできても、ムハンマド・ハシム准将は敬礼すらできなかった。基地司令官は、右腕が折れて三角巾で吊るすという、ぶざまなありさまになっていたのだ。砲弾の小片を浴びたために、シャツに点々と血痕がついている。無線交信は、左手を使ってやっていた。ハシムは、一介の国家警備隊の兵卒として初めて軍務に就いたときから、兵士ひと筋の人生を歩んできた。キング・ハリド軍事大学を卒業し、老練の将校として指揮を執ってきたのだが、いま彼の生命の火は消えかかり、その目は疲労のせいで光を失っていた。

「なにがあった?」無線のハンドセットを手近の将校に手渡しながら、ミシャール王子が問いかけた。「すわったままでいいから、友よ、現状を説明してくれ」

ハシムは顔をしかめた。忙しくしているあいだは、苦痛を感じなかったのだが。

「きみに会えたのはうれしい、ミシャール。ただ、きみは一万の将兵を引き連れてきて、反乱を鎮圧してくれるものと期待していたんだがね。この町の導師《イマム》が、モスクを反政府軍の拠点にした。昨日、夕方の礼拝の最中に蜂起を呼びかけ、数百名の兵士たちに向かって、将校たちを殺し、基地をのっとるのが聖なる義務だと説得したんだ。わたしはその話を聞きつけるとすぐ、そのイマムの身柄を拘束させた」

ミシャールがうなずきながら、将軍のようすを目でたしかめていく。苦痛と恥辱の念がうかがい知れた。

「それは適切な行動だった。警備の増強はおこなったのか?」

将軍は、それはしたと答えて、ことばをつづけた。

「真夜中ごろ、武装した兵士の一団がイマムの救出に着手して、銃撃戦が始まった。戦闘はそれがすべてでね、大佐。二、三発の銃撃があっただけで、過去数日のあいだつづいていた緊張状態が一気に破れた。兵士たちは、どちらの側につくかを選んで、てんでに武器を取り、反乱が時々刻々と拡大したというわけだ」

カイルは、司令部として使われているその二階建て本拠の壁に目を向け、そこに掲げられている地図を見つめた。将軍の打ちひしがれた声は気に入らないが、それを片耳で聞きながら、その地図を詳しく調べていく。この基地は巨大な矩形《くけい》をしていて、町に接している側から東へ数マイル先までひろがっていた。基地の南端に、黒い筋で描かれている、一万フィート長の軍用滑走路と、それに並行して走る、滑走路より細い誘導路があった。滑走路の中央部近辺に二階建ての管制塔が、東の端に大きな格納庫がある。カイルは、アルコバールの経験をもとに、ミサイルと核弾頭はその格納庫のなかにあるのだろうと推測した。構内道路に沿って、さまざまな建物が並び、周囲はフェンスに取り巻かれている。その西側に町があり、町の南端に長い滑走路が記されていたが、北と西には、地図から見てとれるかぎりでは砂漠しかなかった。

「反乱部隊の司令部はどこにある？」彼はひとりの将校に問いかけたが、相手は躊躇《ちゅうちょ》して答えようとしなかった。

「彼に洗いざらい話してくれ」鋭い声が背後からあがり、時を同じくして、ブラッドリーの車長の血で上着をよごしたアルムアラミ大尉が、カイルのかたわらに姿を現わした。

「彼らは滑走路わきの管制塔を司令部に用いている」その将校が地図のその地点を指さした。

カイルは窓辺に足を運んだ。白の漆喰《しっくい》で塗られ、多数のアンテナが突きだしている四角い二階建ての建物が、周囲の光景からくっきりと浮かびあがって見えた。

「彼らは航空機を持っているのか？」

「格納庫に七機のヘリコプターがあるが、それらのパイロットはだれも離反していないか、ヘリコプターが無力化されたかのどちらかであるらしい。われわれにとって最大の問題は、装甲車だ」

苦痛のうめきが聞こえ、カイルがそちらに目をやると、司令官が椅子から床へ崩れ落ちているのが見えた。医師が彼のシャツを引き裂き、右腕の下部に出血箇所があるのを見つけだした。医師が折れた腕を三角巾からはずすために動かしたとき、准将はついに意識を失った。

医師に処置をさせるために、ミシャール王子がわきによける。どのみち、彼が基地防衛軍の指揮を執ることになっただろうが、将軍が行動不能となったことで、指揮権の引き継ぎは容易になった。

「総員、傾聴せよ！」室内の活動が停止し、全将兵が、到着したばかりの剛毅《ごうき》そうな男のほうへ目を向ける。「わたしはプリンス・ミシャール・ビンハリド大佐だ。国王陛下の命令により、いまからこの基地の指揮を執ることになった。ここにいるわがアメリカ人の友もまた国王陛下の命令により、あらゆる権限を委任されている。副官のアルムアラミ大尉がわたしの権限のもとに指示を出すので、諸君の階級がどうであれ、彼の指示に従うように。では、各自の職務を再開し、だれでもよいから、現状に関する最新の情報をこちらに持ってきてくれ」

外の銃声は大きくならず、それは基地の周辺も同じだったので、ミシャールが確信に満ちた態度を示すだけで、守備堅固な司令部の内部は落ちついた雰囲気を取りもどしていた。カイルは彼といっしょに、近況報告に耳をかたむけた。

基地の人員は、反乱が勃発した時点で約四千名、そのなかの約二千五百名が反逆したと推定された。彼らは奪った装甲車を使って、基地の支配権を一気に簒奪《さんだつ》し、国家に忠実な部隊を基地の内部から町のなかへ追いやり、現在はそこで市街戦が展開されているという。

カイルは問いかけた。

「ミシャール王子、われわれの側が支配している地点の周囲に線を引いて示すように、彼に指示してもらえますか？」

報告者が赤の油性ペンを使って、地図にかぶせられているプラスティック・シートに線を引くと、政府軍の防御拠点は、町の南西側にあることが判明した。滑走路の端からは五百ヤードほど、メイン・ハイウェイからは二百ヤード離れていて、乗ってきた航空機が破壊された地点に近い。その先にいくつか小さな赤丸が描かれて、拠点が散在することが示されていた。

「わがほうは数的劣勢にあるので、兵力を結集しなくてはならない」王子が腕組みをし、地図を見つめながら言った。「救援部隊の車輛が通れるように、高速国道一五号線を守っておく。装備の空中投下や航空支援を受けることもできるだろう」

カイルは、ほかの人間には聞きとれないような小声で彼に言った。

「ミシャール王子、貴国の軍用機の大半はしかるべき理由があって、地上に留め置かれています。先だってその数機がなにをしたかを思いだしてください。いまはそのようにしておくのが最善なんです」

「なにか提案があるのかね、ガニー・スワンソン？」

「イエス、サー。いまから外に出て、ようすを見てから、自分の衛星電話を使ってクウェートと連絡をとり、核回収のためにC‐130を発進させます。それが、われわれの真の目標です。あなたは基地の防衛を指揮してください。この事態はすぐに終結させます」

ミシャールがカイルに顔を向け、ふたりはささやき声で会話をつづけた。

「念のために言っておくが、ガニー、わがほうは人員においても火力においても劣勢にあるんだぞ」

「とにかく基地をもちこたえさせてください、王子。友軍の全将兵をこの建物があるブロックの周囲に配して、拠点にするんです」

「それだけか？」王子の声に皮肉っぽい響きが混じりこんだ。戦闘の優位性を保つために後方に控えておくというのは、彼の本性にそぐわないのだ。

カイルは衛星電話を肩にかけ、手榴弾を二個と予備のM16ライフルを手に取った。ライフルに新しい弾倉をたたきこみ、数個の予備弾倉をポケットにつっこむ。

「いいえ。あとひとつ、必要なものがあります。例の捕虜はどこにいます？」

ミシャールがその質問を大尉に伝え、大尉が隣接する白い漆喰《しっくい》塗りの建物を指さす。

「いまもあそこに拘留されています、大佐」

カイルは、サウジ人パートナーにウィンクを送った。

「彼を解放してやる必要があるでしょう」

40

サウジアラビア　アシュムタイル

カイルは敵の銃撃を招くことなく、開けたエリアをつっきって、貯蔵庫の並ぶ反乱軍支配下地帯に入りこむと、道路に沿って建っている民家の屋根や窓やドアを目で探って、危険がないことを確認してから、大きくて頑丈そうなひとつの建物を監視ポストとして選びだした。平均的な民家の五倍ほどの幅があり、周辺の建物のどれよりもわずかに高いので、あたり一帯をやや高い位置から見渡すことができるだろう。

その建物は無人であるように見えた。銃撃が始まったときに、そこで働いていたひとびとが店を閉じて、安全な場所へ退避したのだろうか。ドアは施錠されていた。少しようすを見ていると、一ブロック離れたあたりで連射音がとどろいたので、カイルはその騒音を隠れ蓑《みの》にして、ドアを蹴り開けた。敵の姿がないことをたしかめてから、ドアを閉じる。M16を肩づけして、部屋から部屋へと安全を確認しながら移動して、屋上をめざした。階段をのぼりきったところに最後のドアがあり、それをそっと押してみると、銃撃が襲ってくることはなかったので、少し開いた戸口をくぐりぬけて、ドアを閉じた。

予想にたがわず、屋上は無人だった。カイルはすばやく安全の確保に取りかかった。真っ先にやることは決まっている。背後を守れ。自分はひとりきりで、背後を守ってくれるパートナーはいないから、敵が前触れなく出現することがないようにしなくてはならない。カイルは、戸口の前にクレイモア地雷を置いて、仕掛け線《トリップワイヤ》をのばし、ぴんと張りつめさせてからドアのノブに結わえつけた。だれかがドアを外へ押せば、仕掛け爆弾《ブービートラップ》が起爆して、その周辺に七百個もの小さな鋼鉄球が一気に飛散するという恐ろしい事態が生じるはずだ。

つぎに必要なのは、街路やほかの建物から見られるおそれのない潜伏場所を設定すること。使えそうなものとしては、エアコンの室内機へのダクトがのびている大きな室外機が四つあったので、そのひとつのダクトをもぎとって、内部の機械のかたわらへ身を押しこみ、ダクトの穴から外をのぞいてみた。だが、屋上にはいろいろとがらくたが散乱しており、それらを利用するとさらにうまくいくように思えた。カイルは空《から》の梱包箱《クレート》や段ボール箱その他のがらくたを、四角い室外機のすぐ左側、やや後方に、周辺をよく見渡せるよう、いくつかの穴や隙間をところどころにつくりながら積みあげていった。だれかがたまたまここを見あげても、箱のたぐいが目に入るだけで、こちらの姿は隠れて見えないはずだ。彼はそこに身をおさめて、すわり、ライフルをかたわらに置いて、双眼鏡を手に取った。

そのころには、全身が汗まみれになっていた。カイルは双眼鏡を通して、反乱軍の動静を探ってみた。おっと、この下に、手ごろなカモが何人かいるではないか。これほどターゲットがうようよいる状況となると、スナイパーとしての本能を抑えこむのはむずかしい。だが、現時点では、ライフルより衛星電話と双眼鏡のほうが重要なのだ。

反乱軍は、町はずれに並ぶ建物を支配下に置いたいま、その態勢を攻撃へと転じつつあった。偵察によって、プリンス・ハリド基地の防衛網のなかに、故意に防御されずに放置されているいくつかの地点を発見し、それらの地点を押さえるためにパトロール部隊をさしむけようとしていた。

反逆した兵士たちは、重量級のキャタピラ車輛を用いての平坦な砂漠における戦闘の訓練を受けているが、その種の装甲車による戦闘の知識しか持ちあわせていない。だが、市街地における戦闘は、建物のあいだや街路を激しく動きまわって、めまぐるしく展開されるもので、車輛より人間の体力が重要になる。反乱軍は、どれかの建物を押さえたら、内部の捜索もせずにそこを離れて移動し、勝ち誇ってアラーの名を叫びながら、祝砲代わりにＡＫ－47を空に向かってぶっぱなすだろう。カイルは前にも、そういう誤った陶酔感に浸る連中を目にしたことがある。それはよくあることで、彼にとってはもっけのさいわいだった。

下方の動きはどれもこれも秩序がなく、それもまたカイルが予期していたことだった。将校の多数は蜂起後数時間以内に処刑され、蜂起に加わらなかった下士官や兵士らは反乱部隊から逃げだしていた。指揮官がいなくなったために、部隊の統制は失われ、戦闘の手綱を握っているのは一団の未熟な反乱兵であるように思われた。プリンス・ミシャール・ビンハリド大佐なら、あの一団をあっさりと掌中におさめてしまえるだろう。その調子で進め、おまえたち、その調子で進め。

カイルは、警察の携帯無線程度のサイズしかない衛星電話機を装備ヴェストのポケットから取りだし、たたまれていたアンテナをのばした。スイッチを入れると、電子回路が息を吹きかえして、ビルトインされているGPSシステムが正確な現在地点の座標を表示した。最初に連絡を入れるべき相手は、クウェートにいる。

「〈トライデント〉基地へ、〈トライデント〉基地へ、こちらバウンティハンター。どうぞ《オーヴァー》」

ほんの一瞬の空電のあと、耳になじんだ声が返っている。

「バウンティハンターへ、こちら〈トライデント〉。交信をつづけてくれ。オーヴァー」電話に出たのはジョー・ティップだった。

「了解、〈トライデント〉。つぎのパッケージを回収する準備ができた」カイルは言った。できるだけ早くハークと海兵隊をここに飛んでこさせたいのだが、あのでかくて鈍い輸送機がこの地までの長い距離を飛行するにはかなりの時間を要するだろう。彼はGPSに表示されているアシュムタイルのグリッド座標を読んだ。

「あー……バウンティハンター。情報部の助言では、そのエリアは危険だそうだ」

どうやら、ティップは幕僚連中に取りかこまれているらしい。

「それはわかってる。とにかくパッケージを回収してくれ、〈トライデント〉。こっちは会議に出ている暇はない。サウジ側のパートナーといっしょに行動中なんでね」

幕僚連中はカイルの意図を知りたがったようだが、ティップがすぐにそれを押しとどめて、確認のことばを返してきた。カイルの判断を信頼しているのだ。

「まちがいなく了解した。〈トライデント〉、アウト」

ふたたび周辺の安全をチェックしてみると、銃撃が散発的になっていることがわかった。ミシャールはこちらとのコンタクトを断って、後方へ退き、防衛部隊と攻撃してくる反乱部隊とのあいだに空間をつくりだしている。カイルは潜伏場所に戻って、ふたたび双眼鏡を顔の前に持っていき、飛行場のようすを調べてから、基地の内部を観察した。反乱部隊は、銃撃が小康状態になったことを勝利の予兆と勘ちがいし、最後の一斉攻撃をするために再編成をおこなう好機ととらえたようだ。

装甲車が燃料と弾薬の補給をするために、つぎつぎと合流地点にとってかえし、燃料ポンプと弾薬庫の前に一列に並ぶ。兵士たちのチームもまたぞくぞくと町から戻ってきて、装甲車が補給をしているあいだにと、基地の外周道路際にすわって、休憩をとり、飲食をしていた。準備万端となったときには、彼らは襲撃を敢行することができるだろう。

彼は腕時計で時刻を確認した。ミシャールに連絡を入れる時間だ。

「クラウンへ、クラウンへ、こちらバウンティハンター」

「バウンティハンターへ、こちらクラウン。つづけてくれ」王子が応答した。

「きっかり三十分後にイマムを解放できるように準備してくれ。彼にこう伝えるんだ。こちらは休戦交渉を望んでいて、残存部隊を投降させる用意があるが、ただし、それは、イマムが反乱部隊のリーダーに、生き残りの兵士たちの生命を保証する確約をさせてからのことだと。車輛にイマムを乗せて、飛行場の管制塔まで百メートルの地点へ運んでいき、そこで彼を解放するんだ」

「こういうのは気に入らないな」緊迫感のにじむ声でサウジの将校が言った。

「そのうち気に入るようになるさ」とカイルは請けあい、反政府部隊の現状を王子に説明してから、時刻の再確認をして、無線を切った。


つぎの電話は、さらにむずかしく、その内容がホワイトハウスに伝えられるとそこに波紋を生じさせるだろう。正確さが必要とあって、カイルは電話を入れる前にちょっと間をとって、念入りな計算をしておくことにした。メモをとれるように、色褪《いろあ》せた緑色のスナイパー日誌《ログブック》とボールペンをヴェストのポケットから取りだす。

衛星電話のGPSが正確な現在位置を示してくれるので、それとポケット・コンパスを使って、この地点と管制塔、燃料および弾薬補給地点、そして反政府部隊の疲労した兵士たちが集まって休んでいる広いエリアとの方位角を、正確に計算した。その三番めの計算にはレーザー・レンジファインダーを活用して、自分とターゲットの距離を測定した。

つぎがむずかしいところだ。彼は新たな周波数に合わせて、呼びかけた。

「フリークエントフライヤーへ、フリークエントフライヤーへ、こちらバウンティハンタ

―」

ペルシャ湾上空を周回中のAWACSに搭乗して、通信コンソールに就いているアメリカ空軍の女性大尉が、落ち着きはらった声で応答する。

「バウンティハンターへ、こちらフリークエントフライヤー70。メッセージを送られたし」

「ラジャー、フリークエントフライヤー70。こちらは〈ブラックフラッグ任務〉に従事している。コピーの準備をされたい」

「メッセージを送られたし」

「ラジャー。グリッド座標6974、5964にターゲットを捕捉した」

「コピーした。6974、5964。これで合っているか？ オーヴァー」

「まちがいなくコピーしている」

少し間が開いた。大尉がその数字をコンピュータに入力し、コンピュータの画面に明るいレッドの警告表示が出たのだろう。

「バウンティハンターへ、これは許可されない。この座標は友好国のなかにあり、われわれは友好国への攻撃は認可されていない」

ここが勘どころだ。

「フリークエントフライヤー70、こちらバウンティハンター。認可コードのコピーの準備をされたい」

「了解した。メッセージを送られたし」大尉が電子戦機のキーボードの上に指を持っていき、ヘッドセットから聞こえる声に精神を集中させる。一音節たりとも聞きちがえてはならないのだ。

「送信する。ズールー・デルタ、197、ウィスキー・X‐レイ」

「コピーする。ズールー・デルタ、197、ウィスキー・X‐レイ」

「それでよし」

「バウンティハンターへ、待機されたい」これはありがたいことに、自分の職分を超える判断だ、と大尉は思い、空母戦闘群の北端を周回するAWACSのなかでこの日の監督業務に就いている大佐に、自分の懸念を引き継がせた。「大佐、サウジアラビア王国内より、大統領レベルの認可コードに該当する〈ブラックフラッグ任務〉の要請を受信しました。コールサインはバウンティハンター。そちらに通信をまわします」

カイルはもともと、最初は疑われたとしても、最終的には、この交信の責務を負う人間がだれであれ、認可コードの重みに屈服するだろうと予想していた。なにしろ自分は、同盟国内部にあるターゲットの地点を正確に指定して、そこを合衆国の軍用機に攻撃させることを要請しているのだ。このあと、それらの軍用機がこのエリアに飛来したら、それぞれのパイロットに対して、しかるべきタイミングその他の指示を伝えることになるだろう。そのころ、AWACSの機内では、大佐がそのメッセージを読んで、受領を確認し、空母戦闘群の指揮系統を通じて至急、そのメッセージを上層部に届けていた。

そして、空母上では、提督の参謀長を務める用心深い男が、まずはワシントンに問いあわせて確認をとるべきであろうとそのボスに助言をおこなっていた。だが、提督はその助言をぴしゃりとはねつけた。

「ばかを言うな！　このバウンティハンターがどこのどいつかは知らんが、彼は正しいコードを完璧に知っていて、しかるべき認可を受けている。これは〈ブラックフラッグ任務〉であり、彼はわれわれに対し、そこへのすみやかな攻撃と支援を求めているということだ。上層部に七面倒くさい電話をかけている暇はない。すぐさま機をそちらにさしむけると彼に伝えろ。もしわたしがまちがっていたら、早期除隊するまでのことだ」

十分が過ぎたとき、カイルは少し水を飲んで、パイロットたちへの指示をすませておいた。反乱部隊の兵士たちは、当初のエネルギーを使い果たして興奮が冷め、いまはもう蜂起の成功を確信したかのように不活発になっていた。自分たちは勝利し、旧体制の残党を掃討するための時間はたっぷりとあると思っているのだろう。

「クラウンへ、こちらバウンティハンター」

「つづけろ、バウンティハンター」

「彼を解放してくれ。彼が管制塔に到着したら、こっちは発煙筒を打ちあげる」

「で、そのあとは？」

「そちらは待機態勢に入って、頭を低くしておくように。けっして、いまの場所から飛びだしてはならない」

カイルは、それぞれの航空機が搭載している兵器の種類を把握してから、慎重に順番を決めて各自の持ち場へ飛行させ、ひとつの編隊として、五十マイル離れた空域の一万五千フィートの高度を周回させていた。やがて、滑走路へ向かう装甲兵員輸送車《APC》の走行音が聞こえてくると、彼はそちらに双眼鏡を向けた。銃座の機関銃に結わえつけられた白旗が、舗装された黒い滑走路を走る車輌の上ではためいていた。カイルが衛星電話を取りあげて、ひとつの指示を送ると、一機の航空機が編隊を離脱して、アシュムタイルに機首を向けた。

APCがキャタピラをきしませて慎重に停止し、車長がランプをおろす。よごれたローブをまとったひげ面の小男の導師《イマム》が傾斜路《ランプ》をくだり、管制塔に設けられている反乱部隊の司令部のほうへ悠然と歩いていく。イマムはミシャール・ビンハリド王子の休戦提案メッセージを渡し、そんなものは黙殺せよと反乱部隊に命じるにちがいない。そして、告げるだろう。背教徒どもを皆殺しにして、死体に唾《つば》を吐きかけろ！　APCがランプのハッチを閉じ、掲げられた旗の意味を無視して散発的に浴びせかけられる銃撃を逃れて、元の地点へ急ぎ退却していく。

その三分後、ラウドスピーカー・システムを通して基地全体にイマムの声が響き渡り、彼がアラーの御手によって〝奇跡の脱出〟を果たしたことが宣言され、兵士たちに対して、栄えある戦闘を完遂するようにとの勧告が出された。

その四万フィート上空では、アメリカ空軍のB‐2A爆撃機が下降アプローチに入っていた。コックピットのヘッドアップ・ディスプレイに、計器盤と画像が表示されていたが、パイロットはターゲットを目視したいと思っていた。ヘッドセットを通して、無線の声が聞こえてくる。

「ナイトホークへ、ナイトホークへ、こちらバウンティハンター」

「つづけてくれ、バウンティハンター」

「ラジャー。こちらの位置は以下のとおり。69、74、59、64。ターゲットは、ここからの角度が三十八度、距離は一千百五十メートルの地点にある弾薬および燃料補給所だ。赤の発煙筒をあげて、ここの位置を明示する」

「コピーした、バウンティハンター。ターゲットは、そこから三十八度、一千百五十メートルの地点にある燃料補給所。オーヴァー」

「それでコピーよし」

そのデータがステルス爆撃機のコンピュータに入力され、コンピュータの計算したセッティングがスマート爆弾へ送られる。

「ラジャー、バウンティハンター。いまはターゲットが目視できる。かなりの群衆だ」

「発煙筒をあげる」

発煙手榴弾のピンを抜いて、建物に面した街路へ放り投げると、楕円形をした手榴弾が起爆し、赤みがかった濃い煙の柱がもくもくと立ちのぼって、茶色い光景のなかにくっきりと浮かびあがった。

これで、B‐2A爆撃機のパイロットにも、どこに爆弾を投下すればよく、どこに落としてはならないかを正確に見分けられるようになっただろう。

「ラジャー、赤い煙が見える」コンピュータが最後の演算をすませたところで、パイロットは爆撃機の側面にある大きな扉を開いて、任務の遂行を決断した。「爆撃飛行を開始する」

その直後、それぞれが三百ポンドの重量を有する八十個のGBU‐39小直径爆弾が、機内の回転式爆弾ラックからはじきだされ、パイロットはそのステルス爆撃機〈スピリット・オヴ・ジョージア〉をゆるやかに反転させて、粛々《しゅくしゅく》と飛び去っていった。

屋上のドアを警備するために仕掛けておいたクレイモア地雷が、閃光を伴って起爆し、建物を揺るがすほど激しく爆発した。突然の爆発にぎょっとしたカイルの耳に、だれかの悲鳴が届いてくる。建物のなかを探っていた反乱兵のブーツがブービートラップをひっかけて、起爆させたのだ。自動銃の連射が始まり、破壊された戸口に立ちこめる煙を縫《ぬ》って、銃弾があらぬかたへ飛んでいく。カイルは電話を左手に持ち替え、右手でM16をつかみあげた。聞くところでは、女は車を運転しながら、同時に化粧をし、携帯でメールを書き、コーヒーを飲むことができるらしい。おれでも、これぐらいのことはできるだろう。

いまもなお管制塔から、イマムが彼をとらえていた者たちをののしる耳障りな声を響き渡らせ、反乱軍の兵士たちから歓呼の叫びを引きだしていた。その最中に、B‐2Aから投下された最初のスマート爆弾が、弾薬および燃料補給所の前に並んでいた装甲車の列に落下して、爆発した。それを起点とする完璧な絨毯爆撃がジャックハンマーのように車列に襲いかかって、猛烈な爆発を断続的に生じさせ、弾薬および燃料補給所を粉砕する。その猛威によって、大地が揺らぎ、あたり一帯に火事嵐《ファイアストーム》が吹き荒れた。戦車が、つぶれたブリキ缶のようにひっくりかえって、炎上していた。

その最初の攻撃が終わる前に、カイルは海兵隊のF／A‐18ホーネット二機に、低空で突入せよと指示を送っていた。その二機は、クウェートで飛行任務に就いている最中に〈ブラックフラッグ〉の命令を受け、真っ先に上空での周回態勢に入っていたのだ。カイルが攻撃対象に指示した地点と方位は、反乱部隊の兵士たちが集結し、その全員が戦車の列に降りかかった災厄を呆然とながめている広大な平原だった。

潜伏場所の隙間から、ひとりの敵兵が屋上をそろそろと這《は》ってくる姿が見てとれた。カイルは、そいつが自分を目当てにしているわけではないとわかっていたので、発砲を控えておいた。その兵士にわかっているのは、戸口にクレイモアが仕掛けられていて、犠牲者が出たということだけだ。カイルは、敵の兵力はおそらくはほんの数名、最大でも一個分隊程度であり、そのうちの何名かはすでにクレイモアの破片を浴びて死傷しただろうと推測した。這《は》ってきた兵士がエアコン室外機の周囲を探って、なにも見つけられず、そのあと向きを変えて、潜伏場所を発見した。反乱兵が警戒して目を見開いたとき、カイルは慎重に狙いをつけた三点斉射でそいつを撃ち倒した。

二機のF／A‐18ホーネットが高速で南から北へ爆撃飛行をし、開けた場所に集結している敵の歩兵たちに爆弾とロケット弾を立てつづけに浴びせかける。大きな剃刀《かみそり》のような破片が兵士たちの体を切り裂き、ずたずたになった血まみれの死体がそこに積み重なった。

カイルが追撃が必要だと判断し、そのターゲットである管制塔への攻撃を、二機の海軍F‐35統合打撃戦闘機《ジョイント・ストライク・ファイター》に割り当てた直後、破壊された屋上の戸口から二名の反乱部隊兵士が躍り出て、ライフルをフルオートマティックで連射しながら、突進してきた。カイルは片耳に無線機を押しあてたまま、M16を頭の上へ持っていくと、そこに開いている穴に銃口を突き入れ、フルオートにしたライフルの引き金を引いて、銃弾をばらまいた。敵兵どもは、隠れることも伏せることもできなかった。そいつらの悲鳴を聞きながら、カイルは二機のF‐35に最後の指示を送った。

その二機が低空飛行に入って、直進しつつナパーム弾の長い猛爆を浴びせかけ、管制塔が炎と煙に包みこまれた。

攻撃のすべてが九十秒たらずで終わり、反乱部隊は壊滅して、そのリーダーたちは死んだ。反乱部隊の兵士たちが空を見あげる間もないうちに、航空機はその上空を離脱していた。

「フリークエントフライヤーへ、こちらバウンティハンター。任務完了。作戦は完全に成功した。もう航空機が編隊を組んで待機してもらう必要はない。そっちのみんなに、一杯おごらなくてはいけないな」

「ラジャー、バウンティハンター」ふたたびあの大尉が応答したが、今回はうきうきしたような明るい声になっていた。「安全を祈る」

そのとき、猛烈な空爆という現実を見せつけられた反乱兵の最後のひとりが、われを忘れて飛びだし、潜伏場所のもろい防壁に体当たりをくらわせて、ぐしゃぐしゃに打ち砕いた。その男は完全に現実感を失って、一時的な錯乱に陥り、目に見えない敵を肉弾戦で殺してやりたいという思いだけにとらわれていたのだろう。

その体当たりで、カイルは倒れこみ、M16が板の下敷きになってしまった。怒れる兵士が、残骸《ざんがい》にひっかかった自分のライフルをもぎはなそうとしながら、彼の上にのしかかってくる。カイルは、左手に持っている衛星電話機で男の顔面を痛打した。その一撃で、鼻梁《びりょう》がつぶれて、目から涙があふれ、頭部が左にかしいだが、それでも男の勢いはとまらなかった。カイルはM16を手放して、上体を起こし、敵の右頬のあたりに自分の顎を押しつけた。両腕を男の体にまわし、両手を組みあわせて、完全に相手の体をロックし、まだ残っている相手の勢いを利用して、柔道の巴投げで肩ごしに投げる。兵士の足が床を離れ、体が宙に浮いた。兵士はまだAK-47を手に持っており、その銃の真ん中の部分がカイルのひたいにぶつかって、皮膚を切り裂き、一瞬、目のなかに星が飛んだ。それでも、カイルはもちこたえた。そして、完全に投げきったところで、あおむけに転がった兵士を押さえこんだ馬乗《マウント・ポジション》りになった。右腕をたたんで、敵の左こめかみに鋭い肘打ちを垂直に打ちこみ、衛星電話を手放して、その左手で自分のハーネスからケイバー・ナイフを抜きとる。相手の首にナイフを突きこみ、ひねった。兵士が死んだことを確認するまでもなかったので、カイルはその体から身を離して、M16をつかみあげ、息をつきながら、屋上のようすを目で探った。なんの動きもない。いまのが最後のひとりだったのだ。


カイルは衛星電話を回収し、ふたたび周波数を変えて、連絡をとった。ひたいから流れ落ちる血が右目に入ってきたので、それを手でぬぐう。

「クラウンへ、こちらバウンティハンター」

「バウンティハンターへ、こちらクラウン。あれにはちょっぴり驚かされたよ」

「イエス、サー。サウジ空軍は優秀な部隊であり、きょうのこの作戦行動は賞賛に値するものです」

「ラジャー、バウンティハンター。こちらにひきかえして、敗残兵掃討戦に参加するかね?」

「いいえ、それはけっこうです。いまのはすべてサウジ軍の戦闘であったことにするのが最善でしょう。よき狩りを」

41

ゆっくり休める時はなかなかやってこない。回収された核ミサイルは三基。まだ二基が残っているとあって、カイルはこの任務を達成することに言い知れぬプレッシャーを感じていた。目に見えない時計が休みなく時を刻んでいるようなもので、いまの勢いを失わずにやってしまいたかった。ドミノが倒れつづけるように、ポットの湯がたぎっていくように。

アシュムタイルの戦闘は、いかにも部族社会らしい、なんとも情けない結末となった。カイルのような欧米の軍人の目には、それはじつに不可解なものだった。似たようなものを以前にも見たことはあったが、それでもやはり理解しがたい。

空爆の煙がまだたなびいているあいだに、反乱部隊の残党がそれぞれの持ち場から両手をあげて出てきて、降伏しはじめた。なかには、まだ銃を持ったままの者もいたが、その連中も笑みを浮かべていた。ミシャール王子の仕事は、戦闘を指揮することから、ついさっきまでは、王家に忠実な将兵を皆殺しにしようとしていた数百名の反乱兵を指揮統制することに変わった。彼らは敗残軍の捕虜というより、ハイスクールの同窓会に出席したひとびとのような奇妙なふるまいをした。投降してすぐ、彼らを捕虜にした兵士たちと混じりあい、相手側の兵士たちも、いまはもう全員が元の鞘《さや》におさまって、武装を解除できたことで、満足しているように見えた。髪の毛が逆立つような暴力と恐怖の嵐は、蜃気楼《しんきろう》のように消滅していた。友だちに戻った。また同志だ。みんなムスリムじゃないか。彼らはなにごともなかったように、こぞって兵舎にひきかえし、食堂に行って、礼拝をし、翌日の大掃除に備えた。しかるべき懲罰が下されるのは、少し先のことになるだろう。

王子の部隊が滑走路の奥の端にある格納庫に行って、核弾頭とミサイル発射システムの回収作業をおこなっているあいだ、カイルはエアコンの効いたオフィスで一時間ほど休憩を取った。そのどちらも、カイルがアメリカ軍の爆撃機や戦闘機に、管制塔以外の航空施設は爆撃させないようにしておいたおかげで、まったくの無傷で残っていた。格納庫内にあった数機のヘリコプターもぶじで、カイルはミシャールに、そのなかの一機を適当に選びだし、いつでも使えるように点検と補給をおこなわせておくようにと進言しておいた。

「自分としては、いますぐジェッダに飛んで、アルタイフ基地にある四基めの核の回収に取りかかりたいですね」カイルは言った。

王子はデスクについて、地図と無線と電話に代わる代わる注意を向けていた。

「わたしはまだここを離れるわけにいかない、ガニー。あすの早朝、リヤドから、この基地の新任司令官が着任することになった。ある少将が臨時司令官に任命され、自分の幕僚と部隊を引き連れてくるので、われわれが忠誠心の問題を処理する必要はなくなった。少なくとも、この基地に関してはだが」

「では、自分がその準備に着手しておき、あす、あなたがやってきた時点で移送を完了するというのはどうでしょう？」

王子がうなずいて、同意を示す。

「わたしの配下のだれかを同行させたいか？」

カイルは首を横にふった。

「いえ。やることはたいしてないですし、自分はこの引き渡し作業のなかで担《にな》う役割に関して認可を受けていますので。あちらに着いて、自分のチームと連絡をとり、つぎのフライトの段取りを終えたら、少しは睡眠をとっておけるようになるでしょう」

「きみにはそれぐらいの権利はあるというものだ、ガニー」

「それはあなたも同じですよ」

カイルはひとりで外に出て、待機しているヘリコプターのところまで歩いていった。そして、数分後にはそこを飛び去っていた。目を閉じると、すぐに眠りに落ちた。ブレードの音が変化して、目が覚めたとき、ヘリコプターはすでにジェッダに着陸しようとしていた。そこに待機していた自動車から、ジャマールがにこやかにほほえみかけ、カイルがそれに乗りこんだところで、ふたりはＣＩＡのセーフハウスに直行して、仕事に取りかかった。

カイルがシャワーを浴びて、ベッドに行ったときには、時刻はすでに夜半を過ぎていた。ベッドサイドに置かれている時計の赤いデジタル表示が、休みなく時が刻まれていることを思い起こさせた。

42

ジェッダ

土曜日の朝、ムハンマド・アブー・エバラは、ぶあつい壁に守られている自宅の主室で、度がすぎるほどふかふかした大きな椅子に腰かけていた。彼は全土のあちこちに私有地を持っており、そこはそのひとつだった。考えごとにふけっているので、目は小さな庭に面する窓のカーテンを見つめているが、その細い顔は微動だにしない。きょうは、重要な一日、おそらくは人生でもっとも重要な一日になるだろう。

全土のいたるところで反乱が挫折しつつあるのは、疑いない。自分はサウジアラビアの下層民たちが怨念の嵐を巻き起こして呼応するだろうと予期し、あてにしていたのだが、彼らは恩知らずにも、そうはしなかった。サウジの国民は、不敬な思想におそろしく汚染されていて、現代文明の快適さ、自動車、テレビ、カネ、音楽、不浄な習慣といったものを捨てようとはしない。自分はサウジの民衆に対し、完全な道徳の励行と、それを通しての絶対的服従による静謐《せいひつ》な生活の実現のために、人生と運命を変えよとのメッセージを発したというのに、彼らはそれを拒否したのだ。

子どもを叱るときのように、彼らにいま一度、どのような分際であるかを思い起こさせてやらねばなるまい。そのために必要なのは、ひとえに厳格な教訓だ。いったん、それが適切に執行されれば、蜂起が再燃し、全土を席巻することになるだろう。

それゆえ、きょうこの日に、公共広場において、三人の男たちの処刑をおこなわねばならない。処刑執行者たちには、きわめて明確な指示を与えておいた。この三人の一斉処刑に、芸術的側面は伴わない。刃がなまくらな剣を使わせ、ひと太刀めは肩と頭蓋《ずがい》に食いこむだけにさせて、斬られた男の苦痛を長引かせる。処刑人たちに注意深く狙いを定めさせて、切り刻ませるのだ。脊髄《せきずい》が切断され、首が断ち斬られるのはおそらく、その残酷な処刑が開始されてから五分以上が過ぎたころになるだろう。

心ひそかにエバラは思った。かくして、わたしは民衆の支持を勝ちとるのだ。もっとも古い、もっとも確実なやりかたを通して。恐怖と威嚇《いかく》。わたしを支持せぬ者はだれであれ、わが敵であり、異教徒として断罪される――アラーの懲罰を受ける、明白な対象となるのだ！

この日に処刑される人間として選ばれたのは、純粋な信仰を科学に置き換えることは可能だと信じている、ある大学の考古学教授と、金持ちになりすぎて謙虚さを失ったある商人、そして、〈砂漠の豹〉ギャング団を率いている、これまではそれなりに有用ということで生かされていた若い男だった。〈砂漠の豹〉は、いま必要な都市暴動を引き起こせるほどの勢力は持ちあわせず、しかも政府軍との戦闘のなかでメンバーの多数を失っていた。その男に代えて、もっと暴力的なギャングが後釜《あとがま》に据えられることになるだろう。犯罪組織はいくらでもあり、不足することはない。その三人は、若い〈豹〉も含めてみな、王国政府とのコネを持つ一族の一員だ。

処刑がおこなわれれば、その映像と恐ろしいメッセージが全土にひろまって、反乱の炎がふたたび燃えあがるだろう。まだ成功の見込みはある。自分が成功させるのだ！　エバラは、みずからの統率力のもとに宗教と政治と軍事が一体化して増強される、新たなすばらしい潮流を生みだす偉大な指導者となることを夢想した。なんといっても、クーデターを決行し、必要な支援を外部に求めるという発想を最初に考えだしたのは自分なのだ。

そして、反乱を引き起こすにはどうすればよいかと思案をめぐらしはじめたちょうどそのとき、あの狡猾《こうかつ》なロシア人が石油と権力への野望を秘めて、アラーの贈りもののように出現したのだった。ディーター・ネッシュが仲介人となり、その男との内密の協議を何日もおこなって、ようやく計画がまとまった。

ネッシュは慎重に種を蒔《ま》いていった。しかるべき資金援助を受けたクーデターによってサウド王家を倒し、エバラと彼の統括する宗教警察が事態を収拾する。その後、エバラはロシアに対し、派兵と、石油生産施設防衛の支援を要請する。サウジアラビアの政権を掌握《しょうあく》したところで、エバラと陰のパートナーは湾岸の石油産出諸国に侵攻して、熟した果実を木からもぎとるようにやすやすと従属させ、エバラが神政を周辺にひろげる一方、ロシアはロシアで世界のエネルギー価格の支配権を握る。

それは、野心的ではあってもイスラム神学者ですらない下級聖職者にとっては、おおいに魅惑的な計画だった。投資顧問は、ロシアの資金援助だけでなく、革命の火を点火するスペシャリストを引きこむことも約束した。一連の攻撃が敢行されたあと、エバラの配下の者たちが不穏な状態を全土にひろげて、混沌《こんとん》状態に陥れるという。この驚くべき作戦をやってのけられる男は、インドネシアに住んでいた。その名はジューバ。

エバラはため息をついた。たぶん、そこのところで自分は失策をやらかしたのだろう。そして、核兵器という思いがけぬ贈りものが手に入ったとき、ふたたび誘惑にとらわれてしまった。その恐るべき兵器があれば、革命の予定表を早めることも、周辺諸国の向こう側までそれを拡大することもできるだろうと考えたのだった。ところが、ジューバは御しがたく、恩着せがましく、無礼な男であることが判明した。自分がふたたび反乱に勢いをつけることができれば、ジューバは必要な男ではなくなるだろう。彼の代わりになる献身的なムスリムの科学者はイランにもシリアにもおり、彼らをチームとして雇い入れるためのカネはたっぷりとあるのだ。

そのとき、ドアをそっとノックする音がして、彼は物思いから引きもどされた。妻が入ってきて、運転手が車の用意をしたことを告げた。モスクにおもむいて、自分の力を誇示すべき時が迫っていた。エバラは、自分にしか聞こえないほど小さなため息を漏らしつつ身を起こすと、ドアのかたわらに立っているふたりの若い息子たちが、きょうは頭をたたかれるのか頬を打たれるのかとびくびくしながら、うやうやしく頭をさげたことも無視して、そばを通りすぎていった。ジューバと投資顧問の処理をすべき時でもあったが、いまのエバラは上機嫌だった。

傷だらけのフォードE‐150カーゴヴァンの両開きリア・ドアが開け放たれ、カイルとジャマールが荷物の積みこみを終えようとしていた。重しの砂袋を詰めた木の枠箱《クレート》が、スライド式サイド・ドアのすぐ内側に置かれて固定され、その反対側にカイルが身をおさめられるだけの余地がつくられている。後部席には、運転席とのあいだと、外に面するすべての窓に、カーテン代わりの黒い布がかけられていた。ヴァンの状態は、タイヤ空気圧から油圧レベルにいたるまで、念入りに点検されている。サイド・ドアの開閉がなめらかになるように、ジャマールがドアのランナーに潤滑油を注いでいた。

積みこみが終わったところで、ジャマールがガレージの扉を開いて、運転席に乗りこみ、カイルが後部に飛び乗って、リア・ドアを閉じた。時刻を確認してから——正午まであと十五分だった——車を出し、ジェッダの中央広場をめざす。カイルは長細いガン・ケースのロックを解いて開き、内張りのクッションの、銃をかたどった窪みにおさまっているエクスカリバーを取りだした。

五〇口径ライフル。グラスファイバーの銃床は、彼の体にぴったりと合うように成形されていた。それの望遠照準器《テレスコピック・サイト》は魔法めいていて、パイロットのヘッドアップ・ディスプレイのように、内蔵されているジャイロスタビライザー、赤外線レーザー、GPS送受信装置に基づいて、コンピュータがきわめて正確な演算をおこなう。このスコープは、ターゲット・レンジから気圧にいたるまで、ありとあらゆる計算をやってのける。カイルの助力によってサー・ジェフの会社が開発したもので、それがマウントされているエクスカリバーは、神業的に正確な長距離射撃をおこなえる、比類のない世界最高のスナイパー・ライフルなのだ。一マイル先が見通せる昼の日射しのなかで、カイルがハンドメイドの実包を用いて狙撃をすれば、そこにいるターゲットに銃弾をぶちこむことができるだろう。

今回のターゲットは、一発で仕留める必要があった。エクスカリバーを使えば、一発でじゅうぶんだ。

「核ミサイルがきみを待っている」

エバラは、高圧的なジューバに嫌悪の目を向けながら言った。この怪異な異教徒にも、広場に待たせてある三名の男たちと同じ懲罰を加えてやりたいというのが本音だった。

「どこで?」

ジューバとネッシュは立ったままで、すわっているエバラのほうは、刻々と自信を強めていた。モスクのなかの、椅子が一脚しかない部屋を意図的に選んで、自分がそこに座し、ほかの者はみなその前に立っているしかないようにしておいたのだ。

「国の北部、ヨルダンおよびイスラエルとの国境に近い地点にタブク陸軍基地がある」エバラはティーを少し飲み、サイドテーブルから一通の封筒を取りあげた。「そこの司令官を務める将軍は、われらが大義を心の底から信奉する、忠実な兄弟のひとりだ。詳細はこれに記されている」

ジューバが顎をしゃくって、ディーター・ネッシュに封筒を受けとらせる。ジューバは、南部の基地で勃発した反乱が挫折したことをエバラが知っているものと想定していた。

「予想どおり、あの反乱は失敗に終わった。あんたは、エバラ、国民が自発的に蜂起すると保証していたな。そうならなかったのはなぜなんだ？」

エバラは椅子から身を起こし、ジューバと顔を突きあわせて立った。すごまれ、侮辱されるのは、もうたくさんだ。

「おまえをここに来させたのはまちがいであったことが、いまになってわかった」あざけるように鼻を鳴らして、彼は言った。「おまえは、ジューバ、革命の成功に必要なものを提供すると確約したのに、それに失敗した。そのために、わたしはいま、宗教と政治だけではすまず、軍事面をも含めて、すべてを統括せねばならない立場に置かれることになったのだ。おまえに残された任務は、いますぐタブクにおもむいて、残されたミサイルの準備を取りしきることだけだ。おまえの能力はたいしたものではなさそうなので、その程度の任務は、ほかのだれかでも容易にやってのけられるだろうが。それがすんだら、ただちにミサイルを発射し、異教徒どもに、われらに敵対する者どもに、核による破壊をもたらすのだ。目標の選択はおまえに任せる。テルアビブがよかろうか。それを終えたら、もとの土地にひきかえして、世界から身を隠すがよい」

ネッシュが咳払いをして、口を開く。

「口のきき方に気をつけて。どちらもだ。まだ成功の見込みはあるが、そのためには、殺しあうのではなく、協力する必要があるんだ」

エバラは攻撃的な態度を変えなかった。

「投資顧問ネッシュ、こちらはあれほどの大金を支払ったというのに、ジューバはそれにふさわしい働きをしていないのだ。わたしのこのことばを寸分たがわず、モスクワにいるきみの投資主に伝えることを勧めよう」

ジューバはその侮辱をこともなげに受け流して、笑みを返しただけだった。その目には、おもしろがっているような光があった。

「エバラ、政府を転覆させるためには、クレイジーではなく、スマートでなくてはならない。核兵器はおれの計画に含まれていなかったが、あんたがその頭をいくらまわしてもとうてい理解できないことに首をつっこんで、なにもわかりはしないことに口出しをしないかぎりは、それはそれでいい。いまもまだ、このゲームをうまくやってのけることはできるだろう。おれが実際にここに来ているわけだし、そのおれが核ミサイルを掌中におさめれば、たぶん、それがあんたを自縄自縛状態から救いだしてやれる。あんたはへまばかりやらかしてきたが、それでも勝利することはできるだろう」

「もうたくさんだ」声を荒らげて、エバラは言った。「いますぐ立ち去れ。その無礼な舌が失われないうちにな」

彼は、ジューバとネッシュに本来の従属者の役割をさせたことに満足し、意気揚々と部屋をあとにした。ほかの用件、もっと重要な仕事が、モスクで待ち受けているのだ。

時刻は正午。三名の同時処刑とあって、そこに集まったひとびとの数はおびただしく、テレビも四局が取材に来ていた。


ムハンマド・アブー・エバラが日射しの下に足を踏みだし、三名の罪人が縛られて膝をついている場所へつづく短い石の階段をなかばまでくだったとき、遠方の高架橋で交通事故が発生したようだった。うすよごれたヴァンが路肩に停止して、エンジンから蒸気を噴きあげ、ドライヴァーが車を降りて、ボンネットに頭をつっこんでいた。

ジャマールが小さな無線機に向かって、ささやきかける。

「タイミングはぴったりだ。やつが出てきた」

カーゴヴァンのサイド・ドアがスライドして、六インチほどの隙間ができる。そこにカイルがいて、ドアわきの枠箱《クレート》の上に積まれた砂袋にエクスカリバーをしっかりと据え、堅固な座射の姿勢をとっていた。

「オーケイ。やつが見える。ターゲット捕捉」

スコープの高性能コンピュータがさまざまな数字を表示させていたが、カイルのスナイパーとしての本能はそのうわてをいっていた。ターゲットとの距離は一千四百二十メートルで、ほぼ一マイルに相当する。弾道上を右から左へ、時速四・一マイルの微風が吹いているので、銃弾はわずかに左へそれるだろう。下方への銃撃になるので、それを考慮して銃弾のドロップを計算しないと、着弾が高くなりすぎる。カイルはエクスカリバーの演算に同意して、スコープの照準を四・五分《ミニッツ》右へ修正し、上下《エレベーション》を二クリックさげた。スコープの下端に空色の帯が点滅し、すべてのセッティングが正しいことが確認できた。

そのころ、エバラは階段の途中で立ちどまっていた。サウジアラビアの国の隅々まで恐怖を浸透させる究極の警告を発するために、膨大な数の民衆と罪人どもに対して言うべきことばを頭に銘記していたのだ。彼は両手を大きくひろげて、血に飢えた群衆を静まらせた。いまこそ、栄えある革命の指導者としてのまごうことなき姿を公衆の前にさらす時だった。

カイルはゆっくりと着実に引き金を絞りこみ、でかいライフルが一度だけ轟音を発したが、銃声の大半は道路を行き交う車の騒音にかき消された。銃声があがると同時に、ジャマールがヴァンのボンネットをばたんと閉じ、人目を引くようなあわただしい気配はまったく示すことなく、運転席に乗りこんだ。その間ずっと、エンジンはまわりつづけていた。

カイルは、寸分の乱れもない銃撃を終えるなり、前に手をのばして、スライド・ドアを閉じた。あとになにが起こるかを確認している暇はないし、自分がどうにかできることでもない。銃弾が役目を果たそうが果たすまいが、スナイパーとしては、その場を離れて、姿をくらます時だった。ジャマールが自動変速機を操作して、バックミラーをチェックし、混乱に陥った広場を尻目に、車の流れのなかへヴァンを乗り入れていく。

でかい五〇口径弾は空気を引き裂いて飛翔し、ムハンマド・アブー・エバラの右乳首のすぐ上にあたる箇所に二十五セント硬貨大の穴をうがった。そして、命中箇所の内部に甚大な損傷をもたらしたのち、こぶし大の穴を残して背中から射出し、石の階段に当たって跳ね飛んでいった。聖職者の体が操り人形のようにびくんと動いて、その膝が折れ、顔面から倒れこんで、残る数段の階段を転げ落ちていく。死体と化した男は、傷口から血を噴出させつつ、みずからが処刑対象として選びだした男たちの前まで転がって、動かなくなった。

ディーター・ネッシュは、遠い銃声を聞きつけた瞬間、思わず身をすくませて、わきへよけていた。エバラが死体となっているのが見え、そのあと、群衆が総崩れになって、四方八方へてんでに逃げだし、おおぜいの人間が倒れたり踏みにじられたりするさまが目に入った。

「アメリカの連中が来たんだ」彼はパートナーである男に言った。

ジューバは身じろぎもしていなかった。戦闘の感覚にスイッチが入り、即座にいまの銃弾の弾道を頭のなかで再現して、一マイルほど離れたハイウェイの高架橋にいた自動車から発射されたものだと結論していた。これは驚異的な射撃、練達のスナイパーでなければやってのけることはできない射撃だ。ネッシュの考えは正しい。

「イエス」と彼は応じた。こうなることをずっと前から予想していたような口ぶりだった。

群衆が姿を消したあと、彼らは急ぎ足で車にひきかえしたが、ネッシュは困惑を覚えていた。なぜか、ジューバが突然、楽しそうなようすになっていたのだ。

43

ディーター・ネッシュは、自分の黒いメルセデスを運転して広場をあとにし、ハイウェイに入るまでは目立たないように安全な法定速度を守って、市街地を抜けていった。そのころ、広場では、一度は呆然自失状態となっていた群衆がふたたび集まってきて、新たな殉教者ムハンマド・アブー・エバラを祭りあげるデモが自然発生的に始まっていた。聖職者の死体が、熱狂するおおぜいの男たちによって持ちあげられ、彼らの掌《てのひら》がかたちづくる動くベッドの上をまわされていった。顔や服を血でよごしながら、彼らが叫ぶ。

「ユダヤ人に死を！　シオニストを殺せ！」

「国王に死を！」

「シーア派に死を！」

「アメリカ人に死を！」

処刑を見物に来ていた群衆は、予期した以上に多数の死を見ることになった。血と暴力のにおいに引かれて、さらにおおぜいの男たちがぞくぞくと広場に詰めかけてきた。聖職者の死体がひととおりまわされたあと、狂乱状態に陥った群衆は三名の罪人のほうへ殺到し、彼らをばらばらに切り刻んだ。

「アラーの敵に死を！」

ジェッダの商業地区の中央広場は、見境のない狂気に取り憑《つ》かれた数千の男たちによって占領された。交通巡査のひとりがひっつかまれて、群衆のなかへ放りこまれ、暴徒と化した男たちが近くの店舗に乱入して略奪を働き、子どもたちが踏みにじられ、物陰で女たちがレイプされた。

「エバラ！　エバラ！　エバラ！」


別荘への帰途、ネッシュとジューバは押し黙って、それぞれの考えごとに没入していた。ドイツ人投資顧問は、頭のなかで膨大な金額の足し引きをして、この危険きわまるハイ・リスクなゲームの損得勘定を計算しながら、つぎの動きを予測しようと試みていた。

ジューバは帰り着くまでずっと、ソフトなシートを後ろに倒して脚を組み、自分に慰謝をもたらしてくれる童歌《わらべうた》をひそかに胸のなかで歌っていた。それは、大英帝国で育った子どものころに覚えた歌だった。ほとんどの人間が、それは卵の歌だと信じこんでいるが、ジューバはいつもその歌詞の一番に心を引かれていて、片目の熟練スナイパーとなったいまはとりわけ、その部分に強く共感するようになっていた。

一六四八年、

イギリスが苦しんでいたそのころ、
円頂党の軍勢がコルチェスターの町を包囲した。
王の兵士たちはまだ王家のために戦っていて、
片目のトムソンが城壁の上に、
敵のすべてに死をもたらす砲手として立っていた。
セント・メアリ塔から彼は大砲を撃った。
その名はハンプティ・ダンプティ、
ハンプティ・ダンプティが壁の上にすわって……

ネッシュが密閉式ガレージに車を入れ、ふたりは別荘の主室へ歩いていった。ジョニーウォーカー・ブラックラベルのボトルが取りだされ、ふたりはその強いウィスキーを飲んだ。

「あの射撃について説明してくれ。きみのよく知る事柄だろう」ネッシュは、ジューバの心のヴェールの内側にあるものを引きだそうとしながら、自分でおかわりを注いだ。

ジューバがうめくように言う。

「イエス。あれは、きわめてむずかしい状況下でおこなわれた秀逸な射撃だった。あれをやったスナイパーは、ターゲットが特定のある時間にどこに行くかを正確に知っていて、それを知るための疑問の余地のない情報を持っていたはずだ。あれは、適当にだれかを狙った射撃ではない。最初からエバラがターゲットだったんだ」

ジューバはまたひとくちウィスキーを飲み、考えをまとめてから、ことばをつづけた。

「狙撃そのものは、一マイルほど離れたところにある、交通量の多いハイウェイの高架橋に一時停止した車からおこなわれた。これもまた、あれが偶然の結果ではないことを示すものだ。発射された銃弾が群衆の上を越えて、外に出てきたばかりのエバラに命中した。シューターはなんの痕跡も残さず、弾がターゲットに当たるかどうかというちに発進し、車の流れに紛れこんで姿を消した。あの射撃には流動的な要素が数多くあり、そのようなことをやってのけられるのはまずまちがいなくアメリカ人だろうという点には同意する。あれは、ひそかに仕組まれた作戦を有効に達成した、めざましい射撃だった」

「となると？」ネッシュが眼鏡をはずし、丸い目を糸のように細めてレンズを拭きながら言った。「世界には雇われスナイパーがごろごろいるということか。必要な際はいつでも、そのだれかを雇い入れることができると」

「あの種の仕事となると、そうはいかない」とジューバは応じ、ボトルからグラスに二杯めを注いだ。「あの射撃をやってのけられるスナイパーは、たぶん四人しかいない。そのスナイパーは熟練の域に達したスペシャリストでなくてはならない。あれはおそらくアメリカの仕業だと想定されるから、おれがカネを賭けるなら、カイル・スワンソンという海兵隊員にするだろう。やつはこれまでに何度もＣＩＡの仕事をしてきた」

ネッシュが不思議そうに友人を見つめる。

「なぜ？　その男をよく知っているのか？」

ジューバは、黒いアイパッチで隠されている目を指さした。

「これをやったのはやつだ。おれはイラクで、あやうくやつに殺されるところだった。あの射撃には、やつのにおいがいやというほど強く嗅《か》ぎとれるんだ!」

投資顧問は肩をすくめた。

「だとしても、友よ、べつになにがどう変わるというものでもない。われわれは、その男よりはるかに大きな問題をかかえているんだ」

「いや、おれにとっては大ちがいだ」ジューバは言った。「おれはやつを殺したい」

「けっこう。だったら、やつを殺せばいい。ただし、その前に、いつでもここにおさらばができるように、仕事をすませてしまおうじゃないか」

「仕事? それは、このばかげた反乱のことか? ディーター、もうクーデターは頓挫《とんざ》したんだ」

「それはわたしも同感だが、このような流れになったからといって、結論を急ぐのはよくないと思う。まだ展開中のことが多々あることだし、ここはひとつ感情を抑えて、真剣に考える必要がある。ということで、わたしはシャワーを浴びて、ひと眠りしようと思う。おっと、わたしのスーツのスラックスに血が点々と飛び散ってるじゃないか。いまいましい。きみも少し休んでおいたほうがいいぞ。二、三時間眠って、すっきりしてから、いっしょにうまい食事をとり、わたしがロシアの雇い主に電話を入れよう。それから、つぎにやるべきことがあるようなら、なにをすべきかを決めるとしよう」投資顧問は立ちあがって、寝室に歩いていった。

ジューバは無言でうなずいただけだった。頭のなかはつねに冷静そのものなので、感情を抑える必要はさらさらない。彼は大きな窓のそばに足を運び、日射しに照らされた紅海をながめながら、スワンソンを仕留められる可能性をあれこれと考えはじめた。

そのころ、別のメルセデス、濃いティンテッドガラスがはまっている白いセダンが道路を走行していた。ジャマールとカイルがヴァンを捨てて、その高級車に乗り換え、ジェッダから南東の方角にあたる、聖都メッカを経由してハダ山脈に入りこんでいく経路をたどっていたのだ。

彼らの目的地は、ジェッダからのびるすばらしいハイウェイを使えば二時間で行き着ける、アルタイフという都市だった。海辺から車を走らせ、砂地の山塊にうがたれた一連のトンネルを通りぬけて、海抜二千フィートほどの高所に達すると、そこに緑豊かで涼しいサマー・リゾート地がひろがっている。彼らのメルセデスは、サウジの金持ちたちが頻繁に行き交う長いハイウェイではよく見かけられる車種なので、人目を引くことはほとんどなかった。

カイルは途中、ときどき衛星電話でチェックを入れ、その街の郊外にある巨大軍事基地でおこなわれる行事の段取りをしておいた。引き渡し遂行チームが到着するまでに、すべての準備がすんでいるはずだ。首尾よく運べば、暗くなる前に完了するだろう。

あらゆるできごとの進行がどんどん加速しており、カイルは、ものごとが週や日ではなく、時間単位で矢継ぎ早に生じる臨界点が迫っているのにちがいないと感じていた。いや、分刻みかもしれない。この午後はアルタイフで核を回収し、あすは最後の一基ということになるだろう、と彼は思った。それをやってしまうのだ。エバラを撃ったことは、もはやほとんど念頭になかった。そのことは、バックミラーに映っていたジェッダからメルセデスが一キロまた一キロと遠ざかるにつれ、ますます影が薄くなっていった。

ジャマールが慎重に車を運転して、メッカの市街地を抜けていく。

「チェックしてくれ、相棒。この街の状況は落ち着いてるように見える。しかし、われわれがラジオやテレビの電波より速く走れるわけじゃないから、ここの住民たちはすでにエバラの死を知ってるはずだ。おれは大騒動が持ちあがってると予想していたんだが」

「まだ、どんなふうにぎょっとすればいいかがわかってないだけかもしれないぞ」そのエリアに危険な兆しはあるだろうかと目で探りながら、カイルは答えた。道路封鎖はおこなわれていない。暴動もなかった。「このまま行ってくれ。早く基地に着けば、それだけ早くことをすませられるというもんだ」

「とりわけ、あんたがあのでかいスナイパー・ライフルをぶっぱなしたあととなればね」

「あれはクウェートにひきかえす航空機に載せてくれ、ジャマール。あの銃弾がアメリカのライフルと照合される可能性を消しておきたい」

「おれもその航空機に乗っていきたいもんだ。いまは、ドーハという語がひどく好ましく聞こえるようになってるんでね」

カイルは笑った。

「気の毒だが、まだしばらくはいっしょにいてもらう必要があるな。なんにせよ、あんたはもうＣＩＡの暗殺者になってしまったことだし」

ジャマールが一瞬、道路から目を離して、見つめてくる。そして、笑みを浮かべた。

「ママが知ったら、誇りに思うだろうね」

44

リヤド

「お電話ありがとうございました、大統領。すばらしい情報です。これで、こちら側の状況はおおいに改善されるでしょう」アブドラ王は内心、動揺を覚えつつ、ふだんの明朗な声で応じ、しばらく相手の話に耳をかたむけてから、言った。「イエス。またすぐに話しあうことになるでしょう。それでは、大統領」

彼は電話を切ったが、少しのあいだ受話器に手を置いたままでいた。このような状況においては、外交官としての経験が役に立つ。実際、いまの知らせは良きものであり、腹を立てるのは、ひとりきりになるときまで先延ばしにしておけばいいことだ。いまはもっと大きな責任を担《にな》っているのだから、カイル・スワンソン一等軍曹への怒りにかまけてはいられない。あれをやったのはスワンソンにちがいない！

行動と興奮の人生を送ってきたあととあって、アブドラは早々と、終身王権という地位に味気なさを感じはじめていた。いたるところに召使いがいて、この〝黄金の檻《おり》〟のなかで暮らす身に必要なありとあらゆるものを前もって用意してくれるのだ。アブドラは、自分はこれまでの王のような国民から遠い存在には、孤立した国王には、なるまいと決意していた。とりたてて好きでもない役割を自分は演じている。だが、専制君主の時代は終わった。サウド王家は変わらなくてはならない。彼は受話器を取りあげて、秘書に電話をかけた。

「彼らを入室させなさい」

ドアが開き、日々のブリーフィングをおこなうために半ダースほどの顧問たちが姿を現わす。着席するようにとアブドラが身ぶりを送ると、彼らはこぞってそうした。どのような命令にも、彼らは従う。妙な感じだ。彼は前置き抜きで、本題に切りこむことにした。

「あのエバラなる男の予期せぬ排除は、状況全体にどのような影響をおよぼしたのだ？」軍の参謀長に向かって、彼は問いかけた。

将軍が読書眼鏡をかけ、ブリーフィング・ペーパーに目を通してから、それに答える。

「彼の死は一時的な暴動を勃発させ、いくつかの地点、特にジェッダにおいて、不穏な情勢を生みだしました。ただし、それは民衆の蜂起を促すものとはならなかったようです。事実、国民は社会が常態に復帰するかもしれないと考えはじめ、安堵《あんど》感《かん》が全土にひろがっているように思われます。宗教警察は敵対的な出方をやわらげ、自制する気配を示しています。彼らが当惑しているのは明らかです。その一方、わが軍はあらゆる地域において統制を回復しつつあります」

「反乱はまだ終息してはいないということか」アブドラは短評した。

「はい、陛下。まだ終息してはいませんが、めざましいまでに鈍化しております。ムハンマド・アブー・エバラのあとを受けて、宗教警察の指導者になろうとする者はまだひとりも出てきておりません」

しばしの沈黙。顧問たちが、国王が口を開くのを待っているのだ。

「国のあちこちで聖職者たちが蠅のように撃ち墜とされているように思われるが」アブドラは所見を述べた。

内務大臣がそれに答える。

「はい、陛下。本日生じたムハンマド・アブー・エバラ暗殺と、アルコバールにおける反逆導師《イマーム》の殺害には顕著な類似性があります。そのことは、アシュムタイル基地における反乱の張本人であった反政府聖職者の殺害にも当てはまります」

アブドラはなにも言わず、両手をゆっくりとこすりあわせた。新たな発想を得たときに示す無意識の癖だった。またもや、カイル・スワンソン。アルコバール、アシュムタイル、そしてジェッダと、彼がたまたま、それぞれの殺害があったときにそこに居合わせたとは考えられない。じつに危険な男だ。

彼は険のある笑い声を漏らした。

「安全なモスクに身を置いて、反乱を鼓舞し、国家への反逆心を覆《おお》い隠すためにイスラムの教えをねじまげるのは容易なことかもしれない。だが、みずからが火線に身を置くというのは、まったく事情が異なる。その男たちは他者に死をもたらすのがつねであり、みずからが危険にさらされるのを予期したことは一度もなかったであろう」

「反乱は四十八時間以内に山を越えるだろうと予想されます、陛下」内務大臣が言った。「反逆的なイマムたちは身を隠し、追随者たちは指導者を失って、途方に暮れています。いずれ、彼らは疲れ果てて、家に帰ることになるでしょう」

「おおいにけっこう。では、こちらから良き知らせを伝えよう。いましがた、ワシントンのトレイシー大統領と協議を持ったのだが、彼の伝えたところでは、行方知れずとなっていた核兵器はアメリカ軍によって回収され、安全に保管されているとのことだ。その経緯については、彼はなにも語らなかった。重要なのは、それ以外にもわれわれがすでに三基の核兵器を回収したこと、そして、ミシャール王子が伝えてきたところでは、四基めが数時間以内にアルタイフにおいて引き渡されるであろうということだ。あと一基で、その問題は完全に解決するであろう」

顧問たちのあいだに、賞賛のつぶやきがひろがる。彼らは新王の態度と行動にいたく感銘を受けたのだ。

内務大臣は新王をしげしげと見た。いとこ同士とあって、ふたりは幼少期からたがいをよく知っていた。長年の外交官生活によって、アブドラは洗練された温和な外見を育《はぐく》み、自信に満ちた信頼のおける人物という雰囲気を漂わせるようになっている。だが、そのくぼんだ黒い双眼はいまもなお別の経歴、兵士としての経歴を語ることがあり、内に秘めた感情を吐露することも珍しくはなかった。そしていま、その双眼が怒りをたぎらせているように見えた。

「いまこそ、非公式チャンネルを通じて、グランド・ムフティをはじめとする宗教界の重要な指導者たちとの接触をおこなう時だ」断固とした声で、アブドラは宣言した。

「陛下はわたしになにをお伝えになろうとしておいでなのでしょう？」

国王は立ちあがり、ローブのぐあいを直してから、大きなデスクのほうへ足を運んで、真ん中の抽斗《ひきだし》を開き、長い時間をかけてつぎの段階を考えていたときに書きつけたメモを取りだして、掲げた。

「第一に、われわれはみな信仰に敬虔《けいけん》であらねばならないことを、明白に国民に思い起こさせるようにしたい。いまは忠誠の問題は取りざたしない。第二に、いまを去る一七四四年、サウド家とムハンマド・イブン・アブドゥル・ワッハーブとのあいだで結ばれた協定が長年にわたって相互に利益をもたらしてきたという歴史的教訓を、国民に知らしめることだ。この関係は、何度か困難な時代はあったものの、現在に至るまでよく機能してきた。われわれは国を統《す》べ、彼らはモスクを統べる。われわれは彼らに多大な権力を与えてきた」

国王は、部屋にいるふたりの男を順にじっと見つめた。

「その信頼関係が、サウド家の打倒をもくろむ数名の宗教指導者たちが加担して引き起こした、今回の反乱によって破綻《はたん》を来《きた》した！　クーデターをもくろんでの内乱が発生したとき、穏健な聖職者たちは傍観を決めこみ、国王が暗殺され、サウジ国内および国外において、皇太子をはじめ各界の高位の指導者たちが殺害された。ひとことで言うならば、彼らは聖なる信頼関係を破って、国家を内戦状態に陥れたということだ。いま、そのことを力説してもらいたい。それが、わたしの望みだ。以前の信頼関係が回復することはけっしてないだろう」

内務大臣がペンとノートを手に持ったまま、つぎのことばを待ち受けたが、国王はそれ以上はなにも言わなかった。

「それは芳《かんば》しい受けとめかたはされないでしょう、陛下」

国王はまた断固とした声で、それに応じた。

「わたしは、口ほどでもないと思わせるつもりは毛頭ない。これは、サウジアラビア国王の勅命だ。彼らに明白に告げてくれ、いとこよ。サウド家は生きながらえ……そして、今度はわれわれが行動に移る番だと」

45

ジェッダ

ディーター・ネッシュの別荘では、ふたりのテロリストが――投資顧問と殺人者が――重要な決定をなすための意志のぶつけあいに取りかかっていた。

シェフが、まだ反政府デモで騒々しい街にいるふたりのために、いらだちを静めてくれそうな特別料理を用意していた。メイドが、太ったアカエビのサラダを給仕し、そのあと、ハタを二枚に切り開き、炒《いた》めたオニオンとトマト、ガーリックと唐辛子《とうがらし》を詰めてレモンを添えた、コースのメインディッシュを運んできた。さまざまなスパイスを盛ったボウルや、焼きたてのパンとチーズをのせた皿がそのそばに置かれた。ふたりの男は、白ワインを注いだグラスを乾杯のように合わせてから、豪勢な料理を、食事のあいだは用件についてはほとんどなにも話さず、たいらげていった。

食事が終わると、彼らは、午後のなかばの明るいオレンジ色の日射しを浴びる、広大な部屋へ場所を移した。外では、小規模なデモ隊が別荘のそばの街路を通りかかって、怒声をあげたりAK‐47を空に向かってぶっぱなしたりしていた。

「つぎはどうすべきかをずっと考えていたんだろうね」

ネッシュが目をあげて、ジューバのほうをちらっと見た。ジューバを満足させておくのが肝要だった。彼と仕事をするのは、コブラといっしょに籠《かご》のなかに入るようなものだ。彼自身が決断するように持っていこう。

ジューバはうまいエビを食べたあととあって、濃い茶色のレミーマルタンと、その部屋の暖かさを楽しんでいた。その目が、街路を通りすぎていく男たちを見やる。

「本来なら、いまごろは反乱の群衆が街路に充ち満ちていたはずの大都市ですら、ひと握りの反政府デモがおこなわれているにすぎない」彼は言った。

「その見方には完全に同意するよ」とネッシュが応じて、椅子に身をうずめる。そのかたわらの小テーブルには、ランプや、天然石から削りだされた灰皿、暗色のスペインスギでつくられた葉巻ケースが置かれていた。「わたしがいま、きみに提示する疑問はこうだ。われわれはことを推《お》し進めるべきなのか、それともまったく別の方向をめざすべきなのか？　わたしはきみの戦術的頭脳に信頼をおいている、ジューバ。わたしのために解答を見つけだしてくれ」

ジューバは低い窓台に腰をおろし、コニャックのグラスをかたわらに置いた。両手を膝にあてがって、考えをめぐらせる。

「ノーだ。残存するわずかな反乱グループも、まもなく壊滅するだろう。当初の計画に照らせば、あまりに多数の要素が変わってしまい、予定表《タイムライン》が無効になった。いまはもう、おれの連絡員のすべてがどこかに身を隠しているだろう。連絡をとろうとしても、応答するやつはいないかもしれない。クーデターを完遂するのに必要な、爆発的な圧力が失われてしまった。エバラは軟弱で、愚かな男だった」

「あー、エバラか？　なるほど。たしかに、わたしが提供すると約束した資源はすべて、彼が供給を約束したことが前提になっていたからね。彼がもっと強くなくてはいけなかったのだが」ネッシュは平たい箱を撫でさすった。「あいにく、そうではなかった。ここはひとつ、このコニャックと葉巻をいっしょにやるというのはどうだ？　その前に、この箱のなかには九ミリ拳銃が入っていることを言っておかなくてはいけないが」

ジューバはその申し出を断わった。

「おれは煙草はやらないし、その銃の弾は抜いてある」

ネッシュが顔色ひとつ変えず、問いかけてくる。

「わたしが一本やるのはかまわないだろう？　これはコスタリカ産でね。銃は、わたしのボディガードのささやかなおもちゃだった。あの若者に似合いの銃なんじゃないか？　本棚のいちばん上にも別の銃が隠してあるが、きみはそれも発見ずみなんだろうね？」ネッシュは葉巻を一本取りだして、端をちぎり、ちょっと手間取りながらそれに火をつけた。

「ああ、発見ずみだ」

「アミールはプロフェッショナルではなかった。わたしがあれを取りだそうとしても、ストゥールの上に立たなくては手が届かないんだからね」ネッシュが笑い、ゆがんだ笑みを向けてくる――さすがはジューバ。「さて、すべてがおじゃんになったいまは、えーと、そうだな、これを〝核オプション〟と呼ぶことにしてはどうだろう？」

「サウジアラビアが過激なイスラム国家になる可能性は失われたわけだから、残る興味の対象はそれしかない」ジューバは言った。「核ミサイルを手にした人間はだれであれ、それなりの力を持つ。おれはそれがほしい」

ネッシュが息を吐き、かぐわしい煙がその椅子の周囲にひろがっていく。

「ジューバ、申しわけないが、それには同意できない。わたしは投資顧問という職業柄、すべてを貸借対照表《バランスシート》上の数字として見る。モスクワにいるわれわれの雇い主は、エバラの死によってひどく神経質になっているので、わたしとしては今回のくわだては断念するようにと進言するしかないだろう。ひそかにこのオプションを遂行するという手もあるだろうが、ロシアはクーデターへの関与が発覚する危険性を容認しないだろう」

「では、あんたはいっさいがっさいから手を引きたいと？　核もあきらめるのか？」

ネッシュが石の灰皿の端に葉巻をとんと当てて、灰を落とす。

「イエス。きみにも、その気になれるようなら、そうすることを勧めたい。エバラがきみをここに呼びつけたのが失敗だったと、あちらに率直に伝えるつもりだ。それに加え、われわれはどちらも契約どおり、われわれに割り当てられた任務を遂行するためにできるかぎりのことをやったと主張するつもりだから、わたしのもとに手数料の全額が入金され、きみにはたっぷりとボーナスが支給されるだろう。さらにまた百万ユーロといったところか。それでどうだ？　きみはインドネシアの自宅に帰り、わたしはドイツに戻って、しばらくは鳴りをひそめておく。年が変われば、わたしは営業を再開して、大金が稼げる仕事をあれこれと当たってみるつもりだ。核ミサイルのアイデアは断念しろ、ジューバ。いまそれを奪おうとするのは、自殺行為になるぞ」

「ディーター、正直、おれはそんなものはどうでもいいんだ」ジューバはグラスを傾けてコニャックを飲みほし、スニフターと呼ばれるその華奢《きゃしゃ》なグラスを小テーブルの上に置いた。

片目を失った男を凝視したまま、ネッシュが問いかける。

「どうでもいい？」

「やっぱり、葉巻を一本もらおうか」ライターで火をつけるのに、少々手間取った。「あんたは、なぜきょう、おれがあんたを殺さなかったのかと自問したんじゃないか？」

「そのとおり。その疑問が頭をよぎったね」

「それには三つの理由があるが、たぶん第一の理由は、あんたが葉巻ケースの拳銃を使おうとしなかったことだ。使おうとしたら、おれは手を動かさずにはいられなかっただろう」

「ほかの理由は？」

投資顧問は喉がからからになっていた。室内が静まりかえり、まだ街路をゆく騒々しいデモ行進の音がかすかに外から入りこんでくるだけだった。

「第二に、おれはまだあんたの助力を必要としている」

ネッシュはほっとして気を緩め、大きく相好《そうごう》を崩して、目を閉じた。

「なんでもしよう。具体的に言ってくれ」

ジューバが、破壊された目を覆《おお》うアイパッチを無意識にさすった。そして、大きく息を吐きだした。

「おそらくあんたには、この気持ちは理解できないだろう。ミサイルのことは、ほんとうにどうでもいいんだが、それは、訪れることはまずないだろうと案じていた機会を生みだしてくれた。おれが前に、カイル・スワンソンというアメリカ人スナイパーの名を口にしたことは憶えてるだろう？」

「ああ、もちろん」

「この射撃をやったのはスワンソンだと、おれは骨の髄《ずい》から確信している。なんの証拠もないが、おれの体の傷痕のすべて、おれが瀕死の状態にされたときに刻まれた傷痕のすべてが、やったのはあの男にちがいないとしきりに言いたて、叫びかけてくるんだ。おれがあの核兵器を手中にすれば、やつはそれを追ってくるだろう。リベンジだ、ディーター。やらずにはすまされない。おれは、やつがミサイルを追って迫ってくるのを待って、やつを殺す。その準備をするのに、あんたのコネとカネ、そして影響力が必要なんだ」

「できることはなんでもしよう、ジューバ」ネッシュはなにかを約束するときに、これほどの誠意をこめたことは一度もなかった。「きみは三つの理由を挙げた。最後のはなんなのだ？」

「ディーター、あんたを殺す必要はないということだ。おれたちはどちらも、すでに死んだも同然だ。あんたが報告の電話を入れたらすぐ、ロシアの大統領はおれたちを抹殺するために、SVRの暗殺部隊を送りこんでくるにちがいないからだ。プロフェッショナルとしてアドヴァイスをするなら、あんたは今夜、おれがこの新たな仕事の準備をすませているあいだに、サウジアラビアを離れるのがいいだろう。そして、急いで、どこか遠くへ逃げるんだ」

46

アルタイフ

ジャマールとカイルは、掩蔽壕《バンカー》のあるエントランス・ゲートで信任状を見せて、巨大基地のなかへ通され、そこを取り巻くフェンスのすぐ内側に車を駐めて、エスコートの到着を待った。カイルはこの基地のことを耳にしてはいたが、訪れたのはこれが初めてとあって、思わず小さく口笛を吹いていた。

「どこもかしこもアメリカ人だらけじゃないか」彼は言った。「ロサンジェルスからおれたちの仲間がよく飛んでくるというのに、サウジはどうやってここに核があることを隠しとおせていたんだろう？」

ジャマールが濃い飛行士《アヴィエーター》サングラスをはずして、あたりを見まわす。まぶしい日射しを防ぎながらの運転ではあっても、山中の長いドライヴをしてきたわけなので、彼は目が疲れているのを感じていた。

「サウジ人はそこらの熊よりは頭がいいってことさ」彼が言った。「ここにミサイルを配備すれば、ジェッダの港と街を守るのに苦労はないだろう。これほど巨大な基地となると、なにかを隠すための場所はいくらでもある。もしLAから来た連中が探そうとしても、おそらくなにも見つけられないだろう。それがここにあることすら気づかないだろうさ」

「任務に追われてるだろうからな」カイルは同意して、腕時計に目をやった。「ミシャール王子が段取りをすませてくれたら、この仕事はすぐに終わるだろう。ほんの百マイルほどのところに、C－130がいるんだから。それがかたづいたら、どこかで飯にしよう」

「まったく、どこもかしこもアメリカ人だらけだ」とジャマールが言い、すわり心地をよくしようとシートを後ろに倒した。

そのとき、腕章をつけ、ぴかぴかのヘルメットをかぶったアメリカ陸軍の憲兵が、サウジ軍の憲兵を伴って、車に近づいてきた。彼らもまた、信任状をチェックした。

「ミシャール王子から、おふたりの来訪を知らされています。われわれのハムヴィーのあとについてください。飛行列線《フライトライン》へ案内します」

「了解」とジャマールが応じた。「先導してくれ」

MPのふたりが彼らの車のほうへ歩きだしたとき、ジャマールがカイルに声をかけてきた。

「後ろを見てみろ」

カイルは、メルセデスのサイドミラーの角度を調節した。装甲ハムヴィーが背後にいて、銃座に就いた兵士が五〇口径機関銃の銃口をこの車のバンパーに向けていた。

「武装ハムヴィーだ」彼は言った。MPのセダンが、ルーフに装着された赤と青の点滅灯を点灯して、発進する。「内密の到着とはとてもならないな」

アルタイフ基地は混雑していた。ここは、サウジ国家警備隊オマール・ビンカタブ旅団を構成する四個軽歩兵大隊の本拠地であり、現在も継続されている合衆国軍事訓練任務の役割を担《にな》う数百名のアメリカ人の根拠地でもある。この基地を経由して、多数のアメリカ人軍事顧問がサウジ軍の各司令部を行き来している。それはつまり、ここには大規模なアメリカの支援スタッフがいて、アメリカ的なるものがすべてそろっているということだ。この引き渡し業務に対する好奇心が高まっていることだろう。

小さな車列は事故もなく基地のなかを抜けていって、進路を変え、滑走路突端にあって、巨大なスライド・ドアが開放されている大きな航空機格納庫のほうへ進んでいった。すでにその内部に核が収納されて、彼らの到着を待っていた。建物の四隅に機関銃が、屋上にスナイパーが配備され、パトロール隊がその周囲に大きな円を描いて巡回している。三台の車輛はその内部に乗り入れて、停止した。

プリンス・ミシャール・ビンハリド大佐が、乗車しているハムヴィーから手をふってきた。カイルはメルセデスを降りて、そちらへ歩き、敬礼を送った。ミシャールは疲れたようすだった。

「こんばんは、ガニー」

「どうも、大佐。アシュムタイルの状況は落ち着きましたか？」

王子がひきつった笑い声を漏らす。

「ああ。新たな司令官が着任し、すべてが平穏になった。再建が必要な部分がいくつかあるがね」

「イエス、サー」

「それより、さっきここに到着したら、ジェッダが大騒動になっていることがわかった」ミシャールがカイルをじっと見つめる。「きみが通ったところには、つねにトラブルが発生するように思えるんだが」

「トラブルのことはさっぱりわかりませんね、大佐。あそこは数時間前、われわれがあとにしたときは、なんの問題もないように見えましたよ」

「ガニー、ムハンマド・アブー・エバラという名には憶えがあるだろう？　宗教警察の長を務めていた男だが？」

カイルはちょっとの間、考えこむような顔をした。

「そうだ。たしかアブドラ国王陛下が、その名を自分に言ったことがあるような」

王子がカイルの肘をつかみ、ふたりだけで内密に話のできる場所へ連れていく。

「何者かがきょう、彼を射殺した。スナイパーの仕業であることは明らかなんだ」王子は問いかけるように眉をあげてみせた。

カイルは降参するように両手をあげて、言いかえした。

「そんな目で見ないでください。きょうは、ここに来るためにずっと車に乗っていたんですよ。なんにせよ、それはまずいことなんですか？」

Ｃ－１３０が誘導路を離れて、格納庫に近づいてきて、その轟音がふたりの会話を中断させた。

「いや、ガニー。まずいことじゃない。エバラを殉教者に祭りあげてのデモは、すでにおさまりつつある。彼が排除されたことで、クーデターを推し進める原動力は大きく減退した」

「インシャラー」カイルは言った。「神の意志ってことですね」

「インシャラー。陛下はこの状況に強い関心を示しておられる。きみの身の安全を案じてだ」

「自分への指示を変更するおつもりで？」

「いや。とにかく、油断せず、慎重にとのことだ」

輸送機の向きが変わって、格納庫の扉に正対するかたちで傾斜路《ランプ》がおろされ、プロペラの轟音が穏やかになった。

「陛下には、お心づかいに感謝しますとお伝えください。それと、エバラの死に自分が結びつけられる可能性はまったくないということも。自分がＣ－１３０から戻ってきたときに、ガン・ケースを携行していたことは憶えておいででしょう？　いまも同じ銃が入っているそのケースを、これからあの輸送機に載せます。あれはまもなく、この国から出ていくというわけです」

「では、この新たな仕事に取りかかるとしよう」

今回の輸送任務においては、ジョー・ティップ二等軍曹が指揮官の少佐役を演じることになっており、彼が引き渡しのための書類をはさんだクリップボードを手に近寄ってくる。ミシャールがそちらへ片手をあげて、言った。

「しばしお待ちを、少佐」

ティップが立ちどまり、けげんな面持ちでカイルを見やった。

カイルは王子に問いかけた。

「なんでしょう？」

「陛下が強い関心を持っておられることはほかにもあってね、ガニー・スワンソン。きょう、陛下がトレイシー大統領と電話で協議をされ、その際、行方知れずになっていたアルコバールの核ミサイルが発見されて、安全に保管されたという良き知らせがもたらされたとのことだ。陛下はわたしの注意を喚起された。アルコバールの反乱に加担したイスラム聖職者がスナイパーに射殺されたとき、きみはあの地にいたそうだね。陛下は、その経緯のすべてにきみが関与していた可能性を疑い、とりわけきみがその核ミサイルの消失になんらかの関わりを持っていたのではないかと疑っておられるんだ」

カイルは、シャツのポケットに入れてあるペンをまさぐって、ちょっと時間を稼いでから、王子のほうに目を向けた。決断の時だ。これからも国王と王子の両方から信頼を得ておくようにしなくてはならない。核のことで嘘をつけば、遅かれ早かれ、それが虚偽であることが発覚して、信頼の絆が砕かれてしまう結果になるだろう。そんなに大きなリスクを冒すわけにはいかない。

「陛下にはこうお伝えください。自分の任務に関しては肯定も否定もできないと。もし彼がさらにこの問題を追及したいとお考えなら、もう一度トレイシー大統領に電話をおかけになれば、疑問は解消されるでしょう。あのとき、アルコバール基地は反乱部隊に包囲され、すでに待ち伏せ攻撃も受けていたことを思いだされるのがよかろうかと。もしあの戦闘がまずい方向へ進んでいたら、どんな事態になっていたでしょう？」

王子が向きを変えて、制服を軽くたたく。埃が舞いあがって、小さな雲をつくった。

「可能性としてはなんでもありということだな、ガニー。肝心なのは、あのミサイルが安全に保管されたということだ。よし、この仕事をかたづけてしまおう」

ジョー・ティップとミシャールが書類仕事をやっているあいだに、カイルはガン・ケースをメルセデスのトランクから取りだし、急ぎ足でランプをのぼっていった。

こんどもまた、シベールが隔壁のところで待っていた。

「だいじょうぶ？　聞いたところじゃ、エバラってやつが撃ち殺されたそうだけど」

「おれは元気さ」カイルはガン・ケースを下に置いた。

「よかった。というのも、こっちでは大きな問題が発生したから」と彼女が言い、クリップで留められたコンピュータ・プリントアウトの束を掲げてみせた。

「大きなってのは、どれくらい？」紙束を受けとって、目を通しながら、カイルは問いかけた。

「まあ、中国軍のサイズぐらいかしらね」

47

中国　北京

小柄な朱翊《ズー・チ》将軍は、幕僚がパワーポイントを使って説明をおこなっているあいだ、長テーブルの上座にすわって、煙草《たばこ》をくゆらしていた。横手の壁に並べて掲げられている大きな時計のそれぞれが、北京、サウジアラビア、そしてワシントンの時刻を表示している。彼がすわっている場所では、いまは土曜日の午後十一時、陽動作戦は日曜日の夜明けとともに開始されることになっていた。アメリカの軍事衛星にたっぷりと情報をくれてやるようにすれば、あすのこの時刻になったころには、本土から分離した省、台湾を統治している強奪者どもは狂乱状態に陥っていることだろう。

天気予報によれば、あすはよく晴れた暖かな一日になり、台湾海峡も南シナ海も波が穏やかであろうとのことだ。潮の満ち引きも好ましい。作戦開始後四十八時間にわたり、統合幕僚によって立案された計画が実行に移され、それは、ほんの短時間ではあっても、世界最大のショーとして展開されることになるだろう。

数千数万の兵士が長い隊列を組んで行進し、数百におよぶ装甲車やトラックが、ガソリンや弾薬や食糧をはじめ、ありとあらゆるものを積みこんで、ぞくぞくと道路にくりだし、艦船に搭乗するための地点をめざす。ヘリコプターが大量に動員され、戦闘機部隊にミサイルや実弾が装塡され、航空支援作戦に従事する編隊が飛び立つ。

中国の海岸線にあるすべての港において、徴発された商船を含めれば二百隻におよぶ艦船に膨大な数の兵士と物資を乗せるという、複雑なプロセスが開始される。それは、その全容が衛星の目にとらえられるように、故意にゆっくりと慎重に遂行される。すべてのミサイル・サイトが活動を開始し、軍用無線の全チャンネルが活発に交信をおこなう。侵攻準備地点のいくつかを選んで、それらの地点についてはテレビ局の取材を許可するが、質問はいっさい受けつけない。外国の記者たちは、思い思いの結論を引きだすことだろう。

これは容易な部分だ。すべてが大がかりなフェイントなのだ。台湾海峡にも南シナ海にも、なにも起こりはしない。そうではあっても、この超大規模な作戦行動は、いずれ侵攻が実際におこなわれる日に備えての秀逸な演習、本格的なリハーサルにはなるだろう。

幕僚の作戦立案者がコンピュータのキーをたたいて、画面を切り替え、壁面スクリーンにまた別のカラー・スライドが表示された。北極の視点から見た、ライトブルーで描かれた地球をオリーヴの枝が取り巻いている絵柄――国連のエンブレムだ。日曜日、中国の国連大使が、このところ台湾が中国政府に対して敵対的で好戦的な動きをしていることに関して公式に抗議文書を提出し、月曜日の朝に安全保障理事会を開くことを要請する。それもまた陽動だが、各国政府は、怒れる中国が台湾に武力侵攻する危険性を看過することはできないだろう。

「この時点で、〈第一局面〉が終了します」国連のシンボルをスクリーンに表示させたまま、作戦立案者が言明した。

将軍は吸いさしの煙草を揉《も》み消して、眼鏡《めがね》のぐあいを直した。その目が、無感動な顔で会議テーブルをかこんでいるほかの高級将校たちを順にながめていく。

「おおいにけっこう」彼は言った。「しかるべき命令を出して、〈第一局面〉に着手させるように」

室内がにわかにあわただしくなり、ほかの将校や幕僚の面々が複雑精妙なプロセスを稼働させるために、部屋を飛びだしていく。朱翃はネクタイを緩めた。いまから少し睡眠をとり、あすの早朝に予定されている、党中央軍事委員会主席江聚龍《ジアン・ジュロン》との会議に備えるとしよう。ふたりで協議をおこない、つぎの段階に進むための最終的な承認を受けることになるだろう。

現在の方針では、国連大使は月曜日の特別緊急会議において、この大規模な軍事行動は純然たる国内問題であると主張するだけで、台湾に関してはなんの言明もおこなわない。これは国家防衛のための軍事演習だと、大使は言う。それは事実なのだが、外目には虚偽のように見え、そのために議場の動揺はさらに募るだろう。そして、演説の最後に、大使は論題を変えて、こう主張するのだ。国連はサウジアラビアの死活的資源を守るために、その国へ平和維持軍を緊急派遣する必要がある。王国は反乱の鎮圧に手こずっているばかりか、現在はその国に核兵器があるとの噂が流れている。国連が介入しなくてはならない！

そのころには、中国の航空機がつぎつぎに離陸して、〈第二局面〉が開始されているだろう。

48

ワシントンDC

同じ地球上にあっても時間帯《タイムゾーン》の異なるホワイトハウスでは、まだ土曜日の昼前でしかなかった。マーク・トレイシー大統領は、オーヴァル・オフィスに届けられたツナ・サラダを食べようとしていたが、食はあまり進まないだろうと感じていた。慎重に対処しなければ、サウジの国内問題ではすまず、核のホロコーストという世界的な激動を引き起こす結果になりかねないとあって、考えねばならないことが多すぎた。いかにも週末らしく、タン色のスラックスにブルーのゴルフシャツという、いまからゴルフ場に出かけていきそうな装いはしているが、実際には、ここ何週間か、ゴルフは一度もやっていない。大統領というのは、社交スケジュールをぶちこわしにする立場なのだ。

「まずは、サウジの問題から始めよう」彼は言った。「例のエバラという男は死んだ。そのことによって、政府転覆のくわだては今後どのようになるのか？」

大統領のデスクの前に置かれた小さなクリーム色のソファに、CIA長官バートレット・

ジェニーンがすわっていた。いつに変わらず、糊《のり》の利いた白のシャツとダークスーツを着て、ネクタイをしている。彼もまた、ツナ・サラダを二、三くちぱくついただけで、わきへ押しやっていた。書類フォルダーの要約文に目を通してから、彼が口を開く。

「クーデターの進行はきわめて難渋しているように思われます。まだ数カ所の危険地帯があり、アブドラ王がその対処に追われてはいますが、ムハンマド・アブー・エバラという扇動者が消えたため、以前のような協調のとれた攻撃は完全になくなり、軍内部からの支援も失われました」

大統領はため息をついた。

「それは、彼がちょっと前の電話で伝えてきた情報と同じだな。彼はおおいに自信があるように感じられた。聖職者たちを政府の統制下に置き、自国の社会体制を近代化することで、情勢を一変させる計画だそうだ。憎悪の応酬にはたがをはめる。それは良きことではあるが」

ジェニーンが咳払いをし、情報機関を統轄する人物らしからぬ話を切りだした。

「その展開のなかで、わが局がサウジアラビアに派遣している優秀な現地エージェントのひとりが、ペンタゴンの所管にある秘密工作に組みこまれ、〈タスクフォース・トライデント〉と呼ばれるチームに協力することになりました」

トレイシーは知らんぷりをした。

「ほんとうか？　それは、ミドルトン将軍麾下《きか》の特別工作チームではないのか？」

「そうです、大統領」

「そのことを将軍に問いあわせたのか？」

「問いあわせました。そのことなら大統領に聞いてくれと言われまして」

「うむ。妙だな。彼の話を聞いてみよう。それより、サウジの核兵器はどうなった？　五基のうち四基は回収した。そうだな？」

ジェニーンは、そっけなくあしらわれて動揺していた。CIAの長官を務める自分が埒外《らちがい》に置かれていることを思い知らされたのだ。が、そのあとすぐ、丸い眼鏡の奥にある彼の目が大きく見開かれ、口もとに小さな笑みが浮かんできた。エバラ！　エバラを仕留めたのは彼らなのだ！　闇のなかにしまっておくのが最善である場合が、ときにはある。CIA長官として、事情説明のために議会に召喚される可能性があるとすれば、なおのことだ。

「イエス、サー。それらの四基は回収しました。残るはあと一基ということです」

「アルコバールにあった一基については、われわれが安全に保管していることをアブドラ王に知らせて、彼がその謎で頭を悩ませなくてもいいようにしておいた。詳細は教えなかったので、彼としては不満な部分もあっただろうが、そのことについて抗議はせず、全体像に目を向けて、それがテロリストの手中に落ちずにすんだことを安堵《あんど》していた。アブドラは傑出した外交官だったので、国家元首となった彼と協調して仕事をするのは楽しいことになりそうだ」

大統領は、デスクの上のデジタル時計に目をやった。

「あと少しで、ターナー将軍とミドルトンがここにやってくるから、それを待って、中国の件を話しあおう。それはさておき、バート、わたしはいまから、議会に通知することなく、ある重要な大統領裁定をおこなうつもりでね。ツナ・サラダなんかは捨ててしまえ。いまから、われわれ全員のために、フィリー・サンドイッチ（炒めたスライスビーフとオニオンに塩胡椒をしてチーズをのせ、フレンチロールにはさんだもの）と、脂肪がたっぷりのフレンチフライを注文するんだ。核戦争勃発の可能性を考えると、腹が減ってしょうがないんでね」

ペンタゴン

「フリードマン少佐、きみはひとをじりじりさせるろくでもない男、へそまがりのトラブルメーカーだ。すべての情報機関が、きみひとりのために動きを封じられているんだぞ」

ブラッドリー・ミドルトン将軍は統合参謀本部議長に対してブリーフィングをしなくてはならないのに、リザードはいつまでたっても簡潔な説明をしようとしないのだ。

「イエス、サー、申しわけありません。ですが、正しいのはわたしであって、彼らはまちがっているんです、将軍」フリードマンには、ミドルトンは最後にもう一度、明瞭に自説の証明をさせようとしているだけだとわかっていた。

「きみは、わたしが議長のもとへ持っていけるような書類か、写真か、衛星情報か、フォーチュンクッキー（アメリカの中華料理店で出されるおみくじ入りクッキー）か、なにかをつかんでいるんだろうな？」

「ノー、サー。わたしが証明できるのは否定的解答、つまり、なにが起こらないかということだけでして。吠えない犬が出てくるシャーロック・ホームズの小説を思い起こしてください」

「そんなことをしていられるか、リザード。議長は、ホームズ流の推理だけでは満足しないだろう。いいか、確実な情報のすべてが、台湾への侵攻が切迫していることを示している。加えて、写真や衛星データといった情報もそのことを示唆しているんだ」

フリードマンは、どんなにプレッシャーを受けてもひるむまいと腹を据えていた。

「イエス、サー。すべてがそうです。情報が正確すぎ、入手が容易すぎます。つまり、それはガセということです」

ミドルトンがにらみつける。

「あれほどの人員と物資を秘密裏に移動させるのは不可能だ。事実はきみの目の前にある、リズ。火を見るより明らかな事実がだ。ＮＳＡの通信傍受記録が、移動を開始せよとの命令が数時間前に発せられたことを示しているんだ」

フリードマンが助けを求めるように、上級曹長の巨体のほうへ視線を移していく。Ｏ・Ｏ《ダブル・オー》・ドーキンズはそれまでずっと頭の後ろで両手を組んで椅子にもたれこみ、ふたりのやりとりを聞いていたのだ。

「あのゲームを、リズ」ダブル・オーが、なだめるようにやんわりと言った。「あのゲームを彼に見せるんだ」

「ゲーム？」将軍が問いかけた。

「イエス、サー。わたしは内々で、ある戦争ゲームのシナリオを作成していたんです。よくある〈レッド・チーム〉対〈ブルー・チーム〉の戦いというやつではなく、中国が遠距離という問題を乗りこえて、サウジアラビアに侵入するにはどうすればよいかの解答を出すためのシナリオを」

「だから、どうやってそれに勝てるかを実地に彼に見せるんだ、リズ」

「わかった。そうだな。わたしが勝つ……いや、勝ったのは、距離を決定的要素とするのを排除することによってです。地図を握りつぶしてください」

ミドルトンがぎょろっと目をむく。

「頼むから、意味がわかるようにしゃべってくれ」

「少佐が言わんとしているのは、将軍、この台湾侵攻はあらゆる要素を公衆の目にさらしているが、長距離爆撃機と空挺部隊だけは除外されているということです。それらは、このような作戦を遂行するには絶対的に必要な要素であるにもかかわらず、どこにも発見されていません。リズは、人員や物資を積んだ艦船が中国の港を出る準備ができたころに、スーダン、イエメン、エチオピア、ソマリアにある中国の基地から、装備を満載した大型機がサウジアラビアをめざして飛び立つだろうと考えているんです」

「そうなのか、フリードマン少佐？　それが、地図を握りつぶすということなのか？」

「イエス、サー。そうです。ちょっと軽口をたたきまして」

将軍はフリードマンの肩をばしっとたたいて、戸口を抜け、統合参謀本部議長ハンク・ターナー将軍に会うために、ペンタゴンの磨きあげられた広大な廊下に足を踏みだした。

49

サウジアラビア　アルタイフ

カイル・スワンソンは足を組んですわったまま、焦燥感に駆られて、頬をふくらませてはふっと息を吐きだすということをくりかえしていた。ここ数日、静かに時を刻んでいた目に見えない時計が、いまは頭のなかでうるさく音を立てていた。ブーツの紐《ひも》を結びなおす。さあ、行こうと彼は思い、問いかけるような目をプリンス・ミシャール・ビンハリド大佐のほうへ投げかけた。

ミシャールは、巨大基地の広大なブリーフィング・ルームの前方にいた。その部屋にサウジとアメリカ双方の軍の担当将校たちが参集し、リヤドとワシントンにいる同じ立場の将校たちとのあいだで、リアルタイムのテレビ会議をおこなっているのだ。一等軍曹にすぎないカイルは、高級将校たちと肩を並べて大テーブルにつくことすらできない。そもそも、たとえチャンスが与えられたとしても、こんなところに来るつもりはなかったのだが、国王がミシャールに、会議を主宰せよと命じ、王子が、もうカイルを目の届かない場所に行かせてはなるまいと考えて、なかば引きずるようにここに連れてきたのだった。

カイルは背もたれがまっすぐな椅子を壁にもたせかけ、ありとあらゆるものを注意深く見て、記憶に刻みつけようとしていた。ほかにすることがない。退屈だった。あんなおしゃべりはどれもこれも、自分の任務とはなんの関係もない。さっさとリヤドに行って、最後の核の回収に手を着けたい。この会議室にすわっているのでは、任務はいつまでたっても完了せず、時が刻々と無為に過ぎていくだけだ。あと少しで終わる。ほんの数時間で。さあ、それい、いい、いい、に取りかかろう！

とはいうものの、中国軍による侵攻の可能性という、降って湧いたような情報が到来すれば、責任を負う将校たちがそれに注目するのは当然であることは認めざるをえない。この危機はまだ終わっていないどころか、逆に拡大しつつあるのだ。反乱は沈静に向かい、核兵器の回収もほぼ終了したというのに、こんどは北京が混乱につけこんで侵攻しようとしている。

だが、この状況を憂慮しておこなわれる決定は、自分とはなんの関係もない。それは高位の将校たちがすることであり、だからこそ、この部屋に集まっている自分以外の全員が強い緊張感をみなぎらせているのだ。とにかく、自分とは関係のない話だ。

他国がここの油田の占有をもくろむという可能性は、これまでだれも考慮していなかったことだ。サウジはアメリカに対し、それを試みれば武力衝突になると警告していた。もし中国が侵攻すれば、サウジが抵抗するのはまちがいない。そうなれば、アメリカはサウジに対し、近辺にいる合衆国艦隊と航空機による支援を申し出るだろう。北京は武力でそれに対抗するだろうか？　ワシントンはその段階に踏みこめるだろうか？　そして、台湾への侵攻の可能性は？　危機が連続して発生し、そのたびに状況が悪化するとあって、会議室には無力感のようなものが漂っていた。

カイルはブリーフィングペーパーに目を通し、専門家連中の説明に耳をかたむけてきたので、この現状を包括的に把握していた。だが、自分が貢献できることは、最後の核の回収しかない。中国については、自分にできることはなにもないだろう。戦闘になっても、ならなくてもだ。説明の声が長々とつづくなか、カイルは王子の視線をとらえて、自分は外に出ると身ぶりを送った。五分ほど、と。この部屋のお偉がたたちは自分を必要とはしていない。なんといっても、ここにいる下士官は自分だけなのだ。

外に出ると、ジャマールがメルセデスにもたれて、煙草を吸ったりコーラを飲んだりして、時間をつぶしているのが見えた。カイルは煙草は吸わないが、コーラはうまそうに見えた。

「この国の小銭を持ってるか？　コーク・マシンを使いたいんだが」彼は問いかけた。

「いや。あのマシンはアメリカ・ドルでいけるよ」

カイルは夜の空気を吸いこんで、肺に溜まっていた会議室の重苦しいにおいを吐きだした。まぶしいライトに照らされている空軍基地の上空に目をやると、星ぼしがきらめいているのが見えた。コーク・マシンは、冷却力が砂漠の熱の影響を受けにくいようにと、建物の裏口を入ってすぐのところに設置されていて、見慣れたロゴのある赤いボックスが光っていた。へたった財布から一ドル札を抜きだしたとき、小ぶりな白い名刺がそれにくっついて出てきて、表が上になった格好で床に落ちた。カイルはそれに目をやった。中国の文字が記されている。

「おっと、くそ」拾いあげて、裏返すと、表の文字を英語に翻訳した浮き彫り文字があった。

カイルはコークを買い、半分ほどを一気に飲んでから、外にひきかえした。「おれの衛星電話はどこにある、ジャマール？」

「後部シートだ」とCIAの男が答え、頭上のライトに照らされたカイルの姿がよく見えるように首をかしげた。

カイルはメルセデスに乗りこんで、国際通話をするための長い電話番号を押していった。頭の三桁《けた》は、香港に該当する8‐5‐2の数字で、そのあとに電話番号そのものがつづく、商用電話だ。電波がキャリアからキャリアへと転送されるあいだ、延々《えんえん》と発信音が聞こえていて、かなりたってからやっと相手が応答した。無愛想で眠そうな声が、挨拶《あいさつ》もなにも抜きで、名前だけを言う。

「ヘンリー・ツァン」

「ハロー、ミスター・ツァン。こちらはカイル・スワンソンだ。先だって、同じ飛行機に乗りあわせて、アルコバールに行っただろう。撃たれたのもいっしょだったし」

しばらく、ツァンが頭をすっきりさせて、記憶を探ろうとしているような音がしていた。

「ミスター・スワンソン。憶えてるとも。ファイバー光学センサー・セキュリティ・システムの話はどうなった？」

その声にはからかっているような響きがあった。ゲームの始まりだ。

「まあ、そっちの会計仕事と似たり寄ったりだろうね」相手のあくびの音が聞こえてくる。

「あんたと会う必要ができたんだ」

「なぜ？　あんたも上海にいるのか？　こっちはいま、えらく忙しい身でね。税務の仕事に追われてるんだ」

カイルはかまをかけた。

「いや、おれは上海にはいないし、あんたもそこにはいない。あんたはいま、パジャマ姿でリヤドのどこかに立っているはずだ。おれの推理では、あんたは中国大使館の文化アタッシェかなにか、とにかく正体を隠すための肩書きを持っているが、実際にはエージェントであるにちがいない。おれと同じで」

皮肉っぽい笑い声が聞こえてくる。

「ミスター・スワンソン、あんたはすばらしい想像力の持ち主だね。われわれはジェイムズ・ボンドというわけか？　どこから電話をかけてるんだ？」

「アルタイフにあるサウジの軍事基地だ。ここで、ついさっき、この国に五基ある核弾頭の四基めを回収したところでね。もっと情報を知りたい気になったか？」

「イエス」感情を抑えた事務的な口調になった。「教えてくれ」

「傍受可能な電話では話せない。できるだけ早く、リヤドのどこかで落ちあうことにしてはどうか」

「いいとも、ミスター・スワンソン。それなら、マリオット・ホテルにある〈メディタレイニアン・グリル〉にしようか。わたしの名前で、九時三十分にテーブルの予約をしておこう」

「もっと早い時間にできないか？　航空機を使えば、たった一時間でそっちに行ける」

「それはむりだね」きっぱりとした声だった。つまり、ツァンは、なにをやるにせよ、その前に必ず中国の上司におうかがいを立てなくてはならないということだ。「どんなに急いでも、〇九三〇時でないと」

「オーライ。では、その時刻に」カイルは言った。「そこで会おう」

50

ジェッダ

ジューバとネッシュはまだ別荘にいて、強い切迫感を覚えつつ、さまざまな可能性を提示し、着想を論じあっていた。二台の大型平床型貨物トラックとドライヴァー、軍隊のエスコートが必要であり、なににも増して重要なのはサウジ政府の発行した公式書類だった。

「ジューバ、そういうものが手に入ったら、なにをやろうとするつもりなんだ？　きみの狙いである海兵隊員をおびきよせるための囮《おとり》にすぎないのか、それとも、実際にそれを発射するつもりでいるのか？」ネッシュはかたわらのテーブルにブラックベリーと黄色い法律用箋《ようせん》、そして電話番号や銀行口座の数字がぎっしりと書きこまれている革張りの手帳を置いていた。

「あんたはイスラエルがホロコーストで全滅するのを気に病んでるのか？　聖地エルサレムが壊滅するのを？」

「いや。ユダヤ人がどうなろうと、わたしの知ったことじゃない。きみがあれを爆発させるつもりだとしたら、そのそばにはいたくないってだけのことだ」

「あの兵器を実際にどうするかは、まだ決めていない」ジューバが言った。「おれの第一の目標は、スワンソンをキル・ゾーンに追いこむことだ。入念に準備したターゲット・サイトと、発射寸前の核爆弾があれば、たいていの問題はかたづくだろう」

「では、わたしはイスラエルから遠ざかっておくのが賢明というわけか?」

ジューバが、のびとあくびをしてから、それに答える。

「おそらく、それがもっとも適切な判断だろうな」

ジューバがドイツ製の高性能コンピュータを起動しているあいだに、ネッシュは盗聴防止《セキュ》機能付き電話《ア・フォン》で各所に電話を入れていった。メイドやシェフがあわただしく荷造りをして緊急避難に備えているのをよそに、あちこちに資金を振りこみ、メッセージを送信していく。新たな計画に必要な要素のほとんどを容易に設定することができたが、つまずいた点も二、三あった。

サウジアラビア北西部に位置し、核兵器が配備されているタブク巨大軍事基地で司令官を務めている少将が、これまでに報じられた情勢を仔細に検討して、士気を低下させていた。クーデターが壊滅しかけているとあって、少将はそれに加担した者の前途に待ち受けているにちがいない、監獄での長い夜を送る身にはなりたくないと思うようになった。これまでのところ、その名はクーデター計画には記載されていないので、そのままにしておこうと決めこんだのだ。

ネッシュは、たっぷりと前金をはずんだことや、依頼された仕事がまだ終わっていないことを強調して、なんとかこの最後の仕事に少将を協力させようとしたが、そのかいはなかった。少将は、巨大だが周囲からかなり隔絶した軍事基地の司令部にいる自分は安全だと感じ、反乱には以後いっさい加担しないとして協力を拒否した。すでに、あすの正午、プリンス・ミシャール・ビンハリド大佐とカイル・スワンソンという合衆国海兵隊員らを含む特別回収チームに、ミサイルと核弾頭を引き渡せとの厳命を受けたという。少将はそれに従うつもりだと言った。

ネッシュはジューバに目を向け、用箋に〝スワンソン〟と名を書きつけた。それから、落ちついた声を保って、電話をつづけた。

「きみの立場には同情するが、将軍、取り引きは成立しているんだ。ちょっと待ってもらえるかな？　きみと話したい人間がほかにいるんでね」

ネッシュは受話器を手で押さえておいて、ジューバにささやきかけた。

「きみの言ったとおりだ！　あすのミサイル回収に、スワンソンが関与している」彼は受話器を手渡した。

「おれの名はジューバだ！　どういう男かはよく知っているだろう」冷ややかな声で、うなるように彼は言い放った。「指示されたとおりにする最後の機会を与えてやろう」

そのあとジューバは、少将の妻と三人の息子たちにまつわる事柄を――学校や誕生日、趣味や友人関係などを――事細かに並べたて、そのそれぞれをどのようにして殺すかを、足の爪や喉笛や睾丸といった語を用いて、淡々と描写していった。そうしてから、少将に対し、契約した傭兵の二人組を彼の家族の自宅近辺に配してあり、ある特定の時刻になるとその傭兵たちは携帯電話の電源を切ることになっており、それ以後は自分にも彼らを制止することはできなくなると忠告した。そして、少将の自宅の住所を正しく読みあげたばかりか、少将については自分が直接、処刑すると断言した。

「いますぐ心を決めろ。おまえは、おれがほしがっているものを持っている」なめらかな口調で、ジューバは脅しをかけた。「おれはこの手で何千もの人間を殺した男だ、将軍。何千もの人間をだ！ おまえの家族を皆殺しにするぐらいのことは痛くもかゆくもない」

少将は、契約に基づいて行動することに同意した。受話器を置いたとき、彼は汗ばんでいた。

サウジ内務省のある高級官僚も頑固に抵抗していたので、これと同様の説得をしなくてはならなかった。ジューバがネッシュに代わって、その交渉にあたると、その男もまた気を変えて、新たな仕事をすることに同意し、ただちに政府のオフィスに出向いて、それをやりとげることを約束した。

それからきっちり二時間後には、すべての準備が整っていた。ジューバとネッシュは、シェフとメイドを伴って、チャーターした小型機に乗りこみ、ジェッダの北方に位置する町、タブクに飛んだ。そこの人口はわずか百人ほどだが、それでも、荒涼とした砂漠がひろがるその地域では最大の町であり、エルサレムまでの距離が二百五十マイルもないという戦略的価値を有していた。そこでジューバが機を降りると、ネッシュはその稀代《きだい》のテロリストと握手をして別れを告げ、自分はチャーター機のシートにゆったりとすわって、スコッチと氷をメイドに持ってこさせた。ヨルダンのアンマンで燃料を補給し、そのあと長い飛行をして、スイスに、安全な場所に、行く予定だった。ネッシュは、安全なチューリッヒに着陸した時点で連絡を入れるつもりでいる男の私用電話番号を確認しておいた。イスラエルの情報機関モサドで働いている旧友は、この新たな情報に強い関心を示すだろう。ぜひとも売りつけなくては。

51

カイルはコーラを飲みほすと、缶を握りつぶして、ずらっと並んでいる黒いプラスティックのゴミ袋に放りこんだ。

「ジャマール、こんなところでぶらぶらしているのは、もううんざりなんじゃないか？」

「ああ」

CIAに所属する非戦闘員エージェントたちは、アメリカの軍事基地にいることをあまり好ましく思わないものだ。あからさまに姿をさらしているような気分にさせられるからだ。ジャマールもやはり、多数のアメリカ人、とりわけ多数のアメリカ兵がいる場所は避けて、安全に身を隠しておくという訓練を受けていた。

「会社のクレジット・カードは持ってるな？」

「ああ。VISAだのアメックスだの、全部持ってるさ。ゴールドカードにほぼ匹敵するプラチナカードだ」

それらのカードに記されている氏名はどれも本名ではなく、真の雇用主に結びつくおそれもないとのことだった。

「許可を得ずに使うことは禁止されてるのか？」

ジャマールが物問いたげに眉をあげて、答える。

「いいや」

「オーケイ。ちょっと待っていてくれ。そのあいだに、街のインターコンティネンタル・ホテルに電話を入れ、今夜おれたちが一泊することにして、部屋をふたつ予約しておいてくれるか」

カイルは会議室にひきかえした。ミシャールはまだ、指揮統制に従事する将校たちと議論をつづけていた。あの王子は、うっかりすると、対外問題にまで拡大した軍事作戦に巻きこまれることになりかねない。だが、それが彼の狙いなのかもしれなかった。階級の梯子《はしご》をまた二、三段、駆けあがることが。カイルにとっては、正直、どうでもいいことだった。

彼は戦闘ヴェストから小さな手帳を取りだして、メモを書きつけた。

ジャマールと自分は退屈しました。あなたは今夜は当分ここにおられるでしょう。われわれはアルタイフのインターコンティネンタルにしけこんでもよろしいですね？　あす〇六三〇時にそこで落ちあって、朝飯にし、それからリヤドの件をかたづけるというのはどうでしょう？

ミシャールが、ブリーフィング担当者が数枚のチャートの説明をおこなっているテレビ画面を片目で見ながら、そのメモを読んで、返事を書きつける。

いいとも。ただし、こんどはよそへ行くんじゃないぞ！

そして、最後の一節に下線を引いた。二本も。

その数分後には、ジャマールの運転するメルセデスは緑なすキング・ファード公園を通りすぎ、周辺に後光のようなまぶしい光を投げかけてそびえたつ、インターコンティネンタルをめざしていた。

「ところで、こんなことをする理由はなんなんだ？」

カイルはシートの上で体をずらして、すわり心地をよくしながら、答えた。

「それはだね、若きCIA局員よ、自分の作戦のタイムテーブルを他人任せにしてはいけないということさ。このあと、おれたちはチェックインして、いったん部屋に入る。そうしておけば、もしミシャールが宿泊者名簿の閲覧を要求したとしても、おれたちがそこに一泊したことが確認されるというわけだ。おれたちは手早くシャワーを浴びて、服を着替え、横手の出入口からこっそり外に出る。王子は礼儀を守る男なので、おれたちの睡眠を妨げるようなことはしないはずだから、まちがっても、部屋に電話をかけてくることはないだろう。つまり、おれたちが車で首都にたどり着くための時間はたっぷりあるというわけだ」

「ここからリヤドまでは、車でたった二時間の距離だ」とジャマール。「午前四時までには、あそこに着けるだろう」

「ヘンリー・ツァンとは、〇九三〇時にそこで落ちあう予定にしているが、こちらは実際には早めに行っておくんだ」

「なるほど」ジャマールが、ホテルの広大な車寄せにメルセデスを乗り入れていった。


一時間後、ふたりの乗るメルセデスは、リヤドをめざして高速でぶっ飛ばす車の流れに入りこんでいた。対向車線にも、涼しい夜のあいだに移動をするひとびとの車が列をなしていて、それらのヘッドライトの光がつぎつぎに近づいては遠ざかり、テールランプの光が赤い一本の帯のように、見渡すかぎりどこまでもつづいている。だれもかれもが、太陽がまた昇ってくる前に目的地にたどり着こうとして、悪魔に追われているような調子で車を走らせていた。メルセデスの窓を閉じて、エアコンをまわしていても、大量のトラックがディーゼルエンジンから撒《ま》き散らす排気ガスの流入を防ぐことはできなかった。ジャマールがCDを何枚か積んでいたので、カイルは絶えず音楽をかけるようにしていた。いまも、ガース・ブルックスがリリースしたカントリー・アンド・ウェスタンのミックスCDの一曲、『フレンズ・イン・ロープレイス』が流れている。メルセデスは、トンネルだらけの曲がりくねった山地の道路を楽々と走りぬけ、やがて地形が平坦になって、車の流れが速くなると、時速百マイルにスピードをあげた。陽が沈んだあと、砂のなかから餌食《えじき》を求めて這《は》いだしてきた毒蛇どもが、たるんだロープのように点々と路上をうごめいていた。

「支局長は、おれがあんたといっしょに仕事をしてることを知ったら、ハッピーな気分にはならないだろうな」ジャマールが言った。

「ボスってのは、ハッピーになれない立場なのさ。ボスがハッピーになるってのは、満足したってこと、つまり、心配するほどの問題はなくなったということになる。支局長はいまのときも、もっとでかい魚を釣りあげることに頭を悩ませていて、おれたちふたりがいっしょに仕事をしてることに難癖をつけるどころじゃないだろうよ」

「おれたちが成果をあげてるかぎりはね」

「成果があがらなくても、文句をつけてくるやつはいないさ、相棒。ボスたちは大忙しで、そんな暇はないんだ」

カイルの視点では、やみくもに命令に従うことと、実際に任務を達成することは、まったく別の問題だった。重要なのは、いかに現状をコントロールするかだ。言うまでもなく、作戦というのは、現にことが起こる前に、立案者のだれかが水晶玉をのぞきこんで、未来を正確に予見したようにして立てるものだ。デスク仕事の人間が流動的な状況を事細かに管理しようとしても、必ず予期せぬ事態が途中で生じて失敗する。状況の調整は、行動しながらしなくてはならない。スナイパーや偵察兵は、自分の頭でものを考え、最初に任務を立案したシンクタンクの見通しをはるかに超える現実に適応して行動ができるように、訓練される。過去に何度となく作戦を成功させてきたことで、カイルのなかには、自分のなす判断をなによりも信頼する心構えと、必要な場合は撤収をしてもかまわないという強い信念が形成されていた。そして、今夜はその撤収をしているというわけだ。

ジャマールがゆったりとハンドルに両手を置いたままメルセデスをぶっ飛ばし、トレイラー・トラックの後流にちょっと揺られながら、それを追い越していく。

「同僚たちの話では、あんたは前にも何度か、微妙な状況のなかで〝エージェンシー〟の仕事をしたことがあるとか」

「だったら、そいつらはひどくおしゃべりなんだな」

CIAの男が、道路から目を離すことなく、うなずく。

「どうやって、そのヘンリー・ツァンという男をつかまえるんだ？」

「いい質問だ。大使館の職員のほとんどは、その館内には住んでいない。彼らはその近辺にある、政府が賃借契約をしたアパートに住んでいて、そこは外交官パーティ用の酒類の保管だとか、短期任用者のための宿泊所だとかにも用いられる。もしその都市が炎上したら、彼らは身の安全のためにということで大使館に召喚されるが、いまはそんな事態は起きていないので、われわれが中国大使館に乱入する必要はない。しかし、ツァンが住んでいるアパートには、おそらく玄関の受付に警備員がいて、たぶん外には武装した監視員がいるだろう」

「すると、彼の居場所をどうやって突きとめるかってことになるんじゃないか？　まさか、電話帳に、〝ヘンリー・ツァン、中国のスパイ〟と記載されてるわけじゃないだろう？」

「いや、そのようなもんさ。ワシントンの〈トライデント〉チームには、みんなにリズと呼ばれてる電子情報のエキスパートがいて、その男は干し草のなかから針を見つけるようなことをやってのける。彼が以前からこの件に取り組んでいたんだ。リヤドにはヘンリー・ツァンにまつわる情報があまりなかったので、外交の世界に入りこんでいるのであれば、ほかのどこかに足跡が残っているだろうってことでね。リズがあの男の居場所を探り当てる公算はじゅうぶんにある」カイルは目を閉じて、ヘッドレストに頭をもたせかけた。

ジャマールが、暗い夜空の下、ヘッドライトに照らされてくっきりと浮かびあがっている灰色の路面から目を離すことなく、問いかけてくる。

「おれがCIAのコンピュータに調べさせようか？」

「それはすでにリザードがやってるだろう。彼の情報システムはNSAの傍受記録をも含め、政府の全システムに入りこめるから、本腰を入れて仕事に取り組む前に、それもすませているはずだ。ツァンには、上司と連絡をとるための時間がたっぷりとある。なので、やつはちょっと睡眠をとってから、あすの仕事に取りかかるだろう。おれは夜明け前の訪問をやらかすのが好みでね」

ダッシュボードで青く光っているデジタル時計の数字が、カイルの目をとらえた。日曜日の午前。リザードとコンタクトをとるのは、目的地の都市に入るまでおあずけにしよう。合衆国ではまだ土曜日の宵《よい》だが、彼はずっとデスクにへばりついているはずだ。カントリー・ミュージックが終わって、眠気をふっとばしてくれる騒々しいロックが流れだす。

徐々に交通量が増えてきて、ジャマールがスピードを落とさなくてはいけなくなったころ、ドームのように光るリヤドの街の灯が見えてきて、そこに近づくにつれ、それがどんどん大きくなってきた。路上に、ハイウェイが工事中であることを示す黄色の信号灯とオレンジ色のコーンが並べられ、左端のレーンが封鎖されていた。車線の減った工事区間に、乗用車とトラックがぎっしりと詰まっている。また二マイルほど行くと、別のレーンも封鎖されていて、通れるレーンはひとつだけになっていた。交通が完全に渋滞し、ジャマールがアクセルを緩める。

カイルはCDプレイヤーをオフにした。まぶしい信号灯とコーン、そして車の渋滞が見てとれたが、ブルドーザーや舗装用の機械のたぐいはどこにも見当たらない。よくない兆候だ。ジャマールがハンドルをちょっと左に切り、すぐ前にいて視界をふさいでいる大型トラックの横から、ゆくてのようすが見てとれるようにした。前方のエリアを、フラッドライトの光が広範に照らしている。

「軍の道路封鎖だ。たぶん、反乱兵や武器をチェックしているんだろう」

カイルは反射的に、ラミネート加工が施された身分証を取りだして、ジャマールに手渡した。ジャマールも自分の身分証を取りだし、その両方を革張りのダッシュボードの上に並べる。車の流れは完全に停止したわけではなく、じりじりと着実に前進していた。交通事故現場にさしかかったドライヴァーたちが、停止はせず、速度を落として、事故車をぽかんとながめているときのような感じだ。

「それにしては、この進みかたは速すぎる」とカイルは言って、シートの上でしゃんと身を起こした。「トラックの積荷がチェックされていない」

警備兵が、行ってよしと手をふり、前のトラックが加速して、左右のレーンに停止している装甲兵員輸送車のあいだを走りぬけていく。検問地点から五十ヤードほど先の左右のレーンでまぶしいスポットライトが輝いていて、そのビームがふたりの顔を照らしてきた。サウジ軍の軍曹が、停止せよの身ぶりをジャマールに送ってくる。将校が近寄ってくると、ジャマールはボタンを押して、窓をさげた。別の兵士がカイルの側のフロント・バンパーのところに現われ、両手でゆったりとライフルを持って、立ちどまる。さらに数名の兵士が左右から近づいてきた。

「身分証をどうぞ」将校が完璧な英語で声をかけてきた。

ジャマールが、ラミネート加工が施された二枚の身分証を手渡す。

将校が二枚のIDをしばらく調べ、ふたりに返却して、言った。

「ありがとう」

が、将校は窓のそばから離れようとはせず、なにかの合図を送り、道路封鎖に就いていた兵士たちが隊列を解いて、一挙にメルセデスを包囲する態勢をとった。将校が言う。

「では、あのハムヴィーのあとにつづいてください。アブドラ国王陛下の命により、おふたりの身柄を確保します」

52

モスクワ

アンドレイ・ヴァシーリエヴィチ・イワノフはこの日もまた、愛車フェラーリF430スパイダーを運転して、モスクワ郊外にある別荘をあとにし、アクセルを緩《ゆる》めながらモスクワの市街地に乗り入れていった。歩道で新聞を売っている若者が声をかけてくると、彼はフェラーリのクラクションを鳴らしてそれに応え、手をふってみせた。

サウジの計画はうまくいかなかったが、この健康そうで若々しい男の笑みを見て、なにかまずいことがあるのではと疑う人間はひとりもいないだろう。仕事に向かう途中でも、彼は政治キャンペーンに精を出すのだ。一マイルほど走ったころ、壁の前でうずくまっている老女がいたので、彼はそのそばに車を急停止させた。やつれ、しわだらけの顔をしたその老女は、ぼさぼさの髪をハンカチで覆《おお》い、擦《す》りきれた衣類ですっぽりと全身を包んで、冬の到来を告げる、早朝の身を刺す冷気に耐えていた。イワノフは車を降りて、女のほうへ近寄っていった。

「おはよう。おかげんはいかが、おばあさん？」親身な声で彼は尋ねた。

老女が、声をかけたのがだれであるかに気づいて、生気のなかった目を輝かせる。

「元気ですよ、アンドレイ。ありがとう」

「なぜ、こんなに朝早くからこんなところに？」

老女が近くにあるコーヒーハウスのほうへ目をやって、どこから来たかを示す。

「ちょっと散歩に出てきただけなの」

「美しい女性がひとりで出歩くのはよくないですよ。時間がおありなら、ささやかな朝食をおごらせてもらえませんか？」

彼は老女の肘《ひじ》を持って、レストランのほうへ向きを変えさせた。いまの光景を見ていたその店主が、さっとドアを開け放つ。

「アンドレイ！　どうぞお入りを」

「残念ながら、けさはそうもいかなくてね。それより、このおばあさんに温かいスープとバターを添えたパンをごちそうしてもらえるかい？」彼は上着のポケットに手をつっこんで、料理の値段に見合う現金を取りだした。

「カネはひっこめてください。よろこんでごちそうさせてもらいますよ」

店主は暖かな店内へ案内しようと、弱々しい老女の手を取った。それをした事実がアンドレイの頭にメモされ、記憶されて、ちょっとした恩恵が授けられ、きょうのレストランの来客が増え、売り上げが増えることだろう。

アンドレイは現金をポケットに戻し、老女のひたいに軽くキスをした。

「ロシアの女性はみんな美しい。あなたがそうであるようにね、おばあさん。わたしはいまから執務室に行かなくてはいけませんが、いつかまたここで会って、昔話に花を咲かせる日が訪れることでしょう」彼はいそいそと車にひきかえし、あっという間に姿を消した。

「アンドレイ・ヴァシーリエヴィチはほんとうに仕事熱心だ」レストランの店主が言った。

彼は、いまのことばは、イワノフがいつか店に来るかもしれないこと、そしてこの弱々しい老女が朝のパンとコーヒーにただでありつく常連になったことを、言外に伝えるメッセージであると受けとめていた。「彼は国民をよく理解している」

「ええ、すてきな男の子ね」老女が言った。


その数分後、スパイダーは、早朝の日射しにいくつもの塔を照り映えさせてそびえたつ聖ヴァシリー大聖堂のかたわらを通過し、クレムリンの赤い煉瓦《れんが》塀《べい》のあいだにあるゲートを抜けていった。彼が縁石のそばに車を駐めると、いつも出迎える面々がすでにそこに顔をそろえていた。首席補佐官はビジネススーツに身を固め、秘書は控えめに装っていたが、それでもその美しさはまったく損なわれてはいない。アンドレイはイグニションをひねってエンジンをとめ、車を降りた。黒のスポーツジャケットに厚手の白のセーター、ダークブルーのスラックスという身なりで、磨きあげたハイキングブーツを履《は》いている。まだ四十四歳で独身、筋肉質で健康的な彼は、自宅を出る前に、ボディガードを相手に鍛錬《たんれん》をして、一日に必要な運動を完全にすませ、理髪師に豊かな黒髪を整えさせたり、ひげをきれいに剃《そ》らせたりしているあいだに、国内および国外の現状に関するブリーフィングを受けていた。マニキュア師に爪の手入れもさせてある。

「おはようございます、閣下」と補佐官が言って、ロシア共和国大統領の出勤を迎えた。「プーチン首相が、お話ししたいことがあるとのことでして。首相執務室でお待ちです」

「ハハッ！ やはり彼が来たか」側近たちがあとについてくる。「セルゲイ、あの老紳士に伝えてくれ。いますぐ会うのは、忙しいのでむりだと」

プーチンは体力が衰えていると噂されているから、いずれこの国の権力はイワノフ一族の手に落ちることになるだろう。ロシアは、アンドレイとその後継者たちのものになるのだ。

若き大統領は自分の執務室のドアを押し開け、そこで、はたと足をとめた。プーチンがデスクのそばの椅子に腰かけ、ペットにして飼ってきた恐ろしい虎のやわらかそうな体毛を指でくしけずりながら、待っていたのだ。いまはもう猫のように小さくはない虎が、緋色の絨毯の上に寝そべって、気持ちよさそうに喉《のど》を鳴らしたり尾をふったりしている。プーチンとシベリア虎の両方が、不気味なまなざしでアンドレイを凝視していた。どちらも、ぐあいの悪いところはなにもなさそうに見えた。くそ。プーチンはおれをもてあそんでいるのか？

すぐに気を取りなおしたアンドレイは、笑みを浮かべて、ドアを閉じ、とりたててなにもなかったような足取りで自分のデスクへ歩いていった。虎がごろごろと喉を鳴らす。

「おはよう、首相」彼は言った。「見たところお元気そうで、よろこばしい。しかも、きょうは特別な客まで来ているとは。マーシェンカはどんどん大きくなりますね」

プーチンが笑みを返してくる。顔のどこかが引き攣《つ》るということはなく、話しぶりもしごく明瞭だった。

「そう。残念なことに、このマーシェンカをいつまでもノヴォ・オガリョヴォの自宅で飼っているわけにはいかなくてね。すでに前肢《まえあし》の爪は抜いてあるし、つねに軽い催眠薬を使っておとなしくさせておかないといけない。それでも、この体重と牙はきわめて危険なので、まもなく動物園に移すことになるだろう。この子は美しいだろう？」

その手が、虎の顔の短い毛を撫《な》でまわす。両目と口の周囲は白く、それ以外の部分はオレンジがかった黄色と黒の縞模様になっていた。

「ぐあいはどうなんです？」アンドレイは腰をおろした。「ロシアの国民があなたのこれほどすばらしい回復ぶりを知ったら、こぞってよろこぶでしょう」

「気分はすこぶるいい。マーシェンカの助けを借りての長い道のりだった。まだ柔道の稽古《けいこ》はできないが、日々少しずつよくなっているように思う」

「セルゲイの話では、わたしに会いたいとのことだったので、ここでジャケットを脱いでから、あなたの執務室に行こうと思っていたんですよ」

ウラジーミル・プーチンの細面《ほそおもて》の顔は、なんの感情も示さなかった。それはいつものことではある。以前、アメリカの大統領が、プーチンの心を見通せたと言ったことがあるが、それはまちがいだ。アンドレイの見るかぎりでは、この元KGB諜報員は心などというものは持ちあわせていない。

短いノックの音がして、ドアが開き、秘書のヴェロニカ・ペトロワが、手に持った書類に目を通しながら部屋に駆けこんでくる。目をあげて、プーチンを見やり、そのあとアンドレイの視線をとらえて、重要なことはなにも言うなという警告を受けとめた。

「あ！　おはようございます、首相」彼女が言った。「それに、マーシェンカも！　なんて美しい！」

「やあ、ニキ」プーチンが言った。「わたしは長居はしないよ。用件がすんだら、きみとアンドレイは国家運営の職務に取りかかってくれ」

その口がまた真一文字に引き結ばれる。アンドレイがこのスタイルのいい長身のブロンド女性との性的関係を楽しんでいることは、べつに天才でなくてもわかることだ。しかも、プーチンはそれを裏づける写真を見たこともある。だが、女関係などは、このふたりの男たちにとってはどうでもいいことだった。

「虎にさわってもよろしい？」ニキが虎の数フィート手前まで近寄ってきた。

「いいとも。ごくゆっくりと手を動かし、やさしい声で話しかけるように。恐怖をあらわにしてはいけない」

ニキが片手をのばして、虎の強力な前肢に触れ、その剛毛の感触を楽しむ。

「なんてすてきな生きものなんでしょう、首相」立ちあがり、ゆっくりとあとずさって、アンドレイのそばに立ち、肩にさげた革張りのブリーフケースから数枚の書類を抜きだして、彼に手渡した。「本日のスケジュールです、大統領」

「サウジアラビアの情勢を説明してくれ」ぴしりとプーチンが言った。

アンドレイは不意を衝《つ》かれた。ヴェロニカが、背後の木の壁に隠れようとするかのように、一歩あとずさる。

アンドレイは肩をすくめて、それに応じた。

「まだ決着はついていません、首相。われわれが国王の後釜《あとがま》に据えようとした聖職者が暗殺されまして。その少しあと、取りまとめ役の投資顧問ディーター・ネッシュが電話をわたしに入れ、クーデターは終息したが、ジューバはいまも最後に残った核弾頭の奪取を狙って、計画を進行させていると伝えてきました。彼はイスラエルに核攻撃を加えるつもりかもしれません」

「われわれの関与は露見したのか、アンドレイ？」

「あの計画から完全に手を引こうとしているところです。われわれの関与を示すような痕跡は、銀行口座のたぐいや電子データなども含め、なにも残らないでしょう。われわれに結びつく材料はネッシュとジューバだけで、すでにその両名を抹消するために対外情報庁《SVR》のチームを派遣しています」

プーチンが大きな猫を撫《な》でる手をとめた。

「きみは、きみらが立てたこの計画はうまくいくと約束したな」質問ではなく、断定だった。

アンドレイは、大きなデスクの上に両手をひろげた。

「リスクを冒すだけの価値はありました。それに要した費用は、得られたであろう利益にくらべれば、微々たるものです」

「しかり」とプーチンが応じて、立ちあがり、スラックスの前をはたいて、カチカチというような音を立てた。虎が流れるような動きで身を起こす。そこに存在するだけで、それは脅威だった。「アンドレイ、わが若き友よ、きみはじつにうまくやってくれている。きみは優秀だと見こんだからこそ、わたしは、もっと年長で経験も豊富な多数の候補者をさしおいて、きみをその地位に抜擢《ばってき》したんだ」

アンドレイ・イワノフもまた、プーチンが虎を連れて出ていこうとしていることにほっとしながら、立ちあがった。

「ありがとうございます」

そう言っても、年上の男はなんの反応も示さなかった。

しばらくしてやっと、プーチンが破顔一笑した。

「しかり。きみも知ってのとおり、わたしはつねづね、積極的な行動を賞賛してきた。ロシアがかつての栄光を取りもどすためには、そのときどきに危険を冒すしかないからね。ジューバがイスラエルになにをしようが、それはわれわれの関知するところではない。しかし、きみに認識してほしいのは、われわれのレベルの政治政略には別の真実があるということだ」

「それはなんでしょう、首相？」

「失敗は許されない」

プーチンが虎の首輪につながっているロープをぐいとひっぱって、戸口から外へ出ていく。虎をけしかけるつもりはなさそうだった。

ドアが閉じられるのを見て、アンドレイは、してやったりと満足感に浸った。プーチンは暗に威嚇《いかく》するだけで、実行力は持ちあわせず、マーシェンカもただの大きな猫でしかない。どちらも、牙は持っていないのだ。

そのとき、ニキ・ペトロワが革張りのブリーフケースから小型拳銃を抜きだし、彼の後頭部に銃口を向けて、引き金を二度、引き絞った。

53

リヤド

ヘンリー・ツァン少佐は、淡いストライプの入ったチャコールグレイのスーツに白のシャツ、趣味のいいネクタイという目新しい装いで、少し早めにマリオット・ホテルに到着した。予約しておいたテーブルに行き、壁を背にしておける席を選んで、腰をおろす。銀食器がまばゆい人工の光を浴びて輝き、天井に埋めこまれたスピーカーからソフトなジャズ・ミュージックが流れていた。彼は煙草を一本取りだして、火をつけた。まもなくスワンソンが到着するだろうが、それまでに準備しておかねばならないことがあった。

ツァンは、朝食の注文は〝友〟がやってきたときにしようと思い、ひとまず、熱い湯を満たした水差し《カラフ》とレモンのスライスを持ってきてくれと頼んだ。ウエイターがスウィング・ドアを抜けて厨房に姿を消すのを待って、小さなマイクロフォンを取りだし、スワンソンがすわるであろう席のほうに向けた格好で、花瓶の花のあいだに配しておく。このテーブルで語られたことはすべて、ホテルの外に駐車している監視用の青いヴァンの記録装置へ送信されるはずだ。ベルトにつけているポケットベル《ページャー》が一度だけうなって、傍受者が、万事順調で、マイクがまちがいなくレストランの物音を拾っていることを伝えてきた。

ウエイターが戻ってくる。ツァンはカップにレモンのスライスを入れて、湯を注ぐと、のんびりと煙草を吸ったり、ドリンクを楽しんだりしながら、待つことにした。彼がそこにすわった日曜日の午前九時十五分は、はるか北京ではすでに午後の二時十五分にあたっており、そこではさまざまなことがあわただしく進められ、最後の決断がなされ、命令がつぎつぎに下されているだろう。この地の時間にして、あす、わが国は戦争に突入するのだ。

高位のひとびとが、この非公式会談の報告を待ち受けている。

自分はもうここにいる。あのアメリカ人はどこにいるのだ？

カイル・スワンソンはフラシ天のソファにゆったりと身をのばしてすわり、ジャマール・ムヘイセンはペーパーバックのミステリ小説を読みふけっていた。ジャマールはのんびりとページをめくって、時間をつぶしている。カイルは白い天井をながめていた。

「これじゃ監獄同然じゃないか？」

「ああ」とジャマール。「いまいましいアラブの牢屋さ。またいれたてのコーヒーを注文しようか？」

「うむ」カイルはうめいた。「もうコーヒーは飽きた」

立ちあがり、窓辺に歩いて、外を通りすぎる乗用車やトラックをながめる。この広いオフィスは防音が行きとどいているので、下の道路を行き交う車の音を聞きとることはできなかった。数台の軍用車が小さな車列を組んで通りすぎていったが、たんにそれだけのことで、この国の首都はすでに平常に復していた。朝陽がまばゆく輝いている。

その広大な部屋は、この国の大規模な油田を管理している巨大石油企業サウジアラムコの警備という特別任務に従事する、サウジの別の王子が私的に借りているオフィスだ。室内は染みひとつなく、手織りの色鮮やかな絨毯が何枚か敷かれ、高い本棚、数脚の椅子とテーブル、そしてソファが配されていた。並んだ窓を背にしたところに大きなデスクが置かれ、その上にある書類もまた、ほかのあれこれと同様、きちんと整頓されている。暗色の壁のそこここに、王族の面々や外国の高官たちの写真が飾られていた。シャワーを含め、すべてが完備されているバスルームが付属している。

「こんちくしょう」ソファにひきかえして、どすんとすわりこみながら、カイルは吐き捨てた。

戸口に二名の兵士が立って、監視にあたっているが、ずっと沈黙を守っていた。その警備チームは三十分ごとに交替し、部屋のすぐ外にも別のひと組が立っている。

中国の連絡員の不意を衝《つ》こうとする作戦は、身柄が拘束されたときに潰《つい》えたことはわかっていた。それどころか、いまはあの男と会うこと自体がむずかしくなっている。外部と連絡をとるための機器はすべて没収され、この賃借オフィスには、人間が快適にすごすためのものは、テレビゲームも含めてなんでもそろっているが、電話やテレビ、そして助けを求めるのに必要な装置は、なにもなかった。エアコン付きの贅沢《ぜいたく》な洞穴に閉じこめられたようなものだ。

この重大な時間が、夏に氷河の一部が分離するように、時の流れのなかからもぎとられようとしている。回収すべき核弾頭がまだ一基残っているが、その問題は、中国が攻撃に出るという予測に照らせば、さほど重要なものではなくなってきていた。落ち着け。待つんだ。心の準備をして。

カイルの腕時計が九時十七分を表示したとき、部屋のドアが開いた。警備兵たちが、捕虜から目を離すことなく、気をつけの姿勢をとった。プリンス・ミシャール・ビンハリド大佐が、にこりともせず、険しい顔で入ってきて、まっすぐデスクのほうへ歩いていく。いらだったように黒のベレー帽を脱ぎ捨て、椅子に腰をおろして、カイルをにらみつけた。

「嘘をついたな」

カイルはにらみかえした。

「謝罪はしませんよ」

「きみはわたしの指揮下にある」冷ややかな声で王子が言った。「わたしはきみら二名に、ホテルへ行く許可を出したが、きみらはわたしをたばかろうとした。側近をさしむけてチェックをさせたところ、きみらが姿を消したことがわかったんだ」

「自分はあなたの指揮下に入っちゃいない、大佐。われわれは協力して行動している。これは大きなちがいだ。われわれにはすべての核を回収する任務があり、それだけでなく、戦争が勃発するかもしれないというのに、あなたはむだぐちをたたきあうだけのテレビ会議に熱中し、自分はのんべんだらりとあそこにすわっているしかなかった。なすべき仕事があるときに、じっと待っている必要がいったいどこにあるというんだ？」

「わたしに向かって、そんな口のききかたをするとは！」ミシャールが立ちあがって、大声を出した。警備兵たちが緊張を募らせる。「きみの職務は、わたしが核兵器を回収するのを支援することであり、われわれはタブクの一基を除いて、その仕事をすませた。いまから、われわれは残りの一基を回収するためにそこへおもむく。それがすんだら、きみら両名はこの国を出ていってもらう。この件はすでに陛下と協議し、その承認を得ている。これまでの助力には感謝するが、ガニー、きみの職務はほぼ完了した。きみの勝手な行動は、目に余る」

カイルはたじたじとなりながらも、首を横にふった。

「もちろん、自分は勝手な行動をする男だ、大佐。事態が収拾がつかないほどエスカレートしたときも、状況が一変したときも、自分はやる必要があることをやる。自分はスナイパーであり、だれが指揮官であろうが、スナイパーに仕事のやりかたを指図することはできないんだ」

ミシャールが椅子にすわりなおす。

「この国がどういう状況であったか、きみにはまったくわかっていないのか。わが軍は、クーデターがもたらした混乱を一掃するさなかにあり、一刻の猶予もなく軍の再編をおこなわねばならないんだ。きみの忌み嫌うあの会議は、最高レベルの国家安全保障に関わるもので、われわれは中国の侵攻の可能性にいかに対応すべきかを検討していた。この地に戦争が勃発する可能性を徹底的に論じあっていたんだ」

「核兵器を埒外《らちがい》に置くのは、回収してからにしたほうがいいぞ、大佐」

ミシャールが腕時計に目をやる。

「では、それに取りかかろう、一等軍曹。外に航空機を待たせてある。それがすんだら、その図々しいケツをこの国からたたきだし、わが国が直面している重大な脅威への対処に着手する。きみのエゴにふりまわされるのは、もうたくさんだ」

「自分はそれでけっこうだが」カイルはぴしりと言いかえした。「自分が早めにリヤドに行こうとした理由を問わずにすませていいのか？　もし自分のやりたい仕事が最後の核の回収だけだとしたら、なぜそんなことをしたのかと。あなたが言ったように、あれはもうルーティン仕事になっているし、おまけにその核は数百マイルも離れたタブクにあるんだ」

大佐がベレー帽をつかみあげる。

「そんなことはどうでもいい、ガニー。それに、あそこも道路封鎖をさせてあるんだ。さあ、出かけるぞ」

「この地に中国の偵察員が来ていて、自分はそいつと面識があるんだ、ミシャール王子」険しい声でカイルは言った。「この朝、そいつと会う約束をしていた。自分は早めにリヤドに入り、不意を衝《つ》くつもりでいた。そいつを説き伏せ、サウジとアメリカが中国に敵対することになるから、軍事行動は思いとどまるようにと本国の連中に伝えさせようと思ってね」

王子が立ちどまる。

「なぜ先にそのことを言わなかった？」

カイルはジーンズのポケットに両手をつっこんで、王子の目をのぞきこんだ。いまの質問は無視する。

「その連絡員は、ヘンリー・ツァンという特殊部隊タイプの男で、自分はアルコバールに行ったときにそいつと出会った。彼はおそらく、中国軍中央指揮所とじかに通信ができ、ほかの特殊作戦タイプの男を、いわば同類項ということで、信用するだろうと思う。自分は、この面談に、あなたの、というか、どちらの国の政府の痕跡も残らないようにするのが最善だと考えた。ことがかたづいたところで、いっさいがっさいを知らせるつもりでいたんだ」

ミシャールがまたベレーを脱いで、椅子にすわりなおした。椅子をまわし、海兵隊員とＣＩＡ局員から目をそむけて、窓の外へ目を向ける。いま知らされた事柄の意味を把握しようと、めまぐるしく頭を回転させているようだった。彼がまたこちらに目を戻す。

「その面談はまだ可能か？」

「いまこのときも、そいつはマリオット・ホテルで自分を待っているはずだ」

「よし、わかった。しかし、この件にはわたしも首をつっこませてもらうぞ、スワンソン。ここはわたしの国だし、ぐずぐずしている時間はないんだからな」

54

リヤド

カイルとミシャールがレストランに入ると、そこはほぼ無人だった。奥のブースに、くだんの中国人がひとりですわっているのが見えたので、ふたりはそこへ歩いていった。レストランの入口に、店の案内係が〝閉店〟の看板を掲げる。内密にする必要があるからだ。

「ミスター・ツァン、面談に応じてくれたことに感謝する。遅くなってすまなかった」カイルは、U字型ブースの片側に腰をおろした。「こちらはおれのパートナー、プリンス・ミシャール・ビンハリド大佐だ」

ヘンリー・ツァンは、まばたきひとつしなかった。会話はすべて記録され、自分は安全だと確信していた。スローペースでことを運ぶようにしようと、彼は思った。

「いや、こちらこそ。どうぞ、おすわりを、大佐。おふたかたは、コーヒーがよろしい？　それとも朝食といきますか？」

ミシャールが、ブースの反対側に腰かける。

「われわれとの面談に応じてくれたことに感謝する」

ツァンが笑みを返して、ティーをひとくち飲む。

「これは内密の面談だと思っていたんだがね、ミスター・スワンソン。非難するつもりは毛頭ないが、王子の大佐が同行することを知らされなかったのは遺憾《いかん》のきわみだよ」

「直前のなりゆきで、こうなってしまってね。あんたがなにかの疑問をいだいているようなら、彼が助けになってくれるだろうと思うんだが」

ツァンがテーブルの上で両手を組む。

「疑問？　それを言うなら、自分がここにいる理由すらよくわからないというのが率直なところだ。二、三日前、アルコバールで短時間いっしょになったというだけのことで、あんたのことはよく知らないんでね」

カイルはにやっと笑った。

「あそこのひとびとは口をそろえて、あんたは戦闘のまっただなかで平然としていたと言ってたぞ。会計士にしては、できすぎた話じゃないか」

ツァンはまったく表情を変えなかった。

「あれは戦闘だったのか、たんなる殺戮《さつりく》だったのか。どっちにせよ、平然としているしかなかったさ。それより、きょう、ここで面談をするというのはどうしてだ？　わたしがおふたかたになにをしてあげられると？」

ミシャールは、儀礼的なことばのやりとりをしている気分にはなれないようだった。

「きみは北京の支配者たちに伝えることができる。サウジは中国が油田に侵攻する計画を進めていることを察知し、それを阻止するための準備を整えていることをだ！」

ツァンはまだ、顔色ひとつ変えなかった。

「なんのことやらさっぱりわかりませんね、大佐。そんな計画のことはなにも知らないし、そもそも、わたしは大使館の下級職員であって、大使ではないんです。どうせなら、大使に接触なさってはどうです」

「いいかげんなことを、ヘンリー。二、三日前は会計士だったのが、いまは大使館の職員とは。あんたはスパイさ。おれもスパイ。ミシャールはサウド家の一員だ。このふたりに、しゃべってくれ。あんたの国が侵攻を成功させられると考えているのは、いったいどうしてなんだ？」

ツァンがじっとカイルを見つめた。

「くりかえすが、侵攻のことはなにも知らないんでね、ミスター・スワンソン。そういう懸念を持っているのなら、即刻、大使館と接触してもらいたい」

ミシャールがなにかを言おうとしたので、カイルはそれを制して、言った。

「ヘンリー、ひとつ、仮定の話をしようじゃないか。くだらない笑い話ってことで。友人三人が、朝食の席で地政学的構図を談義するってわけだ」

しばし、場が静まりかえる。ヘンリー・ツァンが花瓶に手をのばし、小さなマイクロフォンを取りだして、ティー・カップのなかに沈め、通信を切断した。もし査問を受けることになっても、これまでの会話記録が、彼は不適切な言動はなにもしなかったことを証明してくれるだろう。そろそろ本論に入る時だと、彼は判断したのだ。

「それは興味深い練習問題だね。話をつづけてくれ」

ミシャール王子が、いらだったように両の掌《てのひら》で目をごしごしやった。いまにも爆発しそうなようすだった。

「きみは時間をむだにしている、ミスター・ツァン。これは仮定の話だが、もし中国軍機がサウジ領空に侵入したら、それらは撃墜されるだろう」

「これも仮定の話だが、アメリカは同盟国であるサウジの側について、戦闘に参加するだろう。その最終的な決定はワシントンが下すが、この談義においては、そうなるのは確実だと考えるようにしてくれ」

ヘンリー・ツァンがしばし仮面を脱いで、ミシャールをじっと見据えた。

「ひとつ、疑問の余地なく言える事実は、サウジアラビアは王家に対する反乱に苦慮しているということだ。暴動はまだ、いまこうして談義をしているときにも進行している。そのため、貴国の政府は不安定な状態になっている。ニュース報道によれば、貴国のパイロットが国王を暗殺したそうだ。このような危機に際して、他の諸国の指導者たちがサウジの石油生産能力に危惧《きぐ》をいだくのはむりからぬことだと思える」

カイルは反論しようとしたが、ツァンにはまだ言いたいことが残っていた。

「最後まで言わせてくれ。石油生産に関する危惧のみならず、サウジアラビアは核を保有しているという報告も入っている。これもまた、国連が国際的介入が必要かどうかを考慮し、判断する重要な点になるだろう。要するに、ミシャール王子、貴国は甚大な困難に見舞われ、支援を必要としているように思われるということだ」

「貴国のような支援は必要ない」険しい声でミシャールが言った。

カイルはヴェストのポケットをまさぐった。

「すでに支援は得ている。われわれのね」カイルは取りだした五〇口径の空薬莢《からやっきょう》をテーブルに置き、指先でちょっとまわした。「では、仮定の話に戻ろう。先だって、おれはこれを撃ち、反乱の指導者ムハンマド・アブー・エバラが予期せぬ死を遂げた。さっき言ったように、ミシャールはおれのパートナーだ。言い換えれば、この二国は協力態勢にあるということだ。あんたの国が侵入してきたら、こっぴどくたたきのめされることになる。空挺部隊が降下ゾーンに近づくことすらできないだろう」

ツァンが空薬莢をつまみあげて、においを嗅《か》ぐ。それにはまだ、最近使われたことを物語る、無煙火薬コルダイトの残滓《ざんし》があった。

「思うに、どの国であれ、油田の防衛と保護を確立しようともくろんだ場合、そういった偶発事態の発生を考慮に入れて計画を立てるだろうね。言い換えれば、それはわれわれにとって脅威とはならないということだ」

ミシャールが、房飾りのあるクッションにもたれこんで、身を落ち着ける。

「よし、真実を言ってやろう。われわれは反乱を鎮圧した。エバラの排除によって反乱の指導力は失われ、政府はすべての都市と地域において統制を回復しつつある。アブドラ王は確固として玉座にあり、宗教警察は活動を封じられた。言い換えれば、ミスター・ツァン、これは疑念の余地なく、残党狩りを除いて、反乱は終息したということだ。わが国はこの月曜日に、国連でそのことを証明するつもりだ。反乱がなくなれば、石油生産の安全は確保される。わが国の国内問題に、中国が……いや、諸外国が……介入する理由はなくなるというわけだ」

ツァンがうなずき、意味のわからない笑みを浮かべる。そして、カイルに目を向けてきた。

「理由はなくなる？　いまの主張が正しいとしても、サウジにはまだ軍事用途の原子力装置という問題が残る。国連では、大量殺戮《さつりく》兵器の脅威を排除するために外国が武力介入することが、先例として確立されている。国際的な脅威という要素を付け加えてもいいだろう」

カイルは笑みを返した。

「それが、つまるところ、あんたがこの面談に応じる気になった理由なんだな、ツァン少佐。そう、われわれはあんたの素性を知っているんだ。だが、そんなのはささいな問題だ。王子とおれは、アブドラ王の命を受けて、ここ数日、そういう兵器の回収に追われてきた。サウジには、それが総計五基あった。われわれはすでにそのうちの四基を回収したから、それによる脅威は大きく減少したということだ」

「それでもまだ、一基が残っている。あれは、ただの一基でも多すぎるほどのしろものだ」

ツァンは、どうして彼らが自分の階級や実際の身分を知ったのかといぶかしんでいたが、いまはそんなことに頭を悩ませている場合ではない。「根本的な変化はなにも見てとれないね」

カイルは反論した。

「われわれはいまから、最後の一基の回収に向かうところでね、少佐。あんたがその目で回収を確認し、それを上司に伝達できるよう、われわれに同行するのはどうだろう。それが配備されているのは、ヨルダンとの国境に近い、キング・アブドゥル・アジズ軍事都市だ」

ツァンは、北西部軍管区の中核であるその巨大軍事都市のことを知っていた。そこは、サウジアラビア陸軍機甲歩兵旅団の根拠地で、空挺および戦車戦教練場が付属し、また空軍基地でもある。

「あそことは七百マイル近くも離れている」とツァンが言い、白いナプキンを丸めて、テーブルの上に放りだした。「それなのに、まだここにじっとすわっているつもりか？　おふたかた、そろそろ出かけてはどうだろう？」

「航空機を待たせてある」ミシャールが応じ、身を滑らせてブースを出た。

戸口のところで動きがあり、三人がそこに近づいていくと、ミシャールの副官が参謀将校の説明に耳をかたむけているのが見えた。副官のアルムアラミ大尉が片手をのばし、説明者の袖をひっつかんで、わきへよけさせ、そうしながら、あとにつづくようにとミシャールに身ぶりを送った。アルムアラミが受付カウンターのわきにある狭い控え室にミシャールと参謀将校を導き入れ、ドアを閉じる。

カイルとツァンが呆然と見つめあっていると、そこにジャマールが入りこんできた。

「彼も同行する。ＣＩＡだ」カイルは説明した。

ツァンはなにも言わない。全員の目がドアに向けられていた。

ドアが開き、ミシャールが飛びだしてくる。両手をこぶしに固め、顔を真っ赤にしていた。

「あれが消えた」うなるようにミシャールが言った。「あの核が消え失せたんだ！」

55

サウジアラビア　タブク

その緊急メッセージが伝達されてきた瞬間、時間が永遠にひきのばされたものか、パイロットがスロットルを限界まで押しこんでも、リヤドを離陸したミシャールの私有ジェット機は何時間たってもタブクにたどり着かないように感じられた。情報機関が伝えてきたところでは、イスラエルが、サウジアラビアのテロリストによって核兵器が盗まれたという短い謎めいた勧告文を受けとって、軍を緊急出動させ、最高警戒態勢に入ったとのことだった。その発信者不明の情報は信頼性が高いと見なされ、核兵器のターゲットは、古代からユダヤ教、キリスト教、イスラム教共通の聖地であった歴史的都市、エルサレムであろうと想定されたのだ。

ヘンリー・ツァンは、マリオットへ運転してきた大使館の車のトランクから衣類バッグを取りだして、スーツを脱ぎ捨て、筋骨たくましい上半身がくっきりと見てとれるブルーのTシャツにジーンズという姿になっていた。フライトのあいだ、彼はほとんどなにも言わなかったが、その目は進行中の状況をなにひとつ見逃さなかった。時間がたつにつれ、中国が侵攻を決断する瞬間が迫ってくる。もしエルサレムにきのこ雲が立ちのぼれば、中国の断固とした行動は、その地域の別の場所へつぎの核攻撃がおこなわれる可能性を打ち消したとして、おそらく国際社会の賞賛を浴びることになるだろう。北京とワシントンは、戦うのではなく、協力する関係にすらなるかもしれない。きわめつきに意外な展開だ、とツァンは思った。

ミシャールは、現状報告のメッセージにときおり目を通しながら、無言で窓の外をにらんでいた。キング・アブドゥル・アジズ軍事都市は完全に封鎖され、ミシャールが到着するまで、それが継続されるとのことだった。基地司令官が自殺をしたとか。ミシャールは困惑し、激怒していた。あの長ったらしい会議に出ていなければ、最後のミサイルはとうに回収され、安全なところへ移送されていただろう。この重大な局面について直接、アブドラ王と話しあったが、王国が苦慮していることは明らかだった。もしあのミサイルが——つい数日前まで秘密が守られてきたサウジの核兵器が——エルサレムに撃ちこまれたら、なにをもってしてもユダヤ人を制止することはできなくなるだろう。他の諸国も雪崩《なだれ》を打って参戦し、サウド家の王国どころか、サウジアラビアという国家そのものが消滅するかもしれない。

カイル・スワンソンは、自分の前の無人のシートをながめながら、ことの経緯が記された文書を何度も頭のなかで思いかえしていた。そして、こんなふうに思っていた。これはいったいどういうことなのか、さっぱりわけがわからない。

夜明けの直前、基地司令官に率いられた小規模の車列がメイン・ゲートに到着した。彼の乗る高級セダンのフェンダーには短いポールが取りつけられて、サウジアラビア国旗と、二つ星その他の階級を示す小旗がはためいていた。その権威が疑われることはないのだが、それでもセダンはわざわざそこで停止して、警備の兵士たちに目視および書類の両方で、その身分を確認させた。警備兵たちがさっと気をつけの姿勢をとると、セダンは悠然とゲートを通りすぎ、一台の装甲ハムヴィーと、二台の巨大なM920　8×6牽引トラックがつづき、トラックはそれぞれがM870A1という、荷台が低く、全長が二十五フィートを超えるセミトレイラーを牽引《けんいん》していた。

その車列は、核ミサイル・システムが保管されている構内建造物のほうへ直行し、少将がそこを管理する大佐に、命令が変更されたことを告げた。兵器の即時回収という当初のスケジュールが取り消しになって、後日に延期されたことを知らせるファックスが、内務大臣から送られてきたのだと。少将がじきじきに訪れたばかりか、政府の公式文書もあるというわけで、大佐とその部隊は命令に従った。

二台の長くて低いセミトレイラーが横並びに駐車して、巨大なエンジンをアイドリングさせているあいだに、別のドライヴァーたちが二台の装甲兵員輸送車《APC》をそこに運転してきて、そのそれぞれが——一台には核弾頭、もう一台にはミサイルが搭載されていた——トレイラーの平らな荷台に乗りあげ、そこの所定の箇所にチェーンと積載フックによって固定された。

輸送書にサインがされ、車列が朝の日射しを浴びて走り去っていくと、大佐は警備部隊を解散させ、基地司令官の少将は自分のオフィスにひきかえして、拳銃で頭を撃ち、脳みそを撒《ま》き散らした。

非の打ちどころのないあざやかな作戦だ、とカイルは思った。

が、それは移送作業という側面に関してのことだ。わけがわからないのは、大佐に渡された書類のなかに、カイルの名を記して封がされた一通の封筒が混じっていたという点だった。

カイルらを乗せた機は、軍事都市内にあるキング・ファイサル空軍基地の滑走路になめらかに着陸し、セダンの列のそばで待ち受けている高級将校の一団のほうへタキシングして停止した。ミシャール王子が先頭に立って機を降りていったが、そのしかめ面を見た将校たちはほっとするどころではなかった。彼は怒りを漂わせており、その副官が並んでいる将校の前を歩いて氏名リストの作成に取りかかると、彼らの不安はピークに達した。

階段をくだって、熱気の立ちのぼる滑走路に降りたカイルは、ミシャールに手綱をかけておいたほうがよさそうだと判断した。怒りを将校の一団にぶつけることは、現時点ではなんの益もない行動だ。

「例の封筒を」王子の肩ごしに、カイルは声をかけた。

ミシャールが命令をどなり、ひとりの大佐が進み出て、封がされた茶封筒を手渡す。かなり流麗な手書き文字で、宛名が記されていた。

「では、基地司令官のオフィスへ案内してもらおう」ミシャールが命じた。「死体はまだそこに？」

「はい、そうです。だれも、どこにも触れていません。あなたの到着をお待ちしていましたので」

カイルとミシャールが二台めのセダンの後部シートに乗りこみ、ヘンリー・ツァンは助手席にすわった。車列がフライトラインを離れて走りだすと、カイルは封筒のフラップの下に指をつっこんで、封を引きちぎった。そのなかには、8×10インチサイズの通常の便箋《びんせん》が二つ折りにされて、おさめられていた。

〝地の果てでおまえを待っている。ジューバ〟

「くそ！」カイルはうめいて、その便箋をミシャールにまわした。ミシャールがそれを読んで、ツァンに手渡す。

「これはどういう意味だ？」

「われわれが対決するのは、狂気に取り憑《つ》かれた男、何千もの人間の命を奪ったテロリストということだ。あいつは死んだと思っていたんだが」

ツァンが口を開く。

「ジューバ。数年前、ロンドンとサンフランシスコで生物化学兵器攻撃を仕掛けたテロリストか？　そいつがクーデターの黒幕だと？」

「やつがすべての計画を立てたわけじゃないだろうが、攻撃を具体化し、命令を出したのは、おそらくやつだろう」カイルは、司令部へと急行するセダンの窓から外を見やった。「まさか、イラクであれほど手ひどい攻撃を受けた男が生きていたとは。おれが銃弾を撃ちこんだだけじゃなく、ほぼ同時に上空からやつに爆弾が投下されて、爆発したんだからな。信じられない」

「では、このメッセージはあんたへの挑戦状か？　そいつは復讐するために対決を望んでいると？」

「そのように思える。いま言ったように、やつは常軌を逸してるし、どうやら、おれを殺したいという一念に凝り固まっているようだ。狂気の男に論理を期待することはできない」

車が速度を落とし、白い漆喰《しっくい》が塗られた巨大な三階建て建築物の前にある、広大な駐車場へ乗り入れていく。建物の戸口に警備兵が立っていた。

「そして、そいつは地の果てできみと相まみえることを望んでいると」ミシャールが、基地司令官オフィスのドアを開きながら、言った。

56

タブク

死臭が、彼らを戸口で立ちどまらせた。狭い空間に閉じこめられていたせいで、死体が早々と腐敗しはじめ、血のにおいと混じりあった強烈な悪臭を放っていたのだ。少将はデスクの椅子にもたれこんだ格好で死んでおり、頭の後ろのクッションが赤黒く染まっていた。大きな射出口から噴出した血が、制服の上にもひろがっている。銃口と同じサイズの射入口がひとつあり、その周囲の皮膚に未燃焼の発射薬がこびりついていた。拳銃は、右手に握られたままだ。

「見たところ、彼は、自分がやろうとすることを考えて、最後の瞬間にちょっとためらったようだ」カイルは言った。「そしてようやく、銃口をこめかみに押しあてて、引き金を引いた」

「こんな下劣な男には生きる価値はない。彼はクーデターを引き起こした側について、自身と家族の名誉を穢《けが》したんだ」ミシャールの目は死んだ男を凝視していた。「前から、気にくわない男だった。よし、仕事に取りかかろう」

王子が死体に唾《つば》を吐きかけ、一団を引き連れて外に出たところで、調査官たちが部屋に入っていった。

大佐が、近くの建物に新たに設置されたオフィスへ彼らを案内し、少将が無許可の車列を率いて基地に入り、核兵器を奪いとった経緯の説明に取りかかる。大佐はミシャールに、一枚の書類を手渡した。それは、リヤドにある内務省からファックスで届けられた公式の命令書で、書式は適切、レターヘッドに副大臣の署名もあった。

「けさ、あなたと電話で協議をしたあと、わたしがその命令書に署名をした男と連絡をとろうとしたのですが、その姿はどこにも見当たらないとのことで」

ミシャールが書類を副官にまわして、指示を出す。

「リヤドに電話を入れて、わたしからの命令を伝えてくれ。その男を見つけだすようにと。大佐、客人たちのために英語で話すようにしてくれるか」

カイルが咳払いをすると、王子がうなずいて、大佐への問いかけをうながした。

「少将はけさ、その兵器を奪いにきたとき、どれくらいの人数を引き連れていたんだろう？」

「トラックのドライヴァーが二名、輸送車の運転を担当した男が二名、指揮車輌に乗っていたのが少将とほか一名、エスコートのハムヴィーに四名。少将の言ったところでは、基地に入ることを許可されていない特殊部隊と外で合流するとのことでした。この基地には数千の将兵がいるので、不思議に思って、その点を問いただそうと思ったのですが、彼は自分の司令官であり、適切な移送命令書もありましたので」

「つまり、その強奪団の人員は、全部合わせても十名だったということか。少将は自殺したから、いまは九名」

「イエス」と大佐。

「指揮車輛に乗っていたほかの一名というのは、どんなやつだった？」

「アメリカ人で、ＣＩＡの身分証を所持していました」大佐が別紙のリストをチェックする。

「氏名は、ジェレミー・Ｍ・オズマンド」

カイルはミシャールに顔を向けた。

「くそ。ジューバはイギリス人《ブリット》なんだ。本名はジェレミー・マーク・オズマンド。いけしゃあしゃあと！　なにがなんでもこのメッセージをおれに届けたかったんだな」

ミシャールが、出動可能なすべての航空機とヘリコプターを、すでに捜索がおこなわれている基地と国境のあいだの上空に飛ばすようにと大佐に命令し、オフィスから退出させる。そこに残ったのは、カイル、ミシャール、ツァン、ジャマールの四人だけとなった。

「きみはえらく寡黙だったな、ツァン少佐」王子が言った。

「悩ましい状況になってきたんでね。さっき、あのホテルにいたときは、この国にはわが国が巨大な利益を見こめるものが実際にあるんじゃないかと思っていた。だが、少将が自殺し、核兵器が失われたいまは、強い疑念を覚えるようになってしまった」中国軍情報将校はいらだったように両手をひろげた。

「ジャマール？　あんたはどう考える？」カイルは問いかけた。

「おれもこの少佐と同じで、なんとも言いようがない。ジューバがあんたに復讐をしようとするのは、いかにもテロリストらしくイスラエルに核を落とそうとする行動と、どうにも結びついてこないんだ。悪気はないんだが、カイル、この比較で言えば、あんたはたんなる小物でしかないだろう」

カイルは椅子から立ちあがり、壁に設置されているホワイトボードの前に足を運んだ。

「みんなにはっきり言っておくが、おれはそんな狂った妄執につきあうつもりはない。やつも、この前対決したときに、これは名誉に関わるようなものじゃないことが骨身に染みたはずなんだが。とにかく、おれはやつを死なせたいだけだ。前回、われわれはやつがひそんでいた民家を文字どおり木っ端微塵《こっぱみじん》に粉砕し、やつはその残骸《ざんがい》にうずもれた。その爆撃の直前に、おれはまちがいなく、やつに五〇口径弾をたたきこんでいた。それでも、やつはどうしてか生きのびた。こんども、おれは同じようにするつもりだし、手に入る兵器はなんでも使う。これは決闘じゃない。そんなのは、やつの夢想でしかないんだ」

ミシャールが立ちあがって、のびをする。緊張で全身の筋肉がこわばっていたのだ。

「ではあっても、やつが危険な男であることに変わりはない。やつは核兵器を持っている。なんとしても、それを取りもどさなくてはならない」

「もしかすると、これには最初に考えたほどの切迫性はないのかもしれない。ジューバが姿を現わして、その存在をひけらかしたことが、逆にこちらの助けになるだろう。なにしろ、おれはいままで、やつがこのゲームに加担していることすら知らなかったんだ。やつの立場になって考えれば、やつは目標であるおれを射程に入れたがっているわけだから、実際にやつが核ミサイルを発射しようとする前に、こちらには多少の時間的余裕ができてくるだろう」

「しかし、カイル、やつはいつでもそのボタンを押せるんだぞ」ジャマールが言った。「おれに一分ほど、その狂人の精神分析をやらせてくれるか。もしかすると、やつはあんたをそばに引き寄せて、ミサイルを発射するところを見せつけ、あんたがそれを阻止するのに失敗したことを思い知らせたいと考えているだけかもしれない。いったんミサイルを発射してしまえば、やつはあんたとの貸し借りを清算する行動に出ることができるだろう」

カイルは黒の油性ペンを取りあげて、キャップをはずした。

「そこで、やつは重大な問題に直面するだろう。おれの考えでは、やつはそんな行動には出られない」

「なぜだ?」ミシャールがデスクの縁に尻をのせて、問いかけた。「やつがこれまでにやらかしたことや、その動機を考えてみろ。あれは極悪非道の男だ」

カイルはホワイトボードに大きく〝9〟と書きつけた。

「これが、やつを含めての、やつらの総数だ。じゅうぶんじゃない。よく考えてくれ、みんな。核は大砲じゃないから、通常の兵器として見るのはやめよう。核ミサイルというのは精巧なしろものなんだ。それを扱うには、倉庫から運びだすための特別クルー、クレーン・オペレーター、車列管理クルー、指揮統制員、車輌操作員、通信士、そしてエスコート役が必要だ。関わる全員が高度な訓練を受けていなくてはならず、兵器自体を操作する人間はそのための訓練を受け、資格を持っていなくてはならない。発射コードは、数字合わせ錠がついたスチールのボックスのなかにおさめられている。兵器はふたつの部分に分離していて、それらが二台の装甲兵員輸送車に分けて搭載される。やつには、ミサイル搭載車と司令車の結合ケーブルを連結するための人員やノウハウが不足しているし、ましてや核弾頭をミサイルに実装するのは不可能だと思う。ジューバは頭が切れるが、なんでも知ってるわけじゃないし、ひとりでそういうことをやってのけるのは不可能だ。ミサイルが実際に発射されることになるとは思えない」

そのときドアを激しくノックする音がして、全員がさっとそちらをふりむいた。オマール・アルムアラミ大尉が駆けこんできて、叫ぶ。

「あれを発見しました！」

57

タブクから南へのびるハイウェイがただちに接収されて、警察と軍隊が民間の全車輛を排除し、キング・アブドゥル・アジズ軍事都市からぞくぞくとトラックと装甲車が出動して、ミサイルの存在が報告された五十マイル先の地点へ向かった。多数の車輛が背後に砂煙を巻きあげて移動し、戦闘機の群れが上空を飛び交う。嵐のような砂煙の上を、二機の大型指揮ヘリコプターが近接編隊を組んで飛行していた。先頭のヘリコプターに乗りこんでいるのは、ミシャール王子とその副官、そして数名の高級将校だ。カイル・スワンソンとヘンリー・ツァンとジャマールは、僚機のヘリコプターに乗りこんでいる。それは、戦闘ゾーンに突入するためではなく、物資全般を輸送するために設計されたヘリコプターだった。

彼らは快適な機内に身を置いて、赤銅色《しゃくどういろ》に染まった空の下を飛行していた。金属の床にボルト留めされて、向かい合わせに設置されているブルーの座席は、クッションが効いていて、安楽椅子のようだった。サイド・ドアが閉じられているので、風が吹きこんでくることはなく、内壁に防音が施されているおかげで、ローターの騒音はやわらげられていた。強力なエアコン《アーマ》が砂塵《さじん》の流入を防ぎ、機内を涼しく保ってくれている。この飛行の目的地で核の最終戦争《ゲドン》がたくらまれているのでなければ、楽しいフライトになっていたことだろう、とカイルは思った。

目的の地点に近づくと、パイロットたちが、下方のどこかにいると思われるテロリストが肩のせ発射ミサイルを撃ってくるかもしれないと警戒して、二機の軍用ヘリコプターの速度を落とし、一千フィートの上空でゆるやかな周回飛行に入った。カイルは窓から下方を見た。まちがいない。着いた。ここがそうだ。

ジューバの率いる小規模だが危険なコンヴォイは、標識のない小さな交差点で幹線道路をはずれ、砂と岩から成る忘れられた谷間のなかに乗り入れていた。そこには、長年にわたって放置され、砂漠の太陽にあぶられてきた古い廃車が何百台もあった。ときたま涸れ谷《ワジ》に降って、激流を生みだす雨が、数百におよぶ金属の死骸《しがい》をでたらめに動かして、砂にうずもれさせたり、ぶつかりあわせたり、その前の洪水でうずもれていた金属の骸骨《がいこつ》を掘り起こしたりしていた。谷間を形成する左右の斜面の高いところに、遺棄された小屋が点在し、それらの窓や戸口がただの穴と化して、黒い口を開いている。

カイルはそのすべてを、熟練したスナイパーの目で見ていた。ジューバはうまい場所を選んだ。長年にわたって変遷をくりかえしてきた地形が、身を隠せるところを数多くつくりだしている。

がらくただらけの広大な谷間の地に、ミサイルがはっきりと見てとれた。装甲兵員輸送車《APC》からそれが上方へ突きだし、北にあたるイスラエルのほうに狙いをつけて、しかるべき六十度の角度で固定されている。ミサイルは、その先端に円錐《えんすい》状の物体が搭載されていて、いつでも飛び立ちそうな不気味な様相を呈していた。

核弾頭が積まれていたもう一台のAPCは、五十メートルほど離れたところに、強力なクレーンを側面からのばしたままの状態で、放置されている。強奪者どもは、チェーン式の滑車装置《ホイスト》を用いることで、重い核弾頭を輸送クレートから持ちあげて、ミサイルの扁平な先端部に装着することができたのだろう。

軍事都市から出動する前に、ミシャール王子が命令を出して、このワジの周囲全体を封鎖させていた。空にあるカイルには、スチールと可動火器、そして多数の兵士から成る巨大なドーナツの輪が内側へ縮まって、穴を狭めていく光景がよく見えた。偵察ヘリコプターがそのゾーンを低空飛行しても、対空射撃を受けることはなかったので、二機の指揮ヘリコプターは速度をあげて、いまも軍用車輛がごうごうと通過しているハイウェイの向こう側に着陸した。

カイルは無線のヘッドセットをラックに戻して、シートベルトをはずし、側面のドアを押しひらいた。保護の繭《まゆ》から足を踏みだしたとたん、熱風が吹きつけ、ローターの下降気流《ダウンウオッシュ》がたたきつけてくる。カイルはひたいに手をかざし、駆け足になって、もうもうと舞いあがる砂煙から逃げだした。視界が晴れたところで目をあげると、地面に立った場合は、ハイウェイの向こう側から下方へつづくワジはまったく見てとれないことがわかった。

指揮チームのほかの面々もヘリコプターを降りていたが、そのゾーン全体を包囲しているおびただしい軍用機械に恐れをなしたものか、サッカーの試合の立ち見客のように、ヘリコプターの周囲につったっているだけだった。そのなかから足を踏みだしてきたヘンリー・ツァンに、カイルは声をかけた。

「あの兵士たちは、だれかが殺されるはめになってからやっと、これは演習じゃないことに気づくんじゃないか」

「たしかに、戦車や兵士たちは見えるが、銃声はまったく聞こえないね」中国軍将校が同意した。右手にAK‐47を携えている。「どうも気に入らないな。こんなにたやすく、ことが運ぶというのは」

「ジューバはこちらを引き寄せようとしてるんだ」カイルは言った。「価値のあるターゲットを目視できるようにしようと」

「やつの真の狙いは、あんただけさ、ガニー」ジャマールがM16に新しい弾倉をたたきこみながら、言った。

「それならそれでけっこう」カイルは冷静に、さらりと言ってのけた。「おれがここに来たのは、ミサイルを無力化するためだ。その仕事をかたづけたら、ジューバの相手をしてやってもいい。以前のやつは明敏で抜け目のない戦士だったが、いまはただの狂ったろくでなし野郎だ。実際のところ、たいした脅威にはならないさ」

ミシャール王子のヘリコプターから最初に降り立ったのは、アルムアラミ大尉だった。有能な副官はすばやくローターのダウンウォッシュをくぐりぬけ、車輌の流れに隙間を見つけて、駆け足でハイウェイを横断し、現場を見渡せる地点に行き着いた。目の前に、ワジが開けていた。斜面に脇道があって、それが谷底の平地までのびているのが見えたが、その地点から目視できる範囲はかぎられていた。ミシャール王子が戦闘を指揮するには、もっとよく見渡せる地点が必要だろう。アルムアラミ大尉は、上方のごつごつした尾根につづく斜面に勾配が浅くなっている箇所を見つけだし、そこをたどって尾根に駆けのぼっていった。

彼につづいて、指揮チームのほかの面々がハイウェイを横断し、あとを追う。尾根にたどり着くと、ミサイルが、そして車の残骸《ざんがい》だらけの不毛の地が、よく見えるようになった。大尉はサングラスをはずして、双眼鏡を目にあて、その一帯のようすを探って、この地点がよさそうだと判断した。そして、片手をあげて、指揮チームに合図を送った。

そのとき突如、残骸だらけの地からライフルの銃声がとどろき、直後、アルムアラミ大尉が大口径弾を喉に浴びて、よろめいた。愕然《がくぜん》と目が見開かれ、その手が喉をつかんだあと、彼は地面に膝をついて、横ざまに倒れこんだ。

プリンス・ミシャール大佐は、副官が致命傷を受けて倒れるさまを、信じられない思いで見つめていた。つねに自信をみなぎらせ、不死身の男のように見えたアルムアラミが、あっけなく命を奪われ、すぐ三十ヤード先の地面に死体となって倒れこむとは。ミシャールが倒れた大尉のそばへ駆け寄ろうとしたとき、カイルが即座に反応して、二歩で追いつき、猛然とタックルをかけて、王子を地面に伏せさせた。カイルはすぐ身を転がして離れたが、片手でミシャールの腕をしっかりとつかんでいた。その瞬間、参集した兵士たちがいまの致命的な一発への応射を開始し、耳を聾《ろう》する銃声が断続的にとどろいた。兵士たちには銃声の出どころが見えなかったので、ターゲットをとらえることはできない。最初の一斉射撃が終わると、銃声は完全に途絶えて、ふたたび静寂がワジを包みこんだ。

「落ちつけ、ミシャール」カイルは命令した。「ジューバは、すぐれたスナイパーがやるべきこと、つまり主要な将校を真っ先に始末するということを、正確にやってのけたんだ。重要人物のように見えるアルムアラミ大尉が開けた場所に出ていけば、ターゲットにされるのは当然だ。もしあんたがあそこに行けば、やつはあんたも撃ち殺すだろう」

　またライフルの銃声がとどろき、指揮チーム用の重い無線機を背負っている軍曹が胸に銃弾を浴び、通信装置の重みにひっぱられて後方へ倒れこむ。無線機の長いアンテナが目印になって、彼に死をもたらしたのだ。ジューバは、押し寄せる部隊全体に動揺をもたらしていた。一千の兵士たちが、戦闘地帯のようすを目で探る。やつはどこにいる？

　一台の装甲兵員輸送車《APC》が、指揮チームを守る盾となるために、ハイウェイを離れて、突進してきた。それが到着したところで、カイルはミシャール王子の腕を離して、立ちあがらせた。

「タックルをかけて申しわけない、大佐。ジューバはいつでもよろこんであんたを始末するだろうし、そんな事態を招くわけにはいかないんでね。ここに踏みとどまって、状況を掌握し、やつが逃げだせないように包囲網を絞りこんでくれ」カイルは早口で王子に指示した。「つねに遮蔽物《しゃへいぶつ》の陰にいるように。おれはすぐに戻ってくるから」

ジャマールとツァンが、アルムアラミ大尉が射殺された尾根の裏側へのぼっていき、曲面状のルーフを下にしてひっくりかえった状態で錆びついているフォルクスワーゲンの陰に、監視に好都合な場所を見つけだしていた。ガラスが失われている窓を通して、向こうがよく見えるのだ。そのかたわらに、カイルは這《は》い寄っていった。窓ガラスもドアもない車の内部は、影になっていた。そばに転がっている岩や数本の低木を遮蔽にして、彼らはその一帯を概観した。周辺で、多数のヘリコプターが離陸したり、車輌がうなりをあげたり、兵士たちが叫んだり、散発的に銃声があがったりして、すさまじい轟音が鳴り響き、その場所を目立たなくしてくれている。

「なにか見つかったか？」彼は問いかけた。

「シューターは見えない」とツァンが答えて、横向きに身を転がす。掌《てのひら》で地面をならしてから、指でその一カ所に穴をつくり、そのそばに一本の線を引いた。「ここがミサイルのある地点で、これが道路だ。二百メートルと離れていない。まともなスナイパーなら、撃ち損じるはずがない」

カイルは、中国軍情報将校の意見に同意した。

「それは、双方に当てはまることだ。やつにあのふたつのターゲットが見えて、撃ち倒せたということは、この尾根からもやつの潜伏場所が、あいだに障害物がなにもない状態で見通せて、必中弾を送りこむことができるはずだ」

彼はその一帯に目をさまよわせた。おれならどこに隠れるだろう？

「やつのことはどうでもいい」ツァンが鋭く言った。「われわれがここに来た目的は、核兵器が用いられて、戦争が勃発するのを阻止することだ。少数の兵士の死など、なんの意味もない」

カイルは腹が立ってきた。

「しかし、そのいまいましいしろものを発射しようとしているのはジューバなんだ！　やつを見つけだせば、けりをつけることができる」

「そういう問題じゃない。わたしが言わんとしているのは、即刻、サウジ軍を突撃させて、あれを奪いかえそうということだ。スナイパーとの対決だのなんだのは、そのあとでやればいい」

「少佐、やつはミサイルを囮《おとり》に使っているにしても、こちらの攻撃が開始されたのを目にすれば、すぐにあれを発射するにちがいないんだ」

ツァンとカイルが同時に同じ結論に達し、中国軍情報将校のほうが先にそれを口に出した。

「やつがあの兵器をコントロールできているのだとしたら、まだそれが発射されていないのはなぜなのか？」

ジャマールがそばに寄ってきた。

「答えはかんたんさ、おふたりさん。前にカイルが言っただろう。やつがあれを発射していないのは、そうすることができないからだ」

「いや、あれがやつの最高の切り札だからだ」カイルは言った。「あれがあそこにあるあいだは、ジューバには、仕留めるのに必要なほんの一秒ほど、おれが姿をさらすチャンスがある。ミサイルを発射したら、その瞬間、サウジ軍が怒濤《どとう》のように押し寄せて……やつは死に、おれは生き残るというわけだ」

「いや、ちがう、そうじゃない！」ジャマールが首をふりながら、言いかえした。「おれは文字どおりの意味で言ったんだ。やつがミサイルを発射できるとは考えられない」

そのとき思いがけず、彼らの背後で、凶兆を声高に告げるような爆発の音がとどろいた。それは、聞こえたときにはすでに手遅れの警報だった。

58

携帯電話から発信された起爆信号で、路肩爆弾がすさまじい爆発を起こし、その猛威によって、ハイウェイ上にあった一台のハムヴィーが破壊された。非装甲のハムヴィーが炎に包まれて裏返しになり、乗りこんでいた運転士と三名の兵士は即死した。

津波のように飛散した破片が、近辺を通りかかった歩兵部隊の兵士たちを切り裂いて、さらなる死傷者を出したばかりか、爆風が、カイルとジャマールとツァンがいる地点にまで襲いかかってきた。そして、すでに地に伏せていた彼らをすくいあげ、骨がきしむほどの勢いで地面にたたきつけた。無数の鋭い破片が、ひっくりかえっているフォルクスワーゲンに打ちつけ、突き刺さり、爆風に押された車体がゆっくりと横倒しになって、大岩のように尾根から斜面へ転がっていく。嵐のように飛来した砂と土が彼らの顔にへばりついて、つかの間、全員の目をふさぎ、めまいを起こさせた。

あおむけにたたきつけられたカイルは、呆然自失状態であえいでいた。意識がなかば失われて、目の奥であざやかな色彩がうねり、頭にあるのは、反撃しなくてはならない、犠牲者ではなく戦士であらねばならないという思いだけになっていた。だが、死にひと撫《な》でされたことによって、カイルは苦痛を超越した境地に押しやられ、あのなじみの感覚が訪れて、自分が生き残ることなどは二の次となり、脈がひとつ打つごとに新たな力が湧きあがって全身にひろがっていった。世界が、白黒のスローモーションに変じていく。彼の心のなかにあるシアターで上映される映画を、ひとりきりで観ているようなものといおうか。彼は〝ゾーン〟に入った。戦闘に臨んだときに心が至る、このうえなくすばらしい境地に。カイルがその心地よい繭《まゆ》に包まれるのは、通常は引き金を引く直前だ。視覚と聴覚が鋭敏になり、嗅覚《きゅうかく》と触覚の反応も速まる。意識が回復して考えがまとまってくると、長いライフルを手に取って、この私的な戦闘をかたづけてしまおうという気になってきた。前回の対決でも、自分はジューバのうわてをいった。こんどもまた、それができるだろう！　一対一の戦いだ！　やつをぶっ殺してやる！

カイルはよろよろと膝立ちになって、立ちあがろうとしたが、ヘンリー・ツァンがその腕をつかんで、強くひっぱった。カイルが倒れた瞬間、それまで頭部があった空間を一発の銃弾が切り裂き、やや遅れて銃声が届いた。

待ち伏せだ！　ジューバはこの高みにある壊れたフォルクスワーゲンの陰が必然的に観察地点になるだろうと予想して、あらかじめそこを待ち伏せ攻撃の標的に設定していたのだ。あの爆弾はこの地点に狙いをつけて設置されていたのだが、起爆する寸前にハムヴィーがそこを通りかかって、爆発の猛威の大半を受けとめるはめになったのだろう。

ジャマールがアラビア語でなにやら悪態をつきながら、血に染まった脚を押さえていた。

ツァンがカイルを揺さぶり、目の前に顔を寄せて、叫びかける。カイルは徐々に意識を取りもどして、目をしばたいた。さっき自動的に湧きあがった殺戮本能《キラー・インスティンクト》が、ほとんど消え失せているのがわかった。心がふだんの状態に戻ると、脇腹に刺すような痛みがあることが感じられるようになった。飛来した六インチほどの鋭い破片が、ヴェストとシャツ、そして皮膚を切り裂いていた。革ベルトが、剃刀《かみそり》で切られたようにすっぱりと切断されている。サウジ軍の衛生兵がそばにやってきて、彼の目に水をかけた。冷たい水が顔を流れ、口に入りこんでくる。カイルはその水で口をすすいで、地面に吐きだした。衛生兵が傷の消毒に取りかかる。

「くそ！」カイルは悪態をついて、考えをまとめにかかった。ジューバは勝利にあと一歩のところまで来ていたが、まだ勝負はついていない。カイルは、いまは急いで動くのはやめたほうがいいと判断し、種類の異なる戦いに持ちこむことに決めた。あやうく敵の罠にかかるところだったが、きょう、この見棄《みす》てられた谷間で、私的なガンファイトをするのはやめにしよう。前回はおれが爆弾を落とし、今回はやつが爆弾を炸裂《さくれつ》させた。そして、どちらもそれを生きのびた。ここまでは、おれがやつの手のなかで踊らされていたようなものだ。まわりに目をやると、別の衛生兵が、苦痛に顔をゆがませたジャマールの手当てをしているのが見えた。片脚がありえない角度に曲がり、そこから激しく出血している。

「あんたのぐあいはどうなんだ、少佐？」彼はツァンに問いかけた。「だいじょうぶなのか？」

「ああ。切り傷がふたつほどできただけだ。いまのはブービートラップだな」大きく手をひとふりして、彼が言った。「ジューバというのは油断のならないやつだ」

中国軍情報将校は脳震盪《のうしんとう》を起こしたらしく、鼻血を出しており、尊大なしぐさでその赤黒い血をぬぐった。

カイルは、圧迫包帯が巻かれているあいだ、じっと動かずにいた。そうしながら、アラビア語で、もっとひどい傷を負った男たちの処置に専念するようにと衛生兵に指示した。

「ジャマール、こっぴどくやられたみたいだな」英語に切り換えて、彼は声をかけた。

鎮痛薬の注射が効いてきたらしく、ジャマールは弱々しい笑みを返してきたあと、まぶたをひくつかせて、意識を失った。衛生兵が、複数の傷の処置ができるように、その着衣を切り裂いていく。ＣＩＡ局員はゲームからはずされた。

カイルは腹部に巻かれた包帯を右手でしっかりと押さえつけながら、斜面をくだって、ひきかえしにかかった。

「いっしょに来てくれ、少佐。身を低くしておくように。王子のところに戻って、仕事をかたづけてしまおう」

カイルはツァンの肩に左腕をかけて身を支えながら、ミシャールが装甲兵員輸送車《ＡＰＣ》を使ってつくった間に合わせの遮蔽の陰という安全な場所へ歩いていった。その左右に、さらに二台のＡＰＣがやってきて、防備を固める。カイルはその一台にもたれかかって、少し水を飲んだ。

「そんな傷を負ってもまだ、まともに動けるのか?」ミシャールが問いかけてきた。状況が悪化したとあって、感情を抑えた実務的な口調になっていた。

「ジャマールが重傷を負った。少佐とおれは、じゅうぶんに動ける。これはただのかすり傷さ。見た目ほどひどくはない」右手で包帯を押さえたままではあっても、苦痛を顔に出すのはいやだった。それにしても、これは痛い!

ミシャールが注意深くこちらのようすをうかがいはじめたので、カイルは急いで話題を変えることにした。

「ちょっと確認しておかなくてはいけないことがあるんだ。兵器の配備を担当している部隊の指揮官を呼び寄せてもらえるか?」

指揮チームの端にいる若い大尉が、片手をあげた。その大尉は、自分の鼻先からミサイルが盗まれて、このような難局が生じたことを恥ずかしく感じ、最悪の事態を予想して、気をもんでいた。降等処分を受けるのはまちがいなく、ことによると軍事裁判にかけられるかもしれない。

プリンス・ミシャール大佐と協働しているアメリカ人が、彼に問いかけてくる。

「英語は話せるか、大尉? きみの専門知識が必要なんだ」

大尉は、ずっと双眼鏡を使って現場を入念に調べていたと、英語で答えた。そして、もう一度、謝罪をしようとしたが、ミシャールがそれを制して、言った。

「きみは不適切な行動はなにもしていない、大尉。きみになしうる最善のアドヴァイスをするように」

　大尉は笑みを返しはしなかったが、安堵《あんど》の思いが湧きあがるのは感じていた。

　カイルがことばをつづける。

「ミサイル発射機と、指揮統制《C&C》トラックのあいだに、ケーブルが見てとれない。地面に埋められているのかもしれないが、その二台のAPCのあいだの地面がまっすぐに掘り起こされたような形跡はない。つまり、こういうことだ。無線で信号を送って、ボタンを押すだけで、ミサイルを発射できるような方法はあるんだろうか？」

　大尉は、ぴしっと気をつけの姿勢をとった。自分に課せられた職務がなんであるかを悟り、あいまいさを排した答えをしなくてはならないと思ったのだ。

「ノー、サー。発射プラットフォームが正確にC&C車輛のパッケージと結合されないかぎり、発射作業を完全に遂行することはできません。あの兵器は、一般の兵士が容易に操作することはできない仕組みになっています。発射する前に、現場においてターゲットのデータを更新し、ミサイルに補助電力を供給する必要があり、そのためにはケーブルが不可欠なのです。これはある意味、旧式なシステムではありますが、適度な冗長性を与えるものでもあります。無線信号は容易に妨害されます」

　カイルは要点に踏みこんだ。

「弾頭はどうなんだろう？　あれはいまも機能するんだろうか？」

　大尉の顔が晴れやかになる。

「わたしの考えでは、あの弾頭は適切な装着と固定ということすら、なされていないでしょう。システムを完全に組み立てるには、正確な手順と専用のツールが必要です。あれを装着し、発射するには、戦闘のストレスを受ける歩兵ではなく、資格を持つ技術者が必要なのです」

「では、あの弾頭はあそこにあるだけということか?」

「その可能性はきわめて高いです。所定の場所に据えつけるのはごく容易な作業であり、あとは数個の締め具とボルトで固定しておけます。しかし、くりかえしになりますが、完全に装着するには、事前に弾頭とミサイルの特殊な接続を完璧にやっておく必要があります。そのようにして初めて、やはり複雑な手順を必要とするターゲット・データの更新をおこなうことができるのです」

「つまり、やつらはあれを盗むことはできたが、まともに組み立てる時間はなかったということか?」腰に両手をあてがって、ミシャールが言った。「あれはただのこけおどしなのか?」

「ノー・サー。そんなことはありません。いまも核兵器であることに変わりはないのです」

ミシャールが決断し、カイルのほうに向きなおった。

「いまから空爆を要請し、あれを爆撃させる」

大尉が息をのんで、首をふり、王子のほうに向けていた顔をうつむかせる。さっきまでの落ち着きが消え失せていた。

「大佐、それをすると、弾頭のシールドが破損するおそれがあります。弾頭が爆発することはないでしょうが、核弾芯が露出するかもしれません。放射性物質が風に乗ってひろがるでしょう」

ミシャール王子の新任無線通信係が、彼に無線を入れてきた。

「大佐！　何者かが指揮通信網に割りこんできて、自分はジューバだと英語で名乗りました。スワンソン一等軍曹に代われと要求しています」

「無視してくれ。やつは、あの爆発でおれが死んだかどうかを確認しようとしているんだ」

カイルは言った。やつをやきもきさせてやろう。

ミシャールが口を開く。

「ツァン少佐？　あの核弾頭が無力な状態にあることを知って、満足したかね？」

中国軍情報将校はミサイルをしげしげと見つめ、自分が置かれている微妙な立場を秤にかけた。

「状況証拠的には、それに同意する。しかし、上司に連絡を入れる前に、もっとよく観察する必要がある」

「ひとつ、具体的な証拠を与えてやろう」

カイルはそう言って、背後に目をやった。一台のM60A3戦車がごうごうと進んできて、APCの集団のそばに停止した。その戦車に搭載されている一〇五ミリ主砲の火器管制システムは、レーザー照準と弾道計算コンピュータがアップグレードされ、きわめて高い精度を誇っている。カイルはそれを指さして、ことばをつづけた。

「ミシャール王子、あの戦車の榴弾を一発、ミサイル発射機の足もとを正確に狙って、撃ちこんでくれ。そうすれば、発射機を積んでいる車輛が破壊され、発射機もろとも倒れてしまうだろう。木を伐採するように倒してしまえば、ミサイルの問題は解決するというわけだ」

「大佐！」無線係が口をさしはさんだ。「またジューバが無線に割りこんできて、スワンソンに代われと要求しています。どなりまくっています！」

　無線係は不安になっているようだった。それでも、カイルは首を横にふった。だめだ。やつに、ほしいものをくれてやるわけにはいかない。

　ミシャールが戦車の車長を呼びつけ、誤解が生じることのないよう、口頭できぱきと命令を下した。

「準備ができしだい撃て」と彼は命令を締めくくり、車長が巨大な戦車のほうへひきかえしていった。

　全員が息を詰めて待ち受けるなか、戦車の砲手がルビーレーザーで細長い標的を慎重に捕捉していく。巨砲が轟音をあげると、その反動で六十トンの重量を有する戦車のキャタピラが後退し、砲身の真下の地面が発砲の衝撃を受けて、砂煙を巻きあげた。高速の榴弾が二百ヤードほどの距離をほんの一瞬で飛翔し、装甲の薄い発射機搭載車に命中して、瞬時にそれを破壊する。

APC全体が後ろ向きに宙に浮きあがり、後部から地面に激突して、破片を撒《ま》き散らした。そびえたっていたミサイルが発射機から分離し、地面に横倒しになる。弾頭がおもちゃのようにはずれて、転がった。

「じょうでき」彼はミシャールに言った。「あとの戦闘はあんたに任せる。ジューバの手下は、廃車か小屋のなかに身をひそめているやつが数人いるだけだろう。あそこは狩猟が解禁になったから、ありとあらゆる兵力を投入して、やつらをたたきつぶしてくれ。それと、あの指揮車輛の横にある小屋は、痛烈にたたくんだ。ジューバはあそこにひそんでいると、おれは考えてる」

「なぜ、あそこに?」

「やつの最初の発砲は、消音したライフルを使ってのものじゃなかった。でかい銃声がしたのを憶えてるだろう? それでも、あの銃声にはくぐもった響きがあり、それは閉じられた空間から発砲されたことを意味する。あそこには、それに合致するものはたいしてない。そのあと、無線係を射殺した二発めの発砲のときも、同じ銃声が聞こえた。そして最後の、おれをかすめていった一発も、やはりそうだった。角度的にも、すべての銃弾があそこから発砲されたと考えていい。あそこには窓がひとつしかなく、内部が暗がりになっているので、われわれにはなにも見えない。やつはあのなかに身をひそめ、おそらくは頭上が守られるような場所にもぐりこんで、じっと動かずにいるんだろう。あんたの部隊の全員が周囲を包囲しているから、やつは別の潜伏場所に移動することはできない。おれの助言はこうだ。正面攻撃をかけて、やつを圧倒しろ」

ミシャールが幕僚にいくつか指示を出し、迅速に攻撃を開始させた。そして、十分後には、榴弾砲が谷間の平地を揺るがしていた。大口径の砲弾がつぎつぎに爆発して、廃車の群れを木っ端微塵《こっぱみじん》に打ち砕き、機関銃が凶暴に火を噴いて、立っているものすべてを穴だらけにし、グレネードがその混沌に拍車をかけた。地上からの砲火が鎮まると、こんどは二機のガンシップ・ヘリコプターがその上空に飛来して、ロケット砲と機関銃で攻撃を加えた。弾幕の嵐がやんだところで、ようやくサウジ軍地上部隊がそこに突入し、まだ残っていた数少ない建物の掃討に着手した。

弱々しい抵抗があっただけで、戦闘はすぐに終結し、ミシャールは攻撃の停止を命令した。無線が鳴った。ジューバの潜伏場所と思われるひどく破損した小屋に突入した分隊が、その床下に重傷を負った白人の男を発見したと、ミシャールに報告を入れてきたのだ。

「やつが見つかった」王子がカイルにそのことを伝えた。

「いいぞ。その件がかたづいてよかった」とカイルは応じ、深呼吸をして、その場にへたりこんだ。「少佐、クーデターを陰で操っていた頭脳はジューバであり、やつはもう終わった。ミサイルも、これで五基すべてが確保された。おれはここに残って、傷の応急処置をしてもらうから、あんたらふたりがあそこに行って、弾頭が脅威でなくなったことを確認してくれ。確認ができたら、少佐は本国の連中にそのことを伝えるんだ」

ツァン少佐とミシャール王子が一台の装甲兵員輸送車《APC》に乗りこみ、破壊されたミサイル発射機のほうへ進んでいく。それが走り去ると、カイルはすぐに立ちあがり、唇を噛《か》んで苦痛に耐えながら、小走りで例の小屋をめざした。

ジューバは、暗い小屋のなかに横たわっていた。こっぴどく打ちのめされ、激しく出血しているのはたしかだった。すでにサウジ軍兵士の二名と衛生兵が点滴のチューブをつないで、処置に取りかかっていた。カイルはその男の状態を目にして、愕然《がくぜん》とした。おびただしい出血や真新しい傷が見えただけではなく、おぞましい傷痕があり、容貌が変わり果てていることがわかったからだった。ジューバが、ぶじに残ったほうの目でこちらを見あげ、「スワンソン」としわがれた声で言った。

「やあ、このろくでなし野郎」うめくようにカイルは言った。「なかなか死んでくれない男だな」同情している暇はない。「鎮痛剤はやめろ！」衛生兵に向かって、彼は言った。「いまはまだだ」

カイルは兵士たちに、小屋の外へ出ろと命じた。彼らはちょっとためらったが、外国人捕虜のことを案じているわけではなかったので、すぐに外に出て、所属部隊に合流した。まだテロリストが潜伏している可能性があって、捜索をしなくてはならない場所が数多く残っているのだ。

カイルはジューバのかたわらに膝をつき、その腕に挿入されている点滴チューブをもぎとった。

「やっと末期《まつご》の時が来たな、ジェレミー。つぎのチャンスはもうないぞ」

身をかがめると、自分の受けた傷の痛みがこれまでに増して激しくなった。まだ力が残っているあいだに、急いでやってしまわなくてはならない。カイルはうめいているジューバの体を両手でつかんで、小屋の外、日射しの下へひきずりだした。その体はほとんど重みが感じられず、新たにできた半ダースほどの傷口から血がだらだらと流れていた。

近くに、タイヤが失われてホイールだけになった、錆《さ》びついたメルセデスがあり、その大きなトランクが虚空のあぎとのように開いていた。カイルは力を呼び起こしてジューバをかかえあげ、そのなかに押しこんだ。トランク・リッドをたたきつけるように閉じると、それのロックがかかった。

身をひるがえしたとき、ジューバの叫び声が聞こえてきた。暑く息苦しい闇に閉じこめられてもまだ、残された力をふりしぼって叫び、トランクの内側をひっかいたり、蹴ったりしているのだ。その声は、〝置いていかないでくれ！〟と言っているように聞こえた。

右のほうへ目をやると、破壊された発射台車輛のそばに、ミシャールとツァン少佐の姿が見えた。無力になった弾頭のかたわらで、ふたりが握手をしている。任務はほぼ完了だ。足をひきずりながら、指揮チームのところへひきかえしていくと、まだその近辺にM60A3戦車が残っているのが見えた。カイルは、銃座に就いている車長にアラビア語で呼びかけた。

「あの小屋のそばに、黄色い古びたメルセデスが見えるだろう？　あの車の後部、トランクに、榴弾を一発ぶちこんでくれ。一発でいい」

いまやったことをそのサウジ軍車長が見ていたかもしれないが、カイルは気にしなかった。彼が戦車のそばを離れると、その砲手が巨砲をめぐらし、赤いレーザーでターゲットを照射した。

カイルは近くの地面にへたりこんで、すわり、メルセデスを凝視した。体の奥のほうまで痛みがひろがっていた。奥のほうのどこかが損傷しているらしい。あと一分、もちこたえてくれ。両手で耳を押さえてもまだ、古い車の狭いトランクのなか、その闇のなかに閉じこめられた男の悲鳴が、かすかに聞こえるような気がした。

「もう、やり残した仕事はない」と彼がつぶやいたとき、一〇五ミリ巨砲の砲声がとどろいた。

エピローグ

カチャン。若い外科医が長いピンセットを使って、カイル・スワンソンの左腿《もも》のなかから、鉛筆の先ほどもない小さな破片をまた一個取りだして、アルミ・パンのなかに落としこんだ。局所麻酔が効いて、その部分は麻痺《まひ》しているので、カイルはちょっとひっぱられるような感触を覚えただけだった。

「これで七個め」医師が言った。「レントゲン写真を見たところでは、この少し奥のところにまだ三個、小さな破片が残っていますが、この器具をそこまで届かせるのはむりなようです。当面、それらが問題になることはないので、このままにして、経過を観察することにしましょう」

医師が新しい無菌包帯を腿の傷口に巻いてから、カイルの体を転がして、患者服の前を開き、腹部の包帯をはずす。

「それが賢明だろうね」うめくようにカイルは言った。ときどき、息がとまるほどの痛みが来る。

「二本の肋骨《ろっこつ》の骨折は、このままにしておきましょう」医師が言った。「特に手当てをしなくても、二カ月ほどで自然に治癒《ちゆ》します。皮膚の傷口もやはり、そうなるはずです。ただ、その部分になにをくらったにせよ、ガニー、腹部にほぼ完璧な〝C〟状の傷痕が残るでしょう。肋骨がヘルメットのように、そこに当たったものを跳ねかえしたおかげで、重要な臓器が損傷せずにすんだのです。縫合《ほうごう》は完璧にやりましたし、消毒ももうすぐ終わります」医師は黒ずんだ切開箇所に軟膏《なんこう》を塗り足して、そこを完全に覆《おお》った。その傷は、紫と黄色と青のまだら模様を呈していた。

そのとき、医師がライトで目を照らしてきたので、カイルはまばたきをした。まだ頭痛はあったが、間欠的な吐き気によって強まる、その持続性の鈍い痛みは、きのうよりはましになっていた。

「脳震盪《のうしんとう》が恒久的な損傷をもたらすことはないでしょう。脳震盪というのは、ひとの頭に適度な衝撃を加えて、その場を動かずに眠りこむようにさせるための働きなんですよ」

「まだ、あの爆発のあとでなにが起こったのか、漏れなく思いだすことができない」力のない小声で、カイルは言った。「写真集のページを繰るみたいに、断片的にしか浮かんでこないんだ」

「軽度の脳外傷をこうむったからですよ、ガニー。致命的でも恒久的でもないですが、脳神経系が衝撃を受けたのはたしかです。時間をかけ、多少の治療を受ければ、いずれはすべての記憶が戻ってくるでしょう。あなたは竜巻のなかを歩いていたようなものなので、当分はあちこちがちょっと痛むでしょうが、恒久的な損傷はなにもありません。運のいい方ですね。薬を服用して、やすむように。夕食の時間に、また診察に来ます」

体格のいい男性医療介護士が、患者の姿勢を直し、ベッドシーツを整える。

「ちょっと外に出てみてはどうでしょう？　日光浴を楽しめるかもしれませんよ」

「ああ。それがよさそうだ」とカイルは応じ、強力な鎮痛剤の効果に抗《あらが》って、起きていようとつとめた。みんなに会いたかった。

介護士が手を貸して、彼を車椅子にすわらせ、楽々とデッキの上を押していく。

介護士が小テーブルのそばの所定の位置に車椅子をとめ、ホイールをロックした。

「ありがとう、ジョン」カイルは言った。

大男がうなずいて、デッキの下へひきかえしていく。カイルは、テーブルにしつらえられているポケットからサングラスを取りだして、かけた。

「どんな診断だった？」サー・ジェフ・コーンウェルが問いかけてきた。マットの上に寝そべって、理学療法士に脚のマッサージを施されているところだった。

「あなたよりましですよ、ご老体。ちょっと脳みそがガツンとやられただけのことで」

「それはわたしも同じだね」そのとき、療法士がその左脚を限界まで高く持ちあげ、ジェフがその痛みに歯ぎしりをした。「運のいいことに、この船には美しい女性たちが乗っていて、うまい葉巻とウィスキーがある」

イギリス人は声をあげて笑った。病院に入院していたころは血色が悪かったが、日々、日光浴をしているおかげもあって、顔色がよくなっていた。

彼らはいま、ジャマイカの二百マイルほど東にあたる穏やかな海をゆったりと航行するジェフの大型ヨット、〈ヴァガボンド〉の船上にあった。緊急事態にいつでも対応できるようにと、もとは小さな診療所程度にすぎなかった部屋が、ファーストクラスの病室スイートに改造されている。サー・ジェフがこの長大なヨットに乗っているのは、健康を回復するためだけでなく、つねに居場所を不明にして、安全を確保しておくためでもあった。

カイルとジャマールはどちらも、サウジアラビアの戦場で応急処置を施されたあと、サウジの陸軍病院に搬送され、翌日、アメリカの当局の手配によって、別の宿舎に移された。どちらも潜入工作員というわけで、大至急サウジの国外へ移動させられることになって、ジャマールはアメリカに送りかえされ、カイルのほうはイギリス軍基地に移送され、そこから〈ヴァガボンド〉に運ばれたのだった。カイルは強い鎮静剤を打たれていたので、その移動のことはほとんど記憶にない。

思いだしたい、と彼は思った。ジューバが死んだことはわかっているが、そのいきさつをはっきりと思い起こすことができないのだ。それに、ヘンリー・ツァンと中国の侵攻がどうなったのかも。記憶回路が、電子レンジにかけられて火花を飛ばしている銀食器のようになっていた。ことの全体像は記憶にあるのだが、個々の部分がつながってこない。カイルは目を閉じた。疲れた。

そばにレディ・パットがすわって、ニュース週刊誌を読んでいた。そのなかに、サウド王家がクーデターを鎮圧し、その勝利をばねにして、これまで遅れていた政治体制と人権問題の改善に着手するであろうという記事があった。彼女は咳払いをすると、こんどは声に出し、テレビのニュースアナウンサーの深刻な口調をまねて、その記事を再読した。

「ワシントンでは、大統領とペンタゴンが、クーデターを頓挫《とんざ》させ、核兵器を安全に確保するための軍事力の行使にアメリカ軍が関与したという報道を、強く否定した。その短期間の内戦のあいだ、アメリカ合衆国の部隊と訓練要員はすべて、それぞれの基地内に留め置かれていた。アメリカの民間人もまた各自の自宅にとどまっていた。ペンタゴン報道官はそのように述べて、こうつづけた。これは政府に忠実なサウジ軍部の輝かしい勝利である。彼らはわれわれの支援を必要とせず、要請することもなかった」

彼女はページをぱらぱらとめくっていった。

「この雑誌の後ろのほうに、こんな短い記事が掲載されてるわ。中国が大規模な軍事演習をおこない、その全容がプレスに公開されたと。北京の報道官は、この演習は通常のものであり、演習は成功して、全部隊がそれぞれの基地にひきかえしたと言ってる」

カイルはため息を漏らし、意識が薄れていくにまかせた。その手をだれかの手がそっと握りしめる。カイルは、温かな唇が頰に触れるのを感じた。デラーラだ。

「いまは眠って」彼女がささやきかけた。「家に帰ったんだもの」

訳者あとがき

イスラエルとサウジアラビアとのあいだで、歴史的な平和条約が調印されようとしていた。調印の場は、仲介の労をとってきたサー・ジェフリー・コーンウェルが所有するスコットランドの古城。その前夜、関係各国の閣僚が一堂に介しての盛大なレセプションが開催される直前、謎のテロリスト集団がそこをミサイル攻撃して、アメリカの国務長官やイギリスの外務大臣らを殺害し、条約の調印を頓挫《とんざ》させる。サー・ジェフリーも重傷を負った。

だが、それだけではなかった。そのテロが合図であったかのように、サウジアラビアの各地で反乱が発生したのだ。反乱の首謀者は、勧善懲悪委員会（別名：宗教警察）の長であるムハンマド・アブー・エバラ。エバラは都市や軍事基地における反乱を扇動して、クーデターを決行し、王政を打倒して、神政独裁国家を樹立することをくわだてていた。そしてその背後には……。

本書は超一流のスナイパー、カイル・スワンソンを主人公とするシリーズの第三作で、前作『運命の強敵』においてくりひろげられたカイルとジューバとの対決が、ついに決着の時を迎えることになる。

前作の終盤において、カイルに撃たれ、空爆を浴びたジューバは、片目を失いはしたものの、不屈の精神でリハビリに励んで体力を回復し、いまはインドネシアのバリ島を根拠地に、国際テロの立案、遂行者として暗躍している。その仲介者はドイツ人投資顧問、ディーター・ネッシュ。そして、今回のテロの資金源は、サウジアラビアの油田を支配下におさめることをもくろむロシアだ。一方、不足するエネルギー源の確保に血眼《ちまなこ》になっている中国が、虎視《こし》眈々《たんたん》とサウジへの侵攻を計画していた。

サウジが神政独裁国家になることを危惧《きぐ》するアメリカは軍事介入を図るが、サウジはそれを容易には受けいれない。しかし、サウジで密かに開発された核ミサイルが五基あることが判明していた。これがエバラらの手に渡れば、恐るべき事態になる。カイルら〈タスクフォース・トライデント〉のメンバーは、エバラのクーデター阻止と核ミサイルを無力化する任務を帯びてサウジアラビアに赴くが……。

本書の主要な舞台となるサウジアラビアは、日本人にはあまりなじみがない国なので、ここで手短に紹介しておこう。

サウジアラビア王国は、アラビア半島の大部分を占める絶対君主国家で、一七四四年、ムハンマド・イブン・サウドが宗教指導者ムハンマド・イブン・アブドゥル・ワッハーブと盟約を結んで建国したとき（第一次サウド王国）以来、数度の興亡はあったものの、つねにサウド家が国王を継承してきた。現在のサウド家による王国は第三次にあたる。サウド家はワッハーブ派の守護者となることで勢力を拡大し、ワッハーブ派はその庇護《ひご》によって教えをひろげるという、互恵関係にある。ワッハーブ派はイスラム教スンニ派の改革者、あるいはその下位宗派とされる厳格な一派であり、サウジはワッハーブ主義を根幹とする政教一致の国家として、サウド家の王族が――ギネスブックによれば、世界最多の人数を擁する王族とされる――絶対的な支配権を握ってきたが、最近は民衆のあいだに貧富の差や男女の格差などへの不満が渦巻き、政治体制の改革を迫られている。

サウジが国際政治上、重要な位置を占めるのは、言うまでもなく、世界一の原油埋蔵量を誇る国家であるからだ。また、イスラム教至高の聖地メッカを擁するという、特殊な事情もかかえている。それだけでなく、政情不安定なイラクやヨルダンなどに接し、東はペルシャ湾、西は紅海に面し、北西端はヨルダンをはさんでイスラエルに近接していて、地政学的にも重要な位置にある。そのため、サウジは国家安全保障の基本として、アメリカとの友好を維持し、アメリカの大規模な支援のもと、国内の要衝に〝軍事都市〟や大規模な基地を建設してきた。それらの都市や基地には現在もアメリカの軍事顧問らが残っていて、アメリカ軍の関係者が頻繁に訪れており、そのいくつかはこの物語の舞台として使われている。

本書には、反乱の首謀者エバラの率いる勧善懲悪委員会（宗教警察）という奇妙な組織が出てくるが、これは架空ではなく実在する政府機関だ。ワッハーブ派の三大教義のひとつ、

「徳の奨励と悪徳の禁止」の実施をおこなう機関で、国内の思想統制に威力を発揮し、民衆に恐れられる存在だ。その現場執行官は〝ムタワ〟と呼ばれ（複数形は〝ムタウィーン〟）、この語は宗教警察そのものを指す場合もある。ちなみに、タリバンが支配していた時代のアフガニスタンにも勧善懲悪省という政府機関があった。

サウジアラビアのみならず世界的規模の危機が迫るなか、カイルはいかにして使命を果たすのか、そしてジューバとの最終的な対決はどのようなものになるのか？　終盤に用意されている両者の対決は、虚々実々の攻防が展開される、まさに手に汗握る死闘である。存分にお楽しみいただきたい。

二〇一四年五月

冒険小説

不屈の弾道
ジャック・コグリン&ドナルド・A・デイヴィス／公手成幸訳

誘拐された海兵隊准将の救出に向かう超一流スナイパーのカイルは、陰謀に巻き込まれる

運命の強敵
ジャック・コグリン&ドナルド・A・デイヴィス／公手成幸訳

恐るべき計画を企む悪名高きスナイパーと、極秘部隊のメンバーとなったカイルが対決。

脱出山脈
トマス・W・ヤング／公手成幸訳

輸送機が不時着し、操縦士のパースンは捕虜を連れ、敵支配下の高地を突破することに！

脱出空域
トマス・W・ヤング／公手成幸訳

大型輸送機に爆弾が仕掛けられ着陸不能になった。機長のパースンは極限の闘いを続ける

傭兵チーム、極寒の地へ　上下
ジェイムズ・スティール／公手成幸訳

独裁政権を打倒すべく、精鋭の傭兵チームがロシアの雪深い森林と市街地で死闘を展開。

冒険小説

パーフェクト・ハンター 上下
トム・ウッド／熊谷千寿訳

ロシアの軍事機密を握るプロの暗殺者ヴィクターが強力な敵たちと繰り広げる凄絶な闘い

ファイナル・ターゲット 上下
トム・ウッド／熊谷千寿訳

CIAに借りを返すためヴィクターは暗殺を続ける。だがその裏では大がかりな陰謀が！

暗殺者グレイマン
マーク・グリーニー／伏見威蕃訳

〝グレイマン（人目につかない男）〟と呼ばれる暗殺者が世界12カ国の殺人チームに挑む

暗殺者の正義
マーク・グリーニー／伏見威蕃訳

悪名高いスーダンの大統領を拉致しようとするグレイマンに、次々と苦難が襲いかかる。

暗殺者の鎮魂
マーク・グリーニー／伏見威蕃訳

命の恩人が眠るメキシコの地で、グレイマンは強大な麻薬カルテルと死闘を繰り広げる。

クリス・ライアン

襲撃待機
伏見威蕃訳
爆弾テロで死んだ妻の仇を討つため、SAS軍曹シャープは秘密任務を帯びて密林の奥へ

暗殺工作員ウォッチマン
伏見威蕃訳
上司を次々と暗殺するMI5工作員とSAS大尉テンプルが展開する秘術を尽くした戦闘

テロ資金根絶作戦
伏見威蕃訳
MI5の依頼でアルカイダの資金を奪った元SAS隊員たちに、強力な敵が襲いかかる。

抹殺部隊インクレメント
伏見威蕃訳
SISの任務を受けた元SAS隊員は陰謀に巻き込まれ、SAS最強の暗殺部隊の標的に

逃亡のSAS特務員
伏見威蕃訳
記憶を失ったSAS隊員のジョシュに迫る追跡者の群れ。背後に潜む恐るべき陰謀とは？

訳者略歴　1948年生，1972年同志社大学卒，英米文学翻訳家　訳書『脱出山脈』『脱出連峰』ヤング，『不屈の弾道』『運命の強敵』コグリン＆デイヴィス（以上早川書房刊）他多数

HM=Hayakawa Mystery
SF=Science Fiction
JA=Japanese Author
NV=Novel
NF=Nonfiction
FT=Fantasy

狙撃手《そげきしゅ》の使命《しめい》

〈NV1308〉

二〇一四年六月二十日　印刷
二〇一四年六月二十五日　発行
（定価はカバーに表示してあります）

著者　ジャック・コグリン　ドナルド・A・デイヴィス
訳者　公《く》手《で》成《しげ》幸《ゆき》
発行者　早川浩
発行所　株式会社　早川書房
郵便番号　一〇一‐〇〇四六
東京都千代田区神田多町二ノ二
電話　〇三‐三二五二‐三一一一（大代表）
振替　〇〇一六〇‐三‐四七七九九
http://www.hayakawa-online.co.jp
乱丁・落丁本は小社制作部宛お送り下さい。
送料小社負担にてお取りかえいたします。

印刷・株式会社精興社　製本・株式会社明光社
Printed and bound in Japan
ISBN978-4-15-041308-8 C0197

本書は活字が大きく読みやすい〈トールサイズ〉です。